살인의 예술

The Simple Art of Murder

Raymond Chandler

The Simple Art of Murder

살인의 예술

레이먼드 챈들러 지음 · 정윤희 옮김

RAINBOW PUBLIC BOOKS

차 례

1화. 황금 옷을 입은 왕

칼튼 호텔의 야간 관리자 조지는 키가 작고 말쑥하며 강단이 있어 보였다. 체구는 작지만 구슬픈 노래를 부르는 가수처럼 부드럽고 울림이 깊은 목소리를 가진 자였다.

구내 교환 전화를 안내하는 마이크에 대고 "다시는 이런 일이 없도록 주의하겠습니다. 바로 직원을 보내드리지요."라고 말할 때의 목소리는 굵은 저음이었지만, 눈빛은 날카롭고 화가 나 있었다.

그는 헤드셋을 벗어 교환대의 열쇠 꾸러미 위에 올렸다.

울퉁불퉁한 칸막이 뒤로 빠져나가 입구 로비 쪽으로 황급히 걸음을 옮겼다. 새벽 1시가 넘은 시각, 칼튼 호텔은 2/3의 객실이 찬 상태였다.

메인 로비로 가서 얕은 계단을 내려가자 어스름한 램프 조명이 비추었다. 야간 도어맨이 말끔히 정리해 둔 모습이 보였다.

호화스러운 카펫 위로 짙은 색의 가구들이 늘어선 거대한 공간은 황량함 그 자체였다.

저만치에서 희미하게 라디오 소리가 흘러나왔다. 조지는 계단을 내려가서 라디오 소리 사이로 급히 걸어갔다. 아치형 복도를 돌자 호텔 안의 모든 쿠션을 끌어다 놓은 채로 연한 초록색 대형소파에 늘어져 있는 한 남자가 보였다.

세 발자국 정도 떨어진 자리에서 몽롱한 눈빛으로 모로 누운 그는 라디오를 듣느라 정신이 없었다.

조지가 버럭 소리쳤다. "이봐요, 스티브! 야간 경비 서랬더니 한량 행세나 하는 거예요?"

스티브는 느릿하게 고개를 돌리더니 조지를 바라보았다.

새까만 머리의 스물여덟 정도 돼 보이는 남자로 깊고 고요한 눈동자와 온화해 보이는 입매를 가졌다. 그는 엄지손가락으로 라디오를 가리키며 히죽 웃어 보였다.

"킹 레오파디의 곡이야, 조지. 트럼펫 소리 기가 막히지 않아? 천사의 날갯짓보다 더 매끄럽게 들리잖아."

"퍽 좋겠네요! 당장 위층에 올라가서 그 자식 복도에서 끌어내요!"

스티브는 깜짝 놀란 기색이었다. "누구 말이야? 그 밴드 멤버들 아까 잠이 든 줄 알았는데."

그는 급히 다리를 바닥에 대고 벌떡 일어섰다. 조지보다 족히 30센티는 더 커 보였다.

"816호 숙박객 말은 다르던데요. 그 밴드 나부랭이들이 복도에서 난리를 치고 있대요. 샛노란 새틴 반바지를 입고 트롬본을 불면서 멤버들이랑 즉석 공연을 하는 모양이에요. 프런트에서 받은 811호의 싸구려 창녀 계집애들은 밴드 멤버들을 어떻게든 꼬셔보려고 안달이 나 있다 하고. 그러니까 당장 올라가서, 스티브! 똑바로 일 처리를 하란 말이에요."

스티브가 씁쓸한 미소를 지으며 말했다. "킹 레오파디는 우리 호텔에 어울리지 않는 사람이군. 마취제나 철제 곤봉 같은 거 사용해도 되겠지?"

그는 긴 다리를 성큼성큼 딛으며 옅은 초록색 카펫 위를 넘어 아치를 지나 메인 로비를 가로질렀다. 환하게 불이 켜진 채 활짝 열린 엘리베이터에 올랐다. 엘리베이터 문을 닫고 8층에 도착하자 급히 복도로 발을 내디뎠다.

순간 요란한 소음이 갑자기 불어닥친 강풍처럼 귓가를 때렸다. 사방의 벽이 다 울릴 정도였다. 대여섯 개의 객실 문이 활짝 열려 있었다. 화가 치민 투숙객들이 잠옷 차림으로 서서 복도를 빼꼼히 쳐다보고 있는 것이 아닌가.

"여러분, 걱정하지 마세요." 스티브가 황급히 수습에 나섰다. "곧 모두 정리될 겁니다. 조금만 참으세요."

스티브는 모퉁이를 돌았다. 화끈한 음악 열기에 발바닥이 다 후끈거릴 정도였다. 남자 셋이 열린 객실 문틈 사이로 새어 나오는 빛을 받으며 벽에 기대어 있었다.

트롬본을 든 가운데 남자는 키가 180센티 정도 돼 보였다.

머리부터 턱까지 수염이 자라서 강인하고 기품이 있어 보였다. 얼굴은 취기로 붉어져 있었고, 두 눈은 술에 취해 광기로 빛났다. 왼쪽 허벅지에 검은 글자가 새겨진 샛노란 새틴 반바지를 입은 게 전부였다. 몸통은 새카맣게 태운데다 실오라기 하나 걸치지 않았다.

양쪽 두 남자는 잠옷 차림이었다. 그럭저럭 봐줄 만한 밴드 멤버들로 술에 취해 있기는 했지만, 비틀거릴 정도는 아니었다.

하나는 클라리넷을 미친 듯 불어 재꼈고, 다른 하나는 테너 색소폰을 연주했다.

세 남자 앞에는 화려한 새처럼 신경을 써서 단장한 여자가 금발 머리를 흔들며 음악에 맞춰 신나게 몸을 흔들고 있었다.

팔을 굽히고 눈썹을 요염하게 올리고서 시뻘건 손톱이 안쪽 팔에 닿을 정도로 한껏 교태를 부렸다. 시커먼 잠옷에 길게 늘어진 보라색 허리띠, 거기다가 아찔하게 높은 하이힐까지 신은 모습이었다.

스티브는 그 자리에 멈추어서 한 손을 들더니 진정하라는 듯 손을 내리는 동작을 취했다. "그만 해요!" 그가 딱 잘라 말했다. "자, 멈춰요. 이 정도면 됐어요. 그만 정리하고 들어가세요. 쇼는 끝났어요. 자, 얼른 들어가요!"

킹 레오파디가 입술에서 트롬본을 떼고는 버럭 고함을 질렀다. "그럼, 경비 나리에게도 팡파르 한번 울려야지!"

술에 취한 세 남자는 벽이 진동할 정도로 크게 팡파르를 울렸다. 멍청하게 깔깔대던 여자도 화가 났는지 갑자기 난폭하게 변했다. 그녀가 던진 하이힐이 스티브의 가슴팍에 명중했다.

그는 하이힐을 공중으로 걷어내고는 여자를 향해 풀쩍 뛰어가 손목을 붙잡았다.

"어때, 터프하지?" 스티브가 히죽거리며 말했다.

"저 짭새 놈 잡아!" 레오파디가 외쳤다. "주먹으로 흠씬 두드려 패! 모가지를 비틀어 버리라고!"

스티브는 여자를 바닥에 넘어뜨린 다음 한쪽 팔로 둘러업고 냅다 달리기 시작했다. 마치 택배 상자를 들 듯 가뿐하게 들었다. 여자는 그의 다리를 걷어차려고 버둥거렸다.

그는 큰소리로 웃으면서 조명이 켜진 객실 입구 쪽을 힐끗 쳐다보았다. 책상 아래 남성용 갈색 가죽 구두가 놓여 있었다.

그는 불빛이 새어 나오는 두 번째 객실로 이동했다. 발로 뻥 하고 문을 차고 들어가 다시 발로 문을 닫고는 방안에서 자물쇠를 걸어 잠갔다. 거의 동시에 밖에서 주먹으로 문을 쾅 하고 치는 소리가 이어졌다. 스티브는 개의치 않았다.

그는 여자를 든 채로 객실로 이어지는 짧은 복도를 따라갔고 욕실을 지나쳐서야 그녀를 내려놓았다. 바닥으로 데굴데굴 구른 여자는 책상 아래에 멈추었다. 숨을 헐떡거리면서 이글거리는 눈빛으로 째려보았다. 한쪽 눈 위로 금빛으로 물든 머리카락 한 움큼이 흘러내렸다. 여자는 거칠게 머리를 젖히고서 으르렁대듯 이빨을 드러냈다.

"술 마시고 난동 피운 죄로 체포당하게 해줄까?" 스티브가 말했다.

"지옥에나 가버려!" 여자가 퉤 하고 침을 뱉었다. "킹 레오파디는 내 친구라고, 알아? 내 몸에 손만 댔다가는 가만 안 둬!"

"같이 공연 다니는 중인가?"

여자가 다시 그에게 침을 퉤 뱉었다.

"밴드 멤버들이 여기 오는 건 어떻게 알았지?"

다른 여자는 벽 쪽으로 머리를 대고 침대 위에 대자로 뻗어 있었다. 하얀 얼굴 위로 시커먼 머리카락을 늘어뜨리고, 잠옷 바지 한쪽이 길게 찢어진 채로 사지를 늘어뜨리고 앓는 소리까지 내면서 누워있었다.

스티브가 매몰차게 몰아붙였다. "잠옷까지 찢어지고 아주 난리네. 완전 떡이 돼서 기절했고. 잘 들어, 이 철없는 아가씨야. 내일 아침까지 쥐 죽은 듯 방안에 처박혀 있지 않을 거면 당장 경찰서로 끌고 갈 수도 있어. 둘 중 하나만 선택하라고."

누워있는 검은 머리카락의 여자가 끙 소리를 냈다. 금발 머리가 말했다. "재수 없는 짭새 새끼, 당장 이 방에서 꺼져!"

여자는 등 뒤로 손을 뻗어 손거울을 집어던졌다. 스티브가 잽싸게 몸을 숙였다. 거울은 쨍하고 벽에 부딪히더니 바닥에 떨어져 산산조각이 났다.

검은 머리의 여자가 침대 위를 데구루루 구르더니 기운 빠진 목소리로 말했다. "오, 그만해. 토할 것 같단 말이야." 그리고 눈꺼풀이 스르륵 감기더니 파르르 하게 떨렸다.

금발 머리가 홱 하고 엉덩이를 돌리고 방을 가로질러 창가 책상으로 가더니 잔에 반쯤 남은 스카치위스키를 부었다. 스티브가 미처 막을 틈도 없이 꿀꺽꿀꺽 목구멍으로 넘겨버렸다. 여자는 토할 듯 콜록거리면서 술잔을 떨어트렸다. 손과 무릎을 바닥에 대고 풀썩 주저앉고 말았다.

스티브는 단호한 투로 말했다. "그렇게 마셨으니 안 취하고 배기겠어?"

금발 머리는 쭈그리고 앉아서 고개를 흔들었다. 손톱에 시뻘겋게 매니큐어 바른 손을 입에 가져다 대고 틀어막았다.

어떻게든 일어서 보려고 했지만, 두 다리가 말을 듣지 않는지 휘청거리다 옆으로 픽 하고 쓰러진 채 곧바로 잠이 들고 말았다.

스티브는 한숨을 내쉬고 창가로 가서 창문을 닫고 단단히 걸쇠를 채웠다. 그리고 침대에 누운 검은 머리 여자를 한쪽으로 밀어 침대 위에 똑바로 눕혔다. 바닥에 있던 이불을 끌어 올려 머리 아래로 받쳐 주었다.

이번에는 바닥에 쓰러져 있던 금발 머리를 들어 침대에 휙 집어 던졌다. 나란히 누운 여자들 턱까지 이불을 덮어주었다.

채광창을 열고 천장 조명을 끄고 문을 열었다. 마지막으로 마스터키로 밖에서 객실 문을 단단히 잠가버렸다.

"아무튼 호텔 일이란…" 그는 긴 숨을 내쉬며 말했다.

"젠장."

이제 복도는 텅 비어 있었다. 객실 문 하나가 열린 채로 불빛이 새어 나왔다. 815호. 여자들이 잠든 방에서 두 방 건넌 곳이었다. 객실 안에서 흘러나오는 트롬본 소리는 감미로웠지만, 새벽 1시 25분이라는 시간에 듣기엔 전혀 감미롭지 않은 소리였다.

스티브는 걸음을 돌려 그 객실로 향했다. 어깨로 방문을 꼭 잠그고는 욕실을 지나 안으로 들어갔다. 방에는 킹 레오파디 혼자였다.

밴드의 리더인 그는 안락의자에 대자로 늘어져 있었다. 팔꿈치에는 뿌연 유리잔이 놓여 있었다. 트롬본을 부는 와중에도 작은 원을 그리며 악기를 휙휙 돌리고 있어 불빛이 춤을 추듯 반짝거렸다.

스티브가 담배에 불을 붙이고 뿌연 연기를 내뿜었다. 킹 레오파디가 신기하고 놀랍기도 했지만, 경멸스러운 눈빛으로 그를 빤히 쳐다보았다.

그는 부드러운 어조로 말했다. "그만해, 노란 반바지. 트럼펫 연주도 잘하고, 트롬본도 잘 다루는 거 아는데. 호텔에서는 금지야. 아까 한번 말했을 텐데. 쇼는 끝났다고. 당장 치우라니까."

레오파디는 심술궂은 웃음을 보이면서 트롬본으로 악마의 웃음소리 같은 기묘한 소리를 내기 시작했다. "맘껏 떠들어. 킹 레오파디는 언제 어디서든 자기가 원하는 대로 하니까. 너 같은 경비 나부랭이가 떠들어 봤자, 나를 멈출 수는 없어. 그만 꺼지시지."

스티브는 등을 굽히더니 키가 크고 시커먼 남자 쪽으로 다가갔다. 그리고 참을성 있게 말했다. "그 바주카포 내려놓으시지, 덩치 양반. 다른 손님들 잘 시간이야. 얼마나 우스꽝스러운 짓이야. 밴드 리더라는 작자가 말이야. 무대 위에서는 몰라도 여기서 당신은 개뿔도 아니야. 당신 유명세라는 것도 결국 여기서부터 마이애미까지 고약한 냄새만 풍길 뿐이라고. 어쨌든 나도 내가 맡은 업무는 처리해야 하니까. 한 번만 더 시끄러운 소리를 내면, 그 나팔을 모가지에 돌돌 말아버리겠어."

레오파디는 트롬본을 탁자에 내려놓고 팔꿈치 옆에 있던 술잔을 들어 한참 동안 꿀꺽거렸다.

짓궂은 눈빛을 보이면서 그가 다시 트롬본을 입술에 가져다 댔다. 폐에 공기를 가득 채우고는 벽이 흔들릴 정도로 요란한 소리를 내며 빽 하고 불더니 갑자기 자리에서 벌떡 일어나 스티브의 머리 쪽으로 트롬본을 쾅 하고 내리쳤다.

"이래라저래라 잔소리하는 것들 정말 질색이라니까! 공중변소처럼 더러운 새끼들." 그가 경멸조로 말했다.

스티브가 살짝 뒤로 물러서며 고개를 좌우로 흔들었다. 그리고는 음흉한 미소를 지으면서 한발을 앞으로 내딛더니 손바닥으로 레오파디를 내리쳤다.

그렇게 세게 맞은 것 같지 않았는데도 그는 방바닥을 데굴데굴 굴러 침대 발치에 대자로 뻗었다. 레오파디가 오른팔을 뻗어서 활짝 열려 있던 옷 가방 속을 슬그머니 뒤적이기 시작했다.

잠시 두 사람 모두 움직이지 않았다.

스티브는 레오파디의 트롬본을 발로 힘껏 걷어찬 후 담배를 유리 쟁반에 비벼서 껐다. 새카만 눈동자는 초점이 없었지만, 하얀 치아를 드러내며 활짝 웃고 있었다. "이런 소란을 피우고 싶었던 거라면, 그쪽으로는 내가 전문이야."

레오파디가 조금 긴장된 미소를 짓더니 옷 가방에 찔러 넣었던 손을 빼고 총구를 들이밀었다. 엄지손가락으로 안전장치를 풀고 총구를 천천히 목표를 향해 겨누었다.

"그럼 이런 소란도 재미있겠네?" 그 말과 동시에 총알이 발사되었다.

사방이 막힌 객실 안에서 격렬한 포효를 하듯 우레와 같은 총성이 울려 퍼졌다. 책상 거울이 산산조각 나서 바닥에 흩어졌다. 스티브의 뺨에 면도날에 베인 것 같은 붉은 상처가 생겼다. 연한 살점 위로 갈라진 상처에서 시뻘건 피가 줄줄 흘러내렸다.

그는 바닥을 향해 온몸을 내던졌다. 오른쪽 어깨로 레오파디의 맨 가슴을 누름과 동시에 왼손으로 그가 잡고 있던 권총을 침대 밑으로 걷어냈다. 잽싸게 우측으로 몸을 굴려 무릎을 바닥에 대고 핑그르르 돌며 균형을 잡았다.

스티브가 잔뜩 쉰 듯한 목소리로 차갑게 말했다. "상대를 잘못 골랐어, 형씨."

그가 레오파디 쪽으로 가더니 있는 힘껏 머리를 잡은 채 바닥에 대고 질질 끌기 시작했다. 레오파디는 비명을 지르며 턱을 두 번이나 올려 쳤지만, 스티브는 씩 웃으면서 왼손으로 밴드 리더의 길고 매끈한 머리카락을 휘휘 감아버렸다.

그가 손을 틀자 레오파디의 머리도 함께 돌아갔다. 레오파디가 날린 세 번째 주먹이 스티브의 어깨까지 닿았다.

스티브는 레오파디가 날린 손목을 잡아서 비틀었다. 결국 밴드 리더는 무릎을 바닥에 꿇고 비통하게 울부짖었다. 스티브가 다시 그의 머리칼을 잡고 손목을 놓아주고는 번개 같은 솜씨로 복부를 향해 세 번 연달아 잽을 날렸다.

마침내 머리칼을 쥔 손을 풀자 레오파디는 바닥으로 쓰러졌다. 레오파디의 네 번째 주먹은 손목 부근까지 와닿았다.

레오파디는 사경을 헤매며 무릎을 꿇고 축 늘어져서 구토를 하기 시작했다. 스티브는 그를 등지고 욕실로 가서 선반에 있던 수건을 가지고 나왔다. 수건을 레오파디 쪽으로 홱 던지고 옷 가방을 잡아당겨서 침대 위로 가져가 내용물을 쏟아냈다.

레오파디는 수건으로 얼굴을 닦고 자리에서 일어난 후에도 계속 구토를 했다. 그는 휘청대면서 책상 끝에 겨우 몸을 지탱하고 섰다. 얼굴은 백지장처럼 하얗게 질려 있었다.

스티브가 말했다. "옷 입어, 레오파디. 아니면 그 꼴로 나가던가. 난 아무래도 괜찮으니까."

레오파디는 장님처럼 벽을 더듬다 비틀거리며 욕실로 들어갔다.

엘리베이터 문이 열리자 조지가 책상 뒤에 조각상처럼 서 있는 모습이 보였다. 새하얗게 질리고 겁먹은 표정이었다. 바짝 자른 시커먼 수염이 입술 위로 거뭇하게 자라 있었다.

목에 머플러를 두르고, 어깨에 가벼운 코트를 걸친 후 모자를 삐딱하게 눌러 쓴 레오파디가 제일 먼저 엘리베이터 밖으로 나왔다. 뻣뻣한 걸음걸이에 몸은 구부정한데다 눈동자는 초점을 잃었다. 얼굴은 파리할 정도로 창백했다.

스티브가 옷 가방을 들고 바로 뒤를 따라 나왔다. 야간 짐꾼이 옷 가방 두 개와 검은 가죽 가방에 든 악기들을 들고 마지막으로 엘리베이터에서 내렸다.

스티브는 접수대로 가서 차갑게 말했다. "레오파디 씨 객실 정산 부탁해. 지금 체크 아웃 하신다니까."

조지는 대리석 너머에서 눈을 휘둥그레 떴다. "스티브…"

"그럼 문제없는 걸로 알겠네."

레오파디는 뭔가 거슬리는 표정으로 옅은 미소를 짓고서 짐꾼의 도움을 받아 청동 테두리가 둘린 회전문으로 나섰다. 호텔 앞에는 야간 택시 두 대가 나란히 서 있었다. 한 대가 시동을 걸고 차양 아래로 다가왔다. 짐꾼은 레오파디의 짐들을 택시에 실었다.

레오파디가 택시에 타더니 몸을 숙여 열린 창문으로 고개를 내밀었다. 그는 쉰 목소리로 느릿느릿 말했다. "경비 나리, 미안하게 됐어. 그냥 미안하군."

스티브는 뒤로 물러서서 무표정하게 그를 쳐다보았다. 택시는 천천히 거리로 내려갔고 모퉁이를 돌아서 사라져버렸다. 스티브가 걸음을 돌려 동전 하나를 허공에 휙 하고 튕긴 후 다시 받아서 야간 짐꾼의 손에 건넸다.

"킹 레오파디가 주는 거야. 잘 가지고 있다가 손자한테 물려줘." 스티브가 말했다.

그는 다시 호텔로 돌아와서 조지 쪽으로는 고개도 돌리지 않고 엘리베이터에 올랐다. 다시 8층으로 올라가서 복도를 지나 마스터키로 레오파디가 묵던 방을 열고 들어갔다. 방안에서 다시 문을 잠그고 침대를 벽에서 끌어낸 후에 틈새로 비집고 들어갔다. 떨어진 32구경 자동 권총을 주머니에 쑤셔 넣었다.

방안을 서성이다 둥글게 말린 뭉치에 시선이 닿았다.

뭉치를 손으로 집은 후, 몸을 숙인 상태로 옆의 쓰레기통 안을 살펴보았다. 순간 입가에 긴장이 퍼졌다. 그는 신문지를 잘라서 붙인 종이들이 붙은 채 갈기갈기 찢긴 종잇조각들을 하나씩 주워 모았다. 쓰레기통을 뒤집어서 안에 담긴 내용물을 모두 쏟아냈다. 종잇조각을 하나씩 골라가며 분류해 내고 책상으로 가서 자리를 잡고 앉았다.

몇 분 후, 조각 퍼즐처럼 찢어진 조각들을 합치고 나서야 잡지와 신문에서 오려낸 글자들로 조합된 메시지를 확인할 수 있었다. 이를 종이 위에다가 나란히 늘어놓았다.

목요일 저녁까지 만 달러를 준비해, 레오파디.
샬럿 클럽에서 오프닝 공연이 끝난 다음 날까지야.
안 그러면 너는 죽는다.
- 여자의 오빠가.

스티브 놀라움을 금치 못했다. 찢어진 조각들을 객실에 비치해 둔 봉투에 넣고, 안주머니에 집어넣은 후 담배에 불을 붙였다.

"배포가 대단한 놈이네. 이 정도면 트럼펫 솜씨뿐만 아니라 배포가 두둑하다는 것도 인정할 수밖에."

그는 다시 객실 문을 닫고 이제는 고요함이 감도는 복도에서서 귀를 기울이고 있다가 두 여자가 잠든 객실로 향했다. 방문을 노크하고 문에다가 귀를 대고서 기다렸다. 의자가 끼익 움직이는 소리가 나더니 발소리가 문가로 가까워졌다.

"누구세요?"

완전히 잠에서 깬 냉랭한 목소리였다. 금발 머리는 아닌 것 같았다.

"경비 담당자인데, 잠깐 얘기 좀 할 수 있을까?"

"지금 하고 있잖아요."

"문을 열어야 대화를 하지, 아가씨."

"마스터키 갖고 있잖아요. 들어오시던가." 발걸음이 멀어졌다.

그는 마스터키로 객실 문을 열고 조용히 들어가서 다시 문을 닫았다. 책상 위 램프에서 은은한 빛이 새어 나오고 있었다. 침대에는 금발 머리가 한 손으로 금덩이처럼 번쩍이는 머리카락을 움켜쥔 채 천장이 떠나가라 코를 골며 잠들어 있었다.

검은 머리 여자는 창문가에 놓인 의자에 앉아 사내처럼 두 다리를 꼰 채 멍한 눈으로 스티브를 바라보고 있었다.

스티브는 가까이 다가가 길게 찢어져 있는 여자의 잠옷 바지를 가리켰다. 그리고 부드러운 목소리로 물었다.

"몸이 아픈 것도 아니고. 술에 취한 것도 아니잖아. 잠옷은 한참 전에 찢어진 거고. 왜 소란을 피운 거지? 레오파디의 돈이라도 뜯을 셈이었나?"

여자는 냉랭한 눈으로 담배 연기만 뻐끔거리면서 아무 대답도 하지 않았다.

"벌써 체크아웃했어. 이제 그런 계획은 접는 게 좋아."

그는 날카로운 매의 눈으로 여자를 바라보았다. 근엄한 검은 눈동자가 빤히 그녀를 응시했다.

"아무튼 짭새들 정말 짜증 난다니까!" 여자는 갑자기 화를 버럭 냈다. 그리고 자리에서 벌떡 일어나 욕실로 가더니 문을 걸어 잠갔다.

스티브는 어깨를 으쓱해 보였다. 순간 맥박이 뛰는 것을 느꼈다. 침대 위에서 술에 떡이 되어 쓰러진 앳된 창녀의 쿵쿵대며 뛰는 맥박 소리.

"어린 것들이 정말 안 됐군." 스티브가 한숨을 쉬며 말했다.

그는 책상 위에 놓인 커다란 보라색 가방을 보고 살짝 들었다가 내려놓았다. 다시 그의 얼굴에 긴장이 맴돌았다. 무거운 돌덩이가 든 것처럼 유리판 위에서 둔탁한 소리가 났다.

그는 잽싸게 가방을 열고 손을 쑥하고 집어넣었다. 손가락 끝에 차가운 철제 권총이 닿았다. 가방을 활짝 열고 소형 25구경 권총을 멍하니 쳐다보았다.

글씨가 휘갈겨 써진 하얀 종이도 눈에 들어왔다. 종이를 꺼내 불빛 아래 비추자 이름과 주소가 적힌 임대료 영수증인 걸 확인할 수 있었다. 스티브는 종이를 주머니에 넣고, 검은 머리 여자가 욕실에서 나오기 전에 다시 가방을 정리해서 가져다 놓았다.

"젠장, 언제까지 우리를 괴롭힐 건데요?" 여자가 차갑게 말했다. "마스터키로 여자들 있는 객실에 들어온 남자들이 무슨 일을 당하는지 알기나 해요?"

스티브는 느긋하게 대꾸했다. "알지. 큰코다치잖아. 총에 맞아 죽기도 하고."

순간 여자의 얼굴이 굳어지더니 곁눈질로 보라색 가방을 살폈다.

스티브가 말했다. "레오파디는 샌프란시스코에서 알게 됐나?

여기서는 2년 가까이 연주를 하지 않은 걸로 아는데. 지금은 싸구려 옷을 걸치고 베인 유티고어 밴드에서 트럼펫 연주를 하고 있고."

여자는 입술을 앙다물고 그를 지나 창문가로 가서 앉았다.

하얗게 질려 잔뜩 긴장한 모습이었다. 그리고 태연한 척 심드렁하게 말했다.

"블러썸이랑 아는 사이예요. 침대에서 자는 저 친구요."

"그들이 오늘 저녁 호텔에 오는 걸 알고 있었나?"

"아저씨랑 무슨 상관인데요?"

"난 레오파디가 오는 걸 전혀 몰랐어. 여긴 워낙 조용한 곳이라서. 그 작자한테 돈을 뜯어내려고 누가 왔을 거라는 생각조차 하지 못했지."

"생각할 거면 다른 데 가서 알아봐요. 난 자야겠으니까."

"그럼 푹 쉬어. 문은 잘 잠그고." 스티브가 말했다.

And

가느다란 금발 머리에 여윈 얼굴, 깡마른 남자가 접수대 옆에서서 대리석을 가느다란 손가락으로 탁탁 치면서 서 있었다.

조지는 여전히 데스크 뒤에서 새하얗게 겁에 질린 표정이었다. 깡마른 남자는 짙은 회색 정장에 코트 깃 안으로 스카프를 두르고 있었다. 조금 전 잠에서 깬 푸석한 얼굴이었다.

스티브가 엘리베이터에서 내리자 바다처럼 푸른 눈동자를 돌리더니 그가 접수대로 가까이 와서 열쇠를 데스크 위로 집어 던질 때까지 가만히 기다렸다.

스티브가 말했다. "레오파디의 방 열쇠야, 조지. 객실 안에 거울이 깨졌고, 카펫 바닥에 저녁에 먹은 메뉴를 뱉어놨는데 대부분 스카치위스키일 거야." 그제야 깡마른 남자 쪽으로 돌아섰다. "피터스 씨, 저를 보러 오신 건가요?"

"스티브, 어떻게 된 거야?" 깡마른 남자는 거짓말이라도 기대하듯 잔뜩 긴장된 목소리로 물었다.

"킹 레오파디와 밴드 멤버 둘이 8층 객실에 묵었어요. 나머지 멤버들은 5층에 있었고. 5층에 묵던 멤버들은 일찍 잠자리에 들었죠. 누가 봐도 창녀 같은 여자 둘이 레오파디의 객실 건너 건너에 어떻게 방을 구했더군요. 여자들이 레오파디를 꼬시려고 수작을 부리는 통에 8층에 묵는 투숙객 전부가 엄청난 난리 통을 겪어야 했죠. 조금 거칠게 다루기는 했지만, 그저 소란을 잠재우려고 했던 것뿐이에요."

"볼에 핏자국이 남았군." 피터스 씨가 쌀쌀맞게 말했다. "그거나 닦아."

스티브는 손수건으로 볼을 훔쳤다. 얇고 말라붙은 핏자국이 묻어나왔다. "일단 여자들은 방에서 못 나오게 했어요. 멤버 둘은 사태가 심상치 않다는 걸 눈치채고 알아서 피했는데, 레오파디는 다른 투숙객들이 시끌벅적한 난리 통을 기다린다고 착각하고 있더군요. 그래서 트롬본으로 목을 졸라버리겠다고 협박했더니 도리어 악기로 저를 때렸죠. 그래서 맨손으로 한 대 치니까 가지고 있던 총을 꺼내서 저를 향해 쐈어요. 이게 그 총이에요."

스티브는 주머니에서 32구경 자동 권총을 꺼내 접수대 위에 올렸다. 객실에서 찾아낸 탄피도 나란히. "이 정도면 녀석을 객실에서 끌어내 쫓아낸 것에 대한 이유는 충분한 것 같은데요."

피터스는 대리석을 손가락으로 계속 두드렸다. "그러니까 증거가 될만한 걸 내밀고서 정당하다고 우기는 게 자네의 평소 일 처리 방식인 거로군."

스티브가 그를 빤히 쳐다보며 말했다. "저를 공격했어요." 그는 차분히 말을 이었다. "그것도 총으로. 바로 이 총. 총에 맞았으면 죽을 수도 있었어요. 빗나가기는 했지만 명중했다면 어떻게 됐을까요? 내 몸뚱이가 지금처럼 멀쩡하게 버텨준 게 얼마나 다행스러운지 모르실 거예요."

피터스는 황갈색 눈썹을 찌푸렸다. 그리고 매우 예의를 갖추며 말했다. "우리는 자네를 야간 경비로 고용했어. 호텔 탐정이니 뭐니 하는 호칭 자체가 마음에 들지 않았으니까. 그렇지만 야간 경비든 호텔 탐정이든 내 허락도 없이 호텔에서 투숙객을 내쫓았다는 사실은 절대로 용납될 수가 없는 문제라는 걸 알아줬으면 해. 절대로 안 될 일이지, 스티브."

"투숙객이 저를 쐈는데도요? 이 총으로 저를 쐈다니까요? 이해가 안 되세요? 그렇게 당하고 가만히 보고만 있을 순 없는 일 아닌가요?" 스티브의 얼굴이 다소 하얗게 질려 있었다.

"자네가 이해할 수 있도록 조금 더 자세히 설명해 주겠네. 이 호텔의 지배 지분은 월터스 회장님에게 있어. 월터스 회장님은 샬롯 클럽도 소유하고 계시는데, 이번 주 수요일에 레오파디가 거기서 개막 공연을 하기로 돼 있네. 바로 그 점에서 레오파디가 우리에게 충분한 수익을 가져다주고 있는 존재라는 거야. 알아듣겠나? 혹시 이보다 더 자세한 설명이 필요한가?"

"알겠습니다. 그러니까 해고한다는 거군요." 스티브가 서글프게 말했다.

"맞네, 스티브. 잘 가게."

깡마른 금발 남자는 엘리베이터에 올랐고, 야간 짐꾼이 운행을 시작했다.

스티브는 조지를 쳐다보았다. "월터스 씨라는 분이 그렇게 거물이야? 참으로 똑똑하네, 이런 후진 호텔과 샬롯 클럽의 손님들이 같은 부류라고 생각하는 걸 보니. 그럼 피터스 씨가 레오파디를 여기로 보낸 거야?"

"아무래도 그런 것 같아요, 스티브." 조지는 낮고 음울한 목소리로 말했다.

"그럴 거면 1박에 300달러 하는 꼭대기 층 객실에 보내서 개인 발코니에서 신나게 춤을 추도록 하지 그랬대? 왜 비용도 중간 밖에 안되는 중간층 객실에 투숙시킨 거지? 프런트는 또 왜 그 창녀들을 밴드가 묵는 객실 근처로 배정시킨 거야?"

조지가 검은 턱수염을 잡아당기며 말했다. "비용 절감 차원에서 그랬나 봐요. 위스키값도 만만치 않으니. 그 여자들 객실 배정 건에 대해서는 잘 모르겠어요."

스티브는 접수대를 손바닥으로 내리쳤다. "어쨌든 나는 잘린 거네. 술에 취한 창녀들이 호텔을 매춘가로 만들려는 걸 막고, 8층에서 총질해대는 놈을 쫓아냈다는 이유로. 젠장! 벌써 여기서 일하던 때가 그리워질 것 같군."

"스티브, 나도 그리울 거예요." 조지가 부드러운 목소리로 말했다. "물론 일주일 동안은 아니에요. 내일부터 일주일 동안 휴가거든요. 친형이 크레스틀라인에 오두막을 가지고 있어요."

"형이 있는 줄 몰랐네." 스티브가 멍한 목소리로 말했다. 그는 접수대 위에서 손바닥을 접었다가 폈다가 했다.

"형은 시내에 자주 안 오니까요. 덩치가 산만 해요. 예전엔 격투기 선수였죠."

스티브는 고개를 끄덕이고 접수대에서 몸을 일으켰다. "이만 접고 퇴근해야겠어. 가서 푹 쉬어야지. 이 총은 어디 잘 치워놓도록 해, 조지."

그는 차가운 미소를 지어 보이고는 걸음을 돌렸다. 계단을 내려가 어둑한 메인 로비를 지나 무전실 쪽으로 가로질러 갔다.

연한 초록색 안락의자에 놓인 쿠션을 주먹으로 한번 내리쳤다. 문득 주머니에 손을 넣었다가 8층 검은 머리 여자의 보라색 가방에서 꺼낸 종이 뭉치가 잡혔다.

일주일 치 임대료 영수증에는 '코트가 118번지, 리지랜드 아파트 211호. 마릴린'이라는 이름이 적혀 있었다.

스티브는 종이를 지갑에 구겨 넣고 고요함이 맴도는 무전실을 멍하니 쳐다보고 서 있었다. "이제 다른 일을 구해야겠구나, 스티브." 그는 한숨과 함께 중얼거렸다. "아무래도 누군가 계획한 일 같단 말이야."

그는 구석에 벽장처럼 생긴 전화박스로 들어가 동전을 넣고 24시간 라디오 방송국에 전화를 걸었다. 네 번째 전화를 걸고 나서야 심야 라디오 프로그램 아나운서와 연결이 되었다.

"킹 레오파디의 '고독'이라는 곡을 틀어줄 수 있을까요?" 스티브가 물었다.

"지금 신청한 곡이 많이 쌓여서요. 그 곡은 벌써 두 번이나 틀었는데. 전화를 거신 분은 누구시죠?"

"스티브, 칼튼 호텔에서 야간 근무를 하는 중이에요."

"오, 올빼미처럼 밤에 일하는 분이시군요. 그렇다면, 뭐든 틀어드려야죠."

스티브는 다시 안락의자로 돌아와 라디오를 켰다. 등을 기대고 양손을 머리 뒤에 대고 편하게 자세를 잡았다.

10분이 지나자 레오파디의 강렬한 고음이 매력적인 부드러운 트럼펫 선율이 라디오 너머로 흘러나왔다. 거의 들리지 않을 정도로 낮았던 음이 기가 막힌 순간에 높은 선율로 변주되었다.

"젠장." 스티브는 신청한 곡이 끝나자 혼잣말을 했다.

"이렇게 연주 실력이 뛰어난 놈인데, 내가 너무 거칠게 대한 거 같군."

코트가는 지저분한 이탈리아인, 사기꾼, 예술가 나부랭이들이 모여 사는 오래된 동네였다.

벙커힐의 꼭대기에 늘어선 이곳에는 사람들 뒤통수를 쳐서 먹고사는 사기꾼, 밤마다 남자를 바꿔가며 사는 싸구려 창녀부터 으리으리한 구식 저택에서 노후를 보내는 초췌하고 나이

든 여주인까지 갖가지 인간 군상을 만나볼 수 있었다.

이곳 벙커힐도 한때는 살만한 좋은 동네였다. 한창 호시절을 누릴 때, 산꼭대기에서 노란 점토가 쌓인 하구까지 꾸불거리며 움직이던 작은 케이블카도 아직 그대로 남아있었다.

스티브가 케이블카의 유일한 승객으로 벙커힐 꼭대기에 도착해서 내렸을 때는 한창 정오 무렵이었다. 맵시 있는 남색 정장에 키가 크고 어깨가 떡 벌어진 그는 온몸으로 태양을 받으며 걸음을 옮겼다.

코트가에서 서쪽으로 방향을 튼 후, 번지수를 확인하기 시작했다. 붉은 벽돌 건물에 금빛으로 '파올라 페루기니 장례식장' 이라는 명판이 걸린 길에서 두 집 건너에 목적지가 있었다.

커튼이 쳐진 붉은 벽돌로 만든 장례식장 건물의 입구 앞에는 앞부분은 짧고 뒷부분이 긴 정장 차림의 까무잡잡한 이탈리아인이 시가를 빼끔거리면서 누군가 죽음을 맞기를 기다리고 있었다.

118번지에는 3층짜리 아파트 건물이 들어서 있었다. 때가 탄 그물 커튼으로 잘 가린 유리문이 보였고, 복도 바닥에는 45센티 넓이의 깔개가 덮여 있었다. 우중충한 문 위에는 빛바랜 페인트로 적힌 숫자가 적혀 있었다. 입구에서 반쯤 들어간 지점에 계단이 보였다.

스티브는 계단을 올라가 뒤쪽을 향해 어슬렁거리며 걸어갔다. 마릴린 양의 211호실은 오른편에 위치하고 있었다. 그는 나무 문을 가볍게 노크하고 기다렸다가 다시 한번 노크했다. 복도에서도 문안 쪽에서도 아무런 인기척이 없었다.

복도 건너편 다른 집에서 누군가 기침을 연달아서 해댔다.

어스름한 빛 아래 멍하니 서 있던 스티브는 왜 여기까지 오게 됐는지 의아한 생각이 들었다. 마릴린의 가방에는 권총이 있었다. 레오파디는 의문의 협박 편지를 받았지만, 곧바로 찢어서 버렸다. 마릴린이라는 여자는 스티브가 레오파디를 쫓아내고 한 시간이 지나서 칼튼 호텔에서 체크 아웃을 했다. 그렇다고 하더라도….

스티브는 가죽으로 된 열쇠 걸이를 꺼내고 나서 아파트 자물쇠를 유심히 살폈다. 이 자물쇠가 모든 원인을 밝혀줄 수 있을 것만 같았다. 열쇠를 꽂고 잠금쇠를 푼 다음, 조용히 아파트 안으로 발을 내디뎠다. 문을 닫았지만 제대로 잠기지 않았다.

앞으로 난 창문 두 개 위로 가리개가 드리워져 있어서 아파트 안이 어두컴컴했다. 집안에 분 냄새가 진동했다. 밝은색 페인트가 칠해진 가구, 접이식 더블 침대는 바닥에 내려진 채로 잘 정리돼 있었다.

침대 위에는 잡지 한 권과 담배꽁초가 수북한 재떨이, 위스키가 가득 찬 유리병이 있었다. 침대 옆 의자에는 술잔 하나가 놓여 있었다. 베개 두 개는 등받이로 사용했던 모양인지 등이 닿았던 부분이 움푹 꺼져 있었다.

화장대에는 싸구려도 고급도 아닌 평범한 화장용품 세트가 놓여 있었다. 검은 머리카락이 낀 빗과 매니큐어 제품, 분가루가 떨어진 화장품 한 무더기, 그리고 욕실에는 아무것도 없었다. 침대 뒤 옷장에는 여행용 가방 두 개와 옷가지가 가득했다.

구두도 전부 크기가 같아 보였다.

스티브는 침대 옆에 선 채로 턱을 가만히 꼬집어 보았다.

"침을 뱉던 금발 머리, 블러썸이라는 여자는 여기 살지 않아…" 그는 숨소리와 함께 나지막이 내뱉었다. "그렇다면 찢어진 잠옷 바지를 입은 검은 머리 여자가 마릴린이었던 건가."

그는 옷장 뒤로 가서 서랍을 열어 보았다. 제일 아래 서랍에 나란히 정리된 벽지 쪼가리 밑에서 25구경 자동 권총과 탄피가 든 상자가 나왔다.

재떨이에 쌓인 담배꽁초를 휘적였다. 전부 립스틱 자국이 묻어 있었다. 그는 다시 턱을 꼬집고 나서 노 젓는 사람이 작은 노를 휘젓듯이 손바닥을 펴서 허공을 휘휘 젓는 시늉을 했다.

"멍청이…" 그가 부드럽게 말했다. "괜히 시간만 낭비했군, 스티브."

그는 다시 밖으로 나가는 출입구 쪽으로 향했다. 손잡이를 향해 팔을 뻗는척하다 잽싸게 침대 쪽으로 돌아와 발걸이를 살짝 누르고 침대를 홱 하고 집어 올렸다.

바로 그곳에 마릴린이 있었다.

여자는 침대 아래 바닥에 마치 달리기를 하는 것처럼 다리를 X자로 구부린 채 누워있었다. 한쪽 발에는 슬리퍼가 있고, 다른 발은 맨발이었다. 스타킹 위로 맨살과 가터벨트가 보였다.

목 부분이 네모나게 파인 반소매 드레스가 그리 깨끗해 보이지 않았다. 드레스 위로 보이는 목덜미에는 보라색으로 군데군데 멍든 자국이 남아있었다.

얼굴은 시커먼 자주색으로 변해있었다. 희미한 죽음의 번뜩임이 그대로 남은 눈동자….

입은 여전히 쩍 벌린 상태라서 얼굴 앞부분이 짧게 보였다.

얼음보다 차갑게 식은 몸은 여전히 축 늘어져 있었다. 최소 2~3시간에서 최대 6시간 전에 죽음에 이른 게 분명해 보였다.

옆에는 여자의 벌어진 입처럼 활짝 열린 보라색 가방이 놓여 있었다. 스티브는 바닥에 떨어진 가방 속 내용물들에는 손가락조차 대지 않았다. 권총도 종잇조각도 보이지 않았다.

그는 다시 여자 위로 접이식 침대를 내리고, 아파트 안을 돌면서 손으로 만졌던 것들을 말끔히 닦아냈다. 손을 댔었는지 아닌지 기억조차 나지 않는 것투성이였다.

그는 문밖에서 나는 소리에 잠시 귀를 기울이고 있다가 밖으로 나섰다. 복도는 텅 비어 있었다. 반대쪽 집의 문 안에서 여전히 콜록대는 기침 소리가 들렸다. 스티브는 계단을 내려가서 우체통을 살핀 후 아래층 복도를 따라서 문이 있는 쪽으로 걸어갔다.

문 너머에서 단조롭게 끼익 끼익 흔들리는 의자 소리가 들렸다. 그는 문을 노크했다. 여자가 고음으로 외치는 소리가 들렸다. 스티브는 손수건을 대고 손잡이를 연 다음 안으로 들어갔다.

방 가운데 오래된 흔들의자 위에 한 여자가 피곤함에 축 늘어진 자세로 몸을 앞뒤로 흔들며 앉아 있었다. 진흙처럼 시커먼 얼굴에 지저분한 머리카락, 회색 면 스타킹, 하나부터 열까지 벙커힐에 찌들어 있는 중년 여자의 차림 그 자체였다.

여자는 죽은 금붕어 같은 눈동자에 호기심을 가득 담아 스티브를 쳐다보았다.

"누구신가요?"

여자는 흔들대던 몸을 멈추고 큰소리로 외쳤다. "제이크! 손님 왔어!" 고음을 내지른 후, 다시 의자에 앉아 앞뒤로 몸을 흔들었다.

안쪽으로 빼꼼히 열린 문 뒤에서 냉장고가 쾅 소리를 내며 닫히더니 맥주 한 캔을 든 덩치 큰 남자가 뚜벅뚜벅 걸어 나왔다.

멍하고 창백해 보이는 얼굴, 반짝이는 대머리 위쪽으로 복슬복슬 자란 솜털, 두껍고 흉측한 목과 턱, 돼지처럼 작은 갈색 눈은 방금 본 여자처럼 무표정해 보였다.

어제 면도를 해야 했을 정도로 수북하게 자란 수염에, 깃이 없는 셔츠를 풀어 헤쳐 덥수룩한 가슴 털이 그대로 드러났다.

바지 위로 커다란 금박 버클이 달린 자주색 멜빵을 걸치고 있었다.

그가 맥주 캔을 여자에게 건네주었다. 여자는 남자의 손에서 맥주 캔을 낚아채고는 씁쓸한 목소리로 말했다. "온몸이 피곤해서 머리가 제대로 돌아가지 않는다니까."

남자가 말했다. "그래. 그래서 복도 청소를 엉망으로 해놓은 거군."

여자가 으르렁대며 말했다. "그래도 내가 할 수 있는 한도 내에서는 열심히 했잖아." 여자는 목이 말랐던 사람처럼 맥주를 벌컥벌컥 들이켰다.

스티브는 남자를 보며 물었다. "여기 관리자 되시나요?"

"그래, 내가 관리자요. 이름은 제이크 스토야노프."

스티브가 물었다. "211호에는 누가 살죠?"

남자가 큰 허리를 앞으로 살짝 숙이더니 멜빵을 튕겼다. 눈빛에 아무 변화가 없었다. 넓적한 턱의 피부가 살짝 긴장된 것도 같았다. "여자가 살지."

"혼자요?"

"궁금한 거 계속 물어보슈." 덩치 큰 남자가 말했다.

그는 손을 뻗어서 얼룩투성이 나무 탁자 가장자리에 놓여 있던 시가를 집어 들었다. 시가는 불규칙하게 타들어 갔다. 마치 바닥 깔개에 누가 불을 붙이기라도 한 것처럼 역한 탄내를 풍겼다. 그는 입속으로 시가를 쑤셔 넣듯이 물었는데, 입에서는 시가가 들어오는 것을 내켜 하지 않는 것처럼 보일 정도였다.

"지금 묻고 있잖아요." 스티브가 말했다.

"주방으로 가서 얘기하지." 덩치 큰 남자가 느릿느릿 말했다.

남자는 몸을 돌려 주방 문을 활짝 열었다. 스티브는 그를 지나서 주방으로 들어갔다.

삐걱거리며 움직이는 흔들의자의 소음과 맞서듯 그는 발로 쾅 소리를 내며 주방 문을 닫고 냉장고에서 캔 맥주 두 개를 꺼냈다. 그는 뚜껑을 따서 스티브에게 맥주 한 캔을 내밀었다.

"짭새인가?"

스티브는 맥주를 한 모금 마시고 싱크대 위에 캔을 내리고, 지갑에서 오늘 아침에 새로 만든 명함을 꺼냈다. 그는 명함을 남자에게 건넸다.

남자는 명함에 적힌 글씨를 읽고 싱크대 위에 내렸다가 다시 명함을 들더니 자세히 읽었다.

"그 사람들 중 하나로구먼." 그는 맥주를 마시며 낮은 목소리로 말했다. "그 여자가 이번에는 또 무슨 일을 벌였지?"

스티브가 어깨를 으쓱했다. "평범한 사건이에요. 찢어진 바지를 입고 설쳤다고나 할까. 이번에는 뒷돈이 오갔다는 게 특별하기는 하지만."

"뒷돈? 자네가 이번 사건을 맡은 거야? 그나마 쉬운 일거리겠군."

스티브가 끄덕였다.

덩치 큰 남자가 입술 사이로 뿌연 연기를 뿜었다. "그럼 얼른 해결해야지."

"여기서 체포당해도 상관없겠어요?"

덩치 큰 남자가 푸근하게 웃어 보였다. "자네 재미있군," 그는 매우 재미있는 표정이었다. "어차피 사립 탐정이잖아. 그러면 조용히 처리해야지. 만약 체포니, 뭐니 시끄럽게 굴면 나만 골치 아파지니까. 가서 자네가 맡은 일이나 해결해. 아무 데나 들쑤시고 다니란 말이야. 어차피 경찰은 이 제이크에게는 신경도 쓰지 않을 테니까."

스티브는 아무 말도 하지 않고 남자를 빤히 쳐다보았다.

덩치 큰 남자는 말을 하면 할수록 더욱 흥미를 보이는 것 같았다. "게다가…" 그가 시가를 흔드는 시늉을 하면서 말을 이었다. "난 본래 마음씨가 착한 사람이야. 문제를 일으키지도 않고, 괜한 사건에 휘말리지도 않아."

그는 맥주 캔을 비우고 싱크대 아래 쓰레기통에 휙 집어 던지더니, 한 손을 앞으로 내밀고 엄지로 집게와 검지를 천천히 비볐다. "물론 뭔가 얻을 게 있다면 얘기는 달라지지만." 그가 덧붙였다.

스티브가 조용히 대꾸했다. "손이 정말 크네요. 그 정도면 해치우고도 남았겠군요."

"뭐?" 그의 갈색 가죽 같은 조그만 눈이 고요해지면서 그를 노려보았다.

"맞아요. 별문제 없이 살아왔다고 쳐요. 그래도 경찰들이 계속 캐다 보면 결국 당신을 의심하게 될걸요."

덩치 큰 남자는 싱크대로부터 몸을 떼고 살짝 좌측으로 움직였다. 오른손은 우측으로 축 늘어뜨렸다. 입술을 얼마나 꽉 다물었는지 물고 있던 시가가 콧구멍에 닿을락 말락 할 정도였다.

"대체 문제가 뭐야?" 그가 버럭버럭했다. "왜 나를 들쑤시고 난리냐 이 말이야. 대체 왜!"

"그만하시죠." 스티브가 느릿느릿 말했다. "그 여자 죽었어요. 목이 졸린 채. 위층 아파트에서 침대 아래 깔려 있었죠. 오전에 죽은 것 같아요. 큰 손이 목을 졸랐던 것 같은데…, 마치 당신의 손처럼."

덩치 큰 남자는 엉덩이에 차고 있던 권총을 꽤 날렵한 솜씨로 꺼내 보였다. 어찌나 순식간에 총을 뽑았는지 처음부터 손에 총을 쥐고 있었던 것처럼 느껴질 정도였다.

스티브는 권총을 보며 눈살을 찌푸렸지만, 꿈쩍도 하지 않았다.

덩치 큰 남자가 총 너머로 그를 쳐다보았다. "거친 놈이로군.

이래 봬도 오랫동안 주먹 꽤 썼던 사람이라 해볼 만한 상대인지는 금방 알 수 있다고. 자넨 호락호락하지 않겠어. 하지만 총알도 피할 정도로 강하지는 않겠지. 뜸 들이지 말고 본론만 말해."

"그 여자 집에 가서 노크했어요. 대답이 없더군요. 자물쇠 여는 것쯤이야 식은 죽 먹기였고. 접이식 침대가 바닥에 내려와 있어서 처음에는 없는 줄 알았죠. 침대를 내려놓고 잡지를 보면서 잠시 앉아 있었던 것처럼 보였으니까. 몸싸움을 한 흔적도 없었어요. 아파트에서 나오기 직전 혹시나 해서 침대를 올렸더니 거기 시신이 있더군요. 이미 싸늘하게…. 그 총 저리 치우시죠. 어차피 경찰이 와도 찔릴 거 하나 없다면서요."

덩치 큰 남자가 속삭이듯 말했다. "그렇지. 아니기도 하고. 경찰을 만나는 게 항상 기쁠 순 없으니까. 가끔 문제가 생길 때도 있어. 게다가 자네도 내 손을 보고 의심을 했잖아."

스티브가 고개를 저었다. "그건 장난이죠. 여자 목에 손톱자국이 남아있었어요. 당신은 손톱을 물어뜯어서 짧잖아요. 당신은 결백해요."

덩치 큰 남자는 손톱이 어떤 모양인지 살피지도 않았다. 얼굴이 백지장처럼 질려 있었다. 아랫입술에 송골송골 땀방울이 맺혔고, 까칠하게 자란 수염에도 땀이 가득했다. 그렇게 몸을 숙인 채로 꼼짝하지 않고 있는데 주방 문 너머 거실 밖 복도에서 누군가 노크를 했다.

흔들 의자가 끼익 대던 소리가 멈추었고, 여자가 또다시 찢어지는 목소리로 소리쳤다. "제이크! 손님이야!"

덩치 큰 남자가 고개를 숙였다. "저 늙은 여편네는 집에 불이 나도 의자에서 엉덩이를 떼지 않을 작정이구먼." 그가 씁쓸하게 말했다.

그는 주방 문을 열고 밖으로 나갔다. 그의 등 뒤로 문이 덜컹거렸다.

스티브는 두 눈으로 잽싸게 주방을 훑었다. 싱크대 위로 높고 좁은 창문이 있었다. 아래에는 음식 찌꺼기를 담고 꾸러미를 정리하기 위해 가져다 놓은 발판이 있었다. 다른 출구는 보이지 않았다.

그는 제이크가 그릇 건조대 위에 올려둔 명함을 집어서 다시 주머니에 잽싸게 집어넣었다. 그러고 나서 왼쪽 주머니에서 콜트 권총을 꺼내 권총집에 넣듯 총구를 아래로 향했다.

그렇게 대비를 하고 있던 찰나, 벽 너머로 요란한 총성이 퍼졌다. 다소 먼 거리지만 네 발의 총성이 서로 뒤섞여 울려 퍼졌다.

스티브는 한 발 뒤로 물러섰다가 다리 한쪽을 쭉 펴면서 주방 문을 걷어찼다. 주방 문이 덜컹거리더니 그의 머리와 관절에 강하게 부딪혔다. 그는 욕설을 내뱉으며 왼쪽 어깨로 주방 문을 힘껏 밀고 나갔다.

거실로 돌진하자 진흙처럼 시커먼 얼굴의 여자가 흔들의자 앞으로 몸을 내밀고 있었다. 한쪽으로 기울어진 머리 옆으로 칙칙한 갈색 머리카락 한 움큼이 툭 튀어나온 이마 위로 드리워져 있었다.

"뭐가 터진 것 같은데?" 여자가 멍한 투로 말했다. "꽤 가까이서 들렸어요. 아무래도 골목에서 뭐가 터졌나 봐."

스티브는 거실을 가로질러 현관문을 벌컥 열고 복도로 뛰어나갔다.

덩치 큰 남자는 4미터 정도 거리의 복도에서 골목으로 향하는 현관문이 열린 쪽을 바라보며 손바닥으로 벽을 붙잡고 서 있었다. 권총은 발치에 떨어져 있었다. 왼쪽 무릎에 힘이 풀리는가 싶더니 바닥으로 풀썩 주저앉았다.

아파트 문이 열리고 잔뜩 겁먹은 여자가 고개를 쑥 내밀었다가 다시 쾅 하고 문을 닫아버렸다. 문 안쪽에서 라디오 볼륨이 갑자기 올라갔다.

덩치 큰 남자는 왼쪽 무릎을 대고 일어나려고 애썼지만, 바지 안쪽에서 다리가 후들거리며 떨리는 것이 보였다. 그는 다시 두 무릎을 대고 바닥에 쓰러졌다. 발치에 떨어진 권총을 손에 쥐고 아파트 밖으로 나가는 문을 향해 기어가려고 애썼다.

순간 그의 몸이 풀썩 바닥으로 엎어졌다. 그는 비좁은 바닥깔개 위로 얼굴을 문지르면서도 끝까지 현관 쪽으로 기어가려고 안간힘을 썼다.

그러더니 온몸이 그대로 멈추고 말았다. 그의 몸이 축 늘어지면서 권총을 쥔 손에도 힘이 풀렸는지 총이 바닥으로 떨어졌다.

스티브는 현관문을 박차고 골목으로 뛰어나갔다. 회색 세단 한 대가 저만치 전속력으로 달려가는 것이 보였다. 자리에 멈추고 숨을 고르면서 권총을 눈높이까지 올렸지만, 자동차는 순식간에 모퉁이를 돌아 사라져버렸다.

한 남자가 골목 건너 다른 아파트 쪽으로 순식간에 사라졌다. 스티브가 전속력으로 달리면서 권총을 주머니 속에 집어넣었다. 골목 끝 지점에 도착했지만 이미 자취를 감춘 후였다.

스티브는 벽에 바짝 붙어서 인도가 있는 쪽으로 걸어갔다.

천천히 속도를 줄이다가 마침내 걸음을 멈추었다. 다시 반 블록쯤 내려가니 한 남자가 주차를 마치고 차에서 내려 간이식당으로 걸어가는 것이 보였다. 스티브는 그가 들어가는 모습을 지켜보고 있다가 모자를 다시 고쳐 쓰고 간이식당이 있는 쪽으로 향했다.

식당 안에 들어가서 카운터 의자에 앉아 커피를 주문했다.

잠시 후, 도로 위로 사이렌 소리가 울려 퍼졌다. 스티브는 커피를 마시고 다시 한 잔을 더 주문해서 마셨다.

그는 담배에 불을 붙이고 5번가를 향해 길고 긴 언덕을 내려간 후에, 케이블카 탑승 지점에 도착해서 주차장에 세워진 컨버터블 자동차에 몸을 실었다. 그리고 버몬트를 지나 오늘 아침까지 머물렀던 작은 호텔이 있는 서쪽으로 향했다.

샬롯 클럽의 매니저 빌은 뒤꿈치를 비비 꼬면서 불 꺼진 주방 안에서 입이 찢어지라고 하품을 했다. 칵테일 손님을 맞기엔 늦은 시간이고, 저녁 식사 손님이 오기에는 이른 시간이었다.

상류층 손님들이 고급 도박을 즐기려고 모여들어 북적거릴 시간이 아닌 고요한 순간이었다.

빌은 감색이 섞인 검은 야회복 재킷 차림에 얼굴은 호남형이었다. 가슴에는 모조 카네이션을 달고 있었다. 좁은 이마 위로 보이는 머리칼은 헤어스프레이를 뿌려서 고정했다. 다부진 몸이 옆에서 보기에도 괜찮아 보였다.

기민한 갈색 눈동자와 길게 구부러진 속눈썹. 그는 취객들이 그에게 주먹을 휘두르며 난동을 부릴 때면 긴 속눈썹을 가만히 내리깔며 쳐다보는 걸 좋아했다.

제복을 입은 도어맨이 클럽의 입구 문을 열자 스티브가 들어왔다.

"오, 이런!" 빌이 이빨을 딱딱 부딪치면서 몸의 무게를 앞으로 숙였다. 그는 손님을 맞기 위해 천천히 로비를 가로질러 갔다.

스티브가 문 안으로 들어오더니 등 뒤로 부드럽게 비추는 조명 밑에서 우윳빛 유리로 된 높은 현관 벽 너머를 두리번거리고 있었다.

유리에는 항해하는 배들과 정글의 야수들, 아시아의 탑과 유카탄반도의 사원이 아로새겨져 있었다. 네모반듯한 문은 마치 액자처럼 크롬으로 테가 둘려 있었다.

샬롯 클럽에는 각계각층의 사람들이 모여들었는데 좌측 라운지 바에서 들리는 목소리들은 그다지 요란스럽게 느껴지지 않았다. 사람들 목소리 뒤로 들리는 희미한 스페인 곡조는 조각을 새긴 부채처럼 섬세하게 들렸다.

빌이 매끈하게 빗어넘긴 머리를 살짝 숙이며 인사했다. "손님, 도와드릴까요?"

"킹 레오파디는 어디 있죠?"

빌은 살짝 뒤로 몸을 젖혔다. 별로 탐탁지 않은 표정.

"밴드 리더 말씀이세요? 공연 시작은 내일입니다."

"이 근처에 있을 것 같은데…, 리허설 같은 거 해야 하니까."

"친구분이세요?"

"그냥 아는 사이예요. 혹시 묻고 싶은 게 이거라면 밴드에 들어가고 싶어서 찾아온 것도 아니고 가수 나부랭이도 아닙니다."

빌은 불안함에 발을 꼼지락거렸다. 킹 레오파디는 별로 중요한 존재가 아닌 듯했다.

아치형 복도의 소규모 스페인 오케스트라는 과거의 추억을 떠올리듯 잔잔하고 유혹적인 멜로디를 연주하고 있었다. 춤을 추는 무대도 없었다. 그저 편한 의자가 놓인 긴 테이블과 서로 적당한 간격을 두고 놓인 원형 테이블들이 고작이었다.

벽을 따라 길게 늘어선 좌석들이 세 개의 벽면에 빙 둘러 있었다. 웨이터는 나방이 날아다니듯 테이블 사이를 휙휙 지나다녔다.

스티브는 저만치 구석에 한 여자와 앉은 레오파디를 발견했다. 양옆 테이블은 비어 있었다. 여자는 멀리서 봐도 끝내주는 미인이었다. 키도 늘씬했다. 뿌연 구름 사이로 붉게 비추는 새빨간 노을과 같은 머리카락이 눈에 띄었다.

머리 위에는 새까만 벨벳 베레모를 비스듬히 걸치고 있었는데, 두 겹으로 주름 잡힌 모자 위에는 물방울무늬 깃털이 달린 나비 장식 두 개가 길쭉한 은색 침으로 고정돼 있었다.

핏빛 빨강 울 드레스를 입고 한쪽 어깨에는 족히 60센티는 될법한 푸른색 여우 목도리를 걸쳤다. 눈동자가 천연염료를 입힌 것처럼 파랗고 커 보였다. 그녀는 장갑을 낀 왼손으로 테이블 위에 놓인 조그만 술잔을 천천히 돌리고 있었다.

레오파디는 그녀의 얼굴 쪽으로 바짝 몸을 숙인 채로 뭔가 떠들어댔다. 털이 수북한 크림색 스포츠 코트를 걸쳐서인지 그의 두 어깨가 떡 벌어진 것처럼 보였다. 갈색 목덜미 위로 늘어진 머리카락이 유난히 눈에 띄었다.

스티브가 가까이 다가가는 순간에도 테이블 너머를 보며 껄껄대고 웃고 있었다. 자신감과 오만함이 가득 차 있는 웃음이었다.

스티브는 잠시 멈추었다가 옆 테이블 뒤쪽으로 갔다. 그의 움직임이 레오파디의 눈에 띄었다. 고개를 돌린 그의 표정은 화가 나 있었다. 눈이 양옆으로 커지고 번쩍이더니 마치 기계 장치가 달린 장난감처럼 몸뚱이가 서서히 돌아갔다.

레오파디는 두 손으로 하이볼 글라스가 하나씩 놓인 테이블 양쪽을 붙잡았다. 그러고 나서 의자를 뒤로 밀고 자리에서 벌떡 일어섰다.

그는 한 손가락을 들더니 뺨을 따라서 길게 난 턱수염을 연극을 하듯 섬세한 손길로 만지작거렸다. 그리고 또박또박한 목소리로 느릿하게 말했다. "이런 개 같은 자식."

근처 테이블에 앉아 있던 남자가 고개를 돌리더니 그를 쏘아보았다. 이쪽을 향해 다가오던 웨이터가 그대로 걸음을 멈추고 뒤쪽 테이블 쪽으로 부리나케 사라졌다.

동석하고 있던 여자는 스티브를 쳐다보고 벽 쪽 의자에 놓인 쿠션에 등을 기댔다. 장갑을 끼지 않은 손가락 끝에 침을 바르고는 한가롭게 밤색 눈썹을 가다듬었다.

스티브는 꼼짝하지 않고 서 있었다. 두 뺨 위로 갑자기 붉은 기운이 확 퍼졌다. 그가 부드러운 목소리로 말했다. "어젯밤 호텔에 뭘 두고 갔더군. 아무래도 일 처리 하려면 이게 필요할 것 같아서 말이야. 여기." 그는 주머니에서 꾸깃꾸깃해진 종잇조각을 꺼내 펼쳐 보였다.

레오파디는 미소를 띤 채 종이를 받아서 읽어 내려갔다. 갈가리 찢긴 하얀 종잇조각이 붙은 노란색 종이였다. 레오파디가 종이를 구겨버리고 발치에 툭 떨어트렸다. 그는 날렵하게 스티브 쪽으로 한 걸음 다가가더니 아까보다 더 큰 소리로 외쳤다.

"이 개 같은 새끼가!"

조금 전에 고개를 돌려 노려봤던 남자가 자리를 박차고 일어나더니 주위를 두리번거렸다. 그리고 강경하게 말했다. "내 아내가 저런 저속한 욕을 듣는 건 도저히 용납할 수가 없소."

레오파디는 그쪽으로 고개조차 돌리지 않고 대답했다. "니 마누라 데리고 지옥으로 꺼져."

남자의 얼굴이 흙빛으로 붉어졌다. 함께 앉아 있던 여자가 자리에서 일어나더니 가방과 코트를 들고 나가버렸다. 잠시 망설이던 남자도 여자를 따라서 나갔다.

이제는 라운지 안에 있던 모든 이들의 시선이 두 사람에게 고정되었다.

레오파디는 다시 한번 길고 느린 걸음으로 다가오더니 스티브의 턱을 향해 주먹을 날렸다. 스티브가 주먹을 맞고 주춤거리며 뒤로 물러서다 다른 테이블에 한 손을 짚는 바람에 테이블에 있던 유리잔이 엎어지고 말았다. 그는 테이블에 앉은 남녀 손님에게 사과의 말을 건넸다.

레오파디가 다시 한번 재빠르게 다가와 그의 얼굴을 있는 힘껏 때렸다.

빌이 복도 쪽에서 걸어오자 웨이터들이 바나나 껍질처럼 양쪽으로 갈라졌다. 그는 하얀 치아를 보이며 걸어오고 있었다.

스티브는 입을 틀어막고 저만치 물러섰다. 그가 고개를 돌리고 탁한 목소리로 말했다. "잠깐, 멍청하긴, 이게 다 당신을 위해서…"

레오파디는 재빨리 다가가 입 쪽으로 강력한 펀치를 날렸다.

스티브의 입술에서 피가 터지더니 입가와 턱 쪽으로 스르르 흘러내리면서 반짝거렸다. 빨간 머리 여자는 화가 났는지 사색이 되어서 가방을 손에 집고 당장이라도 테이블 뒤쪽으로 피할 태세를 취했다.

레오파디가 곧바로 몸을 돌려 도망치려 하자 빌이 손을 뻗어 그를 제지했다. 레오파디는 그 손길을 뿌리치고 라운지 밖으로 유유히 사라졌다.

늘씬한 빨간 머리 여자는 테이블에 가방을 내려놓더니 손수건을 바닥에 툭 하고 떨어트렸다.

그녀가 스티브를 보며 조용히 말했다. "셔츠를 더럽히기 전에 빨리 턱에 묻은 피부터 닦으세요." 그 부드러운 목소리에서 미세한 떨림이 느껴졌다.

빌이 화가 잔뜩 난 차가운 얼굴로 다가오더니 스티브의 한쪽 팔을 붙잡고 온몸을 실어 그를 압박했다. "이제 그만! 같이 갑시다!"

스티브는 발이 땅에 박힌 것처럼 가만히 서서 여자를 쳐다보고 있었다. 그는 슬그머니 미소를 지으면서 자신의 손수건으로 입가에 묻은 피를 닦아냈다. 빌이 아무리 애를 써도 그는 꼼짝하지 않았다. 빌은 손을 놓고 웨이터 둘을 향해 신호를 보냈다.

곧바로 둘이 스티브 뒤쪽으로 다가왔지만 절대 손을 대지는 않았다.

스티브는 손으로 입술을 만져본 후 손수건에 묻은 핏자국을 확인했다. 그리고 뒤쪽 테이블에 앉은 손님들을 향해 고개를 돌리고 말했다. "정말 죄송하게 됐습니다. 갑자기 균형을 잃는 바람에."

그가 쏟은 술잔의 주인이었던 여자는 장식이 달린 냅킨으로 드레스에 묻은 술 자국을 콕콕 찍어내고 있었다. 여자는 그를 보며 웃는 얼굴로 말했다. "당신 잘못도 아닌데요, 뭐."

두 명의 웨이터가 갑자기 뒤에서 스티브의 양팔을 잡았다.

빌은 고개를 저었고 두 사람은 다시 자리를 피했다.

빌이 엄한 목소리로 물었다. "당신이 먼저 때렸나요?"

"아니요!"

"당신이 맞을 이유가 있었던 건가요?"

"아니요."

그사이 빨간 머리 여자는 떨어진 손수건을 집기 위해 몸을 숙이고 있었다. 마침내 손수건을 집은 그녀가 테이블 모서리 쪽에 슬그머니 다시 앉았다. 그리고 차가운 목소리로 말했다.

"빌, 그만 해요. 레오파디가 사람들에게 자기 얼굴을 알리는 방식일 뿐이니까."

빌이 놀란 투로 말했다. "네?" 그리고 두꺼운 목을 홱 하고 뒤로 돌렸다. 그러더니 음흉한 미소를 지으면서 스티브를 바라보았다.

스티브가 빌을 보며 우울하게 말했다. "그 사람한테 세 대나 맞았어요. 난 반격도 안 했는데, 너무 하시는군요. 당신 같아도 어쩔 수 없었을 거요."

빌은 눈알을 굴리며 상황 판단에 나섰다. 그리고 차분한 목소리로 말했다. "당신이 맞아요. 나라도…, 흐흠. 다들 저리 가!" 그는 웨이터들을 향해 날카롭게 소리쳤다.

웨이터들이 전부 사라졌다. 그가 카네이션에 대고 코를 킁킁대더니 조용히 말했다. "저희 라운지에서 난투극을 벌이시면 안 됩니다."

그는 여자를 향해 다시 미소를 지어 보였다. 다른 테이블마다 찾아가서 한 마디씩 양해를 구하고 저만치 걸어가더니 라운지 입구를 지나 사라졌다.

스티브가 손수건을 주머니에 넣고 엉덩이를 툭툭 치더니 자리에 선 채로 바닥을 눈으로 훑기 시작했다.

빨간 머리 여자가 차분하게 말했다. "당신이 찾는 걸 내가 가진 모양이네요, 내 손수건안에. 이리 와서 앉을래요?"

그녀의 목소리를 들으니 언젠가 들은 적이 있는 것 같은 아련한 추억이 떠올랐다. 그는 레오파디가 있던 테이블의 반대쪽 의자로 가서 앉았다.

빨간 머리 여자가 말했다. "술은 내가 사죠. 아까 그 사람이랑 있었으니까."

스티브가 웨이터를 보고 말했다. "비터즈를 넣은 콜라 한잔요."

웨이터가 물었다. "여성분은요?"

"소다수를 넣은 브랜디. 브랜디 너무 많이 넣지 말고요."

웨이터는 고개를 숙이고 자리에서 물러났다.

여자는 들뜬 표정으로 말했다. "쓴맛을 내는 비터즈를 콜라에 넣어 마신다…. 내가 이래서 할리우드를 좋아한다니까. 신경증 환자를 꽤 많이 만났나 봐요."

스티브가 그녀의 눈을 똑바로 바라보며 부드럽게 대답했다.

"제가 간헐적 음주를 하는 사람이라. 술을 한번 마시는 날에는 수염이 덥수룩하게 자란 채로 싱가포르에서 눈을 뜰 수도 있거든요."

"난 그런 말 안 믿어요. 레오파디랑 안 지는 오래됐어요?"

"어젯밤에 처음 만났죠. 첫 만남부터 삐걱거렸고."

"딱 보니 그런 것 같더군요." 여자가 웃었다. 웃음소리도 저음이었다.

"이제 그 종이 주시죠, 부인."

"오, 참을성이 전혀 없으신 분이구나. 시간은 충분해요."

그녀는 장갑을 낀 손안에 구겨진 종잇조각을 꽉 쥐고 있었다. 그녀는 가운뎃손가락으로 눈썹을 다듬었다. "혹시 배우는 아니겠죠?"

"맙소사, 절대로요."

"나도 마찬가지예요. 내가 워낙 키가 커서 얼굴 반반한 남자 배우의 품에 안기려면 남자가 받침대 위에 올라서야 하는 상황이라서요."

웨이터가 두 사람 앞에 술잔을 내려놓았다. 냅킨을 깔면서 예의 바른 말을 날린 다음 바람처럼 사라졌다.

스티브가 낮은 목소리로 고집스럽게 말했다. "부인, 그 종이 주시죠."

"난 그 부인이라는 말이 그렇게 싫더라. 그러니까 꼭 경찰 같잖아요."

"성함을 모르니까요."

"나도 그쪽 이름 몰라요. 레오파디는 어디서 만났죠?"

스티브가 한숨을 쉬었다. 스페인 오케스트라가 들려주는 구슬프고 단조로운 음색이 이제는 딱딱거리는 악기 소리에 맞추어 연주되고 있었다.

그는 고개를 한쪽으로 기울이고 음악에 귀를 기울이다 말했다. "E 현의 음이 반음 낮아졌네요. 꽤 근사하게 들리는군요."

여자는 새로운 호기심에 차서 그를 빤히 쳐다보았다. "그건 미처 느끼지 못했는데. 이래 봬도 꽤 노래 좀 한다고 하는 사람인데도 말이에요. 그건 그렇고, 아직 내 질문에 대한 대답은 못 들었어요."

스티브가 느릿느릿 말했다. "어젯밤까지는 칼튼 호텔에서 야간 경찰로 일했어요. 야간 경비라는 이름으로 불렸지만, 하는 일은 밤에 호텔에서 생기는 문제를 처리하는 거였죠. 레오파디가 호텔에 묵으면서 소란을 피웠어요. 곧바로 내쫓은 덕분에 호텔에서 잘리고…"

여자가 말했다. "아, 어떤 건지 알겠어요. 레오파디는 자기가 진짜 왕인 양 굴었을 테고, 당신은 까칠하고 엄한 경찰 행세를 한 거로군요."

"그런 셈이죠. 그러니까 이제 그만 종이를…"

"아직 당신 이름은 얘기하지 않았잖아요."

스티브는 지갑에 손을 뻗어 새로 만든 명함을 테이블 너머로 건네주었다. 여자가 명함을 확인하는 동안 그는 잔을 홀짝였다.

"이름 멋지네요." 여자가 천천히 말을 이었다. "그런데 주소가 영 안 어울리네. 그리고 사립 탐정이라는 문구도 마음에 안 들고. 그냥 탐정사무소 정도로 적어서 왼쪽 아래 끝에 작게 넣었으면 좋았을 텐데."

"지금 글씨도 매우 작아서요." 스티브가 씩 웃었다. "이제 그만하고…"

여자는 갑자기 테이블 너머로 손을 쭉 뻗더니 손에 쥐고 있던 구깃구깃해진 종잇조각을 툭 하고 떨어트렸다.

"물론 나는 내용을 몰라요. 읽어보고 싶은데…, 그 정도 배려는 해줄 거라고 믿어요." 여자는 다시 명함을 보고 덧붙였다.

"스티브 씨. 당연히 사무실은 고풍스러운 조지 왕조 풍 건물에 있거나, 아니면 선셋 대로 같이 화려한 동네에 있는 현대적인 건물에 있을 테죠. 큼직한 공간을 갖춘 스위트일 테고. 게다가 옷차림은 정말 화려해야 해요. 누가 봐도 세련됐다 싶을 정도로, 스티브. 이런 동네에서는 튀지 않으면 모두 허사니까."

스티브가 씩 웃었다. 깊고 검은 그의 눈동자 속에 반짝임이 느껴졌다. 여자는 명함을 가방에 넣고 모피를 홱 잡아당기더니 술잔의 반을 비웠다. "이만 가봐야겠어요." 여자는 손짓으로 웨이터를 불러서 계산했다. 웨이터가 떠나자 여자가 자리에서 일어섰다.

스티브가 황급히 말했다. "잠시 앉아봐요."

여자는 의아한 눈빛으로 그를 바라보았다. 그러고 다시 자리에 앉아서 벽에 몸을 비스듬히 기대고, 남자를 뚫어져라 쳐다보았다.

스티브가 테이블 위로 몸을 숙인 채 말했다. "레오파디에 대해서 얼마나 잘 알죠?"

"오랫동안 간간이 만났어요. 물론 당신은 알 바가 아니겠지만. 맙소사, 괜히 나까지 파헤칠 생각 말아요. 이래서 프로들이 성가시다니까. 한번 그의 밴드 공연에서 노래를 부른 적이 있었는데, 단타였어요. 레오파디의 밴드에서 그냥 노래만 하는 건 어려운 일이거든요, 이해할지 모르겠지만."

"단둘이 술을 마셨잖아요."

여자가 고개를 까딱이고는 어깨를 으쓱했다. "내일 여기서 공연을 시작한대서요. 다시 공연에 와서 노래를 불러달라고 하더군요. 그래서 거절했어요, 어쩌면 1~2주가량 내 의지와 상관

없이 무대에 서야 할지도 모르겠지만. 샬롯 클럽을 소유한 회장님이 제 공연 계약과 라디오 방송 출연에 대한 전권을 가졌거든요."

"월터스 회장 말이군요. 무척 고지식한 사람 같던데. 물론 만나본 적은 없지만, 기회가 된다면 만나고 싶기는 해요. 어쨌거나 여기서 먹고 살아야 하니까."

남자는 테이블 너머로 손을 내밀고 구겨진 종잇조각을 툭 하고 떨어트렸다. "그쪽 이름이…"

"돌로레스."

스티브는 여자의 이름을 조용히 중얼거렸다. "당신 노래도 꽤 많이 들어봤어요. 자주 들었죠. 돈에 목을 매는 다른 가수들처럼 상업적이지 않고, 여운을 남기는 곡들이 많더군요." 그의 눈이 반짝였다.

여자는 테이블 위에 종이를 펼치고는 무표정한 얼굴로 가만히 읽어 내려갔다. 그러고는 나지막이 말했다. "누가 찢었어요?"

"레오파디겠죠. 어젯밤 객실 휴지통에서 발견했어요. 퇴실 후에 직접 가서 가지고 온 거예요. 레오파디는 배짱이 두둑한 사람이거나 아니면 너무 자주 있는 일이라 별 신경을 쓰지 않거나, 둘 중 하나예요."

"아니면 그저 장난이라고 생각할 수도 있겠죠." 여자는 차분한 표정으로 테이블 너머를 쳐다보더니 종이를 곱게 접어서 돌려주었다.

"아마도. 하지만 내가 들은 바로는 레오파디 같이 성공한 부류의 사람들은 다른 사람들이 그 돈을 뜯어먹으려고 뒤에서 굉장한 수작을 부리기도 한다더군요."

돌로레스가 말했다. "당신이 말한 부류의 사람인 건 맞아요."

"그렇다면 여자가 덤벼들 수도 있겠네요, 총을 가진 여자라면 충분히…"

돌로레스는 그를 빤히 쳐다보았다. "아닐걸요. 그리고 만약 여자가 그런 짓을 한다면 모두 축하의 박수를 보내겠죠. 그나저나 내가 당신이라면 이딴 일은 모두 잊어버릴 거예요. 만약 그가 자기 스스로 보호하고 싶었다면, 월터스 회장이 경찰보다 더욱 철통같이 그를 지켜줄걸요. 그런데 본인이 원치 않는다는데 무슨 상관이에요? 나 같으면 관심 끌 거예요. 당연히 관심 꺼야죠."

"돌로레스 양은 본인에게 엄격한 편이로군요. 아님, 남들에게 엄격하거나."

여자는 대답하지 않았다. 평소보다 조금 더 하얗게 질리고 굳어진 모습이었다.

스티브는 술잔을 비우고 의자를 뒤로 밀고서 모자를 향해 손을 뻗었다. 그리고 자리에서 일어나며 말했다. "오늘 술 잘 마셨어요, 돌로레스 양. 이렇게 직접 얼굴을 뵈었으니 앞으로 당신 노래를 더 자주 듣게 될 것 같군요."

"갑자기 딱딱하게 나오시네요." 여자가 말했다.

스티브가 씩 웃었다. "잘 가요, 돌로레스 양."

"잘 가요, 스티브. 그 탐정 일이 잘되길 바라요. 혹시 무슨 소문을 듣게 되면…”

스티브는 몸을 돌려 테이블 사이를 지나 라운지 밖으로 나갔다.

할리우드와 로스앤젤레스의 상쾌한 가을 저녁 가로등이 그를 향해 눈을 깜빡거렸다. 탐조등의 불빛은 마치 폭격기라도 찾으려는 듯 구름 한 점 없는 하늘 위로 빛을 뿜어냈다.

스티브는 컨버터블 자동차를 타고 주차장을 빠져나와 선셋 대로를 따라서 동쪽으로 달렸다. 선셋 대로와 페어팩스에서 석간신문을 사고 잠시 신문 기사를 살피기 위해서 모퉁이 부근에 멈추어 섰다. 코트가 118번지에 관한 기사는 하나도 없었다.

그는 계속 차를 달려 호텔 근처 작은 커피숍으로 가서 저녁을 때우고 영화를 보러 갔다. 영화관에서 나온 그는 트리뷴지 지방판의 조간신문 한 부를 샀다. 거기에는 두 사건 모두 기사가 나왔다.

경찰은 관리자 제이크가 여자를 목 졸라서 살해했을 가능성이 크다고 보았지만, 여자는 공격당한 흔적이 없었다. 사망한 여자는 현재 무직으로 예전에는 속기사로 일했던 것으로 보이며, 사진은 실리지 않았다.

제이크의 사진은 마치 경찰서에 붙은 범죄자의 것처럼 떡하니 신문에 실려 있었다. 그가 총에 맞아 사망하기 직전, 그와 함께 이야기를 나눈 것으로 추정되는 남자를 찾고 있다고 경찰은 밝혔다. 주변인의 탐문 결과, 남자는 키가 크고 어두운색 정장 차림이었다고 한다. 거기까지가 경찰이 얻어냈거나, 밝혀진 사건 현장과 연관된 진술의 전부였다.

스티브는 씁쓸한 미소를 지으면서 커피숍에 들러 저녁 시간을 보낼 동안 마실 커피 한 잔을 사서 방으로 올라갔다. 밤 10시가 조금 넘은 시각이었다.

방문을 열자마자 전화기가 요란하게 울리기 시작했다. 어둠 속에서 문을 닫고 전화기가 어디 있었는지 떠올려 보았다.

살금살금 걸어서 곧바로 벨이 울리는 쪽으로 향했다. 안락의자에 앉아 작은 테이블의 낮은 선반에 놓여 있던 전화기 쪽으로 손을 뻗었다.

그는 한쪽 귀에 수화기를 대고 말했다. "여보세요."

"스티브?" 풍부하고 허스키하며, 낮고 활기찬 감미로운 목소리. 약간의 중압감이 전해졌다.

"네, 저 맞아요. 목소리 들으니까 누군지 알겠네요."

수화기 너머로 희미하게나마 건조한 웃음이 전해졌다.

"결국 탐정 일을 맡게 되는군요. 아무래도 내가 첫 고객이 될 것 같네요. 지금 바로 우리 집으로 와줄 수 있어요? 파운틴 아래로 반 블록 내려와서, 북쪽 근처에 있는 렌프루가 2412번지예요. 단층 주택 단지 쪽인데. 뒤쪽에 있는 마지막 집이에요."

스티브가 대답했다. "네, 알겠어요. 무슨 일이죠?"

잠시 침묵이 흘렀다. 호텔 밖 도로에서 요란한 경적이 들렸다. 모퉁이 언덕을 돌아가는 자동차에서 새어 나온 출렁이는 불빛이 천장을 가로지르며 비추었다.

낮은 목소리가 천천히 말했다. "레오파디…. 그 사람. 도저히 혼자 처리를 못 하겠어요. 그 사람이 내 침대에서 죽었어요."

그리고 쉰 목소리와 전혀 어울리지 않는 얄팍한 웃음소리가 이어졌다.

스티브는 수화기를 잡은 손에 힘을 너무 세게 주는 바람에 손이 저릴 정도였다. 어둠 속에서 이가 딱딱 부딪히는 소리가 났다. 그가 무덤덤하게 멍한 목소리로 대답했다. "네. 출장비로 200달러는 주셔야겠어요."

"당연하죠. 빨리 오세요, 제발."

스티브는 전화를 끊고 어두운 방에 앉아서 가쁜 숨을 몰아쉬었다. 그는 모자를 머리 뒤로 넘겼다가 다시 앞으로 홱 하고 난폭하게 잡아당겼다. "젠장, 이 머저리 같은…"

렌프루가 2412번지는 정확히 말하면 주택 단지라고 말하기는 힘들었다. 서로 간격을 두고 떨어진 저택 6채가 같은 방향을 바라보며 늘어서 있었다. 그중 두 집은 입구를 마주 보는 형태라서 통일감은 없었다.

뒤쪽에는 벽돌로 만든 높은 벽이 있고, 벽 너머로 교회가 있었다. 긴 잔디들이 잘 다듬어져서 달빛처럼 은은하게 빛이 났다.

계단 두 개를 올라가야 현관이 나왔는데 양쪽으로 조명이 비추었다. 그가 노크하자 현관문이 열렸고, 앳된 여자가 고개를 쑥 내밀었다.

작은 계란형 얼굴에 큐피드의 활처럼 둥근 입매, 잘 정리된 눈썹, 구불거리고 매끄러운 갈색 머리칼을 가진 여자였다. 눈동자는 신선하고 윤기 나는 밤송이처럼 반들거렸다.

스티브는 물고 있던 담배를 버리고 발바닥으로 비벼 껐다.

"돌로레스 양을 만나러 왔어요. 기다리고 있을 겁니다. 스티브라고 전해줘요."

"돌로레스 아가씨는 잠자리에 드셨는데요." 여자는 입술을 살짝 실룩이면서 퉁명스럽게 말했다.

"가서 깨우라고요, 젊은 아가씨. 내 말 못 들었어요? 만나기로 했…"

현관문이 쾅 하고 닫혔다. 스티브는 거리를 바라보다 길고 좁게 뻗은 잔디를 눈에 불을 켜고 노려보았다. 좋아. 결국 이런 거였군.

그래, 200달러에 달빛을 감상하면서 드라이브 한번 한 것 치곤 나쁘지 않았어.

자물쇠가 딸각 소리를 내더니 문이 다시 활짝 열렸다. 스티브는 젊은 여자를 지나 구식 꽃무늬 무늬가 장식된 따뜻하고 활기찬 거실에 들어섰다.

조명은 공간에 맞게 충분한 빛을 뿜어내고 있었다. 구리로 만든 칸막이 뒤로 난로가 놓여 있고, 대형소파가 바로 근처에 놓여 있었다. 긴 탁자의 구석에는 라디오가 보였다.

좀전의 여자가 조금 경직된 말투로 말했다. "죄송합니다, 손님. 돌로레스 아가씨가 저에게 아무 말씀도 않으셨어요. 잠깐 앉아서 기다리세요."

한편으론 부드러우면서도 어딘지 모르게 은밀한 목소리였다.

짧은 치마에 속이 훤히 비치는 실크 스타킹과 10센티 높이의 하이힐을 신은 여자는 급히 거실 밖으로 사라졌다.

스티브는 의자에 앉아 모자를 무릎 위로 올리고 벽을 빤히 노려보고 있었다. 반자동 문이 끼익 소리를 내며 닫혔다. 그는 담배 한 개비를 꺼내 손가락으로 굴리다가 충동적으로 담배를 구겨버렸다. 그리고 난로 앞 철망 쪽으로 홱 집어 던졌다.

돌로레스가 천천히 다가왔다. 기다란 금색 띠가 달린 초록색 벨벳 천의 실내용 잠옷 차림이었다. 그녀는 끝부분에 매듭을 묶은 것처럼 긴 잠옷 끈으로 허리춤을 감쌌다.

얼굴에는 인위적인 분위기가 감도는 작은 미소를 지었다. 말끔하게 세수를 한 후라서 그런지 눈두덩이가 푸르스름하고 연신 씰룩거렸다.

스티브는 자리에서 일어나 잠옷을 입고 걸을 때마다 보이는 그녀의 초록색 슬리퍼를 바라보고 있었다. 마침내 그녀가 바로 앞까지 오자 스티브는 눈을 뜨고 그녀의 얼굴을 응시하며 무덤덤하게 말했다. "안녕하세요."

여자는 남자를 빤히 쳐다보더니 딱 부러지는 목소리로 말했다. "시간이 많이 늦은 건 알아요. 하지만 당신이라면 밤에 늦게 잠들 것 같았어요. 저번에 우리가 나눴던 얘기에 대해서 생각해 봤는데⋯, 잠깐 앉으세요." 여자는 뭔가에 귀를 기울이듯 살짝 고개를 비스듬히 돌렸다.

스티브가 말했다. "새벽 2시 전에는 잠드는 법이 없죠. 전 괜찮습니다."

돌로레스는 자리에서 일어나 난로 옆에 있는 벨을 눌렀다.

잠시 후, 젊은 여자가 아치형 천장 아래로 나타났다.

"애거사, 얼음 좀 갖다줘. 그리고 퇴근해도 돼. 벌써 시간이 많이 늦었네."

"네." 젊은 여자가 사라졌다.

침묵이 요란스러운 소음처럼 느껴질 무렵, 돌로레스는 상자에서 아무 생각 없이 담배를 꺼내 입술에 물었다. 스티브는 서툰 솜씨로 성냥을 신발에 쭉 긋더니 불을 붙여주었다. 여자는 담배 끝을 불에 가져다 댔다. 연기처럼 푸른 눈동자는 그의 까만 신발을 뚫어져라 쳐다보고 있었다. 여자는 살짝 고개를 좌우로 흔들었다.

애거사가 얼음통을 들고 돌아왔다. 그리고 대형소파 앞으로 두 사람을 사이에 두고 청동 테이블을 끌어오더니, 그 위에 있는 쟁반에 얼음통을 올렸다. 이어서 사이펀 용기와 술잔, 숟가락 그리고 고급 위스키가 담긴 세모난 병을 차례대로 올려두었다. 은줄 세공이 돼 있고 마개가 닫혀 있다는 점이 특이했다.

돌로레스가 입을 열었다. "술 좀 섞어주실래요?" 다소 형식적인 말투였다.

스티브는 술과 얼음을 섞어서 휘휘 저은 다음 그녀에게 내밀었다. 여자는 한 모금 마시더니 고개를 저었다. "너무 옅어요."

남자는 위스키를 조금 더 부어서 다시 술잔을 내밀었다.

"좀 낫네요." 여자는 그렇게 말하고 소파의 구석에 등을 대고 누웠다.

다시 애거사가 거실에 나타났다. 구불거리는 갈색 머리 위로 앙증맞은 빨간색 모자를 비스듬히 걸치고, 테두리에 모피가 달린 회색 코트를 입고 있었다. 검은 양단으로 된 가방이 체구에 맞지 않게 꽤 커 보였다.

"돌로레스 아가씨, 이만 가볼게요."

"잘 가, 애거사."

앳된 여자는 현관문을 열고 밖으로 나가더니 조심스럽게 문을 닫았다. 또각거리는 하이힐 소리가 계단을 내려갔다. 자동차 문이 열렸다가 닫히는 소리가 나더니 시동 거는 소리가 들렸다. 잠시 후, 자동차 소리가 점차 멀어져갔다. 정말 고요하기 짝이 없는 동네였다.

스티브가 쟁반 위에 술잔을 내리더니 늘씬한 여자를 빤히 쳐다보면서 냉정하게 말했다. "이제 완전히 간 건가요?"

"네. 자가로 운전해서 다니거든요. 내가 스튜디오에 갈 때도 나를 집까지 데려다주고는 해요. 오늘 밤에도 그랬고. 내가 운전하는 걸 별로 좋아하지 않아서요."

"그럼, 더 기다릴 이유가 있을까요?"

돌로레스는 난로의 칸막이와 그 뒤로 보이는 불이 붙지 않은 상태의 땔감을 빤히 쳐다보았다. 뺨의 근육이 움찔거리는 게 보였다.

잠시 후 그녀가 입을 열었다. “월터스 회장님이 아니라 당신에게 전화를 걸다니 정말 웃기죠. 당신보다 더 열심히 나를 보호해줬을 텐데. 다만, 내 말을 순순히 믿어줄 리는…. 아무래도 당신은 날 믿어줄 것 같았어요. 난 레오파디를 집에 초대한 적이 없어요. 적어도 내가 알기로는. 당신과 나 말고 이 세상에서 그가 이곳에 있다는 사실을 아는 사람은 없어요.”

그 목소리 속의 무언가가 스티브를 바짝 긴장하게 했다.

여자는 초록색 벨벳 잠옷의 가슴팍에 달린 주머니에서 작고 빳빳한 손수건을 꺼냈다. 바닥에 손수건이 떨어지자 곧바로 주워서 입가를 콕콕 눌러 닦았다. 갑자기 아무 소리도 내지 않으면서 그녀가 사시나무처럼 온몸을 떨기 시작했다.

스티브가 곧바로 말을 걸었다. “대체 왜 그래요? 그 재수 없는 자식 당장이라도 혼쭐을 내줄 수 있었는데. 그놈이 총을 꺼내서 나를 쏘기까지 했다고요.”

여자가 한껏 커진 눈으로 빤히 바라보면서 고개를 돌렸다.

“하지만 그건 내 총이 아니었을 거예요.” 거의 죽어가는 듯한 목소리였다.

“당연히 당신 총이 아니었죠. 네? 뭐라고요?”

“오늘 밤은 내 총이었어요.” 그녀는 말이 끝나고 남자를 빤히 쳐다보았다. “당신이 그랬잖아요. 총을 가진 여자라면 그 사람을 쉽게 끝내버릴 수 있을 거라고.”

스티브는 그저 멍하니 여자를 바라보기만 했다. 얼굴이 새하얗게 질려서 목구멍에서 희미한 소리만 들릴 따름이었다.

“술에 취한 게 아니라, 정말 죽었어요. 노란 잠옷을 입고. 내 침대 위에서. 손에는 내 권총을 들고. 그냥 그가 술에 취했으려니 생각했겠죠, 안 그래요?"

스티브는 한발을 딛고 잽싸게 자리에서 일어나더니 꿈쩍도 하지 않고 여자를 빤히 내려다보았다. 한참이 지나 무슨 말을 할지 정리가 된 후에야 입술을 움직이기 시작했다.

"가서 확인해 보죠." 한껏 숨죽인 목소리였다.

돌로레스의 방은 집의 뒤쪽 왼편에 있었다. 여자는 주머니에서 열쇠를 꺼내 잠긴 문을 열었다. 탁자 위에 조명이 어둡게 비추었고, 베네치아풍의 블라인드가 드리워져 있었다. 스티브는 여자를 지나 조심조심 발을 디뎠다.

침대 한가운데 네모반듯하게 누운 레오파디는 왁스를 바른 듯 매끈하고 인위적인 모습으로 조용히 죽음을 맞이한 모습이었다. 심지어 턱수염조차도 가짜인 것처럼 보였다.

반쯤 감긴 눈꺼풀 사이로 보이는 눈동자는 대리석 구슬처럼 초점이 없어서 단 한 번도 세상을 보지 못한 것처럼 보였다. 침대 시트 위에 등을 대고 누운 그의 발꿈치까지 침대보가 길게 드리워져 있었다.

레오파디는 노란색 실크 잠옷 차림이었는데 가운 스타일로 옷깃이 뒤집혀 있었다. 옷 자체도 느슨하고 얇아 보였다. 가슴에는 시커먼 핏자국이 남아있었다. 피가 실크 잠옷 위에 얼룩진 채 군데군데 묻어 있었다. 맨살이 드러난 갈색 목덜미에도 약간의 핏자국이 보였다.

스티브가 그를 한참 쳐다보다 생기 없는 목소리로 말했다.

"'황금 옷을 입은 왕', 언젠가 그런 제목의 책을 본 적이 있어요. 정말 노란색을 좋아했나 보군요. 어젯밤에도 저 옷과 비슷한 걸 짐가방에 챙겨준 것 같은데…"

돌로레스는 구석으로 가서 소형 의자에 앉아 바닥만 내려다보고 있었다. 거실 못지않게 현대적으로 잘 꾸며놓은 침실이었다.

담갈색의 양탄자가 바닥에 깔려 있고 무늬를 새긴 목재로 만든 가구들, 그리고 맨 위에 거울이 달린 옷장과 책상 아래 공간이 있는 서랍장과 책상까지. 위로는 거울이 달려 있고, 반원 형태의 벽 조명 세트가 거울 위에 달려 있었다.

구석에는 크리스털로 된 그레이하운드 모형이 올려진 유리 테이블이 놓여 있었다. 그가 난생처음 볼 정도로 기다란 원통형 가리개를 씌운 램프도 보였다.

그는 방안을 둘러보다 멈추고 다시 레오파디 쪽으로 고개를 돌렸다. 조심스럽게 잠옷을 걷고 총상을 입은 부위를 살폈다.

심장 위를 정확히 관통했다. 피부에는 얼룩덜룩한 자국과 그을림이 남아있었다. 출혈은 그다지 심하지 않았던 모양이다.

순식간에 죽음에 이른 게 분명했다.

소형 마우저 권총을 쥔 채로 여분의 베개 위에 오른손이 올라가 있었다.

"정말 예술이네요." 스티브가 이렇게 말하며 시신을 가리켰다. "아주 깔끔하게 처리했어요. 전형적인 접사 총상인데, 잠옷을 걸지도 않았어요. 보통은 상의를 걸는다던데. 마우저 763 정도 되는 것 같고. 진짜 당신 총 맞아요?"

"네." 여자는 계속 바닥만 보고 있었다. "거실 책상 속에 보관해 뒀어요. 총알은 없었고…. 물론 탄창이 있기는 했어요. 어쩌다 그게 있었는지 모르겠네요. 언젠가 누구한테 받은 것 같기는 한데, 어쩌다가 총알이 들어간 건지도 전혀 모르겠어요."

스티브가 미소를 지었다.

미소를 짓는 그의 모습에 깜짝 놀란 돌로레스가 순간 눈길을 돌렸다. "어차피 내 얘기를 믿어줄 사람이 있을 거라고는 예상하지 않았어요. 아무래도 경찰을 부르는 게 좋겠어요."

스티브는 무표정하게 고개를 끄덕이고 담배를 입에 가져다 댔다. 레오파디에게 얻어맞아서 퉁퉁 부어오른 입술을 위아래로 움직였다.

그가 담배에 불을 붙이고 작고 뿌연 연기를 뿜어내면서 나지막이 말했다. "경찰은 안 돼요. 아직은. 전부 얘기해 봐요."

돌로레스가 입을 열었다. "나는 KFQC라는 라디오 방송에서 노래를 해요. 일주일에 3번, 밤마다 15분씩 프로그램 중간에 노래하죠. 오늘도 일하는 날이었어요. 애거사와 함께 집에 도착했을 때가 10시 30분 정도 됐을 거예요. 집 앞에 와서야 소다수가 떨어졌다는 걸 기억해 냈죠. 애거사를 시켜 3블록 떨어진 가게에 가서 사 오라고 한 후 집에 혼자 들어왔어요. 집에서 뭔가 묘한 냄새가 났어요. 그게 뭔지는 모르겠지만. 남자 몇 명이 머물다 간 것 같은 느낌이랄까. 침실에 들어왔더니 레오파디가 저렇게 죽어 있는 거예요. 총을 보자마자 곧바로 가서 내 총인지 확인해 봤고, 그제야 궁지에 빠졌다는 걸 깨달았죠. 어떻게 해야 할지 모르겠더라고요. 만약 경찰에서 내 무죄를 입증한다고 해도 앞으로 어디를 가든 꼬리표가 따라다닐 텐데…"

스티브가 날카롭게 되물었다. "이 집에 어떻게 들어왔을까요?"

"모르죠."

"계속 말해봐요."

"방문을 잠그고 시신이 침대에 있는 상태에서 옷을 벗었어요. 욕실에 가서 샤워하면서 뒤죽박죽이 된 머릿속을 정리하려고 애썼죠. 그리고 다시 방문을 잠그고 열쇠만 들고 나갔어요. 때마침 애거사가 돌아왔고, 아마 나를 보지는 못했을 거예요. 샤워하고 어떻게든 일을 처리해보자 싶었죠. 그러고 나서 술을 한잔 마시고 다시 방으로 들어와서 당신에게 연락한 거예요."

여자는 말을 멈추고 손가락 끝에 침을 바르더니 왼쪽 눈썹 끝을 가다듬었다. "스티브, 이게 내가 아는 전부예요."

"집안일을 돕는 도우미들은 꼬치꼬치 캐묻는 걸 좋아하죠. 애거사라는 아가씨는 더할 것 같군요, 물론 아닐 수도 있겠지만."

스티브는 문으로 가더니 자물쇠를 잠갔다.

"아마도 방 열쇠가 3~4개 정도는 더 있을 텐데."

그는 창문으로 가서 걸쇠를 확인해 보고 유리 너머로 쳐진 칸막이 아래를 살폈다.

그는 어깨 너머로 대수롭지 않게 질문을 던졌다. "혹시 레오파디가 당신을 좋아했나요?"

여자의 목소리는 날카로웠고 거의 화가 난 투였다. "레오파디는 한 번도 여자를 진심으로 사랑한 적이 없어요. 몇 년 전인가, 샌프란시스코에서 그의 밴드와 잠시 공연한 적이 있었는데 우리가 연인이라는 내용의 말도 안 되는 소문이 돈 적은 있었어요. 새빨간 거짓말이었죠. 그의 밴드가 여기서 공연을 하게 됐을 때도 비슷한 내용의 기사가 기자들 사이에 퍼졌어요. 그날 오후에 레오파디에게 더는 참지 않겠다고 말했죠, 다른 사람 머릿속에 그 사람과 엮인 채로 각인되고 싶지 않았어요. 레오파디는 사생활이 정말 추잡했어요. 악취가 풍길 정도로. 우리 업계 사람들은 전부 아는 사실이에요. 우리 업계에서 향기로운 꽃이 피는 걸 보기란 쉽지 않거든요."

스티브가 말했다. "레오파디가 들어오지 못한 곳은 당신 침실뿐이라는 건가요?"

여자의 짙고 붉은 머리카락이 뿌리부터 붉게 달아올랐다.

스티브가 말을 이었다. "모욕적으로 들릴 수 있겠지만, 어떻게든 사건의 앞뒤를 맞춰봐야 해서요. 제 말이 맞나요?"

"네, 아마도 그럴 거예요. 내가 유일하다고는 할 수 없겠지만."

"잠깐 다른 방에 가서 한잔 마시고 있어요."

여자는 의자에서 일어나더니 침대 너머로 그를 똑바로 바라보면서 말했다. "스티브, 난 죽이지 않았어요. 애초에 우리 집에 들어오도록 허락하지도 않았고. 여기에 올 이유도 없고, 우리 집에 오는 줄도 몰랐어요. 믿거나 말거나. 뭔가 잘못된 게 분명해요. 다른 사람은 몰라도 레오파디는 스스로 자신의 목숨을 끊을 위인은 아니니까요."

스티브가 말했다. "그럴 거예요. 가서 한잔하고 있어요. 살해당한 게 분명하군요. 누군가 누명을 씌우려고 이런 그림을 짠 거고. 일단 월터스 회장의 도움을 받아서 상황을 은폐해야 해요. 나가 보세요."

스티브는 여자가 거실에 있다는 것을 알리는 소리가 들릴 때까지 자리에 그대로 서 있었다.

여자가 멀리 있음을 확인하고 나서야 손수건을 꺼냈다. 레오파디의 오른손에 쥐어진 총을 살짝 빼내서 바깥 부분을 조심스럽게 닦아내기 시작했다.

탄창도 꺼내서 구석구석 닦고, 총알도 전부 꺼내서 닦고, 약실에서 튀어나온 부분도 닦았다. 그리고 다시 탄창을 끼운 다음 레오파디의 싸늘한 손바닥에 넣고 손가락을 여민 다음, 집게손가락을 방아쇠에 끼웠다. 그리고 총을 쥔 손을 침대 위에 자연스럽게 올려놓았다.

그는 손바닥을 펴고 침대보를 쓸어내린 후 탄피를 찾아내 깨끗이 닦은 후에 제자리에 두었다. 손수건을 코에 가져다 대고 오만상을 찌푸리더니 침대를 빙 돌아 옷장으로 가서 문을 열었다.

"옷 정리도 지저분하게 했군, 이 친구." 그는 부드러운 어조로 말했다.

벽에 걸린 고리에 도마뱀 가죽 벨트가 채워진 짙은 회색 바지 위로 거친 질감의 크림색 코트가 걸려 있었다. 노란 새틴 재질의 셔츠와 와인색 넥타이도 옆에 매달려 있었다. 넥타이와 어울리는 색깔의 손수건이 코트의 가슴 주머니에서 10센티가량 떨어진 곳에 느슨하게 꽂혀 있었다.

바닥에는 영양 가죽으로 만든 갈색 운동화가 보였고, 밴드 없이 늘어지는 양말도 있었다. 그리고 바로 옆에는 검은색으로 글자가 적힌 노란색 새틴 재질의 반바지가 놓여 있었다.

스티브는 회색 바지를 조심스럽게 더듬거리더니 갈색 열쇠고리를 꺼냈다. 그는 방을 나섰고 복도를 가로질러 주방으로 들어갔다.

두꺼운 문에 열쇠가 꽂힌 용수철 자물쇠가 걸려 있었다.

꽂혀 있던 열쇠를 빼고, 열쇠고리에 걸린 뭉치 중에서 맞는 열쇠를 찾기 위해 이것저것 꽂아보았지만, 아무리 해도 찾을 수가 없었다. 본래 꽂혀 있던 열쇠를 다시 끼워놓고 거실로 나왔다.

그는 현관문을 열고 밖으로 나간 후 다시 문을 닫았다. 대형 소파 구석에 웅송그리고 있는 여자 쪽으로는 시선조차 주지 않았다. 그는 열쇠고리에 걸린 열쇠를 자물쇠에 하나씩 꽂아보았고, 드디어 맞는 열쇠를 찾을 수 있었다.

다시 집 안으로 들어온 그는 침실로 돌아가서 회색 바지 주머니에 열쇠고리를 다시 집어넣었다. 그러고 나서야 거실로 걸어 나갔다.

여자는 아무런 움직임 없이 의자에 앉은 채로 그를 멍하니 쳐다보았다.

그는 난로 쪽으로 등을 대고 담배를 빼끔거리기 시작했다.

"애거사라는 여자, 방송국에서 계속 함께 있었나요?"

돌로레스가 끄덕였다. "아마 그럴 거예요. 그러니까 레오파디에게 집 열쇠가 있었군요. 방금 그걸 확인한 거죠?"

"네. 애거사가 여기서 오래 일했나요?"

"일 년 정도."

"물건을 훔치거나 한 적은요? 소소한 거라도."

돌로레스는 힘없이 어깨를 으쓱했다. "그게 뭐 대수인가요? 가사도우미들이 다 그렇죠. 작은 화장품이나 파우더, 손수건, 가끔은 스타킹도 한두 개 없어지기도 하고. 네, 몰래 가져간 적이 있죠. 보통은 그렇게 눈에 잘 띄지 않는 물건을 슬쩍 챙겨가기도 하니까요."

"아주 좋은 물건에는 손을 대지 않았군요."

"근무 시간에는 그런대로 열심히 했어요. 보통 내가 밤에 일하니까, 퇴근 시간이 꽤 늦을 때가 많거든요. 가사도우미 일을 하면서 의상담당까지 한 셈이죠."

"다른 특이점은요? 코카인이나 대마초를 한다던가. 알코올 중독이라던가. 한번 웃음이 터지면 그칠 줄을 모른다던가."

"그런 건 못 느꼈어요. 애거사가 이번 일과 무슨 상관이 있다는 거죠?"

"그 아가씨가 당신 집 열쇠를 다른 사람에게 넘긴 것 같아요. 거의 확실하죠. 당신이 준 것도 아니고, 집주인이 준 것도 아니라면 애거사라는 아가씨가 준 거겠죠. 안 그래요?"

여자의 눈빛에 비통함이 퍼졌다. 입가도 약간 떨리는 것 같았다. 팔꿈치에 놓인 술잔에는 입도 대지 않은 모양이었다.

스티브는 몸을 숙여 잔을 들고 목을 축였다.

돌로레스가 천천히 말을 이었다. "스티브, 이건 시간 낭비예요. 경찰에 신고해야겠어요. 어차피 해결할 방법이 없잖아요. 좋은 사람 행세를 하려고 노력했는데 이걸로 끝이네요. 다들 사랑싸움을 벌였다고 생각할 거예요. 내가 그를 총으로 쐈고 그렇게 죽인 거라고. 내가 한 게 아니라 본인이 내 침대에서 자살한 거라고 확신을 줄 수 있다고 해도 여전히 내 인생은 망가진 상태겠죠. 그래서 결국에는 마음을 고쳐먹고 세간의 비난을 한 몸에 받을 마음의 준비를 하게 될 거예요."

스티브가 부드러운 어조로 말했다. "이걸 봐요. 우리 어머니가 평소 자주 하시던 거죠."

그는 손가락 하나를 자기 입에 가져다 대고 몸을 숙이더니 똑같은 손가락을 여자의 입술 같은 지점에 가져다 댔다. 그리고 미소를 지으면서 말했다.

"일단 월터스 회장에게 갑시다, 아니면 혼자 가도 되고요. 회장이 가까운 경찰을 불러주면, 적어도 기자들을 끌어들여서 밤새 집안 곳곳을 헤집고 다니면서 온갖 소문을 퍼트리지는 않을 테니까. 영장 송달인처럼 조용히 집에 찾아올 거예요. 월터스 회장 정도면 상황 정리가 가능하겠죠. 믿을 건 그 사람뿐이에요. 나는 애거사를 데리러 갈게요. 열쇠를 넘겨준 사람의 인상착의를 가능한 한 빨리 알아내야 하니까요. 그건 그렇고, 오늘 출장비로 200달러 준다고 했잖아요. 절대로 그 약속 잊으면 안 됩니다."

돌로레스가가 자리에서 일어나 미소를 지었다. "당신 정말 재미있는 사람이군요. 그런데 왜 레오파디가 살해당했다고 확신하는 거죠?"

"본래 입던 잠옷을 입지 않았더군요. 평소 입는 잠옷에는 검은 글자가 새겨져 있죠. 어젯밤 칼튼 호텔에서 쫓아내기 전에 그 짐을 제가 쌌거든요. 자, 옷 입어요. 그리고 애거사라는 여자의 주소를 알려주세요."

그는 침대로 가서 레오파디의 시신 위에 이불을 덮기 전 잠시 들고 있다가 창백한 얼굴 위로 가만히 덮어주었다.

"잘 가게, 친구." 그는 부드럽게 말했다.

"자네는 비열한 인간이지만, 음악적 재능만큼은 분명한 친구였어."

애거사의 집은 제퍼슨 근처 브라이튼가에 있었다. 낡은 정문 현관이 있고, 작은 골조의 집들이 모인 블록에 있는 아담한 집이었다. 그녀의 집에는 콘크리트로 만든 좁은 인도가 나 있었다. 달빛에 반사된 길은 평소보다 더욱 새하얗게 빛났다.

스티브는 계단을 올라가서 넓은 현관 창문에 쳐진 연한 가림막을 쳐다보았다. 똑똑. 노크.

발을 질질 끄는 소리가 나더니 한 여자가 문을 열고 굽어진 가림막 사이로 고개를 내밀었다.

땅딸막하고 곱슬곱슬한 회색 머리칼을 한 나이 든 여자였다. 온몸을 가운으로 감고 있어 몸매가 드러나지 않았다. 헐렁한 슬리퍼가 두 발을 느슨하게 감싸고 있었다.

뿌연 눈동자를 하고 대머리를 반짝이는 한 남자가 테이블 옆 나무 의자에 앉은 모습도 얼핏 보였다. 그는 두 손을 무릎에 올리고 뭉그적대며 손가락 관절을 꺾고 있었다. 문 쪽으로 고개조차 돌리지 않았다.

스티브가 말했다. "돌로레스 양이 보내서 왔습니다. 애거사의 모친 되시나요?"

여자가 무덤덤하게 대답했다. "그렇게 보신다면 맞는 거 같네요. 그런데 아직 집에 오지 않았는데요."

의자에 앉아 있던 남자가 손수건을 꺼내 흥하고 코를 풀었다. 그는 낄낄대며 웃기 시작했다.

스티브가 말했다. "돌로레스 양이 오늘 컨디션이 좋지 않아서 말이죠. 애거사가 가서 밤새 돌봐주면 좋을 것 같습니다."

눈동자가 희뿌연 남자는 조금 더 큰 소리로 키득대기 시작했다.

여자가 말했다. "애가 어디를 갔는지 우리도 몰라요. 아직 집에는 안 왔어요. 집에 올 때까지 기다려 볼게요. 우리가 아프다고 할 때까지 밖에 있을 테지만."

남자가 고음의 칼칼한 목소리로 치고 들어왔다. "경찰이 와서 잡아갈 때까지 밖에서 헤매고 다닐 거요."

"눈이 거의 보이지 않으세요." 여자가 말했다. "그래서인지 심술이 늘었답니다. 잠깐 들어오시겠어요?"

스티브는 고개를 젓고 서부극에 나오는 숫기 없는 카우보이처럼 모자를 양손에 들고 한 바퀴 돌렸다. "제가 한번 찾아보겠습니다. 어디에 있는지 짐작이 가는 곳은요?"

"동네 양아치들이랑 어디서 술이나 처마시고 있겠지." 여자의 아빠가 키득거리며 말했다. "넥타이 맨 신사가 아니라 허름한 작업복 입은 놈팡이들이랑. 내가 앞만 제대로 볼 수 있었어도 그년의 모가지가 떨어질 때까지 두들겨 팼을 텐데."

남자는 두 팔로 의자 팔걸이를 힘겹게 붙잡았다. 손등으로 근육이 튀어나왔다. 그러더니 갑자기 울음을 터트리는 것이 아닌가. 희뿌연 눈에서 흐른 눈물이 두 뺨에 까칠하게 자란 흰 수염을 타고 흘러내렸다.

여자는 거실을 가로질러 남자가 손에 쥐고 있던 손수건으로 눈물을 닦아주었다. 그러고 손수건으로 자기 코를 흥하고 풀더니 다시 현관으로 나왔다.

"어딘가 있겠죠." 여자가 말했다. "아시다시피, 동네가 워낙 넓잖아요. 어디에 있는지는 확실히 말씀드리기 힘들어요."

스티브가 덤덤하게 대답했다. "다시 연락드리겠습니다. 만약 집에 오면 어디 나가지 말고 있으라고 해주세요. 전화번호가 어떻게 되죠?"

"여보, 우리 전화번호 알아요?" 여자가 어깨 너머로 외쳤다.

"내가 그걸 왜 알려줘?" 남자가 코웃음을 쳤다.

여자가 말했다. "이제 기억나요. 사우스 2454예요. 언제든 전화하셔도 돼요. 어차피 애 아빠랑 저는 하는 일이 없으니까."

스티브는 고맙다고 인사한 후 인도로 다시 내려왔다.

반 블록 떨어진 지점에 주차해 둔 차를 향해 걷기 시작했다.

천천히 길 건너를 살피던 그는 차가 있는 쪽으로 다가갔다.

운전석 문고리를 잡고 있던 손이 갑자기 멈추었다. 그는 문고리를 놓고, 옆으로 세 발자국 걸어가 입을 앙다문 채 길 건너편을 응시하며 가만히 서 있었다.

대부분 집들이 비슷한 모습이었는데, 길 건너에 있는 집 하나만 '임대' 간판이 현관 창문 앞에 걸려 있었다. 현관 앞 좁은 잔디 위에는 부동산 이름이 적힌 안내판이 꽂혀 있었다.

누가 봐도 방치된 완전한 빈집인데….

진입로에 매끈한 검은 소형 쿠페 한 대가 세워져 있었다.

스티브는 숨을 내쉬며 중얼거렸다. "뭔가 이상해…. 스티브…. 감이 오는군."

그는 드넓고 먼지가 가득한 거리를 조심스럽게 건넜다. 한 손을 주머니에 든 딱딱한 권총에 가져다 댄 채로 소형 쿠페의 뒤로 다가가 가만히 귀를 기울이고 있었다. 그는 운전석이 있는 쪽으로 조심조심 걸어갔다. 다시 한번 도로 쪽을 살피고는 빼꼼히 열린 운전석 창문 안을 들여다보았다.

구석으로 목이 많이 꺾여 있는 상태라는 것만 제외하면, 마치 운전하는 듯한 자세의 여자였다. 작은 빨간 모자가 머리 위에 씌워져 있었고, 테두리에 모피가 달린 회색 코트도 여전히 그대로였다.

하얀 달빛 아래 경직된 상태로 쩍 벌린 입이 보였다. 혓바닥도 길게 늘어져 있었다. 갈색 눈동자는 자동차 천장을 바라보고 있었다.

스티브는 여자의 시신에 손을 대지 않았다. 목 주위에 시커먼 멍 자국을 확인했기 때문에 굳이 가까이 다가가서 살펴볼 필요가 없었다.

"이 새끼들, 여자를 너무 거칠게 대하네…" 그가 중얼거렸다.

여자의 검고 커다란 가방은 옆좌석에 쩍 벌린 입처럼 완전히 열린 상태로 놓여 있었다. 마치 마릴린의 입과 그녀의 보라색 가방처럼.

"정말 지독하군…" 그는 걸음을 돌렸다.

진입로 입구에 있는 조그만 야자수 나무 아래 와서야 멈추었다. 폐점한 극장처럼 거리는 텅 비었고, 인적도 찾아볼 수 없었다. 그는 조용히 길을 건너 자신의 차로 가서 시동을 걸고 그곳을 벗어났다.

별거 아니었다. 여자가 늦은 밤 집에 오다가 붙잡혀서 어떤 거친 놈의 손에 목이 졸려서 죽었다. 정말 간단했다. 제일 먼저 동네를 순찰하던 경찰들이 반이라도 정신이 있는 상태라면, 임대 간판을 보고 잠시 주차된 차를 살펴보려고 할 것이다.

스티브가 가속 페달을 짓밟으며 현장을 뒤로 한 채 질주했다.

숙소에 도착한 그는 건물 뒤에 있는 공중전화 부스를 열고 들어갔다. 동전을 넣고 경찰서로 전화를 걸었다. 사건접수 담당자와 연결되자 그가 빠르게 말했다.

"경관님, 제가 하는 말을 잘 적어주시겠어요? 브라이튼가, 서쪽 3,200블록, 임대 간판이 걸린 집의 진입로. 다 적으셨죠?"

"네, 무슨 일이시죠?"

"자동차 안에 죽은 여자가 있어요." 스티브는 곧바로 전화를 끊었다.

야간 담당 직원 조지가 일주일 동안 휴가를 가는 바람에 칼튼 호텔의 주간 근무조 부매니저인 퀄란이 야간 근무 중이었다.

새벽 1시 30분. 호텔 내부는 쥐 죽은 듯 고요했다. 퀄란은 지루해 죽을 지경이었다. 해야 할 일을 모두 마치기도 했고, 호텔에서 경력이 20년은 넘은지라 특별히 할 일도 없었다.

청소를 마친 야간 짐꾼도 엘리베이터 옆 작은 사무실에서 쉬고 있었다. 평소처럼 엘리베이터 한 대만 불이 켜진 채로 문을 열어두었다. 메인 로비는 말끔히 청소돼있었고 어스름한 조명만 밝혀둔 상태였다. 모든 게 평소와 똑같았다.

퀄란은 다소 왜소한 체형에 살집이 있었지만, 두꺼비처럼 맑고 빛나는 눈동자 덕분에 별 표정을 짓지 않아도 다른 사람에게 친근한 느낌을 주었다. 연한 모래 빛깔의 머리칼은 숱이 많이 빠진 상태였다.

그는 하얀 두 손을 대리석으로 된 접수대 위에 가지런히 올리고 있었다. 키가 작은 편이라 남들 눈에 늘어져 있는 것처럼 보이지 않으면서도 슬쩍 접수대에 체중을 기댈 수가 있었다.

현관 로비를 가로질러 보이는 벽을 쳐다보고 있었지만 제대로 보고 있는 건 아니었다. 눈은 뜨고 있어도 반쯤 잠이 들어 있었기 때문이다. 만약 사무실 안에서 야간 짐꾼이 성냥불을 켠다면, 퀼란은 곧바로 알아채고 바로 종을 울릴 것이다.

도로 쪽 현관에 있는 청동 테두리가 쳐진 반자동 문이 쑥 열리더니 스티브가 여름용 코트를 걸치고 나타났다. 모자를 벗어 들고, 입가에는 가느다란 담배 연기가 뿜어져 나왔다.

그는 매우 편안해 보였다. 곧바로 접수대로 가서 대리석 위를 톡톡 두드렸다.

"일어나요!" 그가 코웃음을 치며 말했다.

퀼란은 눈동자를 살짝 돌리고 말했다. "욕실 딸린 전망 좋은 객실은 다 나갔어. 8층 객실은 완전히 공실인 상태고. 스티브, 잘 지냈나? 결국 해고당했다고 하던데. 정말 부당한 일이지. 그런 게 인생이잖아."

스티브가 대답했다. "그렇죠. 야간 경비는 새로 뽑았어요?"

"어차피 필요 없어, 스티브. 내 생각에 야간 경비는 필요 없는 것 같아."

"레오파디 같은 인간을 꾀려고 혈안이 된 걸레 같은 계집애들을 당신 같은 꼰대가 상대할 일이 생긴다면, 야간 경비가 필요하다고 느끼게 될 거예요."

퀼란은 눈을 반쯤 감았다가 다시 번쩍 눈을 떴다. 그는 냉담한 투로 대꾸했다. "친구, 난 아닐세. 하지만 누구나 실수를 할 수는 있잖아. 조지는 객실 담당 직원이 아니라 회계 담당자니까."

스티브는 등을 뒤로 펴고는 말간 표정을 짓고 있었다.

담배 끝에 하얀 연기가 대롱대롱 매달려 있었다. 눈동자는 마치 새까만 유리 같았다. 그는 심술이 섞인 미소를 지었다.

"왜 레오파디를 하루 300달러짜리 꼭대기 층에 묵게 하지 않고, 80달러짜리 8층 객실에 보냈을까요?"

퀼란이 미소로 화답했다. "레오파디한테 객실을 배정한 건 내가 아니야. 벌써 예약이 돼 있었다고. 그래서 8층 객실에서 지내고 싶은가보다 했지. 숙소 잡을 때 돈을 안 쓰는 사람도 있으니까. 스티브. 뭐 또 다른 질문 있어?"

"네. 814호 어제는 공실이었죠?"

"수리 중이라 빈 상태야. 배수관에 문제가 있다나. 아직도 수리 중이고."

"누가 수리를 하라고 지시했는데요?"

퀼란의 불가사의하고 맑은 눈동자에 갑자기 호기심이 퍼졌다. 그는 대답하지 않았다.

스티브가 말했다. "왜 그런 건지 이유를 설명하죠. 레오파디는 815호실에 묵었고, 여자 둘은 811호에 있었어요. 그 사이에는 813호만 있죠. 그럼 만능열쇠를 가진 사람이 813호에 들어가서 중간 문을 미리 열어둘 수가 있었을 거예요. 그렇게 되면 양쪽 방에 있는 사람이 각자 방에서 똑같은 짓을 벌일 수 있게 되죠. 모종의 계획을 짜둔 거예요."

"그게 어때서? 어쨌거나 객실료 80달러는 챙겼잖아. 우리보다 좋은 호텔에서도 그런 일은 가끔 벌어지는 법이야." 퀼란은 졸음이 가득 찬 눈이었다.

스티브가 받아쳤다. "조지가 일을 꾸민 걸 수도 있다는 얘기예요. 뭐, 말이 안 되긴 하지만…. 조지는 그런 부류가 아니니까. 고작 몇 달러 팁을 받자고 매춘이나 알선할 위인은 아니란 말이죠."

퀼란이 말했다. "좋아, 경찰 나리. 자네 생각이 뭔지 솔직히 말해 봐."

"811호에 묵었던 여자 중 하나가 총을 가지고 있었어요. 레오파디는 엊그제 협박 편지를 받았고. 어디서 어떻게 받았는지는 나도 몰라요. 그런데 협박 편지를 받고도 전혀 당황하지 않았죠. 곧바로 찢어버렸으니까. 내가 아는 건 그뿐이에요. 레오파디의 객실 휴지통에서 찢어진 종이를 챙겨놨어요. 그 밴드 사람들은 전부 퇴실했겠네요?"

"물론이지. 노르망디로 갔어."

"그럼 전화를 걸어서 레오파디를 바꿔 달라고 해요. 만약 거기 있다면 여전히 술에 절어있을 거예요. 아마도 밴드 나부랭이들이랑 함께 있겠죠."

"왜?" 퀼란이 부드러운 어조로 되물었다.

"당신은 좋은 사람이니까요. 만약 그자가 전화를 받으면 그냥 끊으면 돼요." 스티브는 잠시 멈추고 손가락으로 턱을 세게 꼬집었다. "만약 외출했다고 하면 어디 갔는지 물어봐요."

퀼란이 몸을 일으켜 세우더니 그를 한참 동안 빤히 쳐다보고 유리 칸막이 뒤로 걸어갔다. 스티브는 자리에 서서 한 손은 옆구리를 짚고, 다른 손으로는 대리석 위를 소리 없이 탁탁 두드리면서 귀를 쫑긋 세우고 있었다.

3분가량 지나자 퀄란이 접수대로 돌아와 몸을 기대고 말했다. "호텔에 없대. 방에서 질펀한 파티를 벌이는 모양인지 엄청나게 시끌벅적하더군. 나름대로 멀쩡해 보이는 자와 통화를 했는데. 어제 저녁쯤 어떤 여자한테 전화를 받고 나갔대. 친구들 말로는 말끔히 차려입고 나갔다는데. 꽤 기대되는 데이트였나 봐. 그 친구가 술술 설명하더군."

스티브가 말했다. "당신은 진짜 좋은 친구예요. 전부 다 털어놓을 수 없다는 게 안타까울 따름이네요. 여기서 일할 때가 좋았는데. 할 일도 그리 많지 않았고."

그는 다시 호텔 입구를 향해 걸음을 옮겼다. 퀄란은 그가 현관문의 청동 손잡이를 잡을 때가 되어서야 그를 불렀다. 스티브가 고개를 돌리고 천천히 되돌아왔다.

퀄란이 말했다. "레오파디가 자네한테 총을 쐈다는 얘기는 들었어. 아무래도 그 일에 대해서는 보고가 안 된 것 같아. 따로 연락받은 적도 없었고. 피터스 씨도 815호 객실 거울이 깨진 걸 보기 전까지 몰랐나 봐. 스티브, 만약 다시 호텔로 돌아오고 싶다면…"

스티브가 고개를 저었다. "신경 써줘서 고마워요."

"그리고 그 총 얘기를 들으니까, 뭔가 떠오르는 게 있더군. 2년 전에 815호에서 어떤 여자가 권총으로 자살을 했어."

스티브는 갑자기 등을 쫙 폈다. 거의 제자리에서 풀쩍 뛰는 것처럼 보일 정도였다. "어떤 여자였는데요?"

퀄란도 살짝 놀란 듯 보였다. "그건 나도 몰라. 이름이 정확히 뭐였는지. 죽기 전까지 하릴없이 떠돌다가 깨끗한 침대 위에서 죽고 싶었던 거겠지."

스티브는 팔을 뻗어 퀼란을 붙잡으며 말했다. "호텔 소식지 있잖아요." 그가 거친 목소리로 몰아쳤다. "뉴스 같은 거, 아무튼 그런 거 적어둔 종이를 보면 이름이 나와 있을 거예요. 그 기록을 보고 싶어요."

퀼란이 한참 동안 스티브를 바라보다가 말했다. "자네가 무슨 짓을 벌이고 있는지 알 순 없지만, 결론이 코앞에 온 모양이로군. 내가 찾아봐 줄게. 어차피 야간 근무 서느라 지루해 죽을 지경이었으니까." 그는 접수대 위에 있는 호출 벨을 눌렀다.

야간 짐꾼이 있던 방의 문이 열리더니 그가 현관 로비 쪽으로 걸어왔다. 그는 스티브를 보고 까딱 고개를 숙이고 미소를 지어 보였다.

퀼란이 말했다. "데스크 좀 보고 있어. 잠깐 피터스 씨 사무실 좀 다녀올 테니까."

그는 금고로 가서 열쇠 꾸러미를 꺼냈다.

그 오두막은 산 옆구리 고지대에 빽빽이 자란 소나무와 떡갈나무, 큼지막한 교목을 마주 보고 있었다. 석조 굴뚝과 널빤지 지붕이 언덕의 경사로 맞은편에 견고하게 버티고 있었다.

한낮의 햇살을 받은 지붕은 초록색으로 빛이 났다. 10월 중순의 기묘한 한밤중 공기가 활기를 잃은 채 주변 곳곳에 날카롭게 내려앉아 있었다.

그 오두막은 다른 오두막들로부터 400미터 떨어진 길 자락 끝에 자리 잡고 있었다. 스티브는 곡선으로 이어진 길을 라이트도 켜지 않고 천천히 돌았다.

새벽 5시. 그는 오두막을 확인하자마자 즉시 차를 세웠다. 운전석 밖으로 나가 자갈과 야생 아이리스가 카펫처럼 펼쳐진 옆길을 따라 발소리를 죽이고 걸어가기 시작했다.

도로 높이 정도 되는 곳에 거친 소나무 판자로 만든 차고가 있었다. 그 길을 따라 쭉 올라가니 오두막 입구로 이어져 있었다. 차고의 문은 열려 있었다. 스티브는 조심스럽게 문을 열었다. 자동차의 시커먼 몸체를 더듬으면서 걸어갔다. 라디에이터 위쪽에 가서야 멈추어 섰다.

그는 주머니에서 작은 손전등을 꺼내 차를 유심히 살피기 시작했다. 아직 차체에 온기가 남아있었다. 먼지가 수북한 회색 세단. 기름도 거의 남아있지 않았다.

그는 손전등을 끄고 차고 문을 닫은 다음 조심스럽게 걸쇠가 채워져 있는 판자 너머로 빠져나왔다. 그리고 오두막으로 향하는 길로 올라갔다.

창가에 드리운 붉은색 커튼 뒤로 조명이 켜져 있었다. 현관 옆에 향나무 땔감이 높이 쌓여 있었다. 오두막 현관에 꽂힌 압정 위에 녹슨 손잡이가 달려 있었다.

깊은숨을 내쉰 다음 노크를 했다. 한 손을 뻗어 코트 주머니 속에 든 권총에 가져다 댔다가 곧바로 다시 손을 빼냈다.

체인이 덜그럭대는 소리가 나더니 바닥 위로 발자국이 울리고 부드러운 목소리가 들렸다.

"누구세요?" 조지의 목소리였다.

스티브는 목재로 된 문에 입술을 가까이 대고 말했다. "나 스티브야. 일찍 일어났네?"

자물쇠가 부딪치는 소리가 들리고 문이 열렸다. 말쑥하게 차려입고 다니던 칼튼 호텔의 직원 조지는 그때의 모습과 사뭇 달라 보였다.

해진 바지에 돌돌 말린 셔츠 깃을 드러낸 두꺼운 파란색 스웨터 차림이었다. 발에는 두꺼운 울 양말에 양털 슬리퍼를 신고 있었다. 창백한 얼굴 위로 난 검은 수염을 반원형으로 짧게 올려서 깎았다.

높은 천장의 가파른 경사 아래 거실 안 바닥으로 전구가 끼워진 조명이 비추고 있었다. 테이블 조명은 켜져 있고, 조명 싸개가 한쪽으로 기울어져서 가죽으로 만든 중세풍 의자 쪽으로 빛을 뿜어냈다. 거대한 개방형 난로에는 부드러운 불꽃이 한가롭게 타들어 가고 있었다.

조지는 허스키한 저음의 목소리로 말했다. "맙소사, 스티브. 반가워요. 여기는 어떻게 찾았어요? 일단 안으로 들어와요."

스티브가 현관으로 들어서자 조지는 뒤에서 문을 잠갔다.

"도시에서 하던 게 버릇이 돼서요." 그가 씩 웃었다. "산속 오두막에 사는 사람들은 원래 현관도 잘 안 잠가요. 의자에 앉으세요. 발도 좀 녹이고. 요즘 같은 날에는 밤공기가 많이 차잖아요."

스티브가 말했다. "맞아. 정말 춥더라."

그는 중세풍 의자에 앉았다. 뒤쪽 딱딱한 나무 테이블 위에 모자와 코트를 벗어서 올려두었다. 그리고 몸을 난로 쪽으로 숙이고 양손을 길게 뻗었다.

조지가 말했다. "스티브, 그런데 여기는 어떻게 찾은 거예요?"

스티브는 그를 쳐다보지 않았다. 그리고 조용히 대답했다.

"쉽지 않더라고. 저번에 친형이 이쪽 어딘가 오두막에 있다고 했잖아. 기억나? 그래서 할 일도 없고 해서 그냥 무작정 차를 타고 왔는데. 크레스틀라인에 있는 여관에 가서 물어봤더니 모른다고 하더라고. 자기는 그냥 지나가는 여행객들만 상대한다고. 그래서 자동차 정비하는 곳에 전화했지. 조지라는 사람이 사는 오두막은 모른대. 우연히 석탄이랑 목재를 싣고 산에서 내려오는 차들을 봤는데, 몸집이 작은 남자를 만났어. 온갖 물건을 싣고 샌버너디노로 가는 길이라고 하잖아. 그래서 한때 주먹깨나 썼다는 네 형에 대해서 얘기했더니, 바로 여기를 알려준 거야."

조지는 손바닥으로 턱수염을 쓸어내렸다. 오두막 뒤편 어딘가에서 침대 스프링이 삐걱거리는 소리가 들렸다.

"우리 형은 싸움꾼일 때 쓰던 톨리라는 이름을 그대로 사용해요. 형을 깨울 테니까 우리 같이 커피나 마셔요. 어차피 우리는 같은 배에 탄 사람들이잖아요. 밤새워 일하고 잠도 제대로 못 자고. 난 거의 침대에서 잠을 못 자요."

스티브는 천천히 그를 쳐다보고 다시 고개를 돌렸다.

등 뒤에서 묵직한 남자의 목소리가 들렸다. "네 형 벌써 일어났다. 조지, 네 친구니?"

스티브는 거리낌 없이 자리에서 일어나 몸을 돌렸다. 그는 남자의 주먹부터 살폈다. 제 버릇은 어쩔 수가 없는 법이니까.

말끔하게 관리를 하기는 했지만, 커다랗고 관절이 거칠게 튀어나온 손에 상처가 가득했다. 한쪽 관절은 크게 골절된 적이 있는 모양이었다.

붉은 머리카락에 덩치가 큰 사내였다. 얇은 모직물 잠옷 위에 헐렁한 실내용 가운을 걸치고 있었다. 가죽처럼 두껍고 무표정한 얼굴에, 뺨에는 상처도 있었다. 눈썹 위로 하얗고 긴 상처가 있고, 입가에도 상처가 보였다. 코는 납작했고 두툼했다.

마치 권투 글러브로 얻어맞은 것처럼 전체적으로 눌린 모습이었다. 눈동자만은 조지처럼 멍하게 보였다.

조지가 말했다. “스티브 씨야. 호텔 야간 경비인데, 지금은 그만뒀어.” 그는 알 수 없는 미소를 지었다.

톨리가 다가오더니 악수를 청했다. “만나서 반가워요. 가서 옷을 가지고 올 테니까 같이 아침 식사나 하시죠. 난 충분히 잤어요. 조지가 한숨도 못 잤지, 불쌍한 녀석.”

그는 거실을 가로질러 방금 나왔던 방으로 다시 걸음을 옮겼다. 그리고 멈춰서 구식 오디오 쪽으로 몸을 숙이고, 종이봉투에 쌓인 레코드판 더미 위로 손을 올렸다. 그렇게 잠시 꼼짝도 하지 않고 서 있었다.

조지가 말했다. “스티브, 새 직장은 구했어요? 아니, 아직 구하는 중인가?”

“응, 찾았다고 봐야겠지. 별로 똑똑하지는 않지만, 사립 탐정으로 일하면서 성공을 노려보려고. 명성을 얻기 전까지는 별

볼 일 없겠지만." 그가 어깨를 으쓱했다. 그리고 낮은 목소리로 조용하게 말했다. "킹 레오파디가 죽었어."

조지가 놀라서 입을 쩍 벌리고 꼼짝도 안 하고 서 있었다.

톨리는 벽에 기대어 별다른 표정 없이 가만히 두 사람을 쳐다보았다.

마침내 조지가 말했다. "죽었어요? 어디서요? 아니, 말하지 말아요…"

"호텔에서 죽은 건 아니고. 아무튼 너무 안됐지? 어떤 여자 집에서 죽었어. 참 괜찮은 여자인데. 게다가 여자가 불러서 온 것도 아니래. 살인으로 위장할 생각이었던 모양인데, 일이 잘 안 된 거지. 그 여자가 내 고객이야."

조지는 꼼짝도 하지 않았다. 덩치 큰 형이라는 자도 마찬가지였다.

스티브는 석조 벽난로에 어깨를 기대었다. 그리고 부드러운 목소리로 말했다. "어제 오후에 샬롯 클럽에 갔었어. 레오파디에게 사과를 할 참이었는데, 바보 같은 생각이었지. 내가 잘못한 게 하나도 없더라고. 라운지 바에 가니까 웬 여자랑 함께 있는 거야. 녀석이 주먹을 세 번이나 날리고 그대로 가버렸어. 여자도 싫어하더라고. 우린 자연스럽게 대화를 나눴지. 같이 술도 한잔했고. 그러고 나서 그날 밤늦게, 여자한테 전화가 와서 레오파디가 자기 집에 있다는 거야. 술에 취했고 어떻게 해도 내보낼 수가 없다나. 그래서 그 집으로 갔지. 그런데 술에 취한 게 아니라 그 여자 침대에서 죽어 있더라고. 그것도 황금색 잠옷을 입고."

덩치 큰 남자는 큼지막한 왼손을 들어서 머리를 헝클였다.

조지는 테이블 가장자리에 천천히 몸을 기댔다. 마치 가장자리가 너무 날카로워서 자칫 몸을 베일까 봐 걱정이라도 되는 것처럼.

짧게 올려 깎은 턱수염 아래로 입가가 살짝 뒤틀려 보였다.

조지가 잔뜩 쉰 목소리로 말했다. "정말 최악이네요."

덩치 큰 남자도 말했다. "엎질러진 물인데 어쩌겠어."

스티브가 말했다. "그런데 문제는 그 잠옷이 레오파디의 것이 아니었다는 거야. 본래 잠옷에는 검은 글씨로 크게 글자가 박혀 있지. 그리고 새틴 재질이 아니라 실크 재질이었더군. 게다가 손에 권총을 쥐고 있었는데 그 총도 여자의 것이었고. 가슴을 쏜 게 아니더라고. 일단 경찰이 조사를 시작하면 알 수 있겠지. 일반인들은 잘 모르는데, 파라핀 왁스로 검사를 하면 최근에 총을 쐈는지 아닌지 손바닥만 보고도 알 수 있어. 본래는 그날 밤 호텔에서 벌어졌어야 할 일인데, 815호에서 말이야. 811호 객실의 검은 머리 여자가 그자에게 접근하기 전에 내가 호텔 밖으로 내쫓는 바람에 일이 틀어지고 만 거야. 안 그래, 조지?"

조지가 말했다. "당신이 쫓아낸 건 맞죠. 그걸 묻는 거라면 말이에요."

스티브가 천천히 말했다. "조지, 내가 무슨 말 하는지 알잖아. 만약 레오파디가 815호에서 죽었다면 완벽한 인과응보가 될 수 있었겠지. 2년 전에 그 객실에서 한 여자가 죽었으니까. 체크인 이름은 메리 스미스, 하지만 진짜 이름은 이브였고."

오디오에 육중한 몸을 기대고 있던 덩치 큰 남자가 굵직한 목소리로 말했다. "아직 내가 잠이 덜 깼나. 듣자 하니 얘기를 아주 이상하게 하는데. 이브라는 여동생이 칼튼 호텔에서 죽은 게, 그게 뭐 어쨌다는 거야?"

스티브는 살짝 짜증 섞인 미소를 지었다. "잘 들어, 조지. 분명히 너는 퀼란이 그 여자들을 811호 객실에 배정했다고 말했어. 그렇지? 레오파디가 스위트 룸 대신 8층 객실에 묵은 것도 숙박비를 아끼려고 그랬던 거라고 했고. 하지만 그자는 돈을 아끼는 타입이 아니었지. 그저 여자만 근처에 있다면 어디서자든 별 상관이 없었던 거야. 그리고 넌 그 사실을 알고 있었고. 조지, 자네가 모든 일을 계획한 거야. 심지어 피터스를 시켜서 레오파디에게 공연 시작 전에 이곳에 오면 칼튼 호텔에서 묵으라는 내용의 공문을 보내도록 했지. 샬롯 클럽의 소유주와 칼튼 호텔의 소유주가 같았으니까. 마치 월터스 회장이 밴드 리더의 숙소까지 세심히 챙겨주고 있는 것처럼 말이야."

조지의 얼굴은 무표정하고 새하얗게 질려버렸다. 목소리마저 갈라졌다. "스티브, 맙소사. 대체 그게 무슨 말이에요? 난 도무지 이해가…"

"미안해, 친구. 같이 일할 때 좋았는데. 지금도 자네가 좋아. 하지만 여자를 목 졸라 죽이는 놈들이나 복수극을 은폐하려고 다른 죄 없는 여자를 이용하는 놈들은 용서할 수가 없어."

덩치 큰 남자가 말했다. "진정들 하라고. 자, 여기 좀 봐."

레코드판이 가득 쌓인 뒤쪽에서 톨리의 손이 쓱 하고 올라왔다. 45구경 콜트였다. 그가 이를 악물고 말했다.

"내가 본 호텔 경비들은 하나같이 어리숙한 인간들 뿐이었는데. 당신은 그런 부류가 아닌가 보군. 대가리가 잘 돌아가. 코트가 118번지에서 도망친 것도 당신이지?"

스티브는 빈손을 내리고 남자가 손에 든 큼직한 콜트 권총을 똑바로 바라보며 말했다. "맞아. 당신 손자국이 목에 그대로 남은 채로 죽어 있더군. 마릴린 말이야. 경찰에서 멍 자국의 크기를 잴 거야. 돌로레스의 가사도우미도 똑같은 방식으로 해치웠던데, 그건 큰 오산이었어. 두 사건에서 남겨진 흔적을 서로 비교해 보고 나면, 엊그제 칼튼 호텔에서 검은 머리 여자가 묵었던 것도 알게 될 테고. 그렇게 전체적인 줄거리를 맞춰나가게 될 테니까. 물론 호텔에 가서 정보를 얻게 될 테지. 그것도 한몫할 테고. 2주 줄 테니까, 빨리 도망쳐야 할 거야. 아주 빨리."

조지는 바짝 마른 입술을 혓바닥으로 훔쳤다. "스티브, 서두를 거 없어요. 전혀 급하지 않아요. 우리가 할 일은 끝났어요. 어쩌면 최선의 방법도 우아한 방법도 아니었지만 어쨌든 할 일은 했잖아요. 그리고 레오파디라는 새끼는 정말 비열한 자식이에요. 우리는 여동생을 정말 사랑했어요. 그런 애가 그 새끼 때문에 사방을 떠돌아다닌 거죠. 비열한 라틴 놈에게 정신이 팔려서 잠시 넋이 나가긴 했지만 말이에요. 그런데 그 비열한 자식이 조금 인기를 얻게 되니까 우리 동생을 내팽개치고 그 빨간 머리 계집애한테 눈을 돌리더라고요. 자기랑 비슷한 부류라서 그랬겠죠. 결국 우리 동생을 버리고 그 애 가슴을 찢어놨기 때문에 이브가 자살한 거라고요."

스티브가 매정하게 말했다. "그렇군. 한데 그동안 오빠라는 사람들은 뭐 하고 있었지? 손톱 손질이라도 하고 있었나?"

"당시에는 동생이랑 떨어져 지냈어요. 일이 터지고 나서 한참이 지나서야 상황을 알게 된 거죠."

스티브가 말했다. "그게 네 명의 사람 목숨을 뺏을 만한 일이었어? 그리고 돌로레스라는 여자는 레오파디하고 전혀 깊은 사이가 아니었어. 과거에도 지금도 말이야. 그런데 썩은 내가 풍기는 비열한 복수극 한가운데 그 여자를 끌어들인 거야. 조지, 생각만 해도 역겨워. 네 형님한테 피비린내 나는 살인 파티를 계속해 보시라고 해."

톨리가 씩 웃으며 말했다. "그만 됐어, 조지. 저놈 총을 가졌는지 확인해. 놈의 뒤쪽이나 앞쪽으로 가까이 가지 말고. 이 총알로 몸통을 뚫어버릴 테니까."

스티브는 덩치 큰 남자가 가진 45구경 권총을 빤히 쳐다보았다. 백지장처럼 얼굴이 하얗게 질렸다. 입가에는 희미하게 냉소적인 웃음이 서려 있었다. 두 눈은 차갑고 촉촉하게 젖어 있었다.

조지는 양털 슬리퍼를 신은 발로 조심스럽게 움직였다. 그는 테이블 끝으로 빙 돌아서 스티브 옆으로 가더니 손을 뻗어 그의 주머니를 살짝 두드렸다. 그리고 뒤로 물러서서 손가락으로 그의 가슴을 가리켰다. "저기 있어."

스티브가 부드러운 어조로 말했다. "내가 미쳤군. 자네를 붙잡고 있어야 했는데."

톨리가 꽥하고 소리쳤다. "뒤로 떨어져 있어!"

그는 단호한 걸음으로 거실을 가로질러 가서 묵직한 콜트 총구를 스티브의 복부에 겨누었다. 그리고 왼손을 뻗어 그의 가슴 주머니에 들어 있던 소형 리볼버 권총을 꺼냈다.

그의 날카로운 시선은 스티브의 눈동자에 고정돼 있었다. 그는 스티브의 권총을 등 뒤로 돌리며 말했다. "조지, 이거 갖고 있어."

조지는 총을 받아 큰 테이블 너머로 가서 구석에 몸을 피하고 있었다. 톨리도 뒷걸음질을 치며 스티브와의 간격을 확보했다.

"넌 이제 끝났어, 똑똑한 탐정 나리. 똑바로 알고 있어. 이 산악지대를 벗어날 방법은 두 가지뿐이고, 우리는 시간을 벌어야 해. 당연히 아무에게도 얘기하지 않았겠지?"

스티브는 바위처럼 서 있었다. 그는 덩치 큰 남자의 손에 든 권총을 쏘아보고 있었는데 그 시선이 뭔가 미묘하게 보였다.

조지가 말했다. "꼭 이렇게까지 해야 해?" 평소 활기찬 허스키 톤이던 그의 목소리가 이제는 낮고 거칠게 무뚝뚝한 말투로 변해있었다.

스티브는 살짝 고개를 돌려 조지를 쳐다보았다. "당연히 그럴 수밖에, 조지. 결국 자네는 저속한 깡패와 한편이 된 거야. 삐뚤어진 유년 시절을 보낸 여동생의 복수를 한답시고 비열한 마음을 품고 사디스트처럼 행동한 거잖아. 시골뜨기 같은 놈. 너도 그냥 썩어서 악취를 풍기는 고깃덩어리일 뿐이야."

톨리가 껄껄 웃더니 엄지손가락으로 커다란 권총을 뒤로 젖혔다. "마지막 기도나 하시지, 친구." 그가 비웃었다.

스티브가 근엄한 투로 말했다. "대체 그 권총으로 어떻게 나를 끝장낼 수 있을 거라고 믿는 거지? 살인자 씨. 총알도 없잖아. 차라리 그 두 손으로 여자들을 죽였던 것처럼, 나도 목 졸라 죽이지 그래?"

톨리가 눈을 끔뻑거렸다. 그리고 미친 사람처럼 웃어젖히기 시작했다. "맙소사. 아주 뻔뻔한 놈이로구먼." 그가 키득거리더니 말을 이었다. "똑똑히 봐."

그가 커다란 총을 바닥에 겨누고 방아쇠를 당겼다. 빈 탄창 속에서 격침이 띵하고 부딪히는 공허한 소리가 들렸다. 덩치 큰 남자의 얼굴이 일그러졌다.

아주 잠깐, 세 사람 모두 움직이지 않았다. 곧이어 톨리가 뒤꿈치를 대고 천천히 몸을 동생 쪽으로 돌렸다. 그리고 부드러운 어조로 말했다. "조지, 네가 할래?"

조지는 침을 꼴깍 삼키고 입술을 핥았다. 뭔가 말을 하려니 입술이 바짝바짝 마르는 듯했다. "실은 있잖아, 톨리. 스티브가 도로 아래서 차 세우고 내려서 차고로 들어가는 거 창문으로 다 보고 있었어. 자동차 엔진이 따뜻했을 거야. 이만하면 살인은 충분히 했어. 너무 지나쳤지. 그래서 형 권총에서 탄창을 빼놨었어."

조지의 엄지가 리볼버 권총의 넓적한 부분 뒤로 움직였다.

톨리의 눈알이 튀어나올 것 같았다. 그는 끝이 넙데데한 총을 홀린 듯 바라보았다. 그러더니 갑자기 죽일 듯이 달려가서 탄창이 빈 콜트 총으로 내리쳤다.

조지는 나이 든 노인처럼 몸을 웅크리고 가만히 서서 뭐라고 중얼거렸다. "잘 가, 톨리."

작고 매끈한 그의 손에서 총성이 세 번 울렸다. 주둥이에서 하얀 연기가 피어올랐다. 벽난로에 쌓여 있던 탄 장작들이 사방으로 흩어졌다.

톨리가 기묘한 표정을 지으면서 발을 디디고 가만히 서 있었다. 발아래로 총이 툭 하고 떨어졌다. 그는 커다란 손으로 배를 움켜쥐더니 천천히 그리고 묵직한 어조로 말했다.

"괜찮아, 괜찮아. 그러니까…, 그러니까 내가…"

목소리가 점점 희미해지더니 두 다리의 힘이 풀리면서 바닥으로 풀썩 쓰러졌다. 스티브는 잽싸게 큰 보폭으로 세 걸음을 걸어가 조지의 턱 주변을 주먹으로 강타했다. 톨리는 여전히 쓰러진 나무처럼 바닥에 널브러져 있었다.

조지는 거실을 가로지르면서 구석에 있는 벽에 가서 부딪혔다. 그 바람에 하얀 접시를 쌓아두었던 선반이 산산조각 나버렸다. 손에 쥐고 있던 권총도 바닥으로 떨어져서 굴러갔다.

스티브는 몸을 던져 떨어진 권총을 낚아챘다. 조지는 바닥에 웅크리고 앉아 형을 바라보고 있었다.

톨리는 바닥에 누워 고개를 숙인 채 양손으로 복부를 끌어안고 마치 피곤함에 지쳐 잠든 사람처럼 가만히 누워있었다.

아무 소리도 내지 않은 채로.

오전을 알리는 뜨거운 햇살이 창문을 통해 빨간 유리 커튼 주위로 비추었다. 조각난 땔감에서 피어오른 뽀얀 연기가 벽난로 반대편으로 올라갔다. 난로에 쌓여 있던 부드러운 재가 뜨거운 불꽃을 품고 수북이 쌓여 있었다.

스티브가 무덤덤하게 말했다. "조지, 자네가 내 목숨을 구했어. 아니, 더 많은 살인이 벌어지지 않도록 막은 셈이지. 내가 원한 건 증거였기 때문에 기회를 놓칠 수가 없었어. 저기 책상으로 가서 모든 자초지종을 적고 서명해줄 수 있겠지?"

조지가 물었다. "우리 형…. 죽은 거예요?"

"그래, 죽었어. 자네가 죽인 거야…"

조지가 조용히 말했다. "우습네요. 레오파디도 내 손으로 죽일 작정이었는데…. 그가 가장 높이 올라갔을 때, 가장 멀리 떨어질 수 있을 때 말이에요. 그냥 죽여버리고 죗값을 치르려고 했어요. 그런데 형이 기발한 방법을 쓰고 싶어 했죠. 톨리는 제대로 교육받은 적도 없고, 평생 주먹 쓰는 일 말고는 해본 적도 없이 거친 삶을 살았으니까. 어떻게든 계획을 짜서 용의주도하게 처리하고 싶어 했어요. 그런데 돌로레스의 가사도우미에게는 확실히 어떻게 한 건지 나도 몰라요. 잘 몰라도 괜찮겠죠?"

스티브가 말했다. "얼른 적기나 해. 레오파디에게 전화를 걸어서 여자인 것처럼 꼬셔낸 것도 자네인가?"

조지가 말했다. "네, 그것도 전부 적을게요. 서명도 할 테니까 1시간만 시간을 줘요. 그다음에 신고해도 되잖아요, 스티브. 부탁이에요. 1시간만 기다려 줘요. 우린 친구였으니까 그 정도 부탁은 들어줄 수 있겠죠?"

조지가 미소를 지었다. 연약하고 유령처럼 희미한 미소였다.

스티브는 바닥에 쓰러진 덩치 큰 남자의 옆으로 가서 목 부분의 동맥을 짚었다. 그리고 고개를 들고 말했다.

"완전히 죽었네…. 그래. 1시간 줄게, 조지. 대신 그동안의 일을 전부 적어야 해."

조지는 커다란 떡갈나무를 못으로 고정해서 만든 책상 쪽으로 걸어갔다. 노트를 펴고 앉아 펜을 향해 손을 뻗었다. 그리고 잉크통의 뚜껑을 열고, 회계 담당자답게 깔끔하고 깨끗한 필체로 종이를 채워나가기 시작했다.

스티브는 벽난로 앞에 앉아서 담배에 불을 붙이고 타들어가는 재를 빤히 쳐다보고 있었다. 권총을 든 왼손은 무릎에 대고.

오두막 밖에서 새들의 노랫소리가 들렸다. 오두막 안에는 끄적거리는 펜 소리 말고는 아무 소리도 들리지 않았다.

해가 중천에 떠올랐을 무렵에야 스티브는 오두막에서 나와 문을 잠그고 자동차가 세워진 곳을 향해 좁은 자갈길을 걸어갔다.

차고는 텅 비어 있었다. 회색 세단은 보이지 않았다. 다른 오두막에서 피어오른 뽀얀 연기가 소나무와 떡갈나무를 타고 올라가 멀리까지 날아갔다.

차에 시동을 걸고 구불거리는 도로를 지나서 중앙선이 그려진 큰 도로로 진입해 크레스틀라인을 향해 언덕을 올라가기 시작했다.

그는 '세상의 가장자리'라는 이름의 여관에 도착하기 전 대로변에 차를 세웠다. 카페에서 커피 한 잔을 산 다음 빈 라운지 뒤쪽 전화부스로 향했다. 칼튼 호텔에 월터스 회장의 연락처를 물은 다음, 샬롯 클럽으로 전화를 걸었다.

상냥한 목소리가 전화를 받았다. "월터스 회장님 비서실입니다."

"스티브라고 합니다. 회장님 좀 바꿔주세요."

"잠시만요."

상냥함과는 거리가 먼 무뚝뚝한 다른 목소리가 들렸다.

"여보세요?"

"스티브입니다. 월터스 씨와 통화하고 싶은데요."

"미안하지만 누구신지 모르겠네요. 여긴 아직 새벽이에요. 무슨 일 때문에 그러시죠?"

"혹시 회장님이 돌로레스 양의 집에 가셨나요?"

"오, 경찰이시구나. 알겠어요. 잠시만요."

또 다른 목소리가 들렸다. 희미한 아일랜드식 발음이 느껴지는 나른한 목소리. "말해요. 나 월터스 회장이요."

"전 스티브라고 합니다. 저는…"

"누군지 알아요. 그건 그렇고, 돌로레스 양은 괜찮소. 지금 위층에서 잠들었을 거요. 말해요."

"지금 크레스틀라인에 있는데요. 애로우헤드의 꼭대기 말입니다. 레오파디를 죽인 건 공범인 남자 두 명이었어요. 하나는 칼튼 호텔의 야간 객실 담당자 조지. 다른 하나는 톨리라는 전직 싸움꾼으로 조지의 형이었습니다. 톨리는 죽었습니다, 동생이 쏜 총에 맞아서. 조지는 도망쳤는데 떠나기 전에 사건의 경위를 상세히 적어서 저에게 주고 갔습니다."

월터스 회장이 차분히 말했다. "조지라는 친구는 일 처리가 신속하군요. 아니면 미친 사람이거나. 스티브 씨는 먼저 이쪽으로 오는 게 좋겠소. 이유가 뭐라고 하던가요?"

"여동생 때문에요."

월터스 회장이 그 말을 반복했다. "여동생 때문이라…. 그 도망친 친구는 어쩔 셈이고? 괜히 시골뜨기 경찰이 이 사건에 손을 대지 않았으면 싶은데…"

스티브가 조용히 끼어들었다. "그건 걱정하지 않으셔도 됩니다, 회장님. 그 친구 어디로 갔는지 알고 있으니까요."

그는 숙소로 가서 아침을 먹었다. 배가 고파서가 아니라 기운이 하나도 없었기 때문이었다. 그는 다시 차를 타고 크레스틀라인에서 샌버너디노를 향해 길고 먼 여정을 시작했다.

드넓은 포장도로가 깊은 골짜기를 향해 수직으로 하강하는 길을 따라 기다랗게 뻗은 길을 달렸다. 골짜기 가장자리로 도로가 좁아지는 부분 끝에 하얀 안전벽이 처져 있었다.

크레스틀라인 아래로 1.6킬로가량 되는 곳이 바로 그곳이었다. 산의 어깨 부분에서 급격히 꺾이는 급회전 도로. 자동차들이 도로 옆 자갈길에 주차돼 있었다. 개인 승용차들 몇 대와 공무 수행 중인 자동차도 보였다.

하얀 안전벽 일부가 부서져 있고, 사람들이 그 주위에 모여서 아래를 내려다보는 모습도 보였다.

절벽에서 250미터 아래 회색 세단 한 대가 완전히 박살 난 채로 아침 햇살을 받으며 조용히 잠들어 있었다.

2화. 영리한 살인자

킬마노크 호텔의 도어맨은 키가 190센티였다. 옅은 파란색 제복에 하얀 장갑을 껴서인지 손이 거대해 보였다. 그는 고양이를 쓰다듬는 할머니처럼 부드러운 손길로 노란색 택시의 문을 열었다.

달마스는 택시에서 내려 붉은 머리의 운전사를 향해 돌아서 말했다. "저기 모퉁이에서 기다리고 있어, 조이."

운전사가 고개를 끄덕이고는 이쑤시개를 입의 한쪽으로 더 깊숙이 쑤셔 넣었다. 하얀 표시가 된 화물 적재 구역으로부터 능숙하게 핸들을 틀었다.

달마스는 햇살이 쏟아지는 인도를 건너서 킬마노크 호텔의 시원한 로비로 걸음을 내디뎠다. 카펫이 두꺼워서인지 발소리가 나지 않았다. 벨보이는 팔짱을 끼고 서 있었다. 대리석으로 된 접수대 뒤에 선 직원들도 근엄해 보였다.

달마스는 엘리베이터로 향했다. 그는 칸막이가 쳐진 엘리베이터에 올라타더니 말했다. "제일 꼭대기 층으로 갑시다."

펜트하우스가 있는 꼭대기 층에는 벽마다 하나씩, 총 세 개의 문이 활짝 열린 조용하고 아담한 로비가 있었다. 달마스는 그 중 하나를 통과해서 벨을 눌렀다.

월든이 문을 열었다. 마흔다섯 정도, 어쩌면 그보다 더 나이가 많아 보였다. 섬세한 하얀 머리칼에 호남형의 방탕해 보이는 인상이었다. 얼굴선이 서서히 쳐지기 시작하는 것처럼 보였다. 모노그램 무늬의 실내복 가운을 입고, 한 손에는 위스키가 가득 찬 술잔을 들고 있었다. 약간 취기가 오른 모습이었다.

그는 묵직한 목소리로 뚱하게 말했다. "아, 당신이군요. 들어와요, 달마스."

달마스는 현관문을 연 채로 월든을 따라 아파트 안으로 들어갔다. 한쪽 끝에는 발코니가 있고, 왼쪽으로 프랑스식 창문이 길게 늘어선 층높이가 높은 거실이었다. 밖에는 테라스가 설치돼 있었다.

월든은 벽에 바짝 붙여 놓은 갈색빛이 도는 황금색 의자에 앉아 발 받침대 위로 다리를 뻗었다. 그는 손에 든 위스키 잔을 빙글빙글 돌리면서 아래를 내려다보았다.

"무슨 일이죠?" 월든이 물었다.

달마스는 다소 음침한 눈빛으로 그를 쳐다보았다. 그리고 잠시 후에 말했다. "당신이 맡긴 일을 다시 돌려준다고 얘기하러 왔습니다."

월든은 손에 든 위스키를 단숨에 비우고, 테이블 가장자리에 술잔을 내려놓았다. 더듬거리며 담배를 찾아 입술에 물었지만 불붙이는 것은 잊어버렸다.

"그래요?" 별 관심이 없는 듯 애매모호한 대답이 돌아왔다.

달마스는 남자를 등지고 창문을 향해 걸음을 옮겼다. 창문은 활짝 열려 있었고, 바깥에 차양이 펄럭거렸다. 거리의 차량 소음이 희미하게 귓가에 들려왔다. 그가 어깨 너머로 말했다.

"사건에 전혀 진척이 없어요. 당신이 사건 해결을 원치 않았으니까 그런 거죠. 본인이 왜 협박을 당하는지 알고 있을 텐데 말이에요. 나는 이유를 몰라요. '이클립스 필름'에서 관심을 보이는 건, 당신이 만든 영화에 투자금이 많이 묶여있어서 그런 걸 테고."

"빌어먹을 이클립스 필름." 월든이 속삭이듯 말했다.

달마스는 고개를 절레절레 저으며 돌아섰다. "제 관점은 조금 달라요. 당신의 홍보사에서 일 처리를 할 수 없는 지경이 된다면, 그쪽이 손해를 입겠죠. 당신이 부탁해서 나도 이렇게 뛰고 있는 거잖아요. 그런데 시간 낭비였죠. 당신이 전혀 협조하지 않으니까."

월든은 매우 기분이 상한 투로 말했다. "나도 내 방식대로 일 처리를 하고 있고, 어떤 식으로든 혼란을 일으키지 않을 작정이요. 내 방식대로 일하고, 사야 할 것이 있으면 계속 사들일 거고…. 당신이 할 일은 이클립스 쪽 사람들에게 일이 수월하게 해결되고 있다고 믿도록 만드는 것뿐입니다만. 알아듣겠어요?"

달마스는 거실을 가로질러 자리로 돌아왔다. 그는 테이블 위에 한 손을 짚었다. 옆에는 꽁초가 수북이 쌓인 재떨이가 놓여 있었는데 꽁초 끝에 진한 립스틱 자국이 보였다.

"그 정도로는 충분한 설명이 되지 않아요, 월든."

"이 정도 말하면 이해할 수 있을 만큼 똑똑한 줄 알았는데."

월든이 비웃었다. 그는 몸을 비스듬히 숙이고 술잔에 위스키를 채웠다. "한잔?"

"사양하죠."

월든은 입에 담배를 물고 있던 걸 알아차리고는 바닥에 휙 집어 던지고 위스키를 들이켰다. "젠장!" 그는 코웃음을 쳤다.

"사립 탐정이라는 작자가 아무짝에도 쓸모없는 일이나 하고 돈은 꼬박꼬박 챙긴단 말이야. 그래, 당신이 말한 것처럼 아주 깨끗한 직업이니까 그런가."

월든은 순간 화가 치밀어 올랐다. 눈빛이 번쩍이고, 입꼬리가 처지면서 얼굴이 샐쭉하게 변했다. 그는 달마스의 시선을 피했다.

달마스가 말했다. "당신에게 맞서려는 건 아니지만, 절대 당신을 지지한 적은 없습니다. 마지막까지 함께 갈 수 있는 그런 부류의 사람이 아니니까. 만약 나를 가지고 논 거라면, 난 내가 할 수 있는 걸 다했어요. 앞으로도 그럴 거고. 당신을 위해서도 아니고, 당신 돈이 욕심나서도 아닙니다. 당신이 원한다면 언제든 내 꼬리를 당신 그림자에서 떼어낼 수도 있어요."

월든은 바닥에 발을 디뎠다. 그는 테이블 위에 팔꿈치를 대고 술잔을 조심스럽게 내려놓았다.

"그림자? 무슨 소리인지 못 알아듣겠군." 그는 침을 꼴깍 삼켰다. "난 당신에게 그림자를 드리운 적이 없는데."

달마스가 그를 노려보았다. 그리고 잠시 후에야 고개를 끄덕였다. "좋아요. 그럼 나는 다시 다음 건으로 돌아가서, 그자가 누구를 위해서 일하고 있는지 알아내도록 하죠."

월든이 나지막한 목소리로 말했다. "내가 당신이라면 그런 짓은 하지 않을 거요. 자칫 상황을 악화시킬 수도 있는 사람들을 골탕 먹이고 있잖아. 내 말 무슨 뜻인지 잘…"

"당신을 걱정시키려는 게 아닙니다." 달마스가 차분하게 말했다. "그 사람들이 당신 돈을 원했다면 애초부터 더 추악한 짓을 벌였겠죠."

달마스는 모자를 앞으로 내밀고 빤히 쳐다보았다. 월든의 얼굴이 땀범벅이 되어 반짝거렸다. 눈빛은 침울했다. 그가 뭔가 말하려는 듯 입을 열었다.

현관 벨이 울렸다.

월든은 곧바로 얼굴을 찌푸리며 욕지기를 뱉었다. 그는 바닥을 내려보면서 꼼짝도 하지 않았다.

"미리 약속도 안 하고 찾아오는 사람들이 너무 많아." 그가 으르렁거리듯 말했다. "일본인 비서는 하필 오늘이 쉬는 날이고."

다시 벨 소리가 들렸고, 그제야 월든이 일어섰다.

달마스가 말했다. "제가 나가보죠. 어차피 나가려던 참이니까."

그는 월든을 향해 고개를 끄덕이고는 거실을 따라 걸어나가 문을 열었다.

손에 총을 든 남자 둘이 나타났다. 총구 하나를 달마스의 갈비뼈에 깊숙이 찔러넣으면서 한 남자가 다급한 목소리로 말했다. "물러서, 당장. 알다시피 우리는 무장 강도니까."

얼굴이 검고 잘생긴 생기가 넘치는 자였다. 카메오 배우처럼 선이 굵고 전혀 경직되지 않은 표정이었다. 그는 미소를 지었다.

뒤에 있는 자는 키가 작고 옅은 갈색 머리였다. 그는 얼굴을 찌푸렸다.

얼굴이 검은 남자가 말했다. "이놈이 월든의 부하야, 노디. 데려가서 총을 겨누고 있어."

노디라는 이름의 옅은 갈색 머리 남자가 달마스의 복부에 주둥이가 짧은 권총을 겨누었다. 그의 파트너는 발로 문을 차서 닫은 후 월든을 향해 요란하게 달려갔다.

노디는 달마스가 가슴 아래 차고 있던 38구경 콜트 권총을 낚아채고, 그의 몸을 빙 돌면서 주머니를 하나씩 살폈다. 그리고 자기 총을 치우고 달마스의 콜트를 손아귀에 쥐었다.

"됐어, 리치오. 다른 무기는 없는 것 같아." 그가 퉁명스럽게 말했다.

달마스는 팔을 내리고 몸을 돌려 거실로 들어갔다. 그는 월든을 유심히 살펴보았다. 월든은 입을 벌린 채 몸을 앞으로 기대고 몹시 집중한 표정이었다.

달마스는 검은 얼굴의 강도를 보며 부드러운 어조로 물었다.

"리치오?"

얼굴이 검은 남자가 그를 힐끔 쳐다보았다. "저쪽 테이블로

가. 설명은 내가 할 테니까."

월든은 목구멍에서 쉰 소리를 냈다. 방아쇠에 손가락 하나를 걸쳐 둔 리치오는 바로 앞에서 흡족한 표정으로 그를 내려다보았다.

"당신은 돈을 더럽게 늦게 줘, 월든. 엄청 굼뜨다고! 그래서 그걸 얘기해 주려고 직접 찾아왔지. 당신 끄나풀의 뒤를 밟아서 말이야. 어때, 재밌지 않나?"

달마스가 침울하게 기어들어 가는 목소리로 말했다. "이 자는 당신의 경호원이었어요, 월든. 정말 이름이 리치오라면 말이죠."

월든이 조용히 고개를 끄덕이고는 입술을 핥았다.

리치오가 달마스를 향해 공격적으로 말했다. "다시 말하지만, 괜히 잘난 척하지 마. 이 얼간이 자식아."

그는 강렬한 눈빛으로 그를 노려본 후, 다시 월든을 쳐다보더니 손목에 차고 있는 시계에 시선이 멈추었다.

"3시 8분이야, 월든. 당신 부하가 대신 은행에서 돈을 인출할 수 있을 거야. 10만 달러 가져오는데 정확히 한 시간 줄 거야. 한 시간이야. 배달을 시킬 사람이 필요하니까, 당신이 고용한 사립 탐정은 우리가 데리고 가겠어."

월든이 다시 고개를 끄덕였지만, 여전히 입을 열지 않았다.

그는 두 손을 무릎 위에 올리고 손가락 마디가 하얗게 될 때까지 손아귀에 힘을 주었다.

리치오가 계속 말을 이었다. "우리는 일 처리가 깔끔하지. 그렇지 않으면 이런 짓을 벌일 이유가 없으니까. 당신도 일 처리를 깔끔하게 해야 해. 안 그러면 당신 탐정은 흙더미 위에서 눈을 뜨게 될 테니. 물론 숨이 끊어진 채로. 알아들어?"

달마스가 경멸조로 말했다. "만약 월든에게 돈을 받고 나를 놔준다면 당신을 범죄자로 지목하게 될 텐데."

리치오는 최대한 자연스럽게 달마스를 쳐다보지 않고 말했다. "거기에 대한 대답도 준비해 놨지. 오늘은 10만 달러야, 월든. 나머지 10만 달러는 다음 주 초에. 우리에게 문제가 생기지 않는다는 가정하에. 만약 다른 문제가 생긴다면 그에 대한 대가를 치르게 될 거야."

월든이 무의미하게 두 손을 펼쳐 보이고 졌다는 신호를 보냈다. "그 정도는 마련할 수 있을 거야." 그는 서둘러 대꾸했다.

"좋아. 그럼 우리는 이만 출발하지."

리치오는 고개를 까딱하고 총구를 거두었다. 주머니에서 갈색 장갑을 꺼내더니 오른손에 끼우고, 노디가 들고 있던 권총을 낚아챘다. 그는 총을 슬쩍 살피고는 옆 주머니에 숨긴 채 장갑 낀 손으로 총을 잡았다. "가자." 그가 고개를 홱 돌리며 말했다.

세 사람이 사라지자 월든은 허무한 표정으로 떠난 자리를 바라보고 있었다.

엘리베이터 안에는 안내원뿐이었다. 세 사람은 1층과 2층 사이에 내려서 등 뒤로 빛이 내리쬐는 스테인드글라스 창문을 지나 고요한 집필실을 가로질러 걸어갔다. 리치오는 달마스의 좌측에서 반걸음 뒤로 걸었다. 노디는 우측에서 그를 에워쌌다.

세 사람은 카펫이 깔린 계단을 내려가 고급 상점들이 즐비하게 늘어선 회랑을 따라서 호텔 옆 입구로 나왔다. 길 건너편에 소형 갈색 세단이 세워져 있었다. 노디가 운전석에 올라타 총을 다리 아래 쑤셔 넣고 시동을 걸었다. 리치오와 달마스는 뒷좌석에 앉았다.

리치오가 느릿느릿 말했다. “대로의 동쪽으로 가, 노디. 일단 주변을 살펴야겠어.”

노디가 투덜거리며 어깨 너머로 말했다. “참, 재미있네. 대낮에 윌셔에서 남자를 태우고 가다니…”

“운전이나 똑바로 해, 멍청아.”

노디는 다시 투덜거리더니 작은 세단을 인도 옆에서 움직였다. 넓은 대로의 신호등에 멈추려고 서서히 속도를 줄였다. 손님을 태우지 않은 노란 택시 한 대가 서쪽에서 움직이더니 도로 한가운데서 유턴을 하고 뒤를 따라오기 시작했다.

노디는 잠시 멈추었다가 우회전해서 계속 달렸다. 택시도 마찬가지였다. 리치오는 무관심한 표정으로 뒤를 흘끗 쳐다보았다. 윌셔에는 차들이 북적거렸다.

달마스는 의자 시트에 등을 대고 차분하게 말했다. “우리가 내려오는 동안 월든이 경찰에 신고하지 않은 이유가 뭐지?”

리치오가 그를 보며 웃었다. 그는 모자를 무릎에 내려놓고 총을 쥔 오른손을 꺼내더니 모자 아래로 집어넣었다. “그야 우리를 화나게 만들기 싫었던 거겠지, 멍청아.”

“그래서 나를 강도들이랑 함께 차에 태워 보낸 거로군.”

리치오가 냉랭하게 말했다. “그런 게 아니야. 그저 우리 비즈니스에 당신이 필요했던 거지. 그리고 우리는 강도가 아니라고, 알겠어?"

달마스는 손가락을 펼쳐서 턱을 쓱 문질렀다. "로버트슨으로 곧바로 가는 건가?"

"아직 고민 중이야." 리치오가 말했다.

"천재 나셨네!" 노디가 비꼬듯 말했다.

리치오가 활짝 웃으니 새하얀 치아가 드러났다. 반 블록 앞에서 신호등이 빨간불로 바뀌었다. 노디는 소형 세단을 사거리 맨 앞에 세웠다.

빈 택시가 왼쪽으로 가까이 왔다. 택시 기사는 붉은 머리의 사내였다. 모자를 한쪽으로 비스듬히 내리고, 기분이 좋은 모양인지 휘파람까지 불면서 이를 쑤시고 있었다.

달마스는 발을 좌석에 올리고 다리에 힘을 줬다. 높이 솟은 신호등이 녹색으로 바뀌자 세단이 앞으로 출발했다.

빨간 머리 남자가 몸을 숙이고 택시를 우측으로 홱 틀었다.

택시의 범퍼 부분이 갈색 세단의 좌측 범퍼를 받으면서 서로 바퀴가 엉켰다. 결국 차 두 대가 덜컹거리며 멈추어 섰다. 뒤에서 화를 참지 못한 운전자들의 요란한 경적이 들렸다.

달마스는 오른손 주먹을 들어 리치오의 턱을 힘껏 때렸다.

그리고 왼손으로 총을 낚아채더니 리치오의 무릎을 겨누었다. 리치오가 구석으로 몸을 피하자 총구를 거두었다. 리치오의 머리가 부들부들 떨렸다. 두 눈은 불안으로 연신 깜빡거렸다.

달마스가 의자를 미끄러지듯이 빠져나오면서 권총을 겨드랑이 사이에 끼웠다. 노디는 앞 좌석에서 가만히 있었다. 그의 오른손이 천천히 허벅지 아래 놓인 권총을 향하고 있었다.

달마스는 세단의 문을 열고 나가서 닫은 다음 두 발자국을 걸어 택시 문을 열었다. 그리고 택시 옆에 선 채로 노디의 행동을 예의주시하고 있었다.

뒤에 밀려서 있는 차들이 미친 듯이 경적을 울려댔다. 택시 운전사가 밖으로 나와서 엉킨 차를 있는 힘껏 밀었지만, 아무런 성과도 없었다. 입술에 물고 있던 이쑤시개가 위아래로 움직였다.

호박색 안경을 쓴 오토바이 탄 경찰이 꽉 막힌 차들 사이로 빠져나오더니, 지친 눈으로 상황을 살피고서 택시 기사를 향해서 고개를 돌렸다. "당장 차를 뒤로 빼세요!" 그가 충고했다.

"말싸움하려면 다른 곳으로 가서 하고. 교차로 전세 낸 것도 아니잖아요."

택시 기사는 히죽히죽 웃으면서 택시 앞으로 허둥지둥 돌아갔다. 그는 차에 타자마자 기어를 후진으로 넣었다. 그 덕에 뒤에서 경적을 울리고 팔을 흔들어대던 운전자들을 식겁하게 했다. 드디어 상황 정리가 됐다.

노디는 세단에 앉은 채로 무표정하게 그 모습을 지켜보았다.

달마스는 택시에 올라타더니 문을 당겨서 쾅 하고 닫았다.

오토바이를 탄 경찰이 호루라기를 꺼내 날카롭게 두 번 불고 팔을 동쪽에서 서쪽으로 뻗었다. 갈색 세단은 경찰견에게 쫓기는 고양이처럼 교차로를 부리나케 통과했다.

택시가 그 뒤를 따랐다.

반 블록 정도 갔을 무렵 달마스가 몸을 앞으로 내밀고 중간 칸막이 유리를 두들겼다. "조이, 그냥 가게 놔둬. 어차피 잡을 수도 없고, 저런 놈은 잡고 싶지도 않아. 저 뒤로 가면 차 돌릴 데가 있을 거야."

빨간 머리의 기사가 턱을 열린 칸막이 틈새로 기울이며 말했다. "오케이, 대장. 다음엔 더 어려운 일을 시켜줘요." 그가 씩 웃으며 말했다.

오후 5시 20분. 전화가 걸려 왔다. 달마스는 등을 기대고 침대에 누워있었다. 메리베일에 있는 자기 아파트에 있었다.

그는 고개도 돌리지 않고 손을 뻗어서 수화기를 들었다. "여보세요."

밝은 목소리였지만 다소 긴장한 듯한 여자였다. "저 미엔느라고 하는데, 혹시 기억하시나요?"

달마스는 입술 사이에 물고 있던 담배를 빼냈다. "네, 미엔느 양."

"잘 들어요. 지금 가서 웰든을 만나보셔야겠어요. 뭔가 큰 걱정이 생겼는지 미친 사람처럼 술을 퍼마시고 있어요. 당장 뭐라도 해야…"

달마스는 전화기 너머 천장을 올려다보았다. 담배를 쥔 손으로 침대 옆에 생긴 얼룩을 툭툭 쳤다. 그리고 천천히 말했다.

"전화를 받지 않더군요, 미엔느 양. 저도 두 번인가 전화했었는데."

수화기 너머에서 짧은 침묵이 흘렀다. 곧이어 목소리가 이어졌다. "제가 문 아래 열쇠를 두고 왔어요. 아무래도 가서 만나 보는 게 좋겠어요."

달마스가 눈을 가늘게 떴다. 손가락도 움직임을 멈추었다.

그가 천천히 말했다. "지금 당장 가보도록 하죠, 미엔느 양. 어디로 연락하면 될까요?"

"잘 모르겠는데…. 아마도 수트로 의원 저택에 있을 거예요. 거기에서 파티가 있거든요."

"알겠습니다."

그는 전화를 끊는 소리가 나기를 기다렸다가 수화기를 내렸다. 작은 탁자 위에서 전화기를 치우고, 침대 구석에 앉아 햇살이 비추는 벽을 가만히 응시하고 있었다.

그러고 어깨를 으쓱하고는 일어섰다. 마시던 잔을 비우고 전화 옆에 선 그는 모자를 쓰고 엘리베이터를 타고 내려갔다. 호텔 밖에 나란히 줄지어 선 택시 중 두 번째 택시에 올라탔다.

"킬마노크 호텔로 가자, 조이. 출발해."

킬마노크 호텔까지는 15분이 걸렸다. 오후 다과를 마치고 춤을 추는 티 댄스가 끝났는지 사람들이 파도처럼 쏟아져 나왔다. 대형 호텔 주변의 거리가 세 개나 되는 입구에서 빠져나오는 차량으로 인해 서로 얽히고설켜 있었다.

달마스는 반 블록 떨어진 지점에 택시를 멈추고 내렸다. 얼굴이 상기된 사회초년생들과 그들을 둘러싼 인파를 지나 회랑 입구로 걸어갔다. 그는 호텔 안으로 들어가서 계단을 올라 집필실을 지나 사람들이 북적대는 엘리베이터에 올라탔다. 다들 펜트하우스에 도착하기 전에 내렸다.

달마스는 월든이 있는 방의 벨을 두 번 눌렀다. 그리고 허리를 숙여 문고리를 살펴보았다. 살짝 갈라진 틈새로 빛이 새어 나왔다. 엘리베이터 쪽을 돌아본 후에 다시 더듬거리다가 휴대용 칼로 문 아래를 누르자 뭔가가 튀어나왔다. 납작한 열쇠.

열쇠로 열고 들어가는 순간, 그대로 멈추어 선 채 눈을 동그랗게 떴다.

거대한 방에 시신이 보였다. 달마스는 천천히 시신을 향해 움직이면서 가만히 귀를 기울였다. 월든은 갈색빛이 감도는 황금색 의자에 쓰러져 있었다. 입가는 살짝 벌어진 상태였다.

오른쪽 관자놀이에 검게 그을린 구멍이 보였고, 레이스처럼 현란한 핏자국이 얼굴 옆면과 목선을 가로질러 부드러운 셔츠 깃까지 길게 흩어져 있었다. 오른손은 두꺼운 카펫 아래 있었다. 손가락 사이에는 검은색 소형 권총을 쥐고 있었다.

저물어 가는 햇살이 방안에 그림자를 드리우기 시작했다.

달마스는 꼼짝하지 않고 서서 월든의 시신을 오랫동안 쳐다보았다. 주위에서는 아무 소리도 들리지 않았다. 서서히 바람이 잦아들었다. 창문 밖으로 차양이 펄럭거리는 소리도 나지 않았다.

달마스는 왼쪽 엉덩이 주머니에서 얇은 스웨이드 재질의 장갑을 꺼내 손가락에 끼웠다. 그리고 월든의 옆으로 가서 카펫 위에 무릎을 꿇고, 경직된 손가락 사이에서 서서히 권총을 빼냈다. 32구경 권총에는 호두색 손잡이가 달려 있었다. 검은색으로 마감처리를 한 총을 뒤집어서 자세히 살펴보았다.

순간 입 주변이 뻣뻣하게 굳어졌다. 일련번호가 지워져 있고, 번호가 적혔던 부분에는 칙칙한 검은 칠이 덮여 있었다. 그는 카펫 위에 총을 내려놓고 자리에서 일어나 서재 책상 구석에 놓인 전화기를 향해 천천히 걸음을 옮겼다.

달마스는 전화기 쪽으로 손을 뻗었지만, 수화기를 들지는 않았다. 다시 팔을 내렸다. 잠시 그대로 서 있던 그는 몸을 틀어서 재빨리 카펫 쪽으로 돌아가 다시 총을 집어 들었다.

탄창을 꺼내 약실 속에 있던 탄피를 뺀 다음 다시 탄창 속에 쑤셔 넣었다. 왼손 두 손가락을 집게처럼 구부린 채로 탄창 몸통을 잡고, 툭 튀어나온 부분을 뒤로 돌려 약실을 서서히 비틀어서 분리해 냈다. 중간에 떨어진 부스러기는 창문 너머로 집어 던졌다.

총 안쪽에 겹쳐 찍힌 번호는 아직 지워지지 않았다.

총을 다시 조립하고 방에 널브러져 있던 탄피를 탄창에 집어 넣고는 총을 집어서 월든의 차갑게 식은 손아귀에 끼워 넣었다. 스웨이드 장갑을 벗고 작은 수첩을 꺼내 총의 일련번호를 적었다.

그는 엘리베이터를 타고 내려와 곧바로 호텔에서 벗어났다. 도로를 달리는 차들이 하나둘 라이트를 밝히기 시작했다.

수트로 의원 저택 입구 안쪽에 금발 머리 남자가 서 있었다.

순간 문이 벽 쪽으로 강하게 움직이더니, 금발의 남자가 문 손잡이를 잡은 채로 바닥에 주저앉았다. "어이쿠, 이게 웬 난리지! 맙소사!"

달마스가 무심한 표정으로 그를 내려다보며 물었다. "미안합니다. 혹시 미엔느 양이 여기 계시는가요?"

금발 머리 남자가 바닥에서 일어나더니 급히 문 쪽으로 뛰어갔다. 문은 다시 쿵 소리를 내며 닫혔다.

달마스가 금발 머리 남자를 따라 복도를 통해 아치형 입구로 들어서자 도자기가 전시된 벽장과 허름한 가구로 꾸며진 커다란 방이 나왔다. 일고여덟 정도 되는 손님들이 술에 취해서 얼굴이 벌게진 채로 옹송그리며 모여 있었다.

짧은 바지에 초록색 폴로 셔츠 차림의 여자가 정찬용 복장을 한 남자와 바닥에 앉아서 주사위로 하는 게임을 즐기고 있었다. 라디오에서는 '달콤한 광기'라는 곡이 큰 소리로 연주되고 있었다.

다른 두 커플은 가구에 부딪히거나 말거나 개의치 않고 춤을 추느라 정신이 없었다. 정치인 알 스미스를 똑 닮은 남자는 술잔을 든 채 공허한 표정으로 혼자 몸을 흐느적대고 있었다.

키가 크고 하얀 얼굴에 금발 머리인 여자가 들고 있던 술을 벌컥벌컥 마시면서 달마스 쪽으로 다가왔다. 그녀는 요란을 떨며 큰소리로 외쳤다. "자기야! 여기서 만나니 너무 반가워!"

달마스는 그녀를 빙 돌아서 진이 담긴 술병을 든 적색 드레스를 입은 여자를 향해 걸어갔다. 그녀는 술병을 피아노 위에 올리고는 피아노 쪽으로 살짝 몸을 기대고 지루한 표정을 짓고 있었다.

달마스는 그녀에게 가서 미엔느 양이 어디 있는지 물었다.

적색 드레스를 입은 여자는 피아노 위에 뚜껑이 열린 상자에서 담배 한 개비를 꺼냈다. "밖에 가봐요. 마당에 있을 거예요." 그녀가 무덤덤하게 대답했다.

달마스가 대답했다. "고맙습니다, 수트로 부인."

그녀는 초점 없는 눈으로 그를 쳐다보았다.

달마스는 다시 아치형 입구를 지나서 나무로 엮은 가구가 놓인 어두컴컴한 방으로 들어갔다. 그 문은 유리로 장식한 현관으로 이어졌고, 그 문을 나가자 흐릿하게 자란 나무 사이로 오솔길이 보였다.

그는 할리우드의 화려한 불빛이 내려다보이는 절벽 끝자락으로 이어진 오솔길을 따라갔다. 절벽 끝자락에 이르자 돌로 된 의자가 보였다.

여자는 저택을 등지고 의자에 앉아 있었다. 어둠 속에서 빨간 담뱃불이 반짝였다. 그녀가 천천히 고개를 돌리고 일어섰다. 아담하고 매끈한 몸매를 가진 여자였다. 입술에 짙은 립스틱을 발랐지만, 얼굴 윤곽을 자세히 보기에는 주변이 너무 어두웠다. 두 눈동자에는 어두운 그림자가 드리워져 있었다.

달마스가 입을 열었다. "밖에 택시가 대기하고 있어요, 미엔느 양. 혹시 차를 가지고 오셨나요?"

"안 가져왔어요. 얼른 가요. 여기 별로예요. 난 진을 마시지 않거든요."

두 사람은 오솔길을 따라서 다시 걸음을 옮겼고 저택 옆으로 걸어갔다. 위로 덩굴나무 장식이 달린 대문을 나서자 인도가 나왔다.

울타리를 따라서 택시가 대기하고 있는 장소로 갔다. 택시 기사는 한쪽 발뒤꿈치를 자동차 발판에 올린 채로 대기 중이었다. 두 사람은 문을 열고 택시에 올라탔다.

달마스가 말했다. "조이, 약국 좀 들렀다 가자."

조이는 운전대를 돌렸고 서서히 택시가 움직이기 시작했다.

택시는 가파르고 구불거리는 언덕으로 내려갔다. 아스팔트 도로의 표면에 약간의 습기가 있어서 바퀴가 닿는 부분에서 윙윙대는 소리가 들렸다.

잠시 후, 달마스가 물었다. "월든 씨와는 몇 시쯤 헤어지셨죠?"

여자는 달마스 쪽으로 고개도 돌리지 않고 대답했다. "3시쯤에요."

"그보다 늦은 시간이었겠죠, 미엔느 양. 3시에는 분명히 살아 있었을 텐데요. 누군가 다른 사람과 함께."

여자는 목이 졸릴 때처럼 애처롭게 흐느끼면서 비통한 소리를 냈다. 그리고 기어들어 가는 목소리로 말했다. "맞아요…. 그 사람 죽었어요." 그녀는 장갑을 낀 손으로 관자놀이를 꾹꾹 눌렀다.

달마스가 말했다. "우리가 원하는 것 이상으로 사건에 연루되어서는 안 됩니다. 아마도 충분히 개입하게 될 테지만…"

여자는 아주 느릿하게 낮은 목소리로 말했다. "그가 죽은 후에 제가 그곳에 갔었어요."

달마스는 고개를 끄덕이면서도 여자를 쳐다보지 않았다.

계속 달리던 택시가 잠시 후에야 모퉁이 약국 앞에 멈추어 섰다. 조이가 몸을 돌리더니 뒤를 쳐다보았다. 달마스가 그를 보면서 여자에게 말했다.

"전화를 걸었을 때 상황을 자세히 설명했어야죠. 하마터면 나까지 곤란을 당할 뻔했어요. 어쩌면 벌써 곤경에 빠졌을 수도 있고."

여자는 상체를 앞으로 숙이더니 그대로 힘이 빠져서 엎어졌다. 달마스가 팔을 뻗어 여자를 일으켜서 의자 쿠션에 등을 기대도록 했다. 여자의 머리가 어깨 위에서 흔들거렸다. 립스틱을 바른 입술이 대리석처럼 하얀 그녀의 얼굴에 난 시커먼 상처처럼 보였다.

달마스는 한 손으로 여자의 어깨를 잡고 침울한 목소리로 말했다. "칼리스로 가자, 조이. 다른 건 신경 쓰지 마. 어차피 파티에 술이 빠질 수는 없는 법이니까, 서둘러."

조이는 기어를 넣고 힘껏 가속 페달을 밟았다.

칼리스는 스포츠용품 판매점과 도서관 사이에 있는 도로 끝의 조그만 클럽이었다. 창살이 쳐진 문 뒤로 남자가 서 있었지만, 누가 클럽에 입장하는지를 확인하는 것의 중요성은 이미 포기한 사람 같았다.

달마스와 여자는 딱딱한 의자와 녹색 커튼이 쳐진 아담한 부스 자리에 앉았다. 부스 자리 사이에는 높은 칸막이가 쳐져 있었다.

클럽의 반대쪽에는 기다란 바 좌석이 있고, 구석에는 커다란 주크박스가 놓여 있었다. 가끔 클럽 안이 너무 조용해졌다 싶으면 바텐더가 5센트 동전을 주크박스에 집어넣었다.

웨이터는 브랜디가 담긴 작은 잔을 두 개 가지고 와서 테이블에 올려놓았다. 미엔느가 단숨에 술잔을 들이켰다. 어두운 그림자가 드리워졌던 눈동자에 작은 불빛이 되살아났다. 여자는 오른손에 있던 장갑을 벗고 테이블 아래서 손가락을 꼼지락거렸다. 잠시 후 웨이터가 브랜디 하이볼 두 잔을 들고 왔다.

웨이터가 다시 사라지자 여자는 고개도 들지 않고 저음의 맑은 목소리로 이야기를 시작했다. "월든의 수많은 여자 중에서 나는 첫 번째가 아니었어요. 그렇다고 꼴찌도 아니지만. 그 정도로 여자관계가 복잡했죠. 하지만 괜찮은 면도 분명히 있었어요. 믿을지 모르겠지만 우리 집 월세도 내줬으니까."

달마스는 아무 말 없이 고개를 끄덕였다. 여자는 그를 쳐다보지 않은 채로 계속 말을 이었다.

"여러모로 문제가 있었어요. 술에서 깨면 항상 어두웠고 우울해했거든요. 기분이 좋을 때는 비열하게 굴었고. 한창 성실하게 일할 때는 할리우드에서 최고로 잘 나가는 감독이었을 뿐만 아니라 남자로서도 괜찮았어요. 헤이스 사무실에 있는 다른 세 명의 남자들보다 더 매력적인 여자를 가질 수 있을 정도로…"

달마스가 무표정하게 말했다. "거기서 벗어나려던 중이었죠. 음란물 문제도 그렇고, 하지만 아는 게 그것뿐이었으니까."

여자는 달마스를 잠시 쳐다보더니 다시 시선을 내리고 하이볼을 홀짝거렸다. 재킷 주머니에서 손수건을 꺼내 입술을 콕 눌렀다. 칸막이 너머의 사람들이 시끌벅적하게 떠들어댔다.

미엔느가 말했다. "우리는 발코니에 앉아서 점심을 먹었어요. 월든은 술에 취해 있었고, 더 퍼마실 참이었죠. 마음속에 뭔가 감추고 있는 것 같았어요. 그게 뭔지 몰라도 엄청나게 걱정이 되는 모양이더군요."

달마스가 희미한 웃음을 지었다. "아마도 누군가 그에게서 20만 달러를 뜯어내려고 했기 때문이었을 거예요. 혹시 그 사실을 알고 있었나요?"

"그럴 수도 있겠네요. 월든은 최근 자금이 쪼들렸거든요."

"술 사느라고 엄청나게 썼을 테고요." 달마스가 건성으로 말했다. "그의 요트는 국경 아래서 노는 걸 좋아했으니까."

여자가 고개를 홱 하고 들었다. 검은 눈동자에 날카로운 고통의 빛이 퍼졌다. 그녀는 느릿느릿 말했다. "그는 엔세나다에서 모든 술을 사들였어요. 직접 가지고 왔죠. 밀반입한 양이 워낙 많아서 신중에 신중을 기해야 했어요."

달마스가 고개를 끄덕였다. 입가에 냉소가 피어올랐다. 그는 술잔을 비우고 담배를 입에 물었다. 주머니를 더듬거리며 성냥을 찾았지만, 테이블 위의 성냥 통은 비어 있었다.

"이야기 마저 하시죠, 미엔느 양."

"같이 아파트에 올라갔어요. 새로 산 술을 두 병 가지고 와서는 기분 좋게 취하고 싶다 했죠. 그러다가 말싸움을 했어요. 전 더 이상 견딜 수가 없었죠. 그래서 나가버렸어요. 곧바로 집에 돌아왔는데 월든이 너무 걱정되더군요. 전화했지만 받지 않았어요. 그래서 결국 다시 돌아갔던 거예요. 제가 가지고 있던 열쇠로 문을 열고 들어갔는데…, 죽은 채로 의자에 있었어요."

잠시 후 달마스가 말했다. "전화하면서 그 얘기는 왜 하지 않은 거죠?"

그녀는 손바닥 끝을 마주 대고서 개미 목소리로 말했다. "너무 무서웠거든요…. 뭔가가…, 아주 잘못된 거잖아요."

달마스는 칸막이에 머리를 기대고 반쯤 눈을 감은 채로 그녀를 쳐다보았다.

"이런 말을 하긴 조금 부끄럽지만…." 그녀가 말했다. "월든은 왼손잡이였어요. 저도 그 사실을 알고 있어야 하는 거…, 맞죠?"

달마스가 작은 목소리로 말했다. "많은 사람이 알고 있었을 겁니다. 그중에 부주의한 사람이 있을 수는 있겠죠."

달마스는 미엔느가 벗어놓은 장갑을 쳐다보았다. 여자는 손가락으로 장갑을 비틀어대고 있었다.

"월든은 왼손잡이였어요." 달마스가 천천히 말을 이었다.

"그 말인즉슨, 월든이 자살하지 않았다는 거죠. 총은 오른손에 있었어요. 몸싸움의 흔적도 없었고, 관자놀이에 생긴 총상은 총알이 발사되면서 화상을 당한 거라 정확히 조준한 것 같더군요. 그 얘기는 누가 쐈는지 몰라도 월든 가까이 쉽게 다가갈 수 있는 사람이라는 뜻이에요. 아니면 술에 취해서 정신이 없는 상태였던가, 그 경우라면 열쇠를 가진 사람일 가능성이 있겠죠."

그녀가 장갑을 밀어냈다. 그리고 손바닥을 꼭 쥐었다. "제발 아무 일도 아닌 것처럼 말하지 마세요." 날카로운 어조였다.

"경찰은 제가 그랬다고 생각하겠죠. 하지만 전 아니에요. 그 불쌍하고 바보 같은 멍청이를 진짜 사랑했거든요. 어떻게 생각하세요?"

달마스는 무감각하게 대꾸했다. "당신이 죽였을 수도 있죠, 미엔느 양. 경찰은 그렇게 생각할 겁니다. 안 그래요? 그 후의 행동도 치밀하게 계획된 것일 수도 있겠고. 경찰도 저와 비슷하게 추측할 겁니다."

"그건 치밀하게 계획된 행동이 아니었어요." 여자가 씁쓸하게 말했다. "그저 잘난 척을 하려는 거였죠."

"잘난 척하면서 죽인 거군요!" 달마스가 냉소적으로 말했다.

"재미있네요." 그는 손가락으로 곱슬머리를 쓸어올렸다.

"사실 당신 탓이라고 할 수는 없어요. 게다가 경찰은 그가 왼손잡이였던 걸 모를 가능성이 크죠. 다른 사람이 그 사실에 대해서 언급을 한다면 모를까."

그는 테이블 위로 몸을 숙이고 마치 자리에서 일어나려는 것처럼 두 손을 짚었다. 그리고 곰곰이 생각에 잠겨서 실눈을 뜨고 여자의 얼굴을 쳐다보았다.

"시내에 가면 당신의 문제를 해결해 줄 수 있는 사람이 있어요. 경찰이지만 나이가 많고, 명성 따위는 신경을 쓰지 않죠. 나와 함께 가면 당신 얘기를 듣고 경찰 관점에서 평가해 줄 거예요. 몇 시간 사건을 미루고 서류 제출을 늦게 하는 상황이 발생하더라도요."

그는 궁금한 눈빛으로 그녀를 쳐다보았다.

여자가 장갑을 끼고 말했다. "당장 가요."

메리베일 호텔의 엘리베이터 문이 닫히자 덩치 큰 남자가 신문을 내려놓고는 하품을 했다. 그는 구석에 놓인 소파에서 천천히 일어나 작고 조용한 로비를 지나 어슬렁거리며 전화 부스 끝으로 비집고 들어갔다.

동전 투입구에 동전을 넣고 두꺼운 집게손가락으로 다이얼을 돌리면서 입으로는 번호를 중얼거렸다.

잠시 침묵이 흐른 후, 그가 수화기에 입을 바짝 대고 말했다.

"데니입니다. 메리베일 호텔에 있는데, 방금 그자가 돌아왔습니다. 밖에서 놓치는 바람에 여기서 돌아오기만 기다리고 있었거든요."

굵고 거친 목소리. 상대편의 목소리를 듣고 나더니 고개를 끄덕이고 아무 말 없이 전화를 끊었다. 그는 전화부스에서 나와 엘리베이터로 향했다. 가는 도중 모래가 담긴 재떨이에 꽁초를 툭 하고 떨어트렸다.

그는 엘리베이터에 탔다. "10층"이라고 짧게 말하고 모자를 벗었다. 땀으로 축축해진 검은 생머리, 널찍하고 평평한 얼굴, 눈은 정말 작았다.

옷은 빳빳하게 다림질하지 않았지만, 그렇다고 구겨지지도 않았다. 그는 이클립스 필름 스튜디오에서 일하는 남자였다.

10층에서 내린 그는 어둑한 복도를 따라서 걸었다. 모퉁이를 돌아서 문을 노크했다. 안에서 발걸음 소리가 들렸다. 문이 열리고 달마스가 나타났다.

덩치 큰 남자가 안으로 들어가더니 익숙한 듯 모자를 벗어 침대에 던지고 묻지도 않고 창문 가에 놓인 안락의자로 가서 앉았다.

남자가 말했다. "그래. 내 도움이 필요하다고 하던데."

달마스는 대답 없이 잠시 그를 바라보았다. 그리고 천천히 얼굴을 찌푸리며 말했다. "미행을 부탁하려고요. 원래는 콜린스에게 부탁했었죠. 당신은 발각되기 쉬울 것 같아서."

달마스가 몸을 돌리더니 주방으로 가서 잔 두 개를 들고 왔다. 책상 위에서 술을 잔에 따르더니 한잔을 그에게 건넸다. 덩치 큰 남자는 술을 홀짝이고는 입맛을 다시면서 활짝 열린 창틀에 잔을 내려놓았다. 그리고 호주머니에서 짤막하고 통통한 시가 하나를 꺼냈다.

"콜린스는 여기 없지. 난 할 일 없이 빈둥대고 있었고. 결국 그 덕분에 일감을 얻은 셈이지만. 염탐을 하라는 건가?"

"아직은 모르겠어요." 달마스가 무심한 투로 말했다.

"차를 미행하는 거면 괜찮아. 소형 쿠페를 끌고 왔으니까."

달마스는 술잔을 들고 침대 옆에 걸터앉았다. 그는 희미하게 미소를 지으면서 덩치 큰 사내를 바라보았다.

덩치 큰 남자는 시가 끝을 이빨로 뜯어서 퉤 하고 뱉었다.

그러고 나서 허리를 숙여 잘린 끝동을 확인하고는 창문 밖으로 집어 던졌다.

"끝내주는 밤이군. 연말치고 너무 덥기는 하지만."

달마스가 천천히 말했다. "데니, 월든에 대해서 얼마나 알고 있죠?"

데니는 창문 밖으로 시선을 돌렸다. 하늘에 뿌연 안개가 끼어있었고, 근처 건물 뒤로 빨간 네온사인이 반사되어서인지 불꽃처럼 보였다.

"난 그 사람을 직접 만난 적이 없어서 잘 몰라. 근처에서 본 적은 있지만. 할리우드에서 돈푼깨나 있는 사람 중 하나라는 것만 알고."

"그럼, 그 사람이 죽었다고 해도 크게 충격을 받지는 않겠군요." 달마스가 차분하게 말했다.

데니가 천천히 몸을 돌렸다. 아직 불을 붙이지 않은 시가가 그의 커다란 입에서 위아래로 흔들렸다. 다소 흥미가 있는 눈치였다.

달마스가 말을 이었다. "재미있는 일이죠. 그를 협박하는 사람들이 있었거든요. 제대로 희생양을 삼으려고 하는 모양이었는데. 죽었어요. 머리에 구멍이 난 채로. 손에는 총을 들고. 오늘 오후에 벌어진 일이에요."

데니는 조그만 눈을 동그랗게 떴다. 달마스는 술잔을 홀짝이고는 허벅지 위에 잔을 올렸다.

"여자 친구가 시신을 발견했어요. 킬마노크 호텔의 객실 열쇠를 그 여자가 가지고 있었거든요. 일본인 비서는 없었어요. 유일하게 도움을 줄 사람이었는데. 그 여자는 아무한테도 말하지 않았죠. 나한테 전화가 왔더군요. 그래서 내가 가게 된 거고. 나 역시 아무한테도 말하지 않았어요."

데니가 대답했다. "빌어먹을! 경찰이 자네를 괴롭히겠군. 어떻게든 털어보려고 할 텐데. 아마 그 사건에서 벗어나기 힘들 거야."

달마스는 그를 빤히 쳐다보다가 고개를 돌렸다. 벽에 걸린 그림을 쳐다보며 차가운 목소리로 말했다. "내가 그 일을 해결하려고 하는데, 당신이 나를 좀 도와줬으면 해요. 우리에겐 임무가 주어졌고, 우리 뒤에는 엄청나게 거대한 조직이 있어요. 물론 비용도 어마어마할 거고."

"그걸 어떻게 알지?" 데니가 음흉하게 웃었다. 별로 기분이 좋지 않아 보였다.

"여자 친구는 월든이 자살했다는 걸 믿지 않아요. 데니, 나 역시 그렇게 생각해요. 단서도 있죠. 하지만 되도록 빨리 일을 시작해야 해요. 법을 우리 편으로 만들 훌륭한 단서를 가졌으니까. 이렇게 빨리 확인하게 될 줄 몰랐는데, 어쩌다 보니 그렇게 됐어요."

데니가 말했다. "오. 너무 머리 굴리지는 말게나. 난 생각하는 데 시간이 걸리는 사람이니까."

그는 성냥을 긋더니 시가에 불을 붙였다. 손이 살짝 떨렸다.

달마스가 말했다. "머리 굴리는 게 아니에요. 사실 멍청했던 거죠. 월든을 쏜 총에 일련번호가 붙어 있었으니까. 내가 총을 분리해 보니 안쪽에 번호가 남아있더군요. 경찰서에서 총기 허가를 내줄 때 번호를 적어놓잖아요."

"그럼 경찰서에 가서 물어보면 내용을 알려주겠군." 데니가 험악하게 말했다. "월든의 시신을 처리하러 갔을 때, 총을 조사하라고 하면 되지. 자기들보다 먼저 사건을 처리했다는 사실을 차라리 잘된 일이라고 생각할 거야." 그는 거칠게 쏘아댔다.

"진정해요. 총의 주인은 확인했으니까. 걱정하지 않아도 돼요."

"맙소사. 월든 같은 부자가 멀쩡히 등록된 총으로 무슨 짓을 한 거지? 중형을 살고도 남을 텐데!"

달마스는 술잔을 비우고 빈 잔을 책상 위에 올려놓았다. 그는 위스키병을 꺼냈다. 데니가 고개를 저었다. 기분이 좋지 않아 보였다.

"그가 총을 가지고 있었다고 해도 총의 출처에 대해 정확히 알지 못했을 수도 있어요, 데니. 그럴 가능성이 있는 것이 그 총은 월든의 것이 아니었거든요. 만약 살인이라면 살인자가 아마추어란 뜻이겠고, 전문가라면 그렇게 추적당할 총은 사용하지 않았을 겁니다."

데니가 천천히 말했다. "그럼, 그 총에 대해서 뭘 알고 있지?"

달마스가 침대로 가서 걸터앉았다. 주머니에서 담뱃갑을 꺼내 하나를 뽑아 불을 붙이고, 활짝 열린 창문 너머로 성냥을 던졌다.

"총기 허가증은 1년 전, 버완드라는 이름으로 발급됐어요. '프레스 크로니클'에서 일하는 기자의 이름이에요. 버완드는 지난 4월, 디포의 경사로에서 숨진 채로 발견됐어요. 마을을 떠날 준비를 끝냈지만 성공하지 못했죠. 경찰에서는 그 사건을 해결하지 못했고, 그가 부정한 사건에 연루되어 있었다는 의심만 하고 있었죠. 링글 살인사건처럼 거물들이 속한 조직을 흔들려다가 오히려 버완드만 죽임을 당하고 만 거죠."

데니는 깊은숨을 내쉬며 시가 연기를 뿜어냈다.

달마스는 말을 이어나가면서도 그런 남자를 유심히 뜯어보았다.

"그 사실을 프레스 크로니클에서 입수했어요. 내 친구가 있거든요. 그보다 더 자세한 얘기가 있기는 한데. 아무튼 그 총은 버완드의 아내에게 돌려주었을 거예요. 아직도 여기 노스켄모어에 살고 있죠. 그 총의 행방에 관해서 이야기해줄지도 몰라요. 그리고 본인도 부당한 일에 연루돼 있을 수도 있겠죠. 데니, 그런 경우라면 입을 다물겠지만, 만약 사정을 이야기하면 우리가 알고 싶어 하는 정보를 순순히 내놓을지도 몰라요. 이해했어요?"

데니는 성냥을 하나 더 그어서 시가에 불을 붙였다. 그가 굵직한 목소리로 말했다. "그러니까 내가 할 일이라는 게, 그 총에 관한 이야기를 전한 뒤부터 그 여자를 미행하라는 건가?"

"맞아요."

데니는 자리에서 일어나 하품을 하는 척했다. "그 정도는 할 수 있겠군." 그는 퉁명스럽게 말했다. "그런데 왜 월든이라는 자의 일에 이렇게 열심인 거지? 그냥 경찰이 알아서 하도록 놔두면 될 일을. 괜히 경찰들 일에 껴서 산통이나 깰 수도 있잖아."

달마스가 느릿느릿 말했다. "위험한 일이 될 거예요. 월든을 위협했던 자들이 누군지 모르는 데다가, 일단 경찰 조사가 시작되면 영화사에서는 엄청난 돈을 날리게 될 거고, 전국에 사건의 진상이 낱낱이 알려질 겁니다."

"월든이 발렌티노에게 홀리기라도 한 것처럼 얘기하는군. 그 자는 감독일 뿐이야. 할 일이라고는 아직 개봉 전 영화 몇 편에서 그 이름만 들어내면 되는 건데."

"그쪽 생각은 다를걸요. 그래서 아직 당신에게 얘기하지 않은 걸 수도 있어요."

데니가 거칠게 말했다. "좋아. 그런데 나 같으면 그 빌어먹을 여자 친구에게 죄를 덮어씌우고 말 것 같아. 어차피 법이 원하는 건 희생양이니까."

그는 침대를 빙 돌아서 모자를 들고 머리에 뒤집어썼다.

"알겠네." 그가 씁쓸한 표정으로 말했다. "일단 월든의 죽음을 경찰이 알기 전까지 사태를 파악해야겠군." 그는 한 손을 들고 그리 유쾌하지 않은 투로 웃었다. "마치 영화에서처럼."

달마스는 위스키병을 책상 서랍에 넣고 모자를 썼다. 그는 문을 열고 옆으로 물러서서 데니를 먼저 내보냈다. 그리고 방의 불을 껐다.

이때가 9시 10분 전이었다.

키가 큰 금발 머리의 여자가 작은 초록색 눈으로 달마스를 쳐다보았다. 달마스는 움직임이 느껴지지 않을 정도로 재빨리 그녀를 지나가 팔꿈치로 문을 밀어서 닫았다.

"전 사립 탐정입니다. 버완드 부인. 부인이 알 수도 있는 어떤 사건을 자세히 조사하는 중이에요."

금발 여인이 말했다. "제 이름은 달튼이에요. 버완드라는 성은 잊어버리세요."

달마스가 미소를 지었다. "죄송합니다. 진작 알고 찾아왔어야 했는데."

여자는 어깨를 으쓱하고는 문에서 저만치 멀어졌다. 그녀는 팔걸이에 담배 자국이 있는 의자의 끝에 앉았다. 그 방은 백화점에서나 볼 수 있는 가구들이 즐비하게 늘어선 거실이었다.

두 개의 바닥 램프가 그을려 있었다. 바닥에는 쭈글쭈글한 베개와 램프 바닥에 기대어 놓은 프랑스 인형이 있었고, 가스 벽난로에는 성인용 잡지가 나란히 꽂혀 있었다.

달마스는 모자를 흔들며 정중히 입을 열었다. "버완드 씨가 소지했던 권총에 관한 겁니다. 제가 조사 중인 사건에 그 총이 나타나서 출처를 쫓고 있습니다. 부인이 총을 가지고 계시게 된 때부터 말이죠."

달튼은 팔 위를 긁적였다. 손톱은 1센티가 넘어 보였다. 여자가 퉁명스러운 목소리로 말했다. "무슨 말을 하는지 모르겠는데요."

달마스는 그녀를 쳐다보며 벽에 기대어 섰다. 그의 목소리에 날이 서 있었다.

"버완드 씨와 결혼했던 건 기억하고 계시겠죠. 그리고 지난 4월에 살해당한 것도…. 너무 오래된 얘기라 기억이 안 나시나요?"

여자가 손가락 관절을 깨물며 말했다. "참으로 똑똑한 분이시네."

"그렇게 보이신다면, 뭐…. 하지만 팔에 맞은 주사 때문에 갑자기 잠들지는 마시길."

순간 달튼이 자세를 고쳐 앉았다. 애매모호하던 표정도 싹 사라졌다. 그녀가 긴장해서 앙다문 입술 사이로 말했다. "그 총이 뭐가 어쨌다는 거죠?"

"그 총에 맞아서 사람이 죽었어요." 달마스가 무심한 투로 말했다.

여자는 그를 쳐다보았다. 잠시 후 그녀가 말했다. "난 빈털터리였어요. 그래서 총을 저당 잡히기로 했죠. 한 번도 사용한 적은 없었어요. 일주일에 6백 달러를 버는 남편이 있었지만, 저를 위해 쓴 적은 없었죠. 그러니 한 푼도 가진 게 없었어요."

달마스가 고개를 끄덕였다. "혹시 총을 저당 잡힌 전당포가 어딘지 기억하시나요? 아니면 아직 보관증을 가지고 있을지도 모르겠군요."

"없어요. 전당포는 메인가에 있어요. 거기에 전당포들이 늘어서 있죠. 그리고 보관증도 가지고 있지 않아요."

달마스가 말했다. "그것참 문제로군요." 그는 천천히 걸음을 옮기더니 벽난로 위에 쌓인 잡지들의 제목을 살폈다. 그리고 계속 걸어가서 접이식 책상 앞에 섰다.

책상 위 은색 액자 안에 사진이 꽂혀 있었다. 달마스는 사진을 슬쩍 보고 다시 천천히 자리로 돌아왔다.

"달튼 부인, 총 문제는 정말 안타깝습니다. 오늘 오후에 아주 중요한 인사가 죽었어요. 총기에 적혀 있던 등록번호도 지워졌더군요. 만약 그 총을 저당 잡힌 거라면, 누군가 전당포 주인에게 그 총을 산 모양입니다. 전당포에서 그런 식으로 불법 거래를 하지는 않았을 테지만. 주인은 총 안쪽에 일련번호가 적힌 걸 알았을 거예요. 그렇다면 전당포에서 산 건 아닐 테고. 그 총을 가져간 사람도 굳이 전당포에서 총을 사지는 않았을 겁니다."

금발의 여자가 자리에서 천천히 일어났다. 뺨에 붉은 반점이 보였다. 팔은 옆구리에 찰싹 붙이고 속삭이듯 숨을 내쉬었다.

그녀는 긴장을 한 사람처럼 천천히 말했다. "괜히 나를 속일 생각 말아요, 탐정 아저씨. 난 경찰이 연루된 일이라면 어떤 것에도 끼어들고 싶지 않아요. 나를 보호해 줄 무서운 친구도 있고. 당장 여기서 나가는 게 좋을 거예요."

달마스는 책상 위에 놓인 액자로 다시 시선을 돌렸다. "수트로 씨는 자기 이름이 적힌 머그잔을 커다란 아파트에 그냥 두고 가면 안 됐어요. 누군가는 그가 바람을 피운다고 생각할 수도 있을 테니까."

여자는 긴장으로 뻣뻣해진 다리를 움직여 방을 가로질러 가더니 책상 위에 놓여 있던 액자를 서랍에 넣었다. 그리고 쾅 소리가 날 정도로 서랍을 세게 닫고 엉덩이로 책상을 가리고 섰다.

“아주 건방진 사람이군요. 수트로라는 사람이 누군지 나는 몰라요. 제발 좀 나가줄래요?”

달마스는 불쾌한 웃음을 터트렸다. “수트로 저택 파티에서 당신을 봤어요. 너무 취해 있어서 기억하지 못하겠지만.”

금발 머리 여자는 당장이라도 달려들 것처럼 달마스 쪽으로 다가오다 갑자기 멈추었다. 누군가 문을 여는 소리가 들렸다.

문이 열리더니 남자가 들어왔다. 그는 오른손을 얇은 트위드 재질의 코트 주머니 속에 넣은 채 천천히 문을 닫았다. 검은 피부에 쩍 벌어진 어깨, 코와 턱선이 날카로워 보였다.

달마스가 조용히 그를 보며 말했다. “안녕하세요, 수트로 의원님.”

남자는 달마스를 지나서 여자를 바라보았다. 달마스의 존재는 신경도 쓰지 않았다.

여자가 떨리는 목소리로 말했다. “자기가 사립 탐정이라고 하잖아요. 내가 가지고 있던 총에 관해 물으면서 1/3은 내 책임이라고 따졌다고요. 당신이 좀 내쫓아줄래요?”

수트로가 말했다. “사립 탐정이라고?”

그는 달마스에게 시선도 주지 않고 다시 지나쳐갔다. 금발 여자는 뒤로 물러서더니 의자에 풀썩 주저앉았다. 얼굴은 창백해졌고 잔뜩 겁먹은 눈빛이었다.

수트로는 잠시 그녀를 바라보더니 주머니에서 조그만 권총을 꺼냈다. 그는 권총을 느슨하게 잡고 바닥으로 겨누었다. “난 시간이 많은 사람이 아니야.”

“막 가려던 참이에요.” 달마스가 문 쪽으로 걸어갔다.

수트로가 날카롭게 쏘아붙였다. "먼저 얘기부터 들어봐야겠군."

"당연히 그래야죠." 달마스는 서두르지 않고 유연하게 움직이더니 현관문을 열었다.

수트로가 쥐고 있던 총이 홱 하고 움직였다.

달마스가 말했다. "바보 같은 짓은 하지 마세요. 여기선 아무것도 할 수 없다는 거 잘 아시잖아요."

두 남자가 서로를 쳐다보았다. 잠시 후, 수트로는 총을 다시 주머니에 넣고 얇은 입술을 핥았다.

달마스가 입을 열었다. "달튼 부인은 최근 어떤 남자가 살해된 사건에서 사용된 총의 소유주예요. 그런데 오랫동안 그 총을 본 적이 없다는군요. 그게 제가 들은 전부예요."

수트로는 천천히 고개를 끄덕였다. 뭔가 기묘한 느낌이 눈빛에 서려 있었다. "여기 달튼 부인은 내 아내의 친구요. 괜히 귀찮은 일에 연루되는 건 원치 않소." 그가 차갑게 말했다.

"맞는 말씀이십니다. 귀찮게 하고 싶지 않으시겠죠. 하지만 합법적인 사립 탐정으로서 정당한 질문은 할 권리가 있으니까요. 저는 무단으로 침입하지도 않았습니다."

수트로가 찬찬히 그를 쳐다보았다. "좋소. 하지만 내 친구이니 예의를 지켜주시오. 이 마을을 관리하는 사람인 만큼, 당신 하나쯤 손보는 건 일도 아니니까."

달마스는 고개를 끄덕였다. 그는 조용히 밖으로 나가서 문을 닫았다. 그리고 잠시 서서 귀를 기울였다. 안에서 나누는 대화는 바깥까지 들리지 않았다.

그는 어깨를 으쓱하고 복도를 따라 계단을 내려갔고, 교환대도 없는 조그만 로비를 지나갔다. 아파트 밖으로 나온 그는 거리를 쭉 훑어보았다. 아파트 단지라 차들이 사방에 빽빽이 주차돼 있었다. 그는 자신을 기다리고 있는 택시의 불빛을 향해 걸어갔다.

빨간 머리의 택시 기사 조이가 택시 앞에 서 있었다. 그는 길 건너를 보면서 담배를 피우고 있었다. 도로 왼쪽에 세워져 있는 검은 대형 쿠페를 바라보고 있는 것 같았다.

달마스가 그에게 다가왔다. 그는 담배꽁초를 던지고 그를 맞으러 걸어갔다.

조이가 말했다. "대장, 들어봐요. 저기, 차 안에 어떤 남자가 있는데…"

대형 쿠페의 창문 위로 하얀 불꽃이 맹렬히 터져 나왔다. 건물 사이에서 요란하게 총성이 울려 퍼졌다. 조이가 달마스 쪽으로 쓰러졌다. 순간 검은 쿠페가 움직이기 시작했다.

달마스는 조이가 몸을 기댄 상태 그대로 한쪽 무릎을 꿇고 바닥에 쭈그리고 앉았다. 총을 꺼내 보려고 했지만 여의치가 않았다. 쿠페는 고무바퀴가 끌리는 소리를 내면서 모퉁이를 돌았다.

조이가 옆으로 넘어져서 인도에 쓰러졌다. 달마스가 시멘트 바닥에 늘어진 그의 손을 두드리자 목구멍 안에서 뭔가 고통에 찬 쉰 소리가 들렸다.

자동차 바퀴의 끽소리가 다시 들리자 달마스는 벌떡 일어나서 한 손으로 겨드랑이 쪽을 쓸어내렸다. 소형 세단이 가까이 와서 멈추었다. 그는 긴장을 풀었고, 데니가 차에서 내려 두 사람을 향해 부리나케 달려왔다.

달마스는 조이 쪽으로 몸을 숙였다. 아파트 입구에서 새어 나온 불빛이 조이의 재킷 앞면으로 시뻘건 피가 흘러내리는 것을 비추고 있었다. 재킷 속에서부터 출혈이 멈추지 않았다. 조이는 죽어가는 새처럼 힘없이 눈을 떴다가 다시 감았다.

데니가 외쳤다. "괜히 따라갈 필요는 없겠어! 너무 빨라."

"전화기 찾아서 당장 구급차 불러요!" 달마스가 급히 말했다. "저놈들은 그냥 두고, 금발 머리 여자를 미행해요."

데니는 서둘러 자신의 차에 올라타더니 차를 몰고 모퉁이를 돌았다. 어디선가 창문이 열리더니 한 남자가 소리를 질렀다.

차량 몇 대가 멈추어 섰다.

달마스는 조이가 쓰러진 쪽으로 몸을 굽히고 가만히 속삭였다. "괜찮아, 친구. 조금만 참아, 조금만…"

And

살인사건 전담반의 담당자 이름은 와인카셀이었다. 깡마른 금발 머리에 냉랭하고 푸른 눈동자, 피부에 팬 자국이 많이 보였다. 그는 회전의자에 앉아 열려 있는 서랍 가장자리에 다리를 올리고, 팔꿈치 가까이 전화기를 끌어당겼다. 사무실 안에 퀴퀴한 먼지 냄새와 담배 꽁초 냄새가 진동했다.

로너건이라는 이름의 남자는 머리도 크고 콧수염도 하얗게 센 덩치로, 열린 창문 앞에 서서 우울한 표정으로 밖을 내다보고 있었다.

와인카셀은 성냥을 잘근잘근 씹으면서 책상 건너에 있는 달마스를 쳐다보았다. "더 자세히 말하는 게 좋을 거야. 그 택시 기사는 지금 말을 할 수가 없으니까. 이 동네에서는 운이 좋았겠지만, 다른 데서도 당하고 싶지는 않을 거잖아."

로너건이 말했다. "고집이 대단해. 아무 말도 안 할걸." 그는 고개도 돌리지 않고 거들었다.

"네가 떠드는 소리가 더 멀리 퍼지겠어, 로너건." 와인카셀이 생기 없는 목소리로 말했다.

달마스는 옅은 미소를 지으면서 손바닥을 책상 옆에 대고 슬슬 문질렀다. 귀에 거슬리는 끽끽 소리가 났다.

"제가 뭘 얘기해야 하죠? 너무 어두워서 총을 쏜 사람의 얼굴은 보지 못했어요. 차종은 캐딜락 쿠페, 라이트도 안 켠 상태였고. 전부 다 얘기했는데요, 경감님."

"그건 쓸데없는 얘기고. 뭔가 석연치 않은 구석이 있어. 아마 누군지 짐작이 갈 것 같은데. 애초에 그 총에 맞을 사람은 자네였잖아."

달마스가 말했다. "왜죠? 총에 맞은 건 택시 기사지 제가 아니잖아요. 한창 미쳐 날뛰는 젊은 애들이 주변에 얼마나 많은데요. 그중 하나가 거친 무리와 어울리다가 잘못된 길로 빠졌을 수도 있잖아요."

"당신 같은 무리 말인가?" 로너건이 말했다. 그는 계속해서 창밖을 응시하고 있었다.

와인카셀은 로너건의 등을 보며 눈살을 찌푸렸다. 그가 인내심을 가지고 다시 입을 열었다. "자네가 건물 안에 있을 때부터 밖에서 대기 중이었어. 택시 기사는 계속 차 앞에 서 있었고. 만약 총을 쏜 남자가 기사를 노렸다면 굳이 자네가 나올 때까지 기다릴 이유가 없잖나."

달마스는 손바닥을 펼치고 어깨를 으쓱했다. "제가 정말 범인이 누군지 안다고 생각하시는 건가요?"

"확실한 건 아니지만. 그래도 우리가 확인해 볼 수 있게 몇 명이라도 이름을 좀 알려줄 수 있지 않을까 싶은데. 거기에는 누구를 만나러 갔던 거지?"

달마스는 잠시 입을 다물고 있었다.

로너건이 창문 쪽에서 몸을 돌리고 책상 끝에 앉더니 다리를 달달 떨었다. 지극히 평범한 그의 얼굴에 냉소적인 미소가 퍼졌다. "어서 말해봐." 그가 신이 나서 재촉했다.

달마스가 의자의 등받이를 기울이고는 주머니에 손을 넣었다. 그리고 뭔가를 가늠하듯 와인카셀을 뚫어져라 쳐다보았다.

백발의 로너건은 그곳에 존재하지 않는 투명 인간처럼 대했다.

"고객이 부탁한 일을 처리하러 갔었어요. 그래서 말을 할 수가 없는 겁니다."

와인카셀은 어깨를 으쓱하더니 차가운 시선으로 그를 쳐다보았다. 그러고 나서 잘근잘근 씹고 있던 성냥을 뱉어 납작해진 끝부분을 확인하고는 휙 집어던졌다. 그가 음침하게 말했다.

"자네가 맡은 일이 이번 총격 사건과 연관돼 있다는 예감이

드는데…. 뭔가 냄새가 나."

"그럴지도요. 그런 거라면 일이 잘 해결될 겁니다. 하지만 먼저 의뢰인과 이야기부터 나눠야겠어요." 달마스가 말했다.

와인카셀이 대꾸했다. "좋아. 오전까지 시간을 주겠어. 그런 다음에는 책상에 앉아서 진술서를 써야 해."

달마스가 고개를 끄덕이고는 자리에서 일어났다. "그 정도면 충분해요."

"사립 탐정들은 그저 입 다무는 것 말고는 아는 게 없어." 로너건이 거칠게 말했다.

달마스가 와인카셀 경감을 향해 고개를 꾸벅 숙이고 경찰서 밖으로 나갔다. 으스스한 복도를 지나 로비로 내려갔다. 곧이어 시청 밖으로 길게 난 계단을 내려와서 스프링가를 가로질렀다.

비록 새 차는 아니지만 잘 빠진 푸른색 패커드 로드스터가 주차된 곳으로 걸어갔다. 그는 차에 시동을 걸고 모퉁이를 돌아 2번가 터널을 통과했다. 한 블록을 더 지나서 서쪽으로 향했다. 운전하면서도 룸미러를 계속 주시하고 있었다.

엘버라도에 도착한 그는 호텔로 전화를 걸었다. 직원이 전화번호를 불러주었다. 전화를 걸자 수화기 너머로 데니의 묵직한 목소리가 들렸다.

데니는 다급한 목소리로 말했다. "지금 어디에 있어? 그 달튼이라는 년을 우리 집에 데려다 놨는데, 엄청나게 취했더라고. 이쪽으로 와서 자네가 알아야 하는 정보를 불게 하자고."

달마스는 아무것도 보이지 않는 전화부스 유리 너머를 살폈다.

잠시 후 그가 느릿하게 말했다. "금발 머리 여자를요? 어떻게요?"

"얘기하자면 길고. 일단 와. 주소를 불러줄 테니까. 사우스 리브세이 1454번지. 어딘지 알겠나?"

"지도가 있으니 일단 찾아보고 갈게요."

데니는 찾아오는 길을 어느 정도 설명해 주었다. 설명이 끝나자 그가 말했다. "서둘러. 지금은 잠들었지만, 혹시 깨어나면 살인자라고 고래고래 소리 지를지도 모르니까."

달마스가 대답했다. "위치가 어딘지 중요한 게 아니군요, 지금. 데니, 일단 빨리 갈게요."

그는 전화를 끊고 차로 돌아갔다. 보관함에서 작은 크기의 술병을 꺼내 벌컥벌컥 마셨다. 그리고 차에 시동을 걸고 폭스힐스 쪽으로 달려갔다.

가는 길에 두 번인가 멈추어서 차에 앉은 상태로 골똘히 생각에 잠기기도 했다. 두어 번 생각을 마친 후 계속해서 길을 재촉했다.

And

피코에서 회전을 한 후에 나오는 도로는 두 개의 골프 코스 사이로 구불구불한 여러 갈래의 길이 갈라지는 곳이었다. 골프장에 설치된 높은 철조망으로 분리된 골프 코스 중 하나를 따라 길이 끝까지 이어져 있었다.

경사로 곳곳에는 방갈로가 점처럼 흩어져 있었다. 잠시 후, 도로가 움푹 파인 곳으로 이어졌다. 골프장 맞은편으로 바닥이 쑥 들어간 지점에 방갈로 하나가 보였다.

달마스는 방갈로를 지났다. 달빛이 거대한 유칼립투스 나무를 비추면서 생긴 그림자 밑에 차를 세웠다. 그는 차에서 내려 뒤로 걸어갔고, 시멘트 길을 따라 방갈로로 걸음을 옮겼다.

넓고 낮은 방갈로의 앞으로 창문이 나 있었다. 칸막이를 막을 정도로 수풀이 허리춤까지 자라 있었다. 안에서 희미한 불빛이 비쳤다. 볼륨을 낮춘 라디오 소리가 창문 사이로 퍼져 나왔다.

그림자가 칸막이를 지나가자 현관문이 열렸다. 달마스는 거실로 들어갔다. 작은 전구가 든 램프가 켜져 있고, 라디오의 다이얼이 빛을 뿜어냈다. 달빛이 살짝 새어들었다. 데니는 코트를 벗고 소매를 팔까지 돌돌 말고 있었다.

"그 년은 아직 자고 있어. 어떻게 여기까지 데려오게 된 건지 설명한 후에 깨우려고."

"미행이 붙은 건 아니죠?" 달마스가 물었다.

"절대로." 데니가 커다란 손을 펼치며 말했다.

달마스는 라디오와 창문이 줄지어 있는 끝부분 구석의 고리버들 의자에 가서 앉았다. 모자를 바닥에 내려놓고 버번 병을 꺼내더니 뭔가 만족스럽지 않은 표정으로 쳐다보았다.

"진짜 술 있으면 줘봐요, 데니. 너무 지쳤어요. 저녁도 못 먹었다고요."

데니가 말했다. "나한테 별 3개짜리 마르텔이 있어. 곧바로 가져올게."

그가 거실을 나서자 집 뒤쪽에 불이 켜졌다. 달마스는 술병을 모자 옆 바닥에 내려놓고, 두 손가락으로 이마를 문질렀다.

머리가 띵했다. 잠시 후, 집 뒤쪽의 불이 꺼지고 데니가 긴 잔 두 개를 들고 나타났다.

브랜디는 깔끔했지만 알코올 도수가 높았다. 데니도 맞은 편에 놓인 고리버들 의자에 앉았다. 조명이 어두운 곳에서 보니 몸집이 더 크고 검게 보였다. 그는 퉁명스러운 말투로 천천히 이야기를 시작했다.

"바보처럼 들리겠지만, 결과는 성공이야. 경찰이 한참 오간 후에 골목에 차를 대고 뒷길로 갔지. 저 여자가 어느 아파트에 사는지 알고 있었지만, 얼굴 보기는 힘들더라고. 그래서 수작을 꾸며서라도 여자의 반응을 살피려고 했지. 문을 두드렸는데 대답이 없었어. 집안에서 여자가 왔다 갔다 하는 소리는 들리는데 말이야. 잠시 후에 전화기 다이얼을 돌리는 소리가 들리더군. 나는 복도를 따라 돌아가서 작은 창으로 비집고 들어가려고 시도했어. 고정된 나사못 하나가 삐죽 튀어나와서 문이 열리길래 쉽게 들어갈 수 있었지."

달마스가 고개를 끄덕이며 말했다. "잘했어요, 데니."

덩치 큰 남자는 자기 잔을 비우고 잔 테두리를 아랫입술에 대고 위아래로 문질렀다. 그리고 계속해서 말을 이었다.

"들어보니까 도너란 자에게 전화를 걸고 있더라고. 누군지 알아?"

"얘기는 들어봤죠. 그런 식으로 연관이 된 거로군요."

"여자가 남자 이름을 자연스럽게 불렀는데, 뭔가 화가 단단히 난 것 같았어. 그래서 알게 된 게 있는데. 도너라는 자가 마리포사 쪽에 클럽을 소유하고 있더군. 행크 문이라는 밴드가 연주하는 거 들어본 적 있을 거야."

"맞아요, 데니."

"그렇게 여자가 전화를 끊고 나서 안으로 들어갔지. 얼굴이 하얗게 질려서 정신없이 집을 왔다 갔다 하는데, 뭘 해야 할지 모르는 것 같더라고. 자세히 보니까 책상 위에 수트로 의원의 사진이 보이는 거야. 그래서 그걸로 수작을 꾸며봤지. 수트로 씨가 보내서 왔는데, 당신이 잠시 몸을 피하고 있으라고 했다고. 그 사람 부하인데 당신을 데리고 가기로 했다고 말이야. 여자가 속아 넘어가더라고. 참 이상하지. 술이 필요하다고 하길래 차에 있다고 했더니 바로 모자와 코트를 챙기더군."

"그렇게 쉽게 데려온 거예요?"

"맞아." 데니가 말했다. 그는 술잔을 비우고 잔을 어딘가로 치웠다. "차 안에서 여자의 입을 다물게 하려고 계속 술을 먹이면서 여기로 데려왔어. 지금은 곯아떨어졌고. 그런데 뭐 알아낸 거 없어? 경찰서 사람들이 거칠게 대하던가?"

"꽤 거칠었죠. 그런데 쉽게 속아 넘어가지는 않더군요."

"월든 사건에 관한 얘기는?"

"그 일본인 비서가 아직 아파트에 가지 않았나 봐요."

"여자랑 얘기를 나눌건가?"

라디오에서 왈츠가 흘러나왔다.

달마스는 대답을 하기 전 잠시 음악에 귀를 기울였다. 그러더니 한껏 지친 목소리로 말했다. "그러려고 여기까지 온 거잖아요."

데니가 자리에서 일어나 거실 밖으로 갔다. 문이 열리는 소리와 웅얼거리는 목소리가 들렸다.

달마스는 겨드랑이 아래서 총을 꺼내 옆에 있는 의자에 내려놓았다.

금발 머리 여자가 거실로 들어오면서 휘청거렸다. 주위를 두리번거리면서 킬킬 대기도 하고 손을 휘저으며 알 수 없는 동작을 하기도 했다. 그녀가 눈을 깜빡거리면서 달마스를 보더니 몸을 휘청거리다 데니가 앉았던 의자에 가서 풀썩 주저앉았다.

데니가 그녀 옆에 서 있다가 안쪽 벽 옆에 놓인 독서용 테이블에 몸을 삐딱하게 기댔다.

술에 취한 여자가 말했다. "이봐요, 내 친구 사립 탐정님. 이봐, 이봐, 이상한 분! 숙녀한테 술 한잔 사는 거 어때요?"

달마스가 아무 표정 없이 그녀를 쳐다보고 천천히 말했다.

"그 총에 대해서 새로 떠오른 거라도 있어요? 수트로가 나타나기 전에 우리가 얘기했던 그 총 말이에요. 총기 등록이 돼 있었던…. 그 총이 월든을 죽음에 이르게 했죠."

달마스는 콜트 권총을 들고 일어섰다. 데니의 몸이 굳어지더니 갑자기 엉덩이를 뒤로 쭉 밀었다. 여자는 꼼짝도 하지 않았다. 취기를 이기지 못하고 죽은 낙엽처럼 의자에 축 늘어져 있었다. 그녀의 얼굴에 갑자기 긴장이 퍼지면서 비통하게 변했다.

달마스가 평정심을 유지하면서 말했다. "데니, 손바닥 이쪽으로 돌려요. 모든 게 수작이었군요. 자, 이제 두 사람, 나를 왜 여기로 불렀는지 말해 보시죠."

데니가 굵직한 목소리로 말했다. "젠장! 왜 이러는 거야? 월든이라는 이름을 듣는 순간 깜짝 놀라서 그런 것뿐인데."

달마스가 활짝 웃었다. "데니, 괜찮아요. 저 여자는 그 이름을 들어본 적이 없으니까. 이 일부터 서둘러 처리하죠. 아무래도 여기 온 게 실수인 것 같으니."

"완전 정신 나갔구먼!" 데니가 큰소리를 쳤다.

달마스가 총구를 살짝 움직였다. 등을 벽에 기대고 몸을 숙여 왼손으로 라디오를 껐다. 그리고 매서운 투로 말했다.

"데니, 당신은 매수당했어요. 그러기 쉽죠. 미행을 맡기에는 몸집이 너무 크고, 최근 들어 나를 미행하는 것만 대여섯 번쯤 봤으니까. 오늘 일에 굳이 끼겠다고 했을 때부터 확신이 생겼죠. 그러다가 저 여자를 여기까지 데려온 말도 안 되는 과정을 듣다 보니 더더욱 확신하게 됐네요. 맙소사, 그런 엉터리 얘기를 누가 믿겠어요? 데니, 빨리요. 누구 밑에서 일하고 있는지 말해요. 그럼 콩고물은 건지게 해줄 테니까. 누구 밑에서 일해요? 도너? 수트로 의원? 아니면 내가 알지 못하는 누군가? 왜 여기에 있는 거죠?"

여자가 갑자기 벌떡 일어나더니 달마스가 있는 쪽으로 달려들었다. 그가 한 손으로 여자를 밀치자 그대로 바닥에 널브러졌다. 여자가 빽 하고 소리를 질렀다. "저놈 잡아, 이 뚱보야! 잡으라고!"

데니는 꼼짝하지 않았다. "입 닥쳐, 이 성가신 년아!"

달마스가 끼어들었다. "누굴 공격할 생각은 말아요. 이건 그저 친구들끼리 대화 같은 거니까. 제발 거짓말하지 말고 솔직히 말해 봐요."

금발 머리 여자가 천천히 일어섰다.

데니는 어둠 속에서도 한껏 굳은 표정이었다. 목소리도 탁하게 쉬어 있었다. 그가 입을 열었다. "매수당한 거 맞아. 완전 쓰레기 같겠지. 좋아, 하지만 그게 다야. 서로 물어뜯으려고 혈안이 된 여자들 무리를 감시하는 데도 진절머리가 났거든. 자네도 원한다면 나를 이용해." 그는 여전히 꼼짝하지 않았다.

달마스가 천천히 고개를 끄덕이더니 다시 입을 열었다. "데니, 누구예요? 누구 밑에서 일해요?"

"나도 몰라. 전화가 오면 임무가 떨어지고 다시 전화로 보고하니까. 돈은 우편으로 받아. 일을 꼬아서 지시한 사람을 알아내 보려고 했지만 실패했지. 자네가 그 현장에 있었다고는 생각하지 않아. 그리고 거리에서 벌어진 그 총격 사건에 대해서도 전혀 아는 바가 없고."

달마스가 그를 빤히 쳐다보고 말했다. "혹시 나를 여기 붙잡아 두려고 이러는 건 아니겠죠?"

데니가 천천히 고개를 들었다. 거실이 갑자기 고요해지는 기분이었다. 밖에서 차가 멈추는 소리가 들렸다. 엔진이 윙윙거리던 소리도 조용히 사라졌다. 붉은 스포트라이트가 가림막 위로 비추었다. 눈이 멀 정도로 밝았다.

달마스는 한쪽 무릎을 바닥에 대고 재빠르게 소리 없이 옆으로 움직였다.

고요함 가운데 데니의 거친 목소리가 들렸다. “경찰이잖아. 빌어먹을!”

붉은 조명은 가림막의 철장을 장밋빛으로 물들였고, 기름기 가득한 거실 안쪽 벽을 선명하게 비추었다. 여자는 목이 졸리는 듯 캑캑 소리를 냈다. 강한 빛이 온 집을 붉게 물들였다.

달마스는 창문 끝 문틀 뒤에 머리를 숙이고 있었다. 덤불의 잎사귀도 붉은빛 아래서 시커먼 창살처럼 보였다.

발자국이 움직이는 소리가 들렸다. 거친 목소리가 울려 퍼졌다. “모두 나와! 손 머리 위로!”

집 안에서 무언가 움직이는 소리가 들렸다. 달마스는 사정없이 총을 든 손을 휘저었다. 스위치가 딸깍거리는 소리와 함께 현관 불이 켜졌다. 뒤로 몸을 피할 새도 없었다.

파란색 경찰 제복을 입은 남자 둘이 현관 밖의 원뿔 모양 불빛 아래로 보였다. 한 명은 기관총을 들고 있었고, 다른 한 명은 특수 총알이 장전된 반자동 권총을 들고 있었다.

데니가 현관문의 동그란 핍홀을 열려던 참이었다. 순간 귀에 거슬리는 소리가 들렸다. 갑자기 총이 손까지 올라왔다가 바닥으로 떨어졌다. 묵직한 무언가가 시멘트 바닥으로 떨어지는 소리가 났다.

뒤이어 기관총 쏘는 소리가 들리자 달마스는 널빤지 바닥에 배를 깔고 납작 엎드렸다. 여자는 꽥하고 비명을 지르며 그의 뒤로 숨었다.

거실 끝부터 반대편 끝까지 총알이 벽을 사정없이 긁고 지나갔다. 허공에는 회벽에서 떨어져 나온 조각과 먼지가 가득했다. 벽에 있던 거울도 산산조각이 났다. 화약 냄새와 시큼한 석고의 먼지 냄새가 뒤섞였다. 아주 오랜 시간이 흐른 기분이 들었다. 무언가 달마스의 다리 위로 떨어졌다. 그는 두 눈을 감고 얼굴을 바닥에 바짝 붙이고 있었다.

사방을 가르는 소리가 멈추었다. 벽에서 떨어져 나온 조각들이 계속해서 떨어졌다.

순간 목소리가 외쳤다. "맛이 어때?"

또 다른 목소리가 뒤에서 화난 듯 외쳤다. "뭐해! 빨리 뜨자."

다시 발소리가 들리더니 뭔가 질질 끄는 소리가 났다. 여러 개의 발소리. 엔진이 요란하게 진동했다. 쾅 하고 문이 닫혔다.

타이어가 자갈이 깔린 도로 위에서 미끄러지는 소리를 냈고, 엔진이 요란하게 울리다가 서서히 잦아들었다.

달마스가 자리에서 일어났다. 귀에서 윙윙 소리가 들리고 콧속이 건조해졌다. 바닥에 떨어져 있던 총을 주운 그는 안주머니에서 얇은 손전등을 꺼내 전원을 켰다. 먼지투성이 속에서 희미한 불빛이 새어 나왔다.

금발 머리 여자는 바닥에 누워있었다. 입가가 뒤틀린 채 미소를 지으며 눈을 뜬 여자가 서럽게 흐느끼기 시작했다. 달마스가 그녀의 몸을 살폈다. 별다른 상처는 없어 보였다.

그는 거실 쪽으로 향했다. 윗부분 절반이 잘린 의자 옆에 모자가 멀쩡하게 놓여 있었다. 버번 병은 모자 옆에 있었다. 그는 모자와 술병을 집어 들었다.

기관총을 갈기던 남자는 허리 높이에서 앞뒤 가리지 않고 온 집안을 향해 난사했다. 달마스는 더 앞쪽으로 움직여서 현관까지 나갔다.

데니가 현관 안쪽에 무릎을 꿇고 있었다. 몸을 앞뒤로 휘청거리면서 두 손을 꼭 잡고 있었다. 굵직한 손가락 사이로 시뻘건 피가 흘러내렸다.

달마스는 문을 열고 밖으로 나갔다. 산책로에 혈흔과 탄피들이 가득했다. 고개를 돌려봤지만 아무도 보이지 않았다. 그는 얼굴 곳곳에 핏자국을 묻힌 채로 서 있었다. 코 주변의 피부가 쓰라렸다.

술병을 꺼내 위스키를 마시고 다시 안으로 들어갔다. 데니가 어느새 자리에서 일어나 있었다. 그는 손수건을 꺼내 피가 흐르는 손을 지혈하는 중이었다. 표정은 넋이 나가 있었다. 술기운이 남았는지 다리를 휘청거렸다. 달마스는 그의 얼굴 위에 손전등을 비추었다.

"많이 다쳤어요?"

"아니, 손을 좀 찧었어." 데니가 굵은 목소리로 대답했다. 손수건 안에서 손가락이 꼼지락거리며 움직였다.

"저 금발 머리 여자는 겁을 먹어서 눈이 멀었나 봐요." 달마스가 말했다. "당신이 기획한 파티 아닌가요. 친구들이 대단한데요? 우리 셋을 모두 잡아가려고 했어요. 현관 구멍으로 놈들을 내다보는 바람에 놈들 작전이 어그러진 거예요. 데니, 내가 신세를 진 것 같군요. 그 총을 든 자는 솜씨가 영 별로였어요."

"어디로 갈 거지?" 데니가 물었다.

"어디로 갈 것 같아요?"

데니가 그를 쳐다보았다. "수트로는 자네가 맡아." 그가 천천히 말했다. "난 여기서 손 털어야겠어. 모두 지옥으로 꺼지라고 해."

달마스는 집을 빠져나와 차를 세워놓은 곳으로 내려갔다. 그리고 라이트도 켜지 않고 차를 몰아 도로를 달렸다. 다시 모퉁이를 돌고 나서 한참을 간 후에야 라이트를 켜고 운전석에 앉은 채 몸에 붙은 먼지를 털어냈다.

클럽 안은 담배와 시가 연기로 자욱했다. 뿌연 연기 사이로 댄스곡을 연주하는 화려한 빛깔의 악기 연주자들이 보였다. 음식과 술, 향수와 파우더 냄새가 내부를 가득 채우고 있었다.

비어 있는 댄스 무대 위로 호박색 조명이 출렁거렸는데, 잘나가는 영화배우의 화장실보다 살짝 더 큰 정도였다. 밴드가 연주를 시작했다.

조명이 꺼지면서 웨이터가 카펫이 깔린 계단을 올라와 새틴 줄무늬가 들어간 바지에 금색 연필을 톡톡 두드렸다. 생기 없는 눈동자에 금발처럼 보이는 흰머리를 툭 튀어나온 이마 뒤로 말끔히 빗어넘긴 모습이었다.

달마스가 말했다. "도너 씨를 만나러 왔습니다."

웨이터가 금색 연필로 이빨을 탁탁 쳤다. "지금 바쁘실 텐데.

혹시 성함이 어떻게 되시죠?"

"달마스. 수트로 씨의 특별한 친구라고 전해주시길."

"알겠습니다." 웨이터는 한 줄로 나란히 놓여 있는 조그만 전화박스로 걸어갔다. 그는 고리에 걸려 있던 수화기를 들어 귀에 대고, 맞은 편에 있는 달마스를 박제된 동물 모형처럼 무표정하게 쳐다보았다.

"로비에서 기다리겠습니다." 달마스가 말했다.

달마스는 커튼 뒤로 나가서 남자 화장실로 향했다. 화장실에 들어간 그는 버번 병을 꺼내 남은 술을 마시기 위해 고개를 뒤로 젖혔다.

하얀 재킷을 입은 얼굴에 주름이 가득한 흑인이 그에게 수선을 떨며 걱정스러운 투로 말했다. "선생님, 여기서는 술을 드시면 안 됩니다."

달마스가 빈 술병을 수건 담는 통에 던졌다. 그리고 유리 선반에서 깨끗한 수건을 꺼내 입술을 닦고, 세면대 가장자리에 동전 하나를 놓고 화장실 밖으로 나갔다.

내부와 외부 사이에 작은 공간이 있었다. 그는 바깥쪽 문에 기대어 서서 손바닥 크기의 소형 권총을 조끼 주머니에서 꺼냈다. 그는 모자 안에 손가락을 넣어 총을 쥔 채로 밖으로 걸어나갔다. 모자가 몸 옆으로 자연스럽게 흔들렸다.

잠시 후, 부드러운 검은 머리칼의 키 큰 필리핀 남자가 로비로 들어오더니 주위를 둘러보았다. 달마스는 그를 향해 걸어갔다. 웨이터가 커튼 사이로 고개를 내밀고 쳐다보고 있다가 필리핀 남자를 향해 머리를 끄덕였다.

필리핀 남자가 달마스에게 말했다. "선생님, 이쪽입니다."

두 사람은 길고 조용한 복도를 따라서 내려갔다. 밴드의 연주 소리가 등 뒤에서 잦아들었다. 살짝 열린 문 사이로 초록색이 칠해진 탁자 몇 개가 보였다. 복도는 직각으로 휘어져서 다른 복도로 이어졌고, 복도 끝에 있는 문틈 새로 가느다란 빛이 새어 나왔다.

필리핀 남자가 중간에 멈추어 서더니 우아하고 알 수 없는 동작을 취했다. 어느 순간 손에 커다란 권총이 들려 있었다. 그는 정중한 태도로 총구를 달마스의 옆구리에 가져다 댔다.

"선생님, 잠시 몸수색 좀 하겠습니다. 여기 규칙이라서요."

달마스는 가만히 서서 팔을 옆으로 뻗었다. 필리핀 남자는 달마스가 가지고 있던 콜트 권총을 압수했다. 그는 달마스의 다른 주머니를 통통 두드리고 다시 뒤로 물러나더니 콜트 권총을 자기 주머니에 집어넣었다.

달마스는 팔을 내리고 모자를 아래로 떨구는 듯하다가 재빠르게 모자 안에 있던 소형 권총을 필리핀 남자의 복부에 정확히 쑤셔 넣었다. 필리핀 남자는 매우 놀란 얼굴로 미소를 지으며 배를 쳐다보았다.

달마스가 말했다. "재미있군. 이번에는 내 차례야."

그는 필리핀 남자가 가져간 콜트 권총을 꺼내 다시 자기 주머니에 찔러 넣었다. 필리핀 남자가 들고 있던 커다란 권총도 빼앗아 탄창을 분리하고 총알을 버렸다. 총알이 빠진 권총은 필리핀 남자에게 다시 돌려주었다.

"총알 없이도 바보짓은 할 수 있을 거야. 내가 앞에 있을 때는 그 총에 총알이 없다는 사실을 사장에게 알리지 않는 게 좋아."

필리핀 남자가 입술을 핥았다. 달마스는 그를 따라 복도를 지나 빼꼼히 열린 문으로 들어갔다. 필리핀 남자가 한발 앞서 들어갔다.

사선으로 나무 조각을 벽에 붙인 커다란 방이었다. 바닥에는 노란색 중국풍 카펫이 깔려 있었다. 고급 가구들과 방음 장치가 된 것으로 보이는 납작한 문도 있었다.

창문은 보이지 않았다. 금색으로 된 쇠창살이 높이 처져 있고, 공기 순환용 환풍기가 희미하게 윙윙대면서 돌아가고 있었다. 방안에는 네 명의 남자가 있었는데 모두 입을 꾹 다물고 있었다.

달마스는 가죽으로 된 긴 의자에 앉아, 월든의 아파트에서 자신을 납치하려고 했던 말쑥한 얼굴의 사내 리치오를 쳐다보았다.

그는 등받이가 높은 의자에 결박되어 있었다. 팔을 뒤쪽으로 잡아당겨 손목이 단단히 고정된 상태였다. 잔뜩 화가 난 눈빛에 얼굴은 피와 멍으로 얼룩져 있었다. 권총으로 두들겨 맞은 모양이었다.

킬마노크 호텔에서 그와 함께 있던 옅은 갈색 머리의 노디라는 자는 구석에 있는 의자에 쭈그리고 앉아 담배를 피우고 있었다.

수트로 의원은 빨간 가죽으로 된 흔들의자에 앉아서 바닥을 보며 천천히 몸을 앞뒤로 흔들고 있었다. 달마스가 들어왔는데도 쳐다보지 않았다.

네 번째 남자는 꽤 비싸 보이는 책상 뒤에 앉아 있었다. 부드러운 갈색 머리카락 가운데로 가르마를 타서 머리를 뒤로 빗어넘겼다. 입술은 얇고, 적갈색의 눈동자는 이글이글 타오르는 듯했다. 그는 자리에 앉아서 주위를 살피고 있었다. 그리고 리치오 쪽을 슬쩍 보고 이렇게 말했다.

"저 미친 자식은 통제 불능이야. 분명히 조심하라고 경고했는데. 그래놓고 미안한 마음도 없지?"

달마스는 소리 없이 웃어 보였다. "도너 씨, 그 정도면 됐습니다. 그런데 저 친구는요? 하나도 맞지 않은 것 같은데요?"

"노디는 괜찮아. 우리 명령대로 움직였으니까." 도너가 차분하게 말했다. 그는 긴 손잡이가 달린 손톱 줄을 들고 손톱을 갈기 시작했다. "우리 할 이야기가 있을 것 같은데. 그래서 여기까지 온 걸 테고. 자네는 사립 탐정의 업무에 대해 너무 많이 은폐하려고 든다는 점만 제외하면, 그런대로 괜찮은 사람이지…"

달마스의 눈동자가 커졌다. "계속 말씀하시죠, 도너 씨."

수트로가 고개를 들어서 도너의 뒤통수를 쳐다보았다. 도너는 무심하지만 부드러운 목소리로 이야기를 계속했다.

"나도 월든의 집에서 벌어진 일과 켄모어의 총격 사건에 대해서는 어느 정도 알고 있어. 리치오가 그렇게 발광할 줄 알았으면 미리 단속했을 텐데. 이제 문제를 바로 잡는 건 내 몫이 된 것 같군. 우리가 문제를 해결한다면 리치오가 시내로 가서 자백하겠지. 일단 사건이 벌어진 배경을 설명하자면, 리치오는 할리우드 사람들이 경호원을 구하느라 난리일 때 월든 밑에서 일하곤 했어. 월든은 엔세나다에서 술을 몰래 반입했고. 내가 아는 한 지금도 그럴 거야. 아무튼 누구도 그를 방해하지 않았지. 리치오는 그 좋은 기회를 놓치지 않았고, 그 참에 하얀 가루를 들여오려고 기회를 엿 본 거야. 월든이 그걸 알고 저놈을 막았지. 괜한 스캔들에 휘말리고 싶지 않았을 테니까. 리치오는 해고당했어. 그래서 리치오는 어떻게든 월든을 흔들어놓고 싶었지. 월든의 범법 행위를 상부에 찔러서라도 이익을 얻으려고 한 거야. 그런데 월든이 기대한 만큼 흔들리지 않았어. 그러자 흥분해서는 더 숨 막히는 게임을 하려고 마음먹었지. 그런데 자네와 그 운전기사가 일을 망치는 바람에 화가 나서 당신을 처리하려고 직접 찾아 나선 거야."

도너는 손톱 줄을 내리고 미소를 지었다. 달마스는 어깨를 으쓱하고 긴 의자 끝 벽에 서 있는 필리핀 남자를 흘끗 쳐다보았다.

"난 당신 조직에 대해서 잘 알지 못해요, 도너 씨. 물론 서서히 알아가고 있죠. 꽤 그럴듯하게 들리지만, 그 얘기는 지금 상황과 어울리지 않아요."

도너가 눈썹을 치켜올렸다. 수트로는 반짝 광을 낸 구두코를 무릎 앞에 올렸다가 위아래로 흔들기 시작했다.

달마스가 말했다. "그럼 수트로 씨는 이번 사건 어디에 개입된 거죠?"

수트로가 그를 빤히 쳐다보면서 몸을 멈추어 세웠다. 그는 순간 서두르는 동작을 했다.

도너가 미소를 지었다. “수트로는 월든의 친구야. 월든이 그에게 어느 정도 설명을 했고, 수트로는 리치오가 내 부하라는 걸 알고 있었어. 하지만 시의원이다 보니까 월든에게 자기 입장을 모두 털어놓을 수 없었던 거지.”

달마스가 침울하게 말했다. “도너 씨, 지금 이야기의 오류가 뭔지 알려드릴게요. 일단 두려움이라는 부분이 빠져 있네요. 월든 씨는 내가 고용되어서 본인을 위해 일할 때도 겁이 나서 선뜻 나를 돕지 못했어요. 그리고 오늘 낮에 월든을 두려워하던 누군가 그를 총으로 쏴서 죽였죠.”

도너가 몸을 앞으로 숙였고 작은 눈이 커다래졌다. 그는 주먹을 쥔 양손으로 책상을 내리쳤다. “월든이 죽었다고?” 속삭이는 듯한 목소리였다.

달마스가 고개를 끄덕였다. “32구경 권총으로 우측 관자놀이를 쐈더군요. 얼핏 보면 자살 같지만, 실은 자살이 아니에요.”

수트로가 손을 급히 들더니 한 손으로 얼굴을 가렸다. 노디가 구석에 있는 의자에서 목석처럼 굳어졌다.

달마스가 말을 이었다. “도너 씨, 숨김없는 그럴싸한 추측이 어떤 건지 들려드릴까요? 그저 추정이라고 해두죠. 월든은 마약 밀매에 빠져 있었는데, 그저 외로움 때문에 마약을 들여왔던 건 아니었어요. 하지만 법률 폐지 이후로는 밀매를 그만두고 싶어 했죠. 해안 경비대가 주류를 들여오는 선박을 수색하는 데 그다지 시간을 할애하지 않았기 때문에 해안으로 밀수를 하는 것이 더 이상 중요하지 않게 된 거예요. 그래서 마약

쪽으로는 손을 끊으려 했던 거고요."

도너가 입술을 축이며 말했다. "무슨 마약 거래?"

달마스는 그를 빤히 쳐다보았다. "당연히 도너 씨는 전혀 모르시겠죠. 안 그래요? 그런 건 양아치들이나 가지고 노는 거잖아요. 그런데 그 양아치들은 월든이 쉽게 손을 털도록 놔두지 않았어요. 평소 술을 많이 마시니까, 혹시라도 그걸 여자 친구한테 떠벌리기라도 하면 큰일이잖아요. 그래서 자기들 방식으로 영원히 입을 다물게 만들려고 한 거죠. 총으로…"

도너는 천천히 고개를 돌리더니 등받이가 높은 의자에 묶인 남자를 쳐다보았다. 그리고 아주 작은 목소리로 말했다. "리치오." 그러고는 자리에서 일어나 책상 주위를 서성거렸다.

수트로는 얼굴을 가리고 있던 손을 내리고 그 상황을 지켜보고 있었다. 그의 입술이 미세하게 떨렸다.

도너는 리치오 앞으로 가서 멈추었다. 그리고 리치오의 머리를 손으로 잡고 의자로 밀쳤다. 리치오가 끙하고 신음을 내뱉었다. 도너가 씩 웃으면서 그를 내려다보았다.

"내가 좀 늦었군. 네가 월든을 죽였어, 이 개자식! 결국 돌아가서 그를 괴롭힌 거야. 우리한테 말하는 걸 깜빡한 거겠지?"

리치오가 입을 벌리고 도너의 손과 손목 위에 퉤 하고 피를 뱉었다. 도너의 얼굴이 뒤틀리더니 한걸음 뒤로 물러섰다. 그는 손수건을 꺼내 핏자국을 닦아내고 바닥에 떨어트렸다. "노디, 총 가져와."

수트로는 입을 쩍 벌리고 있었다. 눈은 어딘지 모르게 아파 보였다. 필리핀 남자는 탄창이 없다는 사실도 잊은 채 권총을 든 손에 힘을 주었다. 노디가 오른팔 겨드랑이 아래서 뭉툭한 권총을 꺼내더니 도너에게 건넸다. 도너는 총을 받아서 리치오가 있는 쪽으로 돌아갔다. 그리고 총을 들었다.

달마스가 외쳤다. “리치오가 죽인 게 아니에요!”

순간 필리핀 남자가 재빨리 앞으로 걸어 나오더니 총으로 그를 가격했다. 달마스의 어깨에 정통으로 맞았다. 찌릿한 통증이 팔을 타고 물결처럼 퍼졌다.

그는 바닥에 뒹굴면서도 콜트 권총을 손아귀에 꽉 쥐고 있었다. 필리핀 남자가 다시 한번 총을 휘둘렀지만, 이번에는 완전히 빗나갔다.

달마스가 미끄러지듯 바닥에서 일어나 필리핀 남자 쪽으로 다가가더니 온 힘을 다해서 콜트 총으로 그의 머리를 내리쳤다. 필리핀 남자는 뭐라 중얼거리면서 바닥에 그대로 주저앉았다. 눈동자의 흰자만 보였다. 그는 긴 의자를 붙잡은 채 바닥에 대자로 뻗었다.

도너는 무표정한 얼굴로 권총을 손에 들고 가만히 있었다. 기다란 윗입술에 송골송골 땀이 맺혔다.

달마스가 말했다. “리치오가 죽인 게 아니에요. 월든은 총기 등록이 된 총에 맞았고, 총은 그의 손에 들려 있었어요. 리치오라면 그렇게 구린 총에는 근처도 가지 않았겠죠.”

수트로의 얼굴이 붉으락푸르락했다. 노디는 어느새 의자에서 일어나 그의 옆에 서 있었다.

“더 자세히 말해보게.” 도너가 침착함을 유지하며 다시 물었다.

"그 총은 버완드. 아니, 달튼이라는 여자가 가지고 있던 거예요. 본래 그녀의 소유였죠. 예전에 돈이 없어서 전당포에 맡겼다는 변명은 애초에 믿지도 않았어요. 그 여자는 수트로의 좋은 친구고, 수트로는 내가 그 여자를 만나러 가는 게 너무 신경이 쓰인 나머지 미행까지 붙였죠. 도너 씨, 수트로 의원은 내가 왜 그 여자를 만나러 갈 거라고 예상했을까요?"

도너가 말했다. "그냥 설명해 봐." 그는 고요하게 수트로를 응시했다.

달마스는 도너에게 한 걸음 다가가서 위협적으로 보이지 않도록 애쓰면서 콜트 총을 가만히 내려놓았다.

"그 이유를 설명해 드리죠. 나는 월든 씨의 의뢰를 받고 일을 시작한 후부터 계속 미행을 당했어요. 1킬로 정도 떨어진 스튜디오에서 일하는 어설픈 사립 탐정이 따라다니더군요. 돈에 넘어간 거예요. 월든을 죽인 자가 그를 매수했겠죠. 그자는 허접한 사립 탐정이 내게 접근할 수 있을 거로 생각했어요. 그래서 나는 일부러 그자에게 밧줄을 던지고 게임이 시작되도록 했죠. 아마도 수트로 의원의 지시를 받았을 거예요. 결국 수트로 의원이 월든 씨를 죽인 셈이죠. 자기 손으로 직접 말이에요. 이번 사건은 아마추어가 똑똑한 척하면서 벌인 살인사건이었거든요. 영리한 척하면서 계획을 세우고 살인을 자살로 위장했어요. 총기 등록번호가 안쪽에도 새겨져 있다는 걸 몰랐기 때문에 설마 그 총이 추적당할 거라고는 예상하지 못했을 거예요."

도너는 뭉툭한 권총을 휘휘 흔들면서 노디와 수트로의 중간 지점을 겨냥하기 시작했다. 그는 아무 말도 하지 않았다. 깊은 생각에 잠긴 채 어딘지 모르게 흥미로워하는 눈빛이었다.

달마스는 몸의 무게를 바닥에 싣고 옆으로 살짝 움직였다.

바닥에 쓰러져 있던 필리핀 남자가 의자 위로 손을 뻗었다.

가죽 위에 기다란 손톱자국이 났다.

"그런데 말이죠…. 수트로 의원은 월든 씨의 친구였기 때문에 의심 없이 가까이 다가갈 수 있었어요. 머리에 총알을 박아서 죽여버릴 정도로 충분히 가까이 말이에요. 킬마노크 호텔 펜트하우스는 바닥이 두꺼워서 총소리가 들리지 않았을 거예요. 특히 32구경 같은 소형 권총 소리는. 그래서 수트로 의원은 월든을 죽이고 손에 총을 쥐여주고 나간 거죠. 하지만 월든이 왼손잡이였다는 건 잊어버렸더군요. 총의 소유주를 추적할 수 있다는 것도. 그 일이 있고 나서 어설픈 사립 탐정이 그 실수를 깨우쳐 주었을 테고. 내가 그 달튼이라는 여자를 자꾸 자극하니까 우리 셋을 팜스의 집으로 불러놓고서 암살자들을 우리가 있는 곳으로 보냈죠. 세 사람의 입을 영원히 다물게 하려고. 그런데 이 계획의 다른 부분이 그랬듯 암살범들이 제 역할을 다하지 못했죠."

도너가 천천히 고개를 끄덕였다. 그는 수트로의 복부 한가운데를 향해서 총구를 겨누고 있었다. "자, 수트로. 말해보시지."

그가 부드러운 어조로 말했다. "그 늙은 나이에 왜 그렇게 잔머리를 굴린 건지."

노디가 갑자기 몸을 움직였다. 책상 뒤로 몸을 숙였다가 다른 손으로 총을 집었다. 책상 뒤에서 총성이 울렸다. 총알은 책상다리 사이를 비집고 나와서 금속을 뚫고 벽으로 날아갔다.

달마스는 콜트 권총을 낚아채서 책상이 있는 쪽으로 두 발을 쐈다. 잔잔한 파편들이 날렸다.

노디가 책상 뒤에서 외마디 비명을 지르더니 손에 총을 쥔 채로 빠르게 다가왔다. 도너가 휘청거렸다. 누군가의 총에서 매우 빠르게 두 발이 발사되었다.

노디는 다시 비명을 질렀고, 한쪽 뺨에서 붉은 피가 솟구쳤다. 그는 책상 뒤로 가서 가만히 숨어 있었다.

도너는 벽에 등이 닿을 때까지 뒷걸음질을 쳤다. 수트로는 자리에서 일어나 두 손으로 배를 감싸고 소리를 지르려고 했다.

도너가 말했다. "좋아, 수트로. 이제 당신 차례야." 그러고는 갑자기 쿨럭거리며 기침을 하고 벽 아래로 스르르 미끄러져 내렸다. 몸을 숙이는 바람에 총이 떨어졌다. 손을 바닥에 짚은 채로 연신 기침을 했다. 그의 얼굴이 하얗게 변했다.

수트로의 배를 감싸 쥐고 있던 두 손의 손목이 뒤로 꺾이더니 손가락이 발톱처럼 구부러졌다. 눈동자에서 생기가 사라졌다. 죽은 사람의 눈이었다. 잠시 후 그의 무릎이 휘청이더니 바닥에 등을 대고 쓰러졌다.

도너는 계속 기침을 해댔다. 달마스는 재빨리 문 쪽으로 가서 귀를 대고 있다가 문을 열고 밖을 내다보았다. 그리고 재빨리 문을 닫았다.

"젠장, 방음벽이잖아!" 그가 중얼거렸다.

그는 책상으로 가서 수화기를 들었다. 콜트 총을 내리고 다이얼을 돌린 다음 말했다. "캐스카트 서장님 좀 바꿔주세요. 당장 할 애기가 있어요. 그럼요, 중요한 일이죠. 아주 중요한 일입니다."

그가 책상을 탁탁 두드리며 방안을 둘러보면서 기다렸다.

잠에 취한 목소리가 전화선을 타고 들려오자 살짝 몸을 돌렸다.

"저 달마스입니다, 서장님. 지금 도너 씨의 사무실이 있는 마리포사에 있어요. 여기 문제가 좀 생겼는데요. 심하게 다친 사람은 없고, 월든의 살인 용의자가 여기 있습니다. 수트로의 짓이었어요. 네, 시의원요. 서둘러 주세요, 서장님. 저는 이번 싸움에 말려들고 싶지 않습니다. 잘 아시다시피요."

달마스는 전화를 끊고 책상 위에 놓인 콜트 총을 집어 손바닥에 대고 수트로를 쳐다보았다.

"수트로, 일어나." 그가 지친 목소리로 말했다. "당신같이 똑똑하신 분이 직접 저 바보 자식에게 이번 일을 은폐할 수 있는 좋은 방법을 설명해 주지 그래!"

경찰서의 커다란 떡갈나무 탁자 위 조명은 지나치게 밝았다.

달마스는 나뭇결을 손가락으로 살살 문지르다가 다시 한번 보고는 소매로 얼른 닦아냈다. 그는 가냘픈 손바닥으로 턱을 괴고 책상 위의 벽을 빤히 쳐다보고 있었다. 사무실에는 달마스 혼자였다.

문이 활짝 열리고 캐스카트 서장이 들어오더니 조심스럽게 문을 닫았다.

넓적하고 촉촉한 얼굴에 길게 자란 콧수염과 가느다란 손가락을 가진 몸집이 크고 맷집이 좋아 보이는 남자였다. 그는 떡갈나무 탁자와 접이식 책상 사이에 앉아서 재떨이 위에 놓인 차가운 담배 파이프를 만지작거렸다.

달마스는 두 손 사이로 고개를 들었다.

서장이 말했다. "수트로가 죽었어."

달마스는 빤히 쳐다만 보고 아무 말도 하지 않았다.

"그의 아내가 죽인 거야. 잠시 집에 들르고 싶다고 해서 갔다나 봐. 우리 부하들이 잘 감시하고 있었는데, 아내까지 감시하지는 않았거든."

캐스카트 서장은 두 번이나 입을 열었다가 다시 다물었다. 그의 치아는 단단하고 지저분해 보였다.

"빌어먹을! 등 뒤로 몰래 작은 총을 숨겨서 총알을 세 방이나 먹였지. 하나, 둘, 셋. 제대로 쇼를 보여준 거야. 그러고 나서 손에 들고 있던 총을 바로 우리 부하들에게 건네주더래. 대체 왜 그런 짓을 한 걸까?"

달마스가 되물었다. "자백은 했나요?"

캐스카트 서장이 그를 빤히 쳐다보고는 차가운 파이프를 입속에 집어넣었다. 그리고 소리를 내며 쭉쭉 빨아댔다. "그자한테서? 그래, 진술서까지는 아니지만…. 부인이 왜 죽인 것 같아?"

"달튼이라는 여자에 대해서 알고 있었거든요." 달마스가 말했다. "그게 마지막 기회라고 생각한 거죠. 그가 불륜을 저질렀다는 걸 알고 있었으니까."

서장이 고개를 끄덕였다. "물론 그랬겠지. 바로 그거야. 마지막 기회라고 생각했겠군. 그냥 감방에 그 개자식을 처넣는 건 왜 안된다는 거야? 만약 검사가 약아빠진 놈이면 과실치사라는 피의자 측의 의견을 받아들이겠지. 테하차피 교도소에서 15개월 정도 지내야겠지만. 휴식 겸 치료를 위해서."

달마스가 의자를 움직였다. 그는 얼굴을 찡그렸다.

캐스카드 서장이 말을 이었다. "우리에겐 어쩌면 잘된 일일지도 모르지. 정부에도 해가 되지 않으니까. 만약 아내가 죽이지 않았다면, 세상이 떠들썩해졌을 거야. 부인 처지에서는 연금도 받아야 할 테고."

달마스가 말했다. "제가 본 수트로 의원은 홍보용 유명인으로 이용당하는 처지였어요. 그렇게 정신 나간 짓을 하지 않았다면, 시의원만 아니었다면, 어쩌면 제가 총구를 겨눴을 수 있었죠."

"그건 안 될 말이야, 친구. 법이 처리하도록 놔둬야지." 서장이 굵은 목소리로 말했다.

"이번 사건은 이런 식으로 흘러갈 거야. 일단 월든은 자살로 마무리 짓기 어려워. 등록된 총이 사용되었고, 부검을 통해 총상에 관한 결과가 나올 때까지 기다려야겠지. 파라핀 테스트에서도 스스로 총을 쏘지 않았다는 게 확인되어야 해. 반대로 이 사건이 수트로 선에서 종결된 걸로 밝혀지면 결과가 그리 나쁘지는 않을 거야. 안 그런가?"

달마스는 담배를 손가락 사이에서 굴렸다. 그는 천천히 담배에 불을 붙이고 성냥이 꺼질 때까지 흔들었다.

"윌든은 나약한 남자가 아니었어요. 마약 건을 들추면 지옥이 펼쳐지겠지만, 그것도 나쁘지는 않겠죠. 몇 가지 허점은 있지만, 그런대로 괜찮을 것 같아요."

"결론이 허술한 건 별로야." 캐스카트 서장이 활짝 웃었다.

"내가 사실을 아는 한, 그 누구도 빠져나갈 수 없어. 자네 일을 도왔던 데니라는 남자도 잘 마무리될 거고, 달튼 쪽은 멘도치노로 보내서 마약 중독 치료를 받도록 할 예정이야. 어쩌면 도너에게서 뭔가 캐내야 할 일도 있겠지, 물론 병원에서 우리 쪽으로 보내준 후에. 미궁에 빠진 건 차에서 총을 쏘고 달아난 놈들이야. 불쑥 나타나서 택시 기사에게 총질해대다니. 누가 그랬는지는 알 수 없겠지, 끝까지 말하지 않을 테니까. 어쨌든 그건 그대로 짊어지고 가야 할 일이고, 택시 기사도 크게 다치지 않았잖아. 그렇다면 기관총을 들고 나타났던 놈들이 문제인데…"

서장이 하품했다. "아마 프리스코 쪽에서 왔을 거야. 이쪽에는 기관총 들고 설치는 놈들이 없거든."

달마스는 의자 위로 힘없이 늘어졌다. "서장님은 술 안 드시죠?" 그가 낮은 목소리로 물었다.

캐스카트가 그를 쳐다보았다. "그전에 하나가 남았어." 그가 음침한 목소리로 말했다.

"자네가 계속 남아서 사건에 관해서 이야기 좀 해줬으면 좋겠는데. 총을 부숴서 내부를 확인한 것도 괜찮은 생각이었고. 물론 나였다면 총에 묻은 다른 지문까지 지워버리지는 않았을 거야. 괜히 곤경에 처하고 싶지 않다면 그냥 입 다물고 있어도 괜찮아. 하지만 우리 수사에 끼어든답시고 괜한 시간만 빼앗을 거라면 사양하겠어."

달마스가 사려 깊은 미소를 지으며 최대한 겸손하게 대답했다. "서장님 말씀이 맞습니다. 그런 게 제 일이라는 말밖에 드릴 말씀이 없네요."

캐스카트가 뺨을 문질렀다. 그리고 찌푸린 표정을 걷어내고 활짝 웃었다. 그는 몸을 숙이더니 서랍에서 1/4정도 남은 위스키병을 꺼냈다. 술병을 책상에 올리고 나서 벨을 눌렀다. 제복을 입은 건장한 남자가 사무실로 들어왔다.

"어이!" 캐스카트 서장이 소리쳤다. "내 책상에서 슬쩍한 잔 좀 가져다줘."

건장한 남자가 사라졌다가 다시 돌아왔다.

잠시 후 서장이 물었다. "무엇을 위해서 건배할까?"

"그냥 술이나 마시죠." 달마스가 대답했다.

3화. 사라진 진주 목걸이

그날 아침, 빈 종이를 보면서 어떻게 편지를 써야 하나 고민했었던 것은 분명한 사실이다. 평소 아침이면 딱히 할 일이 없다는 것도 분명한 사실이고.

그렇다고 해서 내가 펜더독 부인의 진주 목걸이를 찾아 나서야 할 이유는 더더욱 없었다. 경찰도 아닌데 말이다. 그런 상황에 변화를 가져온 건 엘런에게 걸려 온 전화 한 통 때문이었다.

"자기야, 뭐해? 지금 바빠?" 그녀가 물었다.

"바쁘기도 하고 안 바쁘기도 해. 보통은 안 바쁠 때가 많지. 기분도 좋아. 무슨 일이야?"

"월터, 자기는 나를 사랑하지 않는 것 같아. 돈도 많은 자기한테는 뭔가 할 일이 필요해. 펜더독 부인의 진주 목걸이를 누가 훔쳐 갔는데, 자기가 좀 찾아줬으면 해서…"

"경찰서로 전화해야 하는데 잘못 건 거 아니야?" 나는 매몰차게 말했다. "여보세요. 여기는 월터의 집인데요. 제가 월터입니다만."

"그럼 월터 씨에게 전해주세요. 엘런이 그러는데 30분 내로 오지 않으면 다이아몬드 약혼반지가 든 택배를 받게 될 거라고."

"다시 생각해보니 자기가 시키는 일을 하면 내게 큰 도움이 되겠네. 그 늙은 할머니는 50년은 더 살 테고."

하지만 전화는 이미 끊어졌다. 나는 곧바로 모자를 쓰고 1층으로 내려가 차에 올랐다. 언제인지 궁금해하실 분들을 위해 말해두자면, 그날은 따스한 늦봄의 어느 날 아침이었다.

펜더독 부인은 캐런들렛 공원 근처 넓고 조용한 거리에 살고 있었다. 50년이 흘렀지만 집은 전혀 낡아 보이지 않았다. 엘런이 거기서 또 50년을 살게 될 거로 생각하니 나로서는 그리 유쾌하지 않았다. 펜더독 부인이 세상을 떠나지 않는 한, 앞으로도 계속 간호사가 필요할 테니까.

몇 년 전, 펜더독 부인의 남편이 유언장을 남기지 않은 채로 떠나는 바람에 유산 상속 문제가 복잡해졌다. 그로 인해 연금 수급자들의 명단이 놀고 먹는 사람 수만큼이나 길어지고 말았다.

현관의 초인종을 누르자 잠시 후 문이 열렸다. 기름기 가득한 머리를 틀어 올리고 허리 위로 주방용 앞치마를 두른 몸집이 작고 나이 든 노파였다. 그 노파는 예전에도 나를 본 적이 없고 지금도 쳐다보기 싫다는 눈빛으로 나를 빤히 쳐다보았다.

"엘런 양을 만나러 왔는데요. 저는 월터라고 합니다."

노파는 칫 소리를 내며 말없이 돌아섰다. 우리는 퀴퀴한 냄새가 진동하는 집으로 들어갔다. 고리버들 가구가 가득 찬 이 집트 무덤 냄새가 풍기는 응접실에 도착했다. 노파는 다시 한 번 칫 소리를 내며 사라졌다.

잠시 후 문이 열리고 엘런이 들어왔다. 어쩌면 키가 늘씬하고 달콤한 꿀 같은 머리카락과 다른 사람 몰래 자기가 먹으려고 남겨둔 복숭아처럼 피부가 고운 여자를 좋아하지 않는 사람도 있을 것이다. 만약 그렇다면 정말이지 안타까운 일이다.

"자기, 정말 와줬구나. 월터, 진짜로 고마워. 이리 앉아, 내가 자세히 설명해 줄게."

우리는 자리에 앉았다.

"펜러독 부인의 진주 목걸이가 없어졌어, 월터."

"그건 전화로도 얘기했잖아."

"그 진주 목걸이는 생전에 남편분이 금혼식 기념 선물로 준 건데, 크기가 고른 49개의 분홍 진주알로 만든 거야. 최근에는 거의 안 하고 다니시다가 크리스마스 때인가 가까운 친구들을 불러서 저녁 식사를 할 때 한번 찼던 것 같아. 그리고 펜러독 씨가 갑자기 돌아가시는 바람에 부인이 돌봐야 할 하인들과 가까운 지인들을 모두 불러서 저녁 식사를 대접하는 추수감사절에는 꼭 목걸이를 하고 계셨어."

"과거랑 현재 일을 섞어서 얘기하네. 그런데 무슨 말인지는 알아들었어. 계속해."

"월터, 그런데…" 엘런은 뭔가 들뜬 표정으로 말을 이었다.

"그 진주 목걸이가 사라진 거야. 알아, 똑같은 말을 세 번이나 했지. 그런데 정말로 이상한 건 말이야. 1년이면 6개월은 반쯤 열어두는 오래된 금고 안에, 그것도 가죽 상자에 넣어서 보관하셨단 말이지. 물론 금고를 잠가두었다고 해도 힘센 남자라면 손가락만으로도 열고 남았겠지만. 오늘 아침에 서류 찾을 게 있어서 오랜만에 진주 목걸이 잘 있는지 보려고 했는데…"

"혹시 펜더독 부인에게 그 목걸이를 물려받을지도 모른다는 생각 때문에 이러는 건 아니길 바라." 나는 딱딱한 투로 말했다. "진주 목걸이는 살집이 있고 나이 든 노인한테나 어울리지. 당신처럼 키 크고 늘씬한…"

"자기야, 말도 안 되는 소리 좀 그만해." 엘런이 말허리를 잘랐다. "그 진주 목걸이를 탐낼 이유가 없잖아. 어차피 모조품인데."

나는 침을 꼴깍 삼키고 멍하니 그녀를 쳐다보았다. "그러니까, 펜더독 씨가 가끔 모자에서 사팔뜨기 토끼를 꺼냈다는 말은 들었는데. 금혼식에 부인에게 가짜 진주 목걸이를 선물했다는 소리잖아?" 나는 음흉한 미소를 지으며 말했다.

"오, 월터. 바보 같은 소리 하지 마! 그때는 진짜 진주 목걸이였지. 그런데 부인이 진짜 진주 목걸이를 팔고 모조품을 만들게 한 거야. 갤러모어 보석상의 랜싱 씨가 부인의 오랜 친구인데, 특별히 부탁해서 다른 사람들 모르게 모조품으로 만들어줬대. 그래서 경찰에 도난 신고를 하지 않은 거고. 월터, 자기가 그 목걸이 찾아줄 수 있지?"

"어떻게? 그런데 진짜 목걸이는 왜 판 거래?"

"펜더독 씨가 데리고 있던 사람들이 많은데 별다른 대책도 세우지 못하고 갑자기 돌아가셨잖아. 때마침 대공황까지 겹쳐서 수중에 돈이 거의 없었어. 생활비를 하고 집안일을 돌보는 사람들 월급만 겨우 줄 수 있을 정도였는데, 다들 오랜 세월을 가족처럼 지냈잖아. 그런 사람을 내칠 바에는 차라리 굶어 죽는 걸 택하실 거야."

"그럼 얘기가 달라지지. 인품이 좋으신 분이구나. 그나저나 그 진주 목걸이는 어디서 찾아야 할까? 그런데 모조품이면 왜 애써 찾으려는 거야?"

"그게, 그 모조품 목걸이를 만드느라 200달러를 들여서 보헤미아에서 특별 제작하셨대. 지금으로서는 거기서 예전처럼 질이 좋은 목걸이를 만들기는 힘들 것 같아. 그리고 부인은 누군가 그 목걸이가 모조품인 걸 알게 되어서 그 사실을 폭로한다고 협박을 할까 봐 더 걱정하고 계셔. 그런데 사실 나는 그 목걸이를 훔친 사람이 누군지 알아."

"헐…" 점잖은 남자가 쓰기에 적합하지 않은 것 같아 평소에 자제하던 단어가 튀어나왔다.

"몇 달 동안 여기서 일했던 운전기사인데. 헨리라고, 덩치가 엄청나게 크고 좀 무뚝뚝한 남자야. 엊그제인가 아무 이유도 없이 그만두고 나갔어. 펜러독 부인이랑 일한 사람 중에 그런 경우는 없었는데. 예전 운전기사 아저씨는 노환으로 돌아가셨던 거고. 헨리라는 사람은 말도 없이 그냥 떠난 거라서 아무래도 진주 목걸이를 훔친 장본인 같아. 예전에 나한테 억지로 입을 맞추려고 한 적도 있었어, 월터."

"오, 그랬구나." 나는 사뭇 달라진 목소리로 말했다.

"뭐! 입을 맞추려고 했어? 그 정신 나간 고깃덩어리 같은 자식, 어딨어? 혹시 어딨는지 짚이는 데 없어? 나한테 맞아서 코뼈가 부러지고 싶지 않다면, 어디 길거리에서 어슬렁거리고 있지는 않을 텐데."

엘런은 길고 부드러운 속눈썹을 내리깔며 나를 바라보았다.

그럴 때마다 나는 청소부의 뒷머리처럼 온몸이 늘어지곤 했다.

"도망친 게 아니야. 분명히 진주 목걸이가 가짜라는 걸 알고 부인을 협박해도 괜찮을 거로 생각한 거야. 직업소개소에 연락해 보니까 다시 구직자로 등록했다고 하더라고. 하지만 규칙상 구직자의 주소를 공개할 수가 없대."

"다른 사람이 훔쳐 갔을지도 모르잖아. 좀도둑이 들었다거나."

"의심이 가는 사람은 딱히 없어. 집에서 일하는 하인들은 의심할 게 하나도 없고. 밤이면 문단속을 얼마나 철저히 하는지. 누가 몰래 들어왔던 흔적도 없었고. 게다가 헨리라는 사람은 진주 목걸이가 어디 있는지 알고 있었어. 부인이 마지막으로 목걸이를 차고 나서 내가 금고에 넣는 걸 똑똑히 봤으니까. 펜러독 씨의 기일이라서 제일 친한 친구 두 분을 불러 저녁 식사를 했던 날이었어."

"꽤 거창한 저녁 식사 자리였나 보구나. 알겠어. 직업소개소에 찾아가서 주소를 알아볼게. 어디에 있어?"

"에이다 직업소개소라고, 이스트 세컨가의 200번지인데 좀 무서운 동네야."

"헨리라는 자에게 그 정도는 무섭지도 않을 거야. 진짜 너한테 입을 맞추려고 했다는 거지?"

"월터, 진주 목걸이를 찾는 게 제일 중요해. 모조품인 걸 알고 벌써 바닷물에 던져버렸을까 봐 걱정이야."

"만약 그랬다면 바닷물에 들어가서 찾아오라고 해야지."

"키가 190센티에다가 덩치도 크고 힘도 굉장히 센 사람이야, 월터. 물론 자기처럼 잘생기지는 않았지만." 엘런이 수줍게 덧붙였다.

"딱 내 사이즈구나. 잘됐네. 가볼게, 자기야."

엘런이 내 소매를 붙잡으며 말했다. "월터, 한 가지만 더. 남자답게 한판 붙는 건 괜찮지만. 경찰이 출동할 정도로 크게 싸움을 벌이면 안 돼. 자기도 대학 때 미식축구부에서 라이트 태클로 이름을 꽤 날렸다고는 하지만, 치명적인 약점이 있잖아. 제발 위스키는 마시지 않겠다고 약속해 줄래?"

"내가 갈아 마시고 싶은 건, 헨리라는 놈뿐이야."

And

이스트 세컨가에 있는 에이다 직업소개소는 상호와 위치에 정확히 들어맞는 곳이었다. 아주 잠시 대기했던 접수실 안의 냄새는 정말 역겨울 정도였다.

험악한 얼굴의 중년 여자가 소개소 대표였는데, 헨리가 운전사로 구직 등록한 것을 확인해 주었다. 만약 그를 만나고 싶다면 사무실로 호출을 하거나 직접 연락을 취하는 수밖에 없다고 말했다.

하지만 100달러 지폐를 건네면서 소개 수수료와는 무관한 그저 진심으로 성의 표시를 하는 거라고 말하자 샌타모니카 대로의 서쪽, 그러니까 과거에는 셔먼이라 불리던 지역에 있는 그의 주소를 냉큼 알려주었다.

나는 한시도 지체하지 않고 곧바로 차를 타고 달렸다. 행여나 헨리가 소개소로 전화를 했다가 내가 찾아간다는 소식을 전해 들을 수도 있었기 때문이다.

주소에 도착해 보니 허름한 호텔이었다. 전차의 선로가 코앞이고, 중국인이 운영하는 세탁소와 입구를 함께 사용하고 있었다.

호텔은 2층에 있었는데, 계단 위를 덮고 있는 고무 매트가 군데군데 찢겨 있어서 광이 죽은 황동 조각으로 곳곳을 때운 흔적도 보였다.

계단을 절반 정도 오르자 세탁소의 냄새가 사라지고 대신 등유와 시가 꽁초, 기름기가 진동하는 냄새가 풍겼다. 제일 끝 계단에 놓인 나무 선반에는 숙박부가 놓여 있었다. 마지막 투숙객이 휘갈겨 쓴 글씨가 3주 전이었다. 그걸 보는 순간 투숙객 관리가 체계적이지 않다는 사실을 감지할 수 있었다.

숙박부 옆에 초인종이 있는데 매니저라고 적혀 있었다. 나는 종을 누르고 기다렸다. 곧이어 복도 끝 문이 열리고 느릿느릿 누군가 걸어오는 소리가 들렸다.

해진 가죽 슬리퍼와 본래 색을 알아볼 수 없는 바지를 걸친 남자는 거대한 복부 주변으로 자유로움을 부여하기 위해 바지

단추를 두 개나 풀고 있었다. 빨간색 멜빵 아래로 걸친 셔츠의 겨드랑이 부분은 시커멓게 변색이 됐다. 그 밖의 다른 부분은 물론이고 그 얼굴만 봐도 정성스러운 세탁과 손질이 시급해 보였다.

"빈방 없는데, 친구." 그가 짓궂은 투로 말했다.

"방 찾으러 온 거 아니에요. 헨리라는 사람을 찾으러 왔어요. 여기 투숙 중이라던데 숙박부에는 적혀 있지 않네요. 아시다시피 숙박부 미작성은 불법이잖아요."

"똑똑 박사 납셨네." 뚱뚱한 남자가 비아냥거렸다. "복도를 따라서 쭉 가봐. 218호." 그가 새카맣게 탄 감자처럼 보이는 엄지손가락을 들어 보이며 말했다.

"직접 안내해 주는 친절함을 보여주셔야죠."

"젠장, 저명인사라도 납셨나." 그는 불룩 튀어나온 뱃살을 흔들기 시작했다. 노란 지방 덩어리 사이로 단추 구멍만 한 눈이 파묻힐 정도였다. "좋아, 친구. 따라와."

우리는 침침하고 어두운 복도로 들어섰고, 나무로 만든 채광창이 달린 굳게 잠긴 맨 구석 방에 도착했다. 뚱뚱한 매니저가 살집이 붙은 손으로 문을 두드렸다. 아무 반응도 없었다.

"나갔군." 그가 말했다.

"친절을 베푸는 김에 문도 열어주시죠. 방에 들어가서 기다릴 참이니까." 내가 말했다.

"개똥 같은 소리 하네." 뚱뚱한 매니저가 역정을 내며 말했다. "이 자식, 네가 뭐라도 되는 줄 알아?"

그 말에 나는 발끈하고 말았다.

뚱보는 몸집도 크고 키도 180센티가량 됐지만, 술 뱃살만 출렁댈 뿐이었다. 어두컴컴한 복도를 좌우로 살폈다. 아무런 인기척도 느껴지지 않았다.

나는 뚱보 매니저의 복부에 주먹을 날렸다.

그대로 엉덩이부터 바닥에 주저앉아버리는 통에 그의 우측 무릎이 턱에 부딪히고 말았다.

그가 콜록대면서 눈물을 글썽였다. "제기랄. 나보다 스무 살은 더 어린 새끼가…. 이건 너무 불공평하잖아."

"문 열어요. 당신이랑 노닥거릴 시간 없으니까."

"내놔…" 그는 셔츠로 눈가에 맺힌 눈물을 닦았다. "20달러 주면 입 닫고 있을게."

나는 주머니에서 20달러를 꺼내 건네주고, 뚱보 매니저를 일으켜 세웠다. 20달러를 챙긴 그는 50센트면 쉽게 구할 수 있는 평범한 마스터키를 꺼냈다.

"이봐, 펀치 날리는 거 어디서 배웠어? 보통 덩치들은 별 유연성도 없던데." 그는 문을 열었다.

"혹시 방에서 무슨 소리가 나도 그냥 무시해요. 물건이 부서지면 내가 나중에 충분히 보상해 줄 테니까."

그는 고개를 끄덕였고 나는 방 안으로 들어갔다. 매니저는 내가 들어간 후 문을 잠그고 사라졌다. 잠시 후 방안에 정적이 흘렀다.

방은 작고 조잡하고 저속하기 짝이 없었다. 작은 거울이 걸려 있고, 그 아래로는 갈색 서랍장, 등받이가 있는 나무 의자와 군데군데 구멍을 때운 흔적이 있는 광목 이불이 덮인 칠이 벗겨진 싱글 침대 하나가 전부였다. 하나뿐인 창문에는 벌레 흔적이 그대로 남은 커튼이 걸려 있고, 초록색 블라인드는 제일 아래 한 단이 빠져 있었다.

구석에는 세면대가 있고, 종이처럼 얇은 수건이 걸려 있었다.

물론 욕실이나 옷장 같은 건 없었다. 시커먼 천 뭉치를 벽에 걸어서 옷장처럼 사용하도록 해두었다. 천을 들쳐 보니 딱 내 몸에 맞을 정도 크기의 기성복 정장이 걸려 있었는데, 나는 기성복 따위는 전혀 입지 않는 쪽이었다.

바닥에는 검정 신발이 놓여 있었는데 족히 290밀리는 돼 보였다. 싸구려 천으로 된 옷 가방이 열려 있어 안을 뒤져보았지만 특별한 건 없었다.

책상 속도 살펴보았는데 생각보다 깔끔하게 잘 정리되어 있어서 살짝 놀라기도 했다. 하지만 별건 없었다. 특히 진주 목걸이는 눈을 뒤집고 봐도 없었다. 뭔가 있을 법한 곳과 그렇지 않은 곳까지 구석구석 뒤져보았지만, 흥미로운 건 전혀 찾아볼 수가 없었다.

나는 침대 옆에 걸터앉아 담배에 불을 붙이고 기다리기로 했다. 헨리는 엄청난 멍청이거나 아니면 완전히 결백하지 않을까 싶은 기분이 들었다. 방을 살펴보고 방 안의 물건들을 확인한 결과, 진주 목걸이를 훔치는 엄청난 짓을 저지를 위인 같지는 않았다.

평소 하루에 피우는 것 이상으로 많은 까치의 담배를 태웠을 무렵, 방으로 다가오는 발걸음 소리가 들렸다.

사뿐사뿐 빠르게 걷는 걸음걸이로 보아 몰래 들어오려는 건 아닌 것 같았다. 문에 열쇠가 꽂히고 돌아가더니 벌컥 하고 문이 열렸다. 한 남자가 방 안으로 들어오자마자 나를 빤히 쳐다보았다.

나는 키가 190센티 정도 됐고, 체중은 90킬로에 육박했다.

그 남자도 키가 컸지만 나보다 체중은 덜 나가 보였다. 허름하고 그런대로 단정해 보이는 푸른색 정장 차림이었다. 굵고 빳빳한 금발 머리, 만화 속 프로이센 군인처럼 굵직한 목덜미, 떡 벌어진 어깨와 크고 단단해 보이는 손. 얼굴을 보니 소싯적에 주먹깨나 휘두르던 자 같았다.

만화책에 나올 법한 악당같이 작고 푸른 눈동자가 나를 보며 번뜩거렸다. 만만하게 볼 상대가 아니라는 건 첫눈에 알아보았지만, 전혀 두렵지는 않았다. 몸집이나 체력적인 부분에서도 동급으로 보였고, 지적인 부분에서는 내가 조금 더 우위가 아닐까 싶을 정도였으니까.

나는 차분하게 침대에서 일어나 입을 열었다. "헨리 씨를 만나러 왔습니다만."

"여기는 어떻게 들어왔지?" 쾌활하고 묵직한 목소리. 귀에 거슬리는 쪽은 아니었다.

"그 얘기는 나중에 하죠." 나는 딱딱하게 말했다. "헨리 씨를 찾아왔는데, 혹시 그쪽인가요?"

"허! 웃기는군. 코미디언이 따로 없네. 벨트 좀 풀어야겠으니까 기다리슈." 그는 방안으로 뚜벅뚜벅 들어왔고, 나도 똑같이 그를 향해 다가갔다.

“난 월터라고 해요. 그쪽이 헨리?”

“50달러 주면 대답하지.” 남자가 말했다.

나는 그 말을 무시해버렸다. “난 엘런 양의 약혼자요. 내 여자한테 입을 맞추려고 했다던데?”

그는 다시 내 쪽으로 한 걸음 다가왔고, 나 역시 한 걸음 다가섰다.

“맞추려고 했다니, 그게 뭔 개뼈다귀 같은 소리야?” 남자가 히죽거리며 말했다.

내 오른손이 정확히 놈의 턱에 명중했다. 꽤 힘을 실어서 주먹을 날린 것 같았는데, 놈은 꼼짝도 하지 않았다. 곧바로 양손으로 놈의 목덜미에 연달아 잽을 두 방 날리고, 꽤 커 보이는 녀석의 코 옆으로 오른손을 날려보았다. 그는 코웃음을 치더니 내 명치에 주먹을 날렸다.

나는 엎어지면서 두 손으로 바닥을 짚고 데굴데굴 굴렀다.

너무 잘 굴러서 한 바퀴는 족히 돌았겠다 싶은 순간 바닥에 등과 머리가 차례대로 부딪혀 균형을 잃고 말았다. 어떻게 상황을 역전시켜야 할지 고민하던 찰나, 젖은 수건이 얼굴을 때리는 통에 눈이 번쩍 떠졌다. 헨리가 사뭇 염려스러운 표정으로 얼굴을 바짝 들이대고 있었다.

“이 친구 이거, 중국인이 마시는 차처럼 아주 물러터진 놈일세.”

“브랜디!” 나는 목이 갈라져서 외쳤다. “어떻게 된 거지?”

“카펫 구멍에 발이 걸려서 넘어졌지. 브랜디 달라는 말 진심이야?”

"브랜디 좀 줘!" 나는 콜록거리며 말하다 눈을 감았다.
"이러다 나까지 발동이 걸리면 큰일인데."

문이 열렸다가 닫혔다. 나는 꼼짝도 하지 않고 누운 상태로 복부의 통증을 견뎌보려고 애썼다. 길고 어두컴컴한 장막 속에서 시간이 더디게 흘렀다.

그러다가 다시 문이 열리고 닫히더니 무언가 딱딱한 것이 입술에 와닿는 느낌이 들었다. 나는 입을 벌렸고, 브랜디가 목구멍을 타고 내려갔다. 콜록거렸지만 강한 술기운이 정맥을 타고 흐르면서 곧바로 온몸에 힘이 불끈 솟았다. 나는 벌떡 일어나 앉았다.

"고맙군, 헨리. 헨리라도 불러도 되지?"

"세금 내는 것도 아닌데 뭐."

나는 자리에서 일어나 그의 앞에 섰다. 헨리가 흥미로운 눈으로 빤히 쳐다보았다. "별 이상 없어 보이네. 그런데 몸이 아프다는 말을 왜 진작하지 않았지?"

"이런 제기랄!" 나는 젖 먹던 힘을 다해 그의 턱을 주먹으로 후려갈겼다. 그는 고개를 좌우로 흔들고는 짜증이 가득한 표정을 지었다. 그자가 고개를 흔드는 동안, 나는 얼굴과 턱 쪽으로 세 번이나 주먹을 날렸다.

"한번 해보자는 거야?" 그는 큰 소리로 말하고 침대를 잡아 내 쪽으로 힘차게 밀었다.

다행히 침대에 맞지 않고 피했지만, 너무 급히 움직이는 통에 몸이 균형을 잃고 창문 아래 판자 속으로 머리가 움푹 묻히고 말았다.

젖은 수건이 내 얼굴을 탁탁 때렸다. 나는 눈을 떴다.

"잘 들어, 애송아. 벌써 투 스트라이크에 노 볼이야. 칠 거면 더 제대로 쳤어야지."

"브랜디 가져와." 나는 쉰 소리로 말했다.

"위스키나 마셔." 그가 술잔을 내 입술에 가져다 댔고, 나는 목이 마른 사람처럼 벌컥벌컥 마셨다. 그리고 다시 발을 딛고 일어섰다.

놀랍게도 침대가 그 자리에 그대로 있었다. 내가 침대에 앉자, 헨리도 내 옆에 앉더니 어깨를 툭툭 두드렸다.

"우리 잘 지낼 수 있을 것 같군. 물론 네 약혼녀에게 입을 맞춘 적은 없어. 그렇다고 해서 입을 맞추고 싶은 마음이 없었던 건 아니야. 네가 걱정하는 게 그것뿐이야?"

그는 밖에서 사 온 위스키병을 물이 든 유리잔에 콸콸 부었다. 그가 곰곰이 생각에 잠긴 채 술을 들이켰다.

"아니, 한 가지 문제가 더 있지."

"말해 봐. 하지만 주먹 쓰는 건 그만해. 약속하지?"

나는 어쩔 수 없이 제안을 받아들였다. "펜러독 부인의 운전기사를 했다던데 왜 그만둔 거지?"

덥수룩한 금발 눈썹 아래로 그의 눈동자가 나를 빤히 바라보았다. 그리고 손에 든 술잔으로 시선을 돌렸다. "자네가 보기엔…, 내 모습이 괜찮은 편인가?" 그가 물었다.

"그야…"

"괜히 거짓말 지어내지 말고."

"그게 아니라, 아주 잘 생겼다고는 말할 수 없겠지만, 남자다운 매력이 있다는 점은 분명한 사실같은데."

그는 다시 위스키를 잔에 따르더니 내 쪽으로 내밀었다. "이번엔 네가 마셔."

나는 뭘 하는지도 모르는 채 술을 한숨에 들이켰다. 콜록대던 기침이 그치자 헨리는 술잔을 낚아채더니 다시 가득 채웠다. 그리고 우울한 표정으로 술을 마셨다. 병은 거의 바닥이 보였다.

"천국에서 내려온 것 같은 여자와 사랑에 빠졌다고 생각해봐. 나처럼 별 볼 일 없는 놈이. 시골 대학 미식축구부에서 왼쪽 라인맨으로 거칠게 뛰었었지. 나에겐 학점보다 경기 점수가 더 중요했었고. 고래나 화물열차만 빼고 뭐든 들이받아야 직성이 풀리더군. 결국에 이기기는 했어도 가끔은 쥐어 터져 실패를 맛보기도 했었지. 그러다가 새로 구한 직장에서 천사 같은 여자를 매일 마주쳐야 하는데, 결국 내게는 승산이 없었단 말이야. 자네 같으면 어떻게 하겠나? 나? 그냥 관두는 게 낫다 싶었지."

"헨리, 우리 악수 한번 할까?"

그는 힘없이 나의 손을 잡았다. "그래서 시간을 가지고 싶었어. 달리 어쩌겠나?" 그는 술잔을 들더니 조명 아래로 비추었다. "나더러 술을 사 오라고 한 건 큰 실수였어. 난 술을 입에 대기 시작하면 끝장을 보는 성격이라. 돈은 좀 있어?"

"당연하지. 자네가 원하는 게 위스키라면 얼마든지 사줄 수 있어. 할리우드에 있는 프랭클린가에 가면 내 아파트가 있는데, 꽤 고급스럽고 좋은 집이야. 자네의 검소한 거처를 비하하고 싶지는 않지만, 우리 집으로 가는 게 나을 것 같아. 여기보다 크고 마음껏 몸을 움직여도 될 만큼 넓은 방도 있으니까."

난 신이 나서 손을 펼쳐 보였다.

"벌써 취했나 보군." 헨리가 초록빛이 감도는 작은 눈에 존경을 담아 쳐다보았다.

"아직 안 취했어, 헨리. 술기운이 올라오니까 기분이 훨씬 좋아지기는 했지. 내 말투가 재수 없더라도 신경 쓰지 마. 딱딱 자르는 뚱한 네 말투처럼 그저 개인적인 문제일 뿐이니까. 그런데 나가기 전에 얘기하고 싶은 중요한 문제가 하나 있어. 나는 도난 당한 펜러독 부인의 진주 목걸이를 찾아달라는 부탁을 받았지. 누구 말로는 자네가 그 목걸이를 훔쳐 간 것 같다고 하던데?"

"제대로 잘못 짚었군." 헨리가 부드러운 목소리로 말했다.

"이건 그저 비즈니스 문제야, 헨리. 그냥 솔직히 말하는 게 최선의 해결책이고. 그 진주 목걸이는 가짜야. 고로 적당히 합의 보는 것도 어렵지 않고. 자네한테 아무런 악감정도 없거니와 위스키를 사다 준 게 고마울 뿐이야. 그래도 일은 일이잖아. 묻지도 따지지도 않고 50달러를 줄 테니까 목걸이를 돌려줘."

헨리가 잠시 쓴웃음을 짓고는 뾰로통하게 입을 열었다. 악감정 같은 건 없어 보였다. "그러니까 그 진주 목걸이를 훔치고 나서 경찰이 나를 잡아갈 때까지 숙소에서 기다리고 있었다는 거야?"

"경찰에 신고도 안 했어. 게다가 진주 목걸이가 가짜라는 사실을 전혀 몰랐을 수도 있잖아. 술 좀 줘봐."

그는 병에 남은 마지막 술을 잔에 따랐다. 나는 즐거운 기분으로 술을 마셨다. 거울 쪽으로 잔을 던졌는데 다행스럽게도 비켜나갔다. 무거운 싸구려 술잔은 방바닥에 부딪힌 후에도 깨지지 않았다. 헨리가 큰소리로 웃었다.

"헨리, 뭐가 그렇게 웃기지?"

"아무것도. 진주 목걸이가 가짜라는 걸 알게 된 좀도둑을 생각하다 보니까. 그 진주 목걸이 훔친 놈 말이야."

"그러니까 네가 훔친 건 아니라는 얘기네?"

그는 다시 한번 너털웃음을 터트리고는 이내 우울한 표정을 지었다. "응, 그럴 이유가 없잖아. 마음 같아서는 자네한테 주먹을 날리고 싶지만 그래봐야 달라질 것도 없고. 누구나 오해는 할 수 있는 일이고. 그래, 나는 목걸이를 훔치지 않았어. 만약 그게 가짜라면 굳이 훔칠 이유도 없잖아? 만약 예전에 봤던 그 늙은 할머니의 목에 있던 진주 목걸이가 맞는다면, 그걸 훔치고 로스앤젤레스의 시궁창 같은 숙소에 앉아서 경찰이 잡으러 오기만 기다릴 이유가 없지 않겠어?"

나는 다시 한번 그의 손을 잡고 흔들었다.

"내가 알고 싶었던 건 그것뿐이야." 나는 행복한 표정으로 말했다. "이제야 마음이 놓이는군. 나랑 같이 우리 집으로 가서 어떻게 하면 진주 목걸이를 찾을 수 있을지 논의해 보자. 우리가 손을 잡으면 어떤 놈이든 때려잡을 수 있을거야, 헨리."

"지금 나랑 농담하는 거야?"

나는 일어서서 모자를 뒤집어썼다. "아니. 어차피 일자리를 찾고 있었잖아. 그저 자네와 같이 일하고 싶다는 거야. 위스키는 당연히 무제한 제공이고. 지금 운전할 수 있겠어?"

"제길, 나 하나도 안 취했어." 헨리가 조금 놀란 표정으로 말했다.

우리는 숙소에서 나와 어두운 복도를 걸어갔다. 어두컴컴한 그늘에서 뚱뚱한 매니저가 나오더니 툭 튀어나온 배를 문지르면서 콩고물이 떨어지기를 기다리는 음흉한 눈빛으로 나를 쳐다보았다.

"일은 잘된 건가?" 그는 새까맣게 손때가 묻은 이쑤시개를 깨물며 말했다.

"10달러짜리 하나만 줘봐." 헨리가 말했다.

"왜?"

"그냥. 내 말대로 해."

나는 주머니에서 지폐 한 장을 꺼내 뚱보에게 내밀었다.

"고맙네, 친구." 헨리가 말했다.

순간 그는 뚱보의 울대를 손바닥으로 '탁' 치고는 다시 지폐를 빼앗았다. "이걸로 아까 위스키값은 받은 거다. 친구 돈을 꿀꺽하고 싶지는 않아서 말이야." 그가 말했다.

우리는 팔을 맞잡은 채로 1층으로 내려갔다. 뚱보는 식도에 이쑤시개가 걸렸는지 등 뒤에서 계속 콜록대고 있었다.

오후 5시, 비몽사몽간에 눈을 떠보니 할리우드의 이바 거리 근처 프랭클린가 '샤토 모레인' 아파트의 침대에 누워있었다.

깨질 것 같은 머리를 돌려보니 헨리가 러닝셔츠에 바지 차림으로 옆에 누워있었다. 나 역시도 비슷한 차림으로 누워있었다.

테이블 근처에는 올드 플렌테이션 한 병이 거의 가득 찬 채로 세워져 있었다. 방바닥에도 똑같은 술의 빈 병이 굴러다니고 있었다. 옷가지는 여기저기에 널브러져 있고, 안락의자의 팔걸이에는 담배로 지진 구멍이 나 있었다.

나는 내 몸을 조심스럽게 살폈다. 배가 욱신거리고 속도 쓰렸다. 턱 한쪽도 한껏 부어올랐다. 다른 건 그런대로 멀쩡한 편이었다.

침대에서 일어서자 관자놀이 부분에 따끔한 통증이 느껴졌지만, 그냥 무시하고 테이블 위에 있는 술병을 들어 곧바로 입가로 가져갔다. 목구멍을 타고 후끈한 알코올이 내려가자 기분이 좋아지면서 곧바로 유쾌해졌다. 무슨 모험이든 감내할 준비가 된 것 같았다. 침대로 가서 헨리의 어깨를 잡고 흔들었다.

"일어나, 헨리. 잠시 후면 해가 질 거야. 새들과 다람쥐들이 얼른 일어나라고 난리야. 나팔꽃은 벌써 쪼그라들어서 잠이 들었다고."

헨리는 사내답게 주먹을 꽉 쥔 채로 벌떡 일어났다. "무슨 개뼈다귀 같은 소리야?" 잡아먹을 듯한 목소리였다. "아, 그렇지. 자네로군. 기분은 좀 어때?"

"기분 끝내줘. 푹 잤어?"

"물론." 그는 신발도 신지 않은 채로 바닥에 발을 대고 텁수룩한 금발 머리를 손가락으로 벅벅 긁었다. "제대로 기분 내려는 찰나에 기절해버리더군. 그래서 어쩔 수 없이 나도 한숨 잤지. 난 혼자서는 술을 안 마시니까. 괜찮은 거지?"

"당연하지, 헨리. 정말 기분 최고야. 이제 우리가 같이 뭔가를 하게 된 거잖아."

"끝내주는군." 그는 위스키병을 들고 마음껏 목구멍에 들이부었다. 그리고 묵직한 손바닥으로 튀어나온 배를 문질렀다. 초록색 눈동자가 평온하게 반짝였다. "몸이 안 좋아서. 약이 필요했거든." 그는 술병을 테이블에 올려놓고 아파트 안을 두리번거렸다. "맙소사. 너무 급하게 마셔대느라 집안이 난리가 된 줄도 몰랐네. 그나저나 난리가 난 곳치고는 너무 고급 아니야? 하얀 컴퓨터에 하얀 전화기라니, 대박이군. 자네, 금수저라도 물고 태어난 거야?"

"그냥 허접한 겉치레일 뿐이야." 나는 손을 허공에 대고 흔들었다.

헨리는 책상에 놓인 컴퓨터와 전화기를 가까이 가서 살피고는 내 첫 글자가 새겨진 은으로 만든 필기도구 세트를 들여다보았다.

"부잣집 도련님인가 봐?" 헨리가 초록색 눈으로 나를 돌아보며 말했다.

"뭐, 그런대로." 나는 겸손하게 대답했다.

"그럼 이제부터 무엇을 한다? 술이나 더 마실까? 아니면 다른 계획이라도 있어?"

"응, 나한테 계획이 있어. 자네 같은 친구가 나를 돕는다면 당장 실행에 옮길 수 있을 거야. 일단 탐문부터 해야겠어. 진주 목걸이 같은 귀중품이 도난당하면 곧바로 지하 세계에 소문이 퍼지는 법이야. 진주 같은 건 몰래 팔기도 어려울뿐더러 변조하기도 쉽지 않고, 귀금속 전문가가 보면 대번에 장물인 걸 알아본다고 하더라고. 지금쯤 지하 세계에서 난리가 났겠지. 목걸이를 돌려주기만 하면 충분한 대가를 지불할 거라는 우리의 뜻을 도둑에게 전해줄 사람을 찾는 게 너무 골치 아픈 일이 아니기만을 바랄 뿐이야."

"달변가로군. 술도 덜 깬 주제에." 헨리가 그 말을 하면서 술병으로 손을 뻗었다. "그 진주 목걸이가 가짜라는 걸 벌써 잊은 건 아니겠지?"

"충분한 대가를 내겠다는 건 지극히 감상적인 이유에서지."

헨리가 위스키를 홀짝이고는 술맛을 음미하더니 다시 한 모금 더 마셨다. 그러고는 나를 보며 빈 병을 흔들었다.

"자네 말이 맞는다고 치자. 하지만 온갖 장물이 오가는 지하 세계라는 곳에서 그깟 진주 목걸이 때문에 난리가 났을 리가 없잖아. 아마도 내 예상이 맞을 거야."

"내 생각은 말이야, 헨리. 아무리 지하 세계라도 유머가 있을 거라는 거야. 그래서 한바탕 웃긴 얘기로 퍼졌을 거라는 뜻이지."

"아주 틀린 얘기는 아니네. 펜러독 부인이 값비싼 진주 목걸이를 가지고 있다는 걸 어떤 바보가 알게 돼서, 겨우 금고를 털어 장물로 넘기려고 했는데, 장물아비가 가짜라는 걸 알고 웃음을 터트리면서 순식간에 퍼질거라는 거잖아. 그런 소문이 당구장 같은 곳으로 퍼졌다면 꽤 입에 오르내리겠지. 그것까지는 말이 돼. 그런데 도둑놈이 그걸 곧바로 버렸다면? 세금을 포함해서 푼돈밖에 안 되는 거라도 3년에서 10년 형을 받을 수 있거든. 무단침입죄까지 있으니까."

"하지만, 헨리. 또 다른 시나리오도 가능해. 물론 그 도둑이 멍청하다면 큰 문제가 될 게 없어. 그런데 머리가 조금이라도 돌아가는 놈이면 큰일이야. 펜러독 부인은 자존심이 강한 사람인데다 수준 높은 동네에 살잖아. 그런데 만약 그 진주 목걸이가 모조품이고, 그걸 금혼식 선물로 남편한테 받았다는 게 들통나면, 그게 언론에 퍼진다면 어떨까? 이 정도면 요점이 뭔지 이해했을 거야."

"도둑놈이 머리가 돌아가진 않겠지." 그는 다부진 턱을 문지르며 말했다. 그러더니 곰곰이 생각에 잠긴 듯 오른손 엄지를 잘근잘근 씹었다. 그리고 창문과 방을 두리번거리고 방바닥을 쳐다보았다. 그는 곁눈으로 내 쪽을 살폈다.

"그 도둑놈이 협박할 수도 있다라…. 하긴 그럴 수도 있지. 그런데 나쁜 놈들은 자기가 잘 아는 쪽이 아니면 덤비지 않아. 물론 소문이야 낼 수 있겠지. 그건 가능성이 있어, 월터. 물론 내 금이빨을 걸고 말할 정도는 아니지만 가능성은 있어. 그래서 얼마나 내놓을 참인데?"

"100달러면 적당하겠지만, 200달러까지 생각 중이야. 그게 진주 목걸이 모조품의 가격이기도 하니까."

헨리는 고개를 절레절레 젓더니 술병을 들이켰다.

"아니. 그 정도 푼돈으로는 얼굴을 드러내지 않을 거야. 고작 그 정도에 도박하진 않을 거라고. 차라리 목걸이를 버리고 손을 씻는 게 낫지."

"헨리, 그래도 시도는 해봐야지."

"좋아. 하지만 어디서? 그리고 술병도 거의 다 비어가잖아. 내가 신발 신고 얼른 나갔다 올까?"

바로 그 순간, 아직 입 밖에 꺼내지 않은 기도가 응답받은 것처럼 아파트 문가에 쿵 하고 요란한 소리가 울렸다. 나는 현관문을 열고 석간신문을 집어 들었다. 신문을 들고 방으로 들어가면서 신문을 펼쳤다. 그리고 오른쪽 검지로 신문을 가리키면서 헨리를 향해 의기양양한 미소를 지어 보였다.

"이것 봐. 여기 범죄 소식란에 우리가 찾던 해답이 있다는데 술 한 병 걸겠어."

"장난해? 범죄란 같은 게 있을 리가 없잖아." 헨리가 키득거리며 말했다. "여기는 로스앤젤레스라고. 내가 이길걸?"

나는 신문 3면을 펼쳤다. 이미 직업소개소에서 대기 중에 읽었던 신문 초판에서 본 내용이지만, 그게 최종판에 올라갈 거라는 확신은 없었다. 하지만 내 믿음은 적중했다. 초판의 기사는 삭제되지 않고 처음처럼 신문 중간에 떡 하니 실려 있었다.

'루 갠디지, 보석 절도 혐의로 신문 받아'라는 내용의 짧은 기사가 보였다.

"잘 들어, 헨리." 나는 기사를 읽어 내려갔다.

"지난밤 경찰은 제보받은 스프링가의 술집에서 루 갠디지를 연행했다. 최근 서부 지역의 고급 주택가에서 발생한 연속적인 강도 사건의 피의자로 연행된 그는 총을 들고 부유층 여성들이 가지고 있던 20만 달러 상당의 귀금속을 훔친 것으로 의심받고 있다. 새벽에야 풀려난 후 갠디지는 기자들의 질문에 묵묵부답으로 일관했다. 그저 '난 아무것도 하지 않았다'라고 말했다. 범죄 수사팀 윌리엄 노가드 경감은 루 갠디지가 범죄와 연관돼 있지 않으며, 그저 개인적 원한에 의한 제보였다고 밝혔다."

나는 신문을 침대 위에 집어 던졌다.

"자네가 이겼군." 헨리는 그 말과 함께 술병을 건넸다. 나는 술을 한참 들이켜고 다시 돌려주었다.

"이제 어쩔 거야? 갠디지를 잡아서 주리를 틀 거야?"

"생각보다 위험한 자일지 몰라. 우리 둘이 덤비면 싸울만할까?"

헨리가 피식 웃었다. "당연하지. 그 정도 건달이야 어렵지 않지. 가짜 루비 반지를 낀 돼지일 뿐이잖아. 그놈한테 나를 데려다 줘봐. 배를 따서 내장을 꺼내줄 테니까. 그런데 술이 거의 바닥이 났네. 얼마 남지 않았어." 그가 술병을 조명에 비추었다.

"그 정도면 충분히 마셨어, 헨리."

"아직 취하지도 않았잖아. 여기 온 후로 몇 잔밖에 안 마셨어."

"물론 완전히 취한 건 아니지만, 자네가 마시는 한잔은 양이 어마어마하잖아. 곧 만만치 않은 적수를 만나야 할 텐데. 그만 외출복으로 갈아입는 게 좋을 것 같아. 아무래도 정장이 좋겠지. 자네 몸에 맞을 만한 옷이 있어. 우린 치수가 비슷하잖아. 덩치 큰 사나이 둘이 함께 일하게 됐다는 건 주목할 만한 징조야. 정장 차림을 하면 놈들 눈에 띄는 게 훨씬 쉬울 거야."

"끝내준다. 대단한 사람 밑에서 일하는 걸로 착각하겠군. 갠디지는 겁을 먹고 넥타이를 씹어 먹을지도 몰라."

우리는 내 계획에 따라 움직이기로 했다. 헨리가 입을 옷도 챙겨다 주었다. 그가 샤워하고 면도를 하는 사이 엘런에게 전화를 걸었다.

"오, 월터. 연락해 줘서 고마워. 혹시 뭐 찾은 거라도 있어?"

"아직, 자기야. 하지만 기막힌 생각이 떠올랐어. 헨리와 함께 곧바로 실행에 옮길 참이야."

"헨리? 그게 누군데?"

"헨리 말이야. 벌써 잊은 건 아니겠지? 우리는 아주 친한 친구가 됐어."

엘런이 냉소 섞인 웃음소리를 냈다. 수화기 너머로도 느껴질 정도였다. 한참이 지난 후에야 그녀가 말을 이었다. "벌써 헨리랑 친구가 된 거야?"

"헨리 말이야? 그게 아니라, 헨리는 당신한테 푹 빠져서 일을 그만뒀던 거래."

"오, 월터. 그 작자가 그랬어? 혹시 자기 취한 거 아니야? 다시는 자기랑 얘기하기 싫어. 안녕."

엘런이 모질게 전화를 끊는 소리가 나의 귓가에 고통스러운 기분을 안겨주었다.

나는 술병을 들고 의자에 앉아서 대체 내가 뭘 잘못 했는지

어떤 부분에서 실수나 기분 나쁜 말을 했는지 곱씹어 보았다.

아무리 생각해도 답이 나오지 않아서 헨리가 욕실에서 나올 때까지 술기운에 자신을 위로하고 있었다.

잠시 후, 헨리가 주름진 셔츠와 까만 나비넥타이 차림으로 멋지게 변신하고 나타났다.

아파트를 나서자 벌써 어둠이 내리기 시작한 후였다. 비록 전화 통화 중에 엘런이 했던 말 때문에 기분이 다소 우울하기는 했지만, 나는 희망과 자신감에 가득 차 있었다.

갠디지의 거처는 어렵지 않게 찾을 수 있었다. 스프링가에서 헨리가 소리쳐 잡은 첫 번째 택시 기사가 쉽게 우리를 그곳까지 데려다주었기 때문이다.

'블루 라군'이라는 이름의 술집으로 유쾌하지 않은 푸른빛이 내부를 가득 채우고 있었다. 미리 식당에서 제대로 된 식사를 조금이라도 한 덕분에 우리는 묵묵히 걸음을 내디딜 수 있었다.

헨리는 내 정장 중에서 두 번째로 멋진 옷을 입었다. 주름이 잡힌 하얀 스카프를 어깨에 걸치고, 나보다 조금 더 큰 얼굴에 펠트 천으로 된 모자를 걸치고 있어서 굉장히 멋지게 보였다.

게다가 가벼운 여름 코트 주머니 안쪽에는 위스키병까지 꽂혀 있었다.

블루 라군의 바에는 손님이 많았다. 우리는 뒤쪽 어두컴컴하고 좁은 주방으로 들어갔다. 더러운 정장 차림의 남자가 따라 들어오자, 헨리는 갠디지 씨를 찾으러 왔다고 말했다. 그는 저 멀리 구석의 작은 테이블에 앉은 뚱뚱한 사내를 가리켰다. 우리는 그쪽으로 다가갔다.

남자는 와인 한잔을 테이블 위에 놓고 앉아서 알이 큰 초록색 반지를 살살 돌리고 있었다. 고개를 들지도 않았다. 테이블에 남은 의자가 없어서 헨리는 두 팔꿈치를 테이블에 대고 입을 열었다.

"갠디지 씨 맞습니까?"

그 말을 듣고도 남자는 고개를 들지 않았다. 그는 두껍고 시커먼 눈썹을 찌푸리며 영혼 없는 목소리로 대답했다. "네, 그래요."

"조용히 할 얘기가 있습니다만." 헨리가 말했다. "다른 사람이 없는 곳에서."

그제야 갠디지가 고개를 들었다. 아몬드 모양의 넓적한 눈동자에서 극도의 지루함이 그대로 느껴졌다. "뭔데?" 그는 이렇게 말하고 어깨를 으쓱했다. "무슨 일이지?"

"진주인데. 49개 진주가 박힌…, 크기도 비슷하고 핑크빛이 도는 물건 말이죠."

"팔 거요? 살 거요?" 갠디지가 흐뭇함으로 턱을 위아래로 들썩거리며 물었다.

"살 거요." 헨리가 말했다.

남자가 테이블 위로 가만히 손가락을 까딱 흔들자, 덩치가 산만 한 웨이터가 나타났다.

"술 취한 것들이야. 당장 데리고 나가." 갠디지가 나른한 목소리로 말했다.

웨이터가 헨리의 어깨를 붙잡았다. 헨리는 별로 애쓰지도 않고 한쪽 팔로 웨이터의 손을 잡더니 비틀어버렸다.

파란 불빛 아래라 제대로 볼 수는 없었지만, 갠디지는 그리 멀쩡한 표정이 아니었다. 그는 낮은 목소리로 끙하며 신음했다.

그리고 손을 내리더니 말했다. "테이블에 100달러 내놔봐."

나는 지갑을 꺼내서 샤토 모레인 아파트에서 미리 챙겨온 200달러를 꺼냈다. 갠디지는 지폐를 빤히 쳐다보며 덩치 큰 웨이터에게 가라고 손짓을 했고, 웨이터는 손목을 가슴에 문지르면서 밖으로 나갔다.

"이유가 뭐지?"

"5분만 시간을 내주시죠."

"재미있네. 좋아, 그러지." 갠디지는 지폐를 잘 접어서 조끼 주머니에 집어넣었다. 그리고 양팔로 테이블을 짚고 힘겹게 일어섰다. 그리고 우리를 쳐다도 보지 않고 어슬렁거리며 걸어갔다.

우리는 손님들이 북적이는 테이블을 지나 주방 끝까지 걸어갔다. 낡은 문을 지나 어둑하고 좁은 복도로 따라갔다.

복도 끝에 도착하자 갠디지는 문을 열고 불이 켜진 방으로 우리를 안내했다. 그는 올리브 빛 얼굴에 음흉한 미소를 지으면서 문을 잡고 우리를 기다렸다. 내가 먼저 방으로 들어갔다.

다음으로 헨리가 갠디지 앞을 지나가려는 찰나, 육중한 몸에 비해 놀랍도록 민첩한 몸놀림으로 가슴에서 작고 검은 가죽 곤봉을 꺼내더니 헨리의 뒤통수를 후려갈겼다.

헨리는 손과 무릎을 바닥에 대고 쓰러졌다. 갠디지는 얼른 문을 닫고 왼손에 곤봉을 든 채로 문에 기댔다. 다른 손엔 묵직하고 시커먼 리볼버 권총이 들려 있는 것이 아닌가.

“아주 재미있군.” 그가 점잖게 말하며 키득키득 웃었다.

그 순간 정확히 무슨 일이 벌어졌는지 나도 제대로 보지 못했다. 헨리가 등을 보인 상태로 손과 무릎을 바닥에 대고 있었고, 곧바로, 아니, 거의 동시에 커다란 물고기가 물 위로 튀어 오르듯 솟구치더니 갠디지가 금방이라도 죽을 듯한 앓는 소리를 냈다. 동시에 헨리의 묵직한 금발 머리통이 갠디지의 복부에 처박혀 있는 것도 볼 수 있었다.

그리고 헨리의 두 손은 갠디지의 털이 수북한 손목을 양쪽으로 부여잡고 있었다. 곧이어 헨리가 몸을 일으켜 세웠고, 갠디지는 헨리의 머리 위에 얹힌 상태로 허공에 붕 하고 떠올랐다.

입은 쩍 벌린 상태였고 얼굴은 검붉게 변했다. 헨리가 머리를 살짝 기울이자 소름이 끼칠 정도의 큰 소음과 함께 갠디지가 바닥에 쓰러졌다. 제대로 숨도 쉬지 못하고 있었다.

열쇠로 문을 잠근 후, 헨리는 문 쪽으로 등을 대고 왼손에 곤봉과 권총을 쥐고서 위스키가 담긴 주머니를 더듬거리며 걱정스러운 표정을 지었다. 모든 일이 워낙 순식간에 벌어진 터라 한쪽 벽에 기대있던 내 속까지 메슥거릴 정도였다.

“정말 재미있어. 짜릿해” 헨리가 느릿느릿 말했다. “한편의 코미디가 따로 없군. 잠깐 벨트 좀 풀고.”

갠디지가 몸을 바로 돌리더니 천천히 고통스러운 표정으로 휘청거리며 일어나 한 손으로 얼굴을 훔쳤다.

"이거 가죽 곤봉이네." 헨리가 작은 가죽 곤봉을 보며 말했다. "이걸로 내 대가리를 때린 거지?"

"헨리, 그걸 몰라서 물어?" 내가 되물었다.

"그냥 확실히 해두고 싶어서. 헨리 가문의 후손에게 이런 짓을 하면 안 되지."

"대체 원하는 게 뭐야!" 갠디지가 외쳤다. 조금 전까지 더듬거리던 이탈리아식 말투는 찾아볼 수 없었다.

"아까 얘기했잖아, 뚱보."

"너희가 누군지도 모르는데…" 갠디지는 이렇게 말하고 다 쓰러져가는 사무실 책상 옆에 있는 나무 의자에 앉았다. 그는 목과 얼굴을 손으로 확인하고 몸 구석구석을 살폈다.

"갠디지, 뭔가 단단히 오해한 모양인데. 캐런들렛 공원 근처에 사는 어느 노부인이 이틀 전에 진주 49개가 박힌 목걸이를 도난당했어. 금고 안에 들어 있었는데 누군가 빼내 갔지. 그 목걸이는 우리 회사에 도난 보험을 든 상태였고. 일단 먼저 아까 가져간 지폐부터 돌려줘야겠어."

헨리가 갠디지 있는 쪽으로 다가가자 그는 황급히 지폐를 꺼내서 건네주었다. 헨리는 그 지폐를 내게 주었고, 나는 곧바로 지갑에 집어넣었다.

"그 얘기는 못 들은 것 같은데," 갠디지는 고개를 저으면서 얼굴을 찌푸렸다. "난 그딴 좀도둑의 뒤를 봐주는 사람이 아니야. 강도는 더더욱 아니고. 사람 잘못 찾아왔어."

"잘 들어." 헨리가 낮게 깔린 목소리로 말했다.

"이 곤봉 선생님을 영접하면 뭔가 기억이 번쩍 떠오를 거야."

그는 검은색 곤봉을 오른손가락 두 개로 휘휘 돌리며 말했다. 머리에 비해 살짝 작은가 싶었던 모자가 구겨지기는 했지만, 여전히 머리 위를 감싸고 있었다.

"헨리. 오늘 밤에는 혼자 일 처리를 다 할 참인가 봐. 그거 좀 불편하네."

"좋아. 그럼 네가 맡아. 이렇게 살집이 있는 놈들은 멍도 아주 예쁘게 들거든."

그제야 갠디지는 아까보다 정신을 차린 표정으로 우리 두 사람을 빤히 응시하고 있었다. "보험회사 직원들이라고?" 그가 의심스러운 투로 물었다.

"맞아."

"멜라크리노 쪽은 파봤어?" 갠디지가 물었다.

"하! 진짜 웃기는 놈이네." 헨리가 무슨 말을 하려 했지만, 내가 먼저 말허리를 잘랐다.

"헨리, 잠깐." 그러고 갠디지 쪽으로 고개를 돌리며 말했다.

"멜라크리노라니, 그게 사람 이름인가?"

갠디지가 놀라서 눈을 똥그랗게 떴다. "당연히 사람이지. 누군지 모른다고?" 새카만 구두 같은 눈동자에 살짝 의심이 서렸지만, 곧바로 사라졌다.

"당장 전화해." 헨리가 허름한 사무실 책상 위에 놓인 전화기를 가리키며 말했다.

"그건 곤란한데." 갠디지가 한참 생각하더니 대답했다.

"그럼 곤봉 선생님도 곤란해지겠지." 헨리가 받아쳤다.

갠디지가 한숨을 쉬면서 의자에 묻혀 있던 육중한 몸을 돌리고는 전화기를 잡아당겼다. 그는 잉크처럼 새까만 손톱으로 전화 버튼을 누르고 가만히 기다렸다.

잠시 후 그가 수화기에 대고 말했다. "조? 나 갠디지야. 보험회사에서 나왔다고 둘이 찾아왔는데, 캐런들렛 쪽 사건 때문에…. 응. 아니, 진주래…. 응. 아는 게 없다고? 알았어."

갠디지는 전화기를 제자리에 놓고 다시 의자를 틀었다. "모른다고 하는데. 그런데 어느 보험회사에서 나왔지?"

"명함을 줘." 헨리가 말했다.

나는 다시 지갑을 꺼내서 명함 한 장을 뽑았다. 이름만 덩그러니 적힌 명함이었다. 그래서 펜을 꺼내 이바 근처 프랭클린가에 있는 샤토 모레인 아파트 주소를 적었다. 그걸 헨리에게 보여준 후 갠디지에게 건넸다.

갠디지는 명함을 보더니 가만히 손가락을 깨물었다. 순간 얼굴색이 환해졌다. "잭 라울러를 만나보는 게 어때?"

헨리가 그를 가만히 쳐다보았다. 갠디지의 눈빛에서 악의는 찾아볼 수 없었다. 그저 반짝이며 빛날 뿐이었다.

"그게 누구지?" 헨리가 물었다.

"펭귄 클럽의 사장인데. 선셋 대로 8644번지인가, 그 근처에 있어. 누굴 찾아야 한다면 그 사람이 적임자일 거야."

"고맙군." 헨리가 조용히 말했다. 그리고 나를 쳐다보았다.

"믿을 수 있겠어?"

"그래야지. 이제 와서 거짓말을 할 이유가 없잖아."

"흥!" 갠디지가 콧방귀를 뀌었다. "아주 재미있군! 너희…"

"입 닥쳐!" 헨리가 으르렁대며 말했다. "그건 내 대사야. 갠디지, 방금 한 말 사실이지? 잭 라울러라는 자 말이야."

갠디지는 확신에 차서 고개를 끄덕였다. "완전히 사실이야. 잭 라울러는 상류층에서 벌어지는 모든 사건에 개입돼 있으니까. 물론 만나기가 쉽지는 않을 거야."

"그건 걱정할 필요 없지. 아무튼, 고맙군."

헨리는 손에 들고 있던 시커먼 곤봉을 방구석으로 집어 던지고, 왼손에 계속 쥐고 있던 권총에서 탄창을 분리했다. 그리고 총알을 빼내고는 손이 닿지 않는 책상 구석으로 깊이 밀어 넣었다. 그는 손바닥에 놓인 탄창을 여유롭게 허공에 던졌다가 다시 받아서 바닥으로 떨어트렸다.

"잘 있으라고." 헨리가 냉랭하게 말했다. "험한 꼴 당하고 싶지 않거든 이쯤에서 손 씻고 조용히 살아."

헨리는 문을 열었다. 우리는 다른 종업원의 제지도 받지 않은 채 재빨리 블루 라군을 빠져나왔다.

내 자동차는 한 블록 아래 조금 멀리 떨어진 곳에 있었다. 우리는 차에 올라탔고, 헨리가 운전대 위에 두 팔을 올린 채 유리창 밖을 멍하니 쳐다보고 있었다.

"월터, 어떻게 생각해?" 한참 후에야 그가 물었다.

"헨리, 내 생각을 묻는 거라면 갠디지가 우리를 빨리 보내려고 말도 안 되는 헛소리를 했다고 생각해. 우리가 보험회사 직원이라는 말도 믿지 않았을 거고."

"내 생각도 그래. 아마 잭인지 뭔지 하는 사람도 존재하지 않을 테고. 전화를 거는 척하고 아무 데나 걸어놓고 혼자 헛소리를 주절거린 거겠지. 당장 돌아가서 놈의 팔다리를 뽑아놓아야겠어. 그 돼지 같은 사기꾼 자식."

"우리는 최선을 다해서 계획을 세웠고 그걸 실행에 옮겼잖아. 이제 아파트로 돌아가서 다른 수를 찾아보자."

"술도 한잔해야지." 헨리가 말했다. 그리고 차에 시동을 걸고 갓길에 세워져 있던 차를 움직였다.

"한두 잔 정도야 괜찮겠지."

"쳇, 감히 우리를 속이다니." 헨리가 코웃음을 쳤다. "당장 가서 놈을 작살내야 하는데."

그는 정지 신호도 받지 않은 상태에서 교차로에 차를 세우더니 위스키를 병째로 들이켰다. 그 사이 뒤에서 차가 우리를 들이받았다. 다행히 충격은 크지 않았다. 헨리는 목구멍에 술이 걸렸는지 콜록대면서 입에 대고 있던 술병을 뗐다. 옷에도 술이 줄줄 흘렀다.

"아무튼 시내에는 차들이 너무 많아. 술 한잔 마셔볼까 하면 여기저기서 팔꿈치로 쑤셔댄다니까." 헨리가 화난 얼굴로 말했다.

우리 차가 그대로 버티고 서 있자 뒤차가 끈질기게 경적을 눌러댔다. 헨리는 벌컥 문을 열고 밖으로 나가더니 트렁크 쪽으로 향했다. 곧이어 요란한 소리가 들렸는데 얼핏 들어봐도 헨리의 목소리가 더 컸다.

잠시 후, 헨리는 다시 운전석에 올라서 차를 움직였다.

"녀석 목을 뽑아버렸어야 하는데, 마음이 약해져서 말이야."

샤토 모레인까지 가는 길에 속도를 꽤 높였다. 우리는 아파트로 올라가서 각자 큰 술잔을 들고 자리를 잡았다.

"1.5리터 정도 술이 남은 것 같아." 헨리는 테이블 위에 놓인 두 개의 술병을 보면서 말했다. 옆에는 한참 전에 비워버린 술병들이 나란히 놓여 있었다. "이 정도 술이면 새로운 계획을 떠올릴 정도는 되겠어."

"부족하면 언제든 나가서 사 오면 되니까." 나는 신이 나서 술을 들이켰다.

"넌 괜찮은 녀석 같아." 헨리가 말했다. "그런데 그 웃기는 말투는 어디서 배운 거야?"

"말버릇은 쉽게 못 고치잖아. 우리 부모님은 뉴잉글랜드의 오랜 전통을 고수하는 분들이신데, 그 말투는 도저히 입에 붙지 않아서 말이야. 대학 때부터 줄곧 그랬어."

헨리는 그 말을 이해하려고 애썼지만, 듣는 순간 그대로 뱃속에 걸려버린 것 같았다.

우리는 갠디지의 의심스러운 조언에 대해서 한참 이야기를 나누었고 그렇게 30분이 흘렀다. 바로 그때 책상 위에 있던 전화기에서 요란하게 벨 소리가 울렸다. 나는 급히 다가갔다.

엘런이 불쾌했던 기분을 풀고 전화를 걸었기를 내심 바랐다.

그런데 목소리의 주인공은 낯선 남자였다. 건조하고 불쾌한 금속성의 남자 목소리.

"월터?"

"네, 월터 맞습니다만."

"좋아. 무슨 보석을 찾고 있다던데."

나는 수화기를 쥔 채로 몸을 돌려 헨리를 보며 얼굴을 찌푸렸다. 하지만 헨리는 뚱한 얼굴로 새 위스키를 따서 술잔에 따르는 중이었다.

"맞아요." 나는 수화기 너머로 말했다. 목소리를 차분하게 가라앉히려고 했지만, 너무 흥분되어서 쉽지 않았다. "보석인데 정확히는 진주예요."

"알맹이가 49개짜리던데. 5만 달러만 줘."

"그런 말도 안 되는 소리를. 5만 달러나 주고 그런걸…" 나는 놀라서 입을 쩍 벌렸다.

무례한 말투가 내 말허리를 잘랐다. "분명히 들었지? 5만 달러야. 한 손을 들고 손가락을 세어봐. 딱 그만큼이니까. 잘 생각해. 나중에 다시 연락하지."

가차 없이 전화가 끊겼다. 떨리는 손으로 수화기를 내려놓았다. 온몸이 부르르 떨렸다. 나는 돌아가서 의자에 털썩 주저앉아 손수건으로 땀을 훔쳤다.

"헨리. 우리 방법이 통한 것 같아. 그런데 정말 이상하군."

헨리는 바닥에 빈 술잔을 내려놓았다. 빈 잔을 두고 술을 채우지 않는 모습은 처음이었다. 잔뜩 취기가 올랐는데도 초록색 눈동자를 빤히 뜨고서 나를 쳐다보았다.

"왜?" 그가 부드럽게 물었다. "뭐가 통했다는 거야?" 그는 혓바닥으로 입술을 축였다.

"갠디지의 술집에서 했던 방법 말이야. 방금 어떤 남자한테 전화가 왔어. 진주 목걸이 사겠냐고."

"맙소사." 헨리는 입술을 오므리고 휘파람을 불었다. "역시 그 음흉한 이탈리아 놈이 숨기는 게 있었군."

"그런데 5만 달러를 불렀어. 정말 말도 안 되는 액수잖아."

"뭐라고?" 헨리의 눈이 금방이라도 튀어나올 듯 커졌다. "고작 그런 가짜 목걸이에 5만 달러를 내놓으라고? 미쳤군. 200달러짜리라며. 정신병자들. 5만 달러면 가짜 진주로 코끼리 궁둥이를 덮고도 남을 텐데."

어처구니없어하는 헨리의 모습이 역력했다. 그는 가만히 우리의 빈 술잔을 채웠다. 술잔 너머로 서로 바라보고만 있었다.

"그럼 앞으로 어쩔 생각이야?" 오랜 침묵을 깨고 그가 먼저 말했다.

"헨리. 이제 할 일은 딱 하나야. 엘런이 그 목걸이가 가짜라고 말해준 건 사실이야. 펜러독 부인에게 미리 양해를 구한 게 아니라서 그 비밀은 어떻게든 지켜줘야 해. 그런데 엘런이 지금 나한테 화가 나 있어서 대화하기가 쉽지 않아. 이게 다 술을 퍼마신 내 잘못이지. 어쨌든 방금 받은 전화는 정말 이상했어. 어차피 이렇게 된 거 펜러독 부인과 평소 친분이 있던 사람을 찾아가 조언을 구해야겠어. 기왕이면 사업을 해본 남자가 나을 텐데. 보석에 대해서도 잘 알고. 다행히 적임자가 있으니까 내일 아침에 전화를 해봐야겠어."

"맙소사." 헨리가 말했다. "쉬운 얘기를 참 어렵게도 하는군. 누군데?"

"랜싱 씨. 7번가 갤러모어 보석상의 사장인데. 부인과 오랜 친구라는 얘기를 들은 적이 있어. 사실 모조품 목걸이를 제작해 준 사람도 그 사람이야."

"그러다가 짭새한테 신고라도 하면?" 헨리가 부정적으로 맞섰다.

"아닐 거야. 펜러독 부인이 곤란해질 상황을 만들 리가 없잖아."

헨리는 어깨를 으쓱했다. "가짜라는 사실은 바꿀 수 없지. 아무리 보석상 사장이라도 그건 어찌 못할 테니까."

"그렇게 허무맹랑한 금액을 부른 데는 이유가 있을 거야. 내 생각에 유일한 이유는 협박하자는 거 같기는 한데. 그걸 나 혼자 감당하기는 벅차서 말이야. 그 집안의 숨겨진 사연에 대해서도 전혀 알지 못하고."

"그래." 헨리가 말했다. "자네 예감이 그렇다면, 그대로 따라야겠지. 난 이만 숙소로 가서 자는 게 좋겠어. 혹시 몸을 써야 할 일이 있을 수도 있으니까 가서 푹 쉬고 있을게."

"여기서 자는 게 낫지 않아?"

"괜찮아, 친구. 그냥 숙소로 갈래. 남은 술은 내가 가져갈게. 수면제 대신. 만약 내일 소개소에서 연락이 오면 양치만 하고 나가야 할지도 몰라. 다시 서민 체험을 하려면 옷부터 갈아입어야겠군."

그는 욕실로 들어갔다가 잠시 후에야 본래 입고 왔던 푸른색 정장 차림으로 나타났다. 내 차를 가져가라고 했지만, 괜히 그 동네에 고급 차를 가져갔다가는 무사하지 못할 거라면서 극구

거절했다. 하지만 아까 입었던 코트는 그대로 입고 가겠다고 말했다. 뚜껑을 따지 않은 위스키병도 가만히 집어넣고서는 악수를 청했다.

"헨리, 잠깐." 나는 지갑에서 100달러 지폐를 꺼냈다. 그리고 헨리에게 지폐를 건넸다.

"이게 뭐야?" 그가 날이 선 목소리로 말했다.

"잠깐이지만, 일을 한 건 맞잖아. 결과야 참담하지만. 아무튼 오늘 네 활약이 엄청났어. 그 정도면 일당을 받아야지. 이 정도는 챙겨줄 수 있어."

"그렇다면 받을게. 하지만 꾼 돈인 걸로 해줘." 뭔가 감정이 북받친 목소리였다. "내일 아침에 여기로 전화할까?"

"그렇게 해주면 고맙지. 그리고 한 가지 더 생각난 게 있는데. 그 숙소 다른 데로 옮기는 게 낫지 않겠어? 꼭 내 실수가 아니더라도 경찰이 절도 사건을 눈치채게 되면 곧바로 자네를 지목할지도 모르잖아."

"젠장. 그럼 짭새들한테 몇 시간 시달릴 수밖에. 하지만 나한테는 아무것도 건질 게 없을 거야. 그 정도로 물렁물렁한 놈은 아니니까."

"아무튼 자네가 잘 판단해, 헨리."

"그래. 잘 자, 친구. 악몽은 꾸지 말고."

헨리가 떠나고 나자 갑자기 외롭고 울적해졌다. 말투가 조금 거칠기는 해도 활력이 넘치는 친구라 에너지를 얻을 수 있었기 때문이다. 정말이지 상남자였다. 나는 병에 남은 위스키를 큼지막한 잔에 따라 우울함을 달래며 술을 벌컥벌컥 마셨다.

이읏고 취기가 오르자, 엘런에게 연락하고 싶은 욕망이 참기 힘들 정도로 강하게 솟구쳤다. 나는 전화기 쪽으로 가서 그녀에게 전화를 걸었다. 한참 후에야 잠에 취한 여자 시종이 전화를 받았다.

하지만 엘런은 내 이름을 듣자마자 전화를 거절해 버렸다.

그녀의 태도에 더욱 우울해진 나는 남은 위스키를 전부 마셔 버렸다. 그리고 잔뜩 웅크린 채로 잠이 들었다.

시끄럽게 울리는 전화벨 소리에 눈을 떠보니 아침 햇살이 침대 위로 비추고 있었다. 아침 9시인데 방안에 모든 조명이 켜져 있었다. 정장을 입은 채로 잠이 들어선 지 온몸이 찌뿌둥하고 욱신거려 힘겹게 자리에서 일어났다.

워낙 건강하고 대범한 성격이라 생각보다 그렇게 기분이 우울하지는 않았다. 나는 전화기로 가서 수화기를 들었다.

헨리의 목소리가 들렸다. "친구, 좀 어때? 난 스웨덴 놈 열둘이랑 붙은 것처럼 온몸이 욱신거려."

"난 그 정도는 아니야, 헨리."

"직업소개소에서 연락이 와서 잠깐 나가봐야 하는데 이따가 집으로 갈까?"

"응, 헨리. 꼭 와야 해. 어젯밤에 얘기했던 것 때문에 잠깐 나갔다가 11시쯤 집에 올 거야."

"그놈한테 또 전화 왔었어?"

"아직."

"알겠어. 이따 봐." 헨리가 전화를 끊었다.

나는 차가운 물로 샤워를 하고 면도도 하고 옷을 입었다.

점잖아 보이는 갈색 정장을 입고 아래층 커피숍에서 커피를 주문했다. 웨이터를 불러 아파트에 쌓인 술병을 치워달라고 부탁하고 대신 팁으로 10달러를 쥐여주었다.

블랙커피 두 잔을 연거푸 마신 후에야 정신이 들어서, 웨스트 7번가에 있는 웅장하고 화려한 갤러모어 보석상으로 차를 몰고 갔다.

오늘도 맑고 화창한 가을 아침이었다. 날씨만큼이나 오늘은 모든 일이 잘 풀릴 것 같은 예감이 들었다.

알고 보니 랜싱 씨는 쉽게 독대할 수 없는 인물이었다. 결국 펜러독 부인의 일로 조용히 상의해야 한다고 비서에게 솔직히 말을 해야 했다. 그 얘기가 전달되자 곧바로 나는 사무실로 안내를 받을 수 있었다.

기다란 패널을 두른 사무실 안의 구석에 놓인 커다란 책상 뒤에 랜싱 씨가 서 있었다. 그가 가느다란 분홍빛 손을 내밀었다. "월터 군? 혹시 전에 만난 적이 있나?"

"아닙니다, 랜싱 씨. 오늘 처음 뵙습니다. 저는 펜러독 부인의 전담 간호사인 엘런 양의 약혼자예요. 누군지 아실 거로 생각합니다. 무척 민감한 사안이니만큼 말씀드리기 전에 비밀을 지켜주시겠다는 약속부터 받아야 할 것 같습니다."

75세 가량 되는 노신사로 호리호리하고 큰 키에 매우 정확하고 잘 관리된 체격을 갖추고 있었다.

눈동자는 차가운 파란빛을 띠었지만 미소만큼은 온화했다.

매우 젊은 스타일의 회색 플란넬 정장에 옷깃에는 붉은 카네이션을 꽂고 있었다.

"약속은 함부로 하지 않는다는 게 내 신조라서, 월터 군. 대부분 불공정한 요구를 할 때 그런 약속을 요구한다는 생각이 들어서 말이야. 하지만 펜러독 부인과 연관된 매우 민감한 문제이고, 비밀을 지켜야 하는 것이라고 자네가 확인만 해주면, 이번만 예외를 두도록 하겠네."

"믿으셔도 됩니다, 랜싱 씨." 그리고 아무것도 숨기지 않고 모든 이야기를 솔직하게 털어놓았다. 심지어 어젯밤에 위스키를 지나치게 많이 마셨다는 사실까지도 얘기했다.

내 말이 끝나자 그는 호기심에 가득 찬 눈으로 나를 바라보았다. 그리고 가느다랗고 섬세한 손을 들어 고풍스러운 하얀 깃털이 달린 펜을 잡고 깃털 부분으로 오른쪽 귀를 살살 긁었다.

"월터 군, 왜 진주 목걸이를 주는 대가로 5만 달러를 요구했을 거로 생각하나?"

"워낙 사적인 문제이기는 하지만, 허락해 주신다면 제 생각을 설명해 보도록 하겠습니다."

그는 깃털을 왼쪽 귀에 대고 고개를 끄덕였다. "말해 보게."

"사실 그 진주 목걸이가 모조품이 아닐 가능성이 있습니다, 랜싱 씨. 두 분은 오랜 친구 사이이고, 어쩌면 어린 시절부터 각별한 친구 사이였을 지도 모르겠습니다. 펜러독 부인이 집에서 일하는 사람들에게 보답하기 위해 돈이 필요해져서 금혼식에 선물로 받은 목걸이를 팔아달라고 부탁했는데, 랜싱 씨가 그걸 팔지 않으신 거죠. 사비로 10만 달러를 건네주고 진짜 목걸이를 모조품이라고 말하고 돌려주신 겁니다. 마치 체코슬로바키아에서 만든 가짜 진주 목걸이인 것처럼 하신 거죠."

"말투는 투박한데 머리는 꽤 영특한 친구로군." 랜싱 씨가 말했다. 그는 자리에서 일어나 창문가로 가더니 고급 망사 커튼을 걷고 사람들이 바삐 오가는 7번가를 내려다보았다.

그리고 다시 책상으로 돌아와 의자에 앉아 다소 힘겨운 미소를 지어 보였다.

"자네 생각이 놀라울 정도로 적중했다네, 월터 군." 그는 한숨을 쉬었다. "펜더독 부인은 매우 자존심이 강한 사람이야. 나한테 얘기했어도 10만 달러 정도는 그냥 사비로 내어줬을 거야. 우연히 펜더독 씨의 유산을 공동으로 관리하게 된 터라 사정이 어떤지는 나도 잘 알고 있었어. 당시 경제 상황이 워낙 좋지 않았기에 무리해서 유산에 손을 대지 않고는 친척들이나 식솔들을 돌볼 현금을 확보하기가 어려웠지. 그래서 진주 목걸이를 팔겠다고 나선 걸세. 아니, 팔았다고 생각했겠지. 아무도 그 사실을 몰라야 한다고 신신당부를 했어. 그래서 나는 자네가 말한 대로 했다네. 별로 중요한 일도 아니었어. 그 정도 능력은 되는 사람이니까. 결혼한 적도 없고 어느 정도 부를 축적해 놓은 상태이기도 했고. 솔직히 당시에 진주 목걸이를 팔았다고 해도 1만 달러도 받지 못했을 거야. 아니, 지금 내놓는다고 해도 그건 마찬가지야."

똑바로 바라보면 친절한 노신사가 혹여 불편함을 느낄까 싶어 나는 곧바로 시선을 아래로 내렸다.

"그래서 말인데, 5만 달러를 마련하는 것이 좋을 것 같네."

그는 한껏 밝아진 목소리로 말했다. "진주는 자른 보석보다 장물로 팔기가 쉽지 않지만, 5만 달러 정도면 아주 저렴한 가격이라고 할 수 있어. 자네에게 이번 일을 맡기고 싶은데 자네 생각은 어떤가? 맡아서 처리할 수 있겠나?"

"랜싱 씨." 나는 낮고 단호한 목소리로 대답했다. "비록 오늘 초면이고 아직 세상 물정 모르는 한낱 청년에 불과하지만, 돌아가신 조상님과 존경하는 부모님의 이름을 걸고 절대로 겁쟁이처럼 굴지 않겠다고 약속드릴 수 있습니다."

"그 젊은 패기가 큰 재산이라네, 친구." 랜싱 씨가 다정하게 말했다. "자네가 그 돈을 어떻게 할 거라는 걱정은 하지 않아. 엘런 양의 약혼자에 대해서는 나도 조금 아는 바가 있거든. 게다가 그 진주 목걸이는 도난 보험에 가입돼 있어서 원칙대로라면 보험회사에서 그 비용을 처리하는 게 맞아. 내 이름으로 보험을 들어뒀고. 하지만 자네와 그 재미있는 친구가 지금까지 일 처리를 잘해 온 것 같군. 난 좋은 패를 들고 게임 하는 것을 즐기는 편이지. 헨리는 정말 대단한 친구로군."

"다소 거친 면이 있지만, 정말 정이 가는 친구입니다."

랜싱 씨는 하얀 깃털이 달린 펜을 들고 잠시 시간을 끌다가 백지 수표에 적고 책상 너머로 내밀었다.

"자네들이 진주 목걸이를 받아오면 이 돈은 보험회사에 청구할 생각이야. 내 일 처리 방식에 불만이 없다면 어렵지 않게 돌려받을 수 있을 거네. 은행은 모퉁이를 돌아가면 보일 거고. 난 전화가 올 때까지 기다리고 있겠네. 큰돈이라 전화로 확인을 한 후에 현금을 내줄 거야. 몸조심하게, 다치지 않도록 해."

그와 악수하면서 나는 주춤거렸다. "랜싱 씨는 지금까지 만났던 분 중에서 저를 가장 신뢰해 주신 분이십니다. 물론 저희 아버지를 제외하고는 말입니다."

"어쩌면 내가 멍청한 짓을 하는 걸 수도 있어." 랜싱 씨가 기묘한 미소를 지었다. "제인 오스틴 소설에 나오는 말투를 너무 오랜만에 들어선 지, 나도 모르게 자네 말에 넘어가고 말았구먼."

"감사합니다. 제 말투가 좀 오만방자하기는 해요. 실례가 되지 않는다면 작은 부탁을 드려도 괜찮겠습니까?"

"뭔데 그러나?"

"엘런 양에게 전화 한 통만 부탁드립니다. 저희 사이가 좀 멀어져서 그렇습니다. 오늘은 제가 술도 마시지 않았고, 아주 중대한 임무를 맡아서 처리하기로 했다고 전해주십시오."

랜싱 씨가 큰소리로 껄껄 웃었다. "월터 군, 그렇게 하겠네. 엘런은 믿을만한 여성이니까. 지금 진행 중인 일에 관해서도 설명을 해놓겠네."

나는 보석상에서 나와 수표를 들고 은행으로 갔다. 은행 직원이 나를 미심쩍은 눈으로 보더니 한참 동안 자리를 비웠다.

나중에 돌아온 직원은 마치 자기 지갑의 돈을 꺼내주기라도 하는 것처럼 영 내키지 않아 하면서 100달러 지폐를 하나씩 세며주었다.

나는 지폐 뭉치를 주머니에 넣고 말했다. "25센트 동전 한 묶음도 주세요."

"한 묶음이나요?" 그가 눈썹을 올리며 되물었다.

"네. 팁으로 쓸 거라서. 포장지를 뜯지 말고 묶음 그대로 주세요."

"알겠습니다. 10달러입니다."

나는 종이에 돌돌 말린 동전 묶음을 주머니에 넣고 다시 할리우드로 차를 몰고 달렸다.

샤토 모레인 아파트 로비에 도착하자, 헨리가 거친 두 손으로 모자를 돌리며 기다리고 있었다. 어제보다 얼굴 주름도 깊어졌다. 입을 열자 위스키 냄새가 진동했다.

함께 아파트로 올라가니 헨리가 궁금해 죽겠다는 듯 입을 열었다. "일은 잘 해결됐어?"

"헨리, 오늘 일을 시작하기 전에 확실히 해둘 게 하나 있는데, 오늘은 절대로 술을 마시지 않을 거야. 자넨 벌써 한 병 정도 비우고 온 모양이군."

"그냥 입가심 정도 한 거야." 헨리가 쑥스러운 듯 말했다. "직업소개소에 갔었는데 도착도 하기 전에 일자리를 다른 사람이 채갔다고 하잖아. 뭐 좋은 소식이라도 있어?"

나는 의자에 앉아서 담배에 불을 붙이고 헨리를 빤히 쳐다보았다. "맞아. 그런데 전부 말해도 될지 확신이 서지를 않네. 지난밤에 갠디지도 잘 처리해 줬는데…, 솔직히 말하지 않는 것도 옹졸한 것 같고."

헨리가 나를 빤히 쳐다보며 왼팔의 근육을 꼬집고 있는 사이

나는 잠시 망설였다.

"그 진주는 진짜였어, 헨리. 그리고 이번 일을 신속하게 처리해 달라는 지시도 받았고. 지금 내 주머니에 5만 달러가 들어 있다는 소리지."

나는 오늘 아침에 일어난 일을 간략히 설명해 주었다.

헨리는 정말로 깜짝 놀란 표정이었다. "뭐라고!" 그는 입을 쩍 벌리며 환호를 내질렀다. "그래서 그 랜싱이라는 사람이 그렇게 쉽게 5만 달러를 줬다는 소리야?"

"바로 그거야, 헨리."

"와, 자넨 정말 대단한 능력을 갖췄군. 사람들이 그리 쉽게 큰돈을 내줄 만큼 겉모습도 번지르르하고 말솜씨도 끝내준단 말이야. 그런 높으신 양반이 이렇게 쉽게 5만 달러를 내주다니. 젠장, 너에 비하면 난 원숭이 삼촌밖에 안 돼. 뱀의 선조 정도 되려나. 아니면 클럽에서 여자한테 주는 술에 든 수면제 정도?"

바로 그때, 마치 내가 아파트에 들어오는 것을 확인이라도 한 것처럼 전화기가 요란하게 울렸다. 나는 튕기듯 자리에서 일어나 수화기를 들었다.

내가 제일 듣고 싶었던 목소리는 아니었지만, 아침 내내 기다렸던 목소리의 주인공 중 하나였다. "월터, 오늘은 기분이 어떠신가?"

"더할 나위 없이 좋아. 만약 거래만 성실하게 해준다고 약속하면 당장이라도 달려갈 준비가 돼 있고."

"돈을 준비했나 보군?"

"주머니 속에 준비해 뒀지."

수화기 너머로 상대가 호흡을 천천히 가다듬는 게 느껴졌다.

"그렇다면 문제없이 물건을 받게 될 거야. 우리가 제대로 돈을 받게 된다면. 이런 비즈니스를 오래 했기 때문에 약속을 지키지 않을 이유가 없지. 만약 약속을 어겼다고 소문이 나는 날엔 아무도 우리와 거래하려고 들지 않을 테니까."

"그래, 무슨 소리인지 알겠어. 어떻게 할지 알려주면 그대로 따르지."

낮고 싸늘한 목소리가 문장을 덧붙였다. "잘 들어, 월터. 오늘 밤 10시 정각에 퍼시픽 펠리세이드로 와. 어딘지 알아?"

"물론. 선셋 대로의 폴로 경기장 서쪽에 있는 작은 주택 단지잖아."

"맞아. 선셋 대로가 가로지르는 지점이지. 거기 약국이 하나 있는데, 9시까지만 영업을 해. 오늘 밤 8시, 그곳에서 전화를 기다리도록 해. 혼자. 월터, 혼자 와야 해. 경찰도 경호원도 달고 오지 마. 거긴 외딴 동네라 혼자인지 아닌지는 쉽게 확인할 수 있어. 알아듣겠나?"

"난 그렇게 멍청하지 않아."

"가짜 돈으로 속일 생각도 하지 마. 지폐 하나하나 세어볼 참이니까. 총도 가져오지 마. 몸을 수색할 거고, 사방에서 너를 포위하고도 남을 만한 인원이 우리 쪽에 있어. 네가 무슨 차를 타는지도 알아. 웃기는 수작도 부리지 말고 대가리도 굴리지 말고. 괜한 짓만 않으면 아무도 다치지 않을 거야. 그게 우리 비즈니스 방식이야. 지폐는 몇 장이나 되지?"

"100달러짜리로 준비했어. 신권은 몇 개 안 되고."

"좋아. 8시에 봐. 현명하게 행동해, 월터."

딸깍 소리를 듣고 나서 수화기를 내렸다. 그와 동시에 다시 전화벨이 울렸다. 그렇게 기다렸던 그 목소리였다.

"아, 월터. 내가 너무 못되게 굴었지? 용서해 줘. 랜싱 씨한테 얘기 다 들었어. 나 너무 겁나."

"겁낼 거 하나도 없어." 나는 다정하게 말했다. "펜더독 부인도 알고 계셔?"

"아니. 랜싱 씨가 말하지 말라셨어. 지금 6번가 가게 앞에서 전화하고 있는데. 오…, 월터. 나 너무 무서워. 헨리도 같이 가는 거지?"

"아니, 그건 안 될 것 같아. 약속 장소를 정했는데 혼자만 오라고 하더라고. 그래서 혼자 가야 해."

"아, 월터! 나 정말로 두려워. 무슨 일이라도 생기면 어떻게 해."

"무서워할 거 없다니까. 그냥 물건이랑 현금을 서로 교환하기만 하면 돼. 난 어린 애가 아니잖아."

"그렇지만 월터…. 알겠어. 나도 대담해질게. 그런데 나랑 아주 작은 약속 하나만 해주면 안 돼?"

"술은 입에도 안 댔어, 자기야." 나는 단호하게 말했다. "정말 한 방울도 안 마셨어."

"오, 월터."

그런 식의 대화가 오고 갔는데, 남들 눈에는 별게 다 싶겠지만 나로서는 너무나 흐뭇한 시간이었다. 범인들과 거래가 끝나고 나면 곧바로 전화를 걸겠다고 약속을 하고 나서야 통화가 마무리되었다.

돌아보니 헨리가 바지 주머니에서 꺼낸 술을 병째로 벌컥벌컥 마시고 있는 것이 아닌가.

"헨리!" 나는 찢어지는 소리로 외쳤다.

그가 술병 너머로 취기가 가득 차 대담해진 표정으로 나를 쳐다보았다. "잘 들어, 친구." 그가 낮은 목소리로 딱딱하게 말했다. "거래가 어떻게 이뤄지는지는 대충 다 들었어. 허리까지 잡초가 자란 외딴 동네로 너 혼자 간다는 거잖아. 그 녀석들이 곤봉으로 너를 후려치고 현금을 뺏은 다음 넌 바닥에 쓰러져 있겠지. 진주 목걸이는 여전히 그놈들이 가지고 있을 테고. 그건 용납 못 해. 분명히 말하는데 그렇게 되도록 둘 순 없어!"

"헨리, 이건 내가 맡은 일이고 약속대로 해야 해." 나는 사근사근 말했다.

"쳇!" 헨리가 콧방귀를 뀌었다. "글쎄 안된다니까. 넌 순진해빠진데다가 너무 다정하잖아. 절대 안 돼. 아무튼 이 헨리가 안 된다고 분명히 말했다. 절대로 안 된다니까." 그는 다시 술병을 기울였다.

"그렇게 퍼마시고 취해버리면 나한테 도움을 줄 수도 없잖아?" 나는 살짝 비꼬듯 말했다.

헨리는 술병을 내리고 까칠한 얼굴 위로 놀란 표정을 지으며 나를 멍하니 바라보았다. "퍼마시다니. 지금 나보고 술을 퍼마시고 취했다고 했어? 이 헨리가 술을 퍼마시고 취했다고? 잘 들어. 지금 이렇게 말씨름할 시간이 없는 게 아쉽다. 진실을 보여주려면 최소 3달은 걸릴 테니까. 앞으로 3개월 동안 위스키 한 드럼이랑 깔때기를 가지고 와. 내가 특별히 짬을 내서, 우리 헨리 가문의 남자가 진짜 취했을 때의 모습을 보여주고 말 테니까. 안 믿기지? 그 정도가 되면 이 도시에 남은 게 아마 하나도 없을 거야. 벽도 전부 무너지고 벽돌도 다 부서져서 쌓여 있을걸? 주변 100킬로 안에 사람 하나 없는 황량한 곳에서, 아주 평화롭게 이 헨리가 술에 떡이 되어서 하늘에 뜬 태양을 보며 등을 대고 뻗어 있을 거란 말이지. 월터, 그렇게 돼야 취했다고 하는 거야. 그저 얼굴이 벌게져서 휘청거리거나 시골 사람처럼 순진하게 취하는 것 말고. 그 정도는 돼야 나보고 취했다고 말할 수 있어. 그렇다면 취했다는 소리를 들더라도 내가 화를 내지 않겠지."

헨리는 다시 자리에 앉아서 술병을 들이켰다. 나는 기분이 상해서 바닥만 내려보고 있었다. 나로서는 할 말이 떠오르지 않았다.

"하지만 그건 나중 얘기고, 지금은 약이라고 생각하고 마시는 거야. 주변 말로는 나한테 건망증 증세가 약간 있다는데, 어차피 지금까지 그렇게 살아왔는걸. 월터, 난 너랑 같이 갈 거야. 어디서 만나기로 했댔지?"

"해변 근처야, 헨리. 그리고 너는 함께 갈 수 없어. 만약 술을 마시고 싶다면 마음껏 마시도록 해. 하지만 나랑 같이 가는 건 허락할 수 없어."

"월터, 네 차는 크잖아. 뒷좌석 바닥 깔판에 숨어 있을게. 식은 죽 먹기잖아."

"안 돼, 헨리."

"넌 너무 물러터졌어." 헨리가 받아쳤다. "난 너와 함께 덫에 뛰어들 준비가 됐어. 너도 술 냄새나 좀 맡아. 아무래도 너무 나약해 보여서 말이야."

거의 한 시간 가까이 입씨름해서 그런지 머리가 지끈거렸다.

신경이 곤두서고 몸도 지친 것 같았다. 바로 그때 치명적인 실수를 저질렀다. 온전히 치료의 목적이라는 헨리의 부추김에 못 이겨 위스키 한 모금을 입에 대고 말았다. 술기운이 들어가자 온몸에 긴장이 풀리는 것 같아 조금 더 마셔버렸다. 아침에 커피를 마신 게 고작이었고, 전날 저녁에도 가벼운 식사만 한 상황이었다.

한 시간 후, 헨리가 밖으로 나가서 위스키를 두 병 더 사 들고 왔다. 새처럼 날아갈 듯한 기분이었다. 온갖 문제들이 깨끗이 사라져 헨리가 뒷좌석 깔판에 숨어서 약속 장소까지 간다는 말에 기분 좋게 동의하고 만 것이다.

우리는 오후 2시까지 신이 나서 달렸다. 2시가 되자 너무 피곤했는지 졸음이 쏟아져 침대에 누워 잠이 들고 말았다.

And

다시 눈을 떴을 때는 주변이 어둑해진 후였다. 깜짝 놀란 나는 침대에서 벌떡 일어났다. 언제나처럼 관자놀이 부근이 콕콕 쑤셨다. 겨우 6시 반밖에 안 된 시간이었다.

나는 혼자 덩그러니 집에 있었다. 길게 늘어진 그림자가 아파트 바닥을 비추고 있었다. 테이블 위에 놓인 빈 위스키병을 보자 속이 메슥거렸다. 헨리의 모습은 보이지 않았다.

순간 본능적으로 의자 뒤에 걸쳐놓은 재킷으로 쪼르르 달려가 안주머니 쪽으로 손을 넣었다. 그와 동시에 창피해서 숨고 싶은 심정이 들었다. 돈뭉치가 그대로 있었기 때문이다.

잠시 머뭇거린 후에 다소간의 죄책감을 느끼면서 돈다발을 꺼내 천천히 세어보았다. 온전히 그대로였다. 나는 다시 돈뭉치를 주머니에 넣었다. 잠시 신뢰를 잃었던 나 자신에게 억지 미소를 보내려고 애쓰면서 욕실로 갔다. 머릿속이 맑아질 때까지 찬물과 뜨거운 물을 번갈아 가면서 샤워를 했다.

샤워를 마치고 새 옷으로 갈아입을 무렵이 되어서야 현관문을 여는 소리가 들렸다. 헨리가 포장지에 싼 술병 두 개를 겨드랑이에 낀 채로 들어왔다. 그는 진심으로 애정이 어린 표정으로 나를 바라보았다.

"잠만 자고 나면 말끔히 술이 깨다니, 챔피언이 따로 없네."

그는 경이로움에 찬 표정으로 말했다. "자는 거 깨우기 싫어서 열쇠를 잠깐 빌렸어. 먹을거리랑 술이 좀 필요한 것 같아서. 나 혼자 몇 잔 마셨거든. 미리 얘기했듯이 혼자 술을 마시지 않는다는 원칙에 어긋나는 건데, 오늘은 중요한 날이잖아. 그러니까 이제부터는 제대로 긴장하자는 거야. 모든 게 마무리될 때까지 허튼짓할 여유가 없을 테니까."

그렇게 말하면서 헨리는 포장지를 뜯어 나를 위해 술잔에 술을 따라주었다.

난 고마운 마음으로 술을 마셨고, 술기운이 몸속에 퍼지자 혈관에 온기가 퍼지는 것 같았다.

"주머니 속에 돈이 제대로 있는지 확인했겠지?" 헨리가 피식 웃으며 말했다.

나는 얼굴이 벌겋게 달아오르는 걸 느끼면서도 아무 말도 하지 않았다.

"괜찮아. 이 헨리가 어떤 놈인지 너도 잘 모르잖아. 내가 특별한 걸 준비했어." 그는 손을 등 뒤로 돌리더니 바지 주머니에서 소형 권총을 꺼냈다. "그놈들이 거칠게 나올 때를 대비해서 50달러를 주고 괜찮은 무기를 준비했어. 헨리 가문의 후손들은 절대로 목표물을 빗맞히는 법이 없거든."

"헨리, 총을 사용하는 건 반대야." 난 진지하게 말했다. "그건 약속을 어기는 거니까."

"약속은 무슨 약속. 놈들은 돈을 뜯어내려고 할 테고, 경찰도 없잖아. 나는 그저 놈들이 진주 목걸이를 순순히 돌려주는지, 아니면 장난질을 하려는지만 지켜보려는 거야."

괜히 입씨름을 해봤자 별다른 뾰족한 수가 없다는 것을 깨달았다. 나는 완벽히 옷을 차려입고 아파트에서 나설 준비를 했다. 우리는 한 잔씩 술을 더 마시고 헨리가 술병을 주머니에 챙기고 나서야 현관문을 나섰다.

엘리베이터를 향해 복도를 걷는 동안, 헨리가 낮은 목소리로 설명을 시작했다. "혹시 몰라서 꼬리에 붙을 택시를 불러놨어. 놈들이 몰래 미행하고 있을지 모르니까, 모르는 척 몇 블록만 돌아. 해변까지 따라가는 일은 없을 테지만."

"헨리, 그런 거 하려면 돈이 많이 들 거야."

나는 엘리베이터를 기다리는 동안 지갑에서 100달러를 꺼내 그에게 건넸다. 헨리는 주저했지만 결국 지폐를 받아 주머니에 집어넣었다.

나는 헨리가 시키는 대로 했다. 할리우드 대로에서 북쪽의 언덕을 여러 번 오르락내리락하자 뒤에서 택시가 또렷하게 경적을 울렸다. 나는 길가에 차를 세웠다. 헨리가 택시 요금을 내고 옆좌석에 올라탔다.

"아무 문제 없어. 꼬리도 안 붙었고. 잠깐 쉬고 있을 테니 뭔가 배를 채울 만한 곳이 나오면 차를 세워. 놈들이랑 붙어서 한판 하려면 미리 배를 채워야 하니까."

나는 서쪽으로 차를 몰았고, 선셋 대로를 따라 내려가서 손님들이 북적이는 드라이브인 레스토랑에 차를 세웠다. 우리는 카운터 좌석에 앉아 간단하게 오믈렛과 커피를 마셨다.

그리고 다시 길을 나섰다. 베벌리 힐스에 도착하자 헨리는 다시 주택이 늘어선 거리를 빙빙 돌라고 지시했고, 그 사이 뒤 창문 너머로 주변을 유심히 살폈다.

마침내 모든 준비를 마치고 나서 우리는 다시 선셋 대로로 갔다. 벨에어와 웨스트우드의 끝자락을 지나 리비에라 폴로 경기장 근처에 도착했다.

근처 아랫부분에 맨더빌 협곡이 있었는데 무척이나 조용한 곳이었다. 헨리가 그쪽으로 잠깐 가보자고 해서 차를 몰고 갔다. 잠시 차를 세운 후, 헨리가 가져온 위스키를 꺼내 입을 축였다.

그는 뒤쪽 좌석으로 넘어가더니 바닥 깔판 아래로 육중한 몸뚱이를 숨겼다. 준비한 권총과 술병은 자기 손이 닿는 곳에 놓았다.

그 후 나는 다시 운전을 시작했다. 퍼시픽 팰리세이드는 대부분 일찍 잠자리에 드는 주민들만 있는 모양이었다. 비즈니스 센터가 늘어선 것으로 보이는 지점에 도착했는데 은행 부근에 약국 말고는 모두 문이 닫혀 있었다.

나는 차를 세웠다. 헨리는 뒷좌석 깔판 아래 그대로 몸을 숨기고 있었다. 어두컴컴한 인도에 내리자 졸졸 흐르는 물소리가 어렴풋이 들리는 것 같았다.

약국에 들어가서 시계를 보니 7시 45분이었다. 담배 한 갑을 사서 불을 붙인 후에야 활짝 문이 열린 전화박스 앞에 자리를 잡았다.

약국 주인은 나이를 가늠하기 힘들었다. 벌건 얼굴의 몸집이 건장한 사내였다. 그는 조그만 라디오의 볼륨을 있는 대로 높이고 연속극을 듣고 있었다. 나는 중요한 전화를 기다리고 있으니 볼륨을 좀 줄여달라고 부탁했다. 그는 볼륨을 낮추면서도 썩 내켜 하지 않는 듯했다.

곧바로 가게 뒤로 몸을 피하더니 사악한 표정으로 조그만 유리 창문 사이로 나를 관찰하고 있었다.

약국의 시계가 정확히 8시를 가리키기 1분 전, 요란한 전화벨이 울렸다. 나는 잽싸게 들어가서 문을 닫았다. 그리고 잔뜩 긴장한 채로 수화기를 들었다.

언제나처럼 냉랭한 금속성의 목소리가 들렸다. "월터?"

"그래, 나야."

"시키는 대로 했겠지?"

"당연히. 주머니에 현금이 들어 있고 혼자 왔어." 아무리 도둑이라고 해도 너무 뻔뻔하게 거짓말을 하는 게 아닌가 싶어 내심 찔렸지만, 굳게 마음을 먹었다.

"잘 들어. 다시 차를 끌고 왔던 길로 1킬로 정도 돌아가. 소방서 옆에 주유소가 보이는데, 초록과 빨강, 하얀색이 칠해져 있고 문은 닫혔을 거야. 그 옆에 남쪽으로 가는 비포장도로가 보여. 그 길을 따라 1킬로 조금 더 가면, 10센티 정도 굵기로 된 하얀 울타리가 도로를 가로지르는 곳이 나올 거야. 거기서 살짝 좌측으로 돌면, 울타리 뒤로 넘어갈 수가 있어. 라이트를 어둡게 하고 조그만 언덕을 쭉 내려가면, 세이지 허브가 사방에 가득한 움푹 꺼진 지대가 나오는데, 거기 차를 세우고 라이트를 모두 끄고 기다리면 돼. 알겠나?"

"이해했어." 나는 차갑게 대꾸했다. "시키는 대로 하지."

"잘 들어, 친구. 반경 1킬로 내에는 인가도 없고 주변에 사는 사람도 없어. 10분 내로 그쪽으로 와. 지금도 우리는 너를 지켜보고 있어. 최대한 빨리 혼자서 오도록 해. 안 그러면 모두 수포가 될 테니까. 라이트를 켜서도 안 되고, 떨거지를 달고 와도 안 되고, 손전등도 안 돼. 바로 출발해."

전화가 끊기자마자 나는 밖으로 나갔다. 약국에서 나오려는 찰나, 주인이 허둥지둥 라디오 쪽으로 달려가더니 귀청이 떨어질 정도로 볼륨을 높였다.

나는 운전석에 올라타 놈들이 시키는 대로 선셋 대로를 따라서 왔던 길을 되돌아갔다. 헨리는 뒷좌석 바닥에 웅크리고 꼼짝도 하지 않고 있었다.

슬슬 신경이 곤두서기 시작했다. 술병은 모두 헨리가 가지고 있었다. 잠시 후 소방서에 도착하자 정면 창문을 통해서 소방관 넷이 카드 게임을 하는 모습이 보였다. 나는 빨강, 초록, 흰색으로 페인트가 칠해진 주유소를 지나서 우측 비포장도로로 차를 몰았다.

고요한 밤기운이 내려앉았다. 자동차에서 낮은 소음이 들리기는 했지만, 주변에서 귀뚜라미와 개구리 우는 소리가 사방에서 들려왔다. 근처 물이 고인 곳에서 거대한 황소개구리 하나가 찢어지는 소리로 외롭게 울어댔다.

비포장도로는 내리막이다가 다시 오르막이 되었고, 저 멀리 노란색 창문이 하나 보였다. 그리고 눈앞으로 달빛조차 없는 시커먼 어둠 속에서 어슴푸레하게 흰 울타리가 나타났다.

헤드라이트를 끄고 최대한 조심스럽게 틈새를 지나 지면이 울퉁불퉁한 내리막으로 간 후에 타원형으로 된 움푹 파인 지대에 도착했다.

낮은 관목들로 둘러싸인 공터에는 빈 병과 캔, 휴지 조각들이 가득했다. 워낙 어두운 밤이라 황량함 그 자체였다. 차를 멈추고, 엔진과 라이트를 모두 끈 채로 꼼짝도 하지 않고 핸들에 손을 올리고 기다렸다.

뒷좌석에 숨은 헨리도 아무런 소리를 내지 않았다. 5분 정도밖에 지나지 않았지만, 아직 아무런 상황도 벌어지지 않았다.

너무 고요하고 외로워서 그런지 왠지 모르게 행복하지 않았다.

마침내 뒷좌석에서 뭔가 부스럭거리는 소리가 들려 고개를 돌려보니, 바닥에 웅크린 채로 나를 빼꼼하게 쳐다보는 헨리의 얼굴이 보였다.

그는 잔뜩 잠긴 목소리로 소곤댔다. "아무 움직임도 없어?"

격하게 고개를 흔들자, 그는 다시 깔판으로 얼굴을 가렸다.

뭔가 꼴깍꼴깍 삼키는 소리가 들렸다.

그렇게 15분이 더 지나고 나서야 나는 과감하게 몸을 움직이기 시작했다. 긴장한 탓인지 온몸이 뻣뻣하게 굳은 듯했다. 나는 대담하게 문을 열고 거친 바닥으로 발을 내디뎠다. 아무 일도 없었다. 주머니에 양손을 넣고 앞뒤로 천천히 오갔다. 그렇게 시간은 천천히 흘러갔다.

30분 경과…. 슬슬 참을성이 거의 바닥나고 말았다. 나는 뒷좌석 창문 쪽으로 가서 나지막한 목소리로 말했다.

"헨리, 아무래도 우리가 놈들 수작에 놀아난 모양이야. 어젯밤 갠디지를 혼쭐낸 것에 대한 보복으로 우리를 갖고 논 건 가봐. 여기는 아무도 없고, 이쪽으로 오는 길도 하나뿐이잖아. 아무래도 우리가 기대했던 거래를 하기에 적절한 장소는 아닌 것 같아."

"개자식 같으니!" 헨리도 나지막이 대꾸했다.

어두운 차 안에서 계속 꿀꺽꿀꺽 소리가 들렸다. 그러고 나서 뭔가 움찔거리더니 깔판 아래서 헨리가 모습을 드러냈다.

차 문이 내 쪽으로 열렸다. 헨리의 머리가 쑥하고 튀어나왔다. 그는 눈알을 굴리면서 사방을 유심히 살펴보았다.

"발판 쪽으로 좀 앉아봐." 그가 조용히 속삭였다. "나 밖으로 나갈게. 만약 수풀 속에서 우리 쪽으로 총구를 겨누고 있다고 해도, 머리통은 하나밖에 안 보일 거야."

나는 헨리가 시키는 대로 셔츠 깃을 높이 세운 후, 눈이 보이지 않을 정도로 모자를 깊숙이 눌러썼다. 헨리는 그림자처럼 스르륵 차를 빠져나와 소리가 나지 않게 문을 닫고 내 앞에 서더니 한층 짧아진 지평선을 눈으로 살폈다.

헨리의 손에서 희미하게 보이는 권총의 윤곽을 확인할 수 있었다. 우리는 10분 넘게 그대로 서 있었다.

그제야 헨리는 머리끝까지 화가 나서 신중함 따위는 내던져 버리고 말았다. "속았어!" 그가 화난 목소리로 말했다. "어떻게 된 건지 알겠어, 월터?"

"아니, 헨리. 모르겠는데."

"놈들이 우리를 시험해 본 거야. 자기들이 시키는 대로 움직이는지 하나씩 확인하고 있었던 거라고. 약국에 있을 때도 그랬을 거고. 내 값비싼 자전거를 걸고 말하는데, 너한테 전화왔을 때도 장거리 전화를 걸었던 게 분명해."

"맞아. 아무래도 네 생각이 맞는 것 같아." 낮고 구슬픈 목소리였다.

"놈들은 아직 시내에 있을 거야. 어디 편히 기대앉아서 침을 퉤퉤 뱉으면서 자넬 곤란하게 했다고 신이 나 있겠지. 그리고 내일 다시 전화를 걸어서 이제까지 잘했다고, 하지만 조심해야 해서 어쩔 수 없었다면서 오늘 저녁 샌페르난도 골짜기에서 다시 접선하자고 하겠지. 위험부담 어쩌고 하면서 금액을 10만 달러로 올릴 거야. 당장 돌아가서 갠디지의 모가지를 비틀어 왼쪽 다리를 아래서 올려다보게 만들어야겠군."

"헨리, 어쨌거나 나는 놈들이 시키는 대로 행동하지 않았잖아. 네가 하도 같이 오겠다고 우기는 통에 말이야. 어쩌면 놈들이 자네보다 머리가 좋을 수도 있어. 지금 최선은 다시 시내로 가서 내일 다시 접선할 기회를 잡을 수 있기를 바라는 거야. 그리고 더는 방해하지 않겠다고 진심으로 약속해 줘."

"말도 안 돼!" 헨리가 화가 나서 소리쳤다. "나 없이 혼자 가면 고양이가 새를 잡아먹듯 널 해치워버릴 거야. 넌 너무 여려, 월터. 어린애보다도 세상 돌아가는 걸 모른다고. 놈들은 도둑놈이야, 잘만 요리하면 20만 달러까지도 뜯어낼 수 있는 물건을 가진 자들이란 말이야. 빨리 거래를 끝내고 싶어 하면서도 끝까지 밀고 당기기 하면서 돈을 뽑아내겠다는 속셈이야. 난 당장 뚱보 갠디지 자식을 잡으러 가야겠어. 아직 아무도 생각하지 못한 방식으로 따끔하게 혼쭐을 내줘야지."

"헨리, 폭력은 쓰면 안 돼."

"쳇. 그놈들 때문에 허벅지 뒤쪽이 욱신거려 죽겠군."

그는 왼손에 든 술병을 입에 대고는 목이 말라 죽을 것 같은 사람처럼 꿀꺽꿀꺽 삼켰다. 그러더니 다소 누그러든 목소리로 차분하게 말했다. "월터, 너도 한 모금 마셔. 파티는 끝났어."

"자네 말이 맞는 것 같군, 헨리." 나는 한숨을 쉬었다. "솔직히 말하면, 30분 내내 가을 낙엽처럼 심장이 벌렁거렸어."

나는 대담하게 그의 옆에 서서 후끈한 자유의 액체를 목구멍으로 흘려보냈다. 순간 용기가 되살아났다. 나는 술병을 헨리에게 돌려주었고, 그는 발판 위에 조심스럽게 술병을 내려놓았다. 헨리는 내 옆에 서성거리면서 손바닥 위로 마치 춤을 추듯이 권총을 휙휙 돌리고 있었다.

"그딴 놈들 상대하는데 이런 연장도 필요 없겠군. 이딴 건 갖다버려야지." 그가 덤불 사이로 권총을 휙하고 집어던졌다. 둔탁한 소리와 함께 총이 바닥에 떨어졌다. 그는 차에서 몇 걸음 물러서서 양손으로 허리를 짚고, 하늘을 빤히 올려다보았다.

나는 헨리 옆으로 가서 어슴푸레한 빛 사이로 보이는 그의 옆모습을 쳐다보고 있었다. 기묘한 우울감이 나를 덮쳤다. 만난 지 얼마 되지도 않았는데, 나는 헨리라는 친구를 무척이나 좋아했다.

"헨리." 나는 마침내 입을 열었다. "이제부터 어떻게 하지?"

"일단 집으로 가야지." 그가 느릿느릿 비통하게 대답했다.

"그리고 술이나 진탕 퍼마시자." 그는 양 손바닥을 접어서 주먹을 쥐고는 천천히 움직였다. 그러고 나서 내 쪽으로 고개를 돌렸다. "달리 할 수 있는 게 없잖아. 집으로 가자. 그것 말고 남은 선택지가 없어."

"아직은 아니야, 헨리." 나는 낮고 부드럽게 말하며 주머니에서 오른손을 꺼냈다. 주먹이 엄청나게 커 보였다. 손바닥 안에는 오늘 아침 은행에서 바꾼 25센트 동전 뭉치가 쥐어져 있었다. 나는 동전 뭉치를 쥐고 손바닥을 잘 여몄다.

"잘 가, 헨리." 내가 조용히 말하고 팔과 몸의 모든 힘을 실어서 그를 향해 주먹을 날렸다.

"헨리, 넌 나한테 투 스트라이크를 날렸어. 아직 큰 거 한방이 남았지."

하지만 헨리는 내 말을 듣고 있지 않았다. 동전 뭉치를 움켜쥐고 있던 내 주먹이 헨리의 턱을 정확하고 깔끔하게 명중했다. 그는 다리뼈가 없는 사람처럼 정면으로 풀썩하고 쓰러졌다. 넘어지면서 내 소매를 아슬아슬하게 스치고 지나갔다.

나는 잽싸게 옆으로 몸을 피했다.

헨리는 바닥에 떨어진 고무장갑처럼 꼼짝도 하지 않았다.

나는 다소 구슬픈 얼굴로 그가 움찔거리기를 기다려 보았지만, 근육 하나조차 움직일 기미가 보이지 않았다. 완전히 의식을 잃고 뻗은 모양이었다.

나는 동전 뭉치를 다시 주머니에 넣고, 몸을 숙여 포대처럼 그를 좌우로 굴리면서 샅샅이 몸을 뒤졌다. 한참 동안 뒤지고 나서야 왼쪽 양말 안쪽 발목에 진주 목걸이가 돌돌 감겨 있는 것을 찾을 수 있었다.

"헨리." 비록 내 말을 듣지 못할지라도 나는 마지막으로 그에게 말했다. "자네는 도둑이지만 그래도 신사다웠어. 오늘 오후만 해도 나한테서 열두 번은 돈을 훔칠 기회가 있었잖아. 방금 손에 총을 들었을 때도 기회는 있었지만, 차마 그러지 않았어. 총을 버리는 순간 우리는 연장도 방해물도 없이 일대일로 붙을 기회가 생겼지. 그런데도 너는 망설였어, 헨리. 사실 너는 도둑질에는 성공했지만 지나치게 많이 망설인 셈이야. 하지만 스포츠맨십을 가진 남자로서 보면, 정말 높이 평가할 만해. 안녕, 헨리. 행운을 빈다."

나는 지갑에서 100달러짜리 지폐를 꺼내 평소 그가 현금을 넣고 다니던 주머니에 쑤셔 넣었다. 그리고 차로 가서 위스키 한 모금을 마시고 마개를 꽉 잠근 후에 헨리의 오른손이 닿을 만한 거리에 가만히 내려놓았다.

눈을 뜨고 나면 곧바로 술병을 찾게 되리라는 걸 알고 있었기 때문이다.

저녁 10시가 넘은 후에야 아파트에 도착했다. 꽤 늦은 시각이었지만, 나는 곧바로 전화기 쪽으로 가서 엘런에게 전화를 걸었다. "자기야! 진주 목걸이를 찾았어." 나는 큰소리로 외쳤다.

놀라서 숨을 마시는 소리가 전화기 선을 타고 들려왔다.

"어머나, 자기." 엘런은 긴장과 흥분이 뒤섞인 목소리로 말했다. "다친 데는 없지? 혹시 맞거나 한 건 아니겠지? 돈만 가지고 가고 그냥 놔준 거야?"

"상대는 여럿이 아니었어." 나는 자신만만하게 말했다. "랜싱 씨의 돈은 그대로 가지고 왔어. 범인은 바로 헨리였거든."

"헨리!" 엘런은 이상야릇한 목소리로 외쳤다. "하지만 내 생각으로는…. 아무튼 당장 이리 와, 월터. 자세히 설명 좀 해줘."

"사실 위스키를 조금 마셨어."

"자기야! 당연히 술이 필요했겠지! 당장 오라니까."

나는 다시 거리로 내려가 곧바로 펜더독 부인의 집으로 향했다.

엘런이 현관 앞까지 마중을 나와 있었다. 우리는 손을 잡고 어두컴컴한 곳에서 조용히 이야기를 나누었다. 나는 최대한 간단하게 오늘 일을 설명했다.

"그런데 자기야." 마침내 엘런이 물었다. "헨리가 범인인 건 어떻게 안 거야? 두 사람이 꽤 친해진 줄 알았어. 그리고 전화를 건 사람은 헨리가 아니라 다른 사람…"

"헨리는 내 친구가 맞아." 나는 슬픈 목소리로 말했다. "그래서 헨리가 계획을 망치게 된 거야. 전화를 걸었던 사람은 그냥 시키는 대로 한 거고. 헨리는 그 전화를 걸게 하려고 몇 번이나 자리를 피했었어. 헨리가 범인이라는 걸 눈치챈 건 아주 사소한 사건 때문이었지. 갠디지 씨에게 명함을 주면서 아파트 주소를 급하게 적어줬는데, 헨리는 다른 공범에게 꼭 그 사실을 알려주어야 했을 거야. 우리가 갠디지를 만났고, 이름과 주소가 적힌 명함을 줬다는 걸 말이지. 게다가 내가 지하 세계 주요 인물을 찾아가서 돈을 주고 진주 목걸이를 되찾으려고 한다는 사실을 퍼트리겠다는 바보 같은, 아니 아주 영리한 아이디어를 생각해 냈잖아. 그걸로 헨리는 우리에게 걸려 오는 전화가 우리의 고민을 갠디지에게 말한 덕분에 퍼진 거로 생각할 절호의 기회를 얻은 거지. 하지만 첫 번째 전화가 왔을 무렵에는 헨리가 공범에게 그 사실을 알릴 시간적 여유가 충분하지 않았어. 우리가 갠디지를 만났다는 정보를 전해야 하잖아. 기가 막힌 속임수를 쓰지 않으면 불가능한 일이었지. 그래서 돌이켜 생각해 보니, 중간에 어떤 뒤차가 우리 차를 들이받은 적이 있었고,

헨리가 차에서 내려 뒤차 운전자에게 화를 낸 적이 있더라고. 당연히 뒤차가 우리를 받은 건 고의였던 거고, 헨리가 일부러 기회를 만들어낸 거야. 우리를 쫓아오던 차에 공범이 타고 있었으니까. 그래서 헨리가 화를 내는 척하면서 필요한 정보를 그쪽에 전달할 수 있었을 거야."

"그런데 월터." 엘런이 설명을 듣다가 도저히 참지 못하고 말을 잘랐다. "그건 중요한 단서가 아니었잖아. 내가 진짜 알고 싶은 건, 헨리가 진주 목걸이를 가지고 있다는 사실을 어떻게 확신할 수 있었냐는 거야."

"자기가 그랬잖아. 헨리가 진주 목걸이를 훔쳤다고. 자기는 확신에 가득 차 있었어. 헨리는 정말 강한 남자야. 어딘가 진주 목걸이를 숨겨 놓고, 경찰이 찾아와서 무슨 짓을 해도 겁내지 않았지. 다른 곳에 일자리를 얻어서 한참 시간이 흐른 후에 진주 목걸이를 들고 떠날 계획을 세우고 있었던 거야."

엘런이 어두운 현관 앞에서 참을성을 잃은 채로 고개를 가로저었다. "월터, 나한테 뭔가 숨기는 거 있지? 만약 분명한 확신이 없었다면, 헨리를 그렇게 무자비하게 때렸을 리가 없잖아. 자기가 어떤 사람인지는 내가 제일 잘 알아."

"맞아, 자기야." 나는 솔직히 말했다. "제아무리 똑똑한 사람이라도 간과해 버릴만한 아주 사소한 사건이었어. 자기도 알겠지만, 나는 광고 전화나 여타 귀찮은 전화를 받고 싶지 않아서 아파트의 공용 전화를 사용하지 않아. 내가 사용하는 번호는 개인적으로 가입한 거라 전화번호부에도 없지. 그런데 헨리의 공범에게서 걸려 온 전화는 바로 그 번호였어. 헨리는 내 아파트에 꽤 오래 머물렀고, 갠디지에게는 그 번호를 알려주지 않았거든. 사실 갠디지에게 아무런 기대도 하지 않았으니까. 난 처음부터 헨리가 진주 목걸이를 훔쳐 갔다고 완벽하게 확신하고 있었어. 오로지 헨리가 어떻게 하면 그 진주 목걸이를 가지고 나오게 할까에 대한 생각뿐이었지."

"아…, 월터." 엘런은 두 팔로 나를 감싸 안으면서 말했다.

"어쩌면 이렇게 용감한 거야? 머리를 쓰는 자기만의 독특한 방식이 있는 것 같아. 자기 생각에는 헨리가 정말로 나를 짝사랑했던 것 같아?"

나로서는 전혀 관심을 기울이지 않았던 주제였다. 일단 엘런에게 진주 목걸이를 맡겨 놓았다. 꽤 늦은 시간이기는 했지만, 곧바로 차를 몰아 랜싱 씨의 자택으로 가서 오늘 있었던 일을 설명하고 받은 돈을 돌려주었다.

그로부터 몇 달 후, 호놀룰루의 소인이 찍힌 편지 한 통이 도착해 나를 기쁘게 했다. 싸구려 편지지에는 이런 글이 적혀 있었다.

이봐, 친구. 자네가 날린 펀치는 정말 최고였어.
그런 능력을 갖췄는지 미처 알지 못했네.
물론 내가 제대로 준비 안 한 탓도 있었겠지.
그 대단한 펀치 덕분에 일주일 동안
양치할 때마다 자네 생각이 나더란 말이야.
조금 나약한 부분은 있지만,

친절을 베풀어 주었던 자네를 두고
도망치듯 떠나야 했다는 사실이 정말 안타까웠어.
지금쯤 둘이서 코가 삐뚤어지게 술을 퍼마셔야 하는 건데,
여기서 기름 밸브나 닦고 있군.

나는 자네가 편지를 받은 곳에서
수천 킬로 떨어진 곳에 있어.
자네에게 알려주고 싶은 것이 두 가지 있는데,
둘 다 솔직히 말하는 거야.

먼저 나는 그 늘씬한 금발 머리 여성에게
완전히 넋이 나갔었어.
그래서 늙은 펜러독 부인을 떠나
잠시 시간을 가지려고 했던 거야.
진주 목걸이를 훔친 건,
그저 여자한테 푹 빠진 남자가
살짝 정신이 나가서 저지른 바보 같은 행동이었지.
게다가 진주를 빵 상자 같은 허접한 금고에
아무렇게나 내팽개쳐 두는 건 분명한 범죄 행위야.
한때 아프리카 동북부 지부티에서
프랑스 사장 밑에서 일한 적이 있었는데,
덕분에 진주가 진짜인지 가짜인지 정도는
구별할 수 있는 눈썰미를 익혔거든.

마지막으로 외딴 공터에 단둘이 남았을 때,
좀 더 수월하게 거래를 할 수도 있었는데
그러기에는 내 마음이 너무 흔들리더라.
자네가 쟁취한 금발 머리 여성에게
내가 안부 묻더라고 전해줘.

- 영원한 친구
일명 헨리로부터….

- 추신 -
자네한테 전화를 걸었던 그 자식 있잖아.
주머니에 넣어준 100달러를 반으로 나누자고 해서
내가 제대로 혼쭐을 내줬지.

4화. 호텔 방의 여자

새벽 1시, 야간 근무를 하는 도어맨 칼은 마지막까지 윈더미어 호텔의 메인 로비를 환하게 밝히고 있던 세 개의 테이블 램프를 껐다. 남색 카펫이 그늘을 더 어둡게 만들었고, 호텔 벽면은 멀리 움푹 뒤로 꺼져 있었다. 로비 의자에는 어슴푸레한 형상의 손님들이 가득했다.

토니는 하품을 했다. 그는 머리를 한쪽으로 기대고 로비에서 한참 떨어진 아치형 구조물 너머 무전실에서 들려오는 나지막한 소리에 귀를 기울였다. 새벽 1시 이후 무전실 담당자는 토니였다.

다른 사람이 들어가면 안 될 일이지만, 새빨간 머리칼의 여자가 그의 새벽 시간을 망치고 있었다.

토니의 찌푸린 표정이 사라지고 살며시 입가에 작은 미소가 퍼졌다. 땅딸막하고 배가 툭 튀어나온 그의 길고 섬세한 손가락이 시계 체인에 달린 엘크 이빨 장식을 만지작거렸다.

윤기 나고 가지런한 손톱과 위로 갈수록 가늘어지는 손가락의 끝부분은 주걱모양이었다. 꽤 맵시 있어 보이는 손가락이었다. 토니는 가지런한 손가락을 부드럽게 어루만졌다. 차분한 잿빛 바다색 눈동자에 평온함이 퍼졌다.

다시 찌푸린 표정이 번졌다. 음악 소리가 귀에 거슬렸다. 그는 시계 체인을 만지작거리던 손을 그대로 둔 채 날렵하게 자리에서 벌떡 일어섰다. 방금까지 의자에 늘어져 있다가 곧바로 두 발을 대고 꼿꼿하게 서 있는 모습이 마치 착시처럼 느껴질 정도였다.

토니는 윤기 나는 조그만 구두를 신고 조심조심 남색 카펫을 가로질러 아치형 구조물로 향했다. 음악 소리가 점점 더 커졌다. 열정적이고 요란한 울림, 지터버그 즉흥 연주였다. 소리가 너무 컸다.

붉은 머리칼의 여자는 자리에 앉아서 아무 말 없이 대형 라디오의 격자무늬가 새겨진 부분을 쳐다보고 있었다. 특유의 과장된 미소를 지으면서 등줄기로 땀방울을 흘리는 가수의 모습이 눈앞에 보이기라도 하는 것처럼.

여자는 방안의 쿠션을 몽땅 끌어모아 놓은 책상 아래 다리를 올리고는 양팔로 감쌌다. 쿠션 사이로 턱을 괴었다. 그녀는 고개조차 돌리지 않았다.

복숭앗빛 무릎 위에 주먹 쥔 손을 올리고는 한쪽으로 삐딱하게 기대어 있었다. 두꺼운 테두리에 검은 연꽃 봉오리가 수 놓인 편한 파자마를 걸친 모습이었다.

“배니 굿맨을 좋아하세요, 크레시 양?” 토니가 물었다.

그제야 여자가 천천히 눈길을 돌렸다. 무전실 안은 어둑했지만, 그녀의 보랏빛 눈동자만은 강렬한 빛을 뿜어냈다. 크고 깊은 눈동자 속에는 생각의 흔적이라고는 찾아볼 수가 없었다.

여자의 얼굴은 무표정하고 단아한 모습이었다. 그녀는 아무 대답이 없었다.

토니는 미소를 지으며 손가락을 옆으로 내리고 손가락이 하나씩 움직이는 것을 느끼고 있었다. "크레시 양, 배니 굿맨을 좋아하나 보죠?" 그는 부드러운 어조로 다시 물었다.

"광 팬까지는 아니고요." 무덤덤한 목소리로 여자가 답했다.

토니는 뒤꿈치 쪽으로 체중을 옮기고 그녀의 눈동자를 바라보았다. 크고 깊은 공허한 눈동자…. 정말 그런가?

그는 손을 뻗어서 라디오 볼륨을 껐다.

"오해하지 마세요." 여자가 말했다. "배니 굿맨은 돈을 쓸어모으잖아요, 요즘 세상에 그렇게 합법적으로 돈 버는 사람이라면 존경받아 마땅하죠. 그런데 이 음악은 김빠진 맥주를 떠올리게 한단 말이에요. 뭔가 더 강렬한 게 좋은데…"

"그럼 모차르트를 좋아하겠군요."

"계속 놀리시던가요."

"크레시 양, 놀리는 게 아니에요. 나는 모차르트가 세상에서 가장 위대한 사람이라고 생각하거든요. 토스카니니는 그의 예언자이고."

"평범한 호텔 경비인 줄 알았는데, 아니었네요?" 여자는 쿠션에 머리를 다시 기대고 속눈썹 너머로 그를 뚫어져라 쳐다보았다. "모차르트 얘기 더 해주세요."

"너무 늦었어요." 토니가 한숨을 쉬며 말했다. "지금은 설명할 수가 없겠네요."

여자는 말똥거리는 눈빛으로 다시 한참 바라보았다. "계속 저를 지켜보고 계셨죠, 아저씨?" 여자는 숨소리 사이로 들릴락 말락 웃음을 터트렸다. "제가 뭘 잘못했나요?"

토니는 장난스러운 미소를 지었다. "아무 잘못도 안 했어요, 크레시 양. 전혀요. 아무래도 바깥 공기를 좀 쐬고 오는 게 좋겠어요. 5일 내내 호텔에만 있고 밖으로는 거의 안 나갔잖아요. 게다가 꼭대기 층에 묵고."

여자가 다시 웃었다. "재미있는 얘깃거리가 있으면 들려주세요. 지루하던 참인데."

"예전에 그 방에 묵었던 여자 손님이 있었어요. 꼬박 일주일을 방에만 틀어박혀 지냈죠, 지금처럼. 외부 출입도 거의 않고요. 사람들이랑 대화도 거의 안 했어요. 나중에 어떻게 됐을 것 같아요?"

여자는 사뭇 진지한 눈빛으로 그를 바라보았다. "숙박비를 안 냈겠죠."

남자는 길고 섬세한 손을 내밀더니 천천히 뒤집고는 잔잔한 파도가 물결치듯 손가락을 움직였다. "숙박비는 직접 계산했어요. 경비원에게 30분 후에 짐가방을 가지러 오라고 말했죠. 그러고 나서 객실 발코니로 나갔어요."

여자가 여전히 진지한 눈빛을 지으며 손바닥으로 무릎 위를 움켜쥐고는 몸을 앞으로 내밀며 물었다. "그런데 이름이 뭐라고 하셨죠?"

"토니 리섹이에요."

"헝가리 쪽 이름 같아요."

"맞아요. 폴란드 출신이죠."

"계속 이야기해주세요, 토니."

"알다시피, 꼭대기 층 객실에는 발코니가 있어요. 14층이면 꽤 높은 편인데, 그에 비해 발코니 난간이 낮은 편이죠. 그날 밤은 어두웠고, 구름도 꽤 높이 떠 있었어요."

그는 작별 인사를 하듯 손짓을 하고는 한 손을 바닥으로 떨구었다.

"아무도 그 손님이 뛰어내리는 걸 보지 못했어요. 바닥에 떨어질 때 커다란 총을 쏠 때처럼 요란한 소리가 들렸죠."

"방금 지어낸 얘기 같은데…" 그녀의 목소리는 청량하고 건조한 속삭임 같았다.

그는 장난스러운 미소를 지었다. 고요한 잿빛 바다색 눈동자가 여자의 길고 구불거리는 머리카락을 쓰다듬듯 찬찬히 훑어 내려갔다.

"크레시…" 토니는 깊은 생각에 잠긴 듯한 목소리로 말을 이었다. "밝은 빛을 기다리는 이름이네요."

"좋은 면이라곤 하나도 없는 키가 큰 어떤 남자를 기다리고 있죠. 이유가 뭔지 궁금하지 않으실 테죠. 전남편이에요. 다시 결혼할지도 몰라요. 인생은 한 번뿐인데 우린 수많은 실수를 하며 살잖아요."

무릎 위에 놓여있는 그녀의 손가락 관절들이 어두컴컴한 불빛 속에서도 윤기 나는 뼛조각처럼 선명하게 빛났다.

“그이를 한번 속인 적이 있었어요. 고의는 아니었지만, 결과적으론 함정에 빠트린 셈이 됐죠. 물론 이 얘기도 궁금하지 않겠지만. 그냥 그 사람에게 빚이 있다고 말하고 싶었어요.”

토니는 천천히 몸을 숙이고서 라디오 채널을 돌렸다. 훈훈한 공기 사이로 은은한 왈츠의 선율이 퍼졌다. 왈츠치고는 가벼운 곡이었지만 그래도 왈츠곡이기는 했다. 그가 볼륨을 높였다.

시끄러운 스피커 너머로 음울한 멜로디가 웅장하게 울려 퍼졌다. 비엔나가 쇠락한 후부터 모든 왈츠곡이 음울해졌다.

그녀는 한 손을 허리춤에 대고 서너 소절을 흥얼거리더니 갑자기 입을 꼭 다물고 멈추었다.

“저도…, 한때는 잘 나갔었는데. 싸구려 나이트클럽에서요. 망했어요. 불시 단속에 걸려서 쫄딱 망했죠.”

“당신이 드나드는 동안에 망한 건 아니에요, 크레시 양.”

토니는 냉소적인 웃음을 지어 보였다. 토니는 자리에서 세 걸음을 뗀 후 뒤를 돌아보았다.

“이제 위층에 가서 문단속을 해야 해요. 내가 방해되지 않았길 바랍니다. 얼른 올라가서 쉬세요. 밤이 깊었어요.”

가벼운 왈츠곡이 끝나고 라디오 진행자의 목소리가 들렸다.

여자는 라디오 소리 사이로 말했다. “그 발코니의 여자 말이에요, 정말 그랬다고 생각하나요?”

남자가 고개를 끄덕였다. “아마도. 지금은 그렇지 않지만.” 남자가 부드러운 목소리로 말했다.

“토니, 그럴 리가 없어요.” 여자의 미소는 빛바랜 낙엽 같았다. “나중에 와서 더 자세히 얘기해 주세요. 빨간 머리는 뛰어

내리지 않아요, 토니. 끝까지 매달려 있다가 점점 시들어 버리죠."

그는 무거운 표정으로 잠시 그녀를 바라보다가 카펫 너머로 걸음을 옮겼다. 메인 로비로 이어지는 아치형 복도에 경비원이 서 있었다.

토니는 그쪽으로 고개를 돌리지 않았지만, 누군가 있다는 걸 감지할 수 있었다. 누구든 가까이 다가오면 그는 곧바로 눈치를 챌 수 있었다. 〈파랑새〉에 나오는 당나귀처럼 잔디가 쑥쑥 자라는 소리까지 들을 수 있을 정도였다.

경비원이 그를 향해 급히 고개를 돌렸다. 경비복 위로 보이는 넓적한 얼굴 위로 흥분한 기색과 땀방울이 배어있었다. 토니는 그를 향해 다가갔다. 두 사람은 함께 아치형 복도를 지나 어두운 로비 중앙으로 이동했다.

"무슨 문제라도 있나?" 토니가 피곤한 기색으로 물었다.

"밖에 어떤 남자가 찾아왔어요, 토니. 들어오지는 않을 건가 봐요. 한창 유리문을 닦고 있는데 슬그머니 제게 다가오더니 웅얼거리면서 토니를 불러달라고 하더군요."

토니는 경비원의 투명한 푸른 눈동자를 쳐다보았다. "이름이 뭐라던가?"

"알. 이름이 알이라고 했어요."

토니의 얼굴이 반죽처럼 무표정해졌다. "알겠네." 그는 다시 걸음을 옮겼다.

경비가 그의 소매를 붙잡았다. "이봐요, 토니. 혹시 원한을 산 사람이라도 있는 거예요?"

토니는 여전히 무표정한 얼굴로 피식하고 웃었다.

"토니." 경비가 그의 소매를 꽉 붙잡으며 말을 이었다. "저기 아래 택시 반대편에 시커먼 차 한 대가 서 있어요. 어떤 남자가 자동차 발판에 한쪽 발을 걸치고 서 있는데요. 내게 말을 걸었던 그자예요. 시커먼 코트를 입었는데 깃을 세워서 귀까지 가리고 있는 데다가 모자를 눌러써서 얼굴도 제대로 보이지 않을 정도예요. 혹시 원한을 품을 만한 사람이 있는 건 아니죠?"

"금융회사에서 보낸 사람일 뿐이야. 걱정하지 마." 토니가 말했다.

그는 침착하지만 약간은 뻣뻣한 걸음으로 파란색 카펫을 가로질렀다. 세 대의 엘리베이터가 한쪽에 있었다. 반대편에 데스크가 있는 입구 로비로 이어진 얕은 계단 세 개를 올라갔다.

엘리베이터는 한 대만 작동 중이었다. 문이 활짝 열린 두 대의 엘리베이터 옆에는 은색 천을 덧댄 말끔한 푸른 제복을 입은 야간 담당 직원이 팔짱을 낀 채로 말없이 서 있었다. 까만 피부에 다소 마른 체형인 멕시코 출신 고메즈라는 청년이었다.

새로 야간 교대 근무를 맡은 친구였다.

반대편 장밋빛 대리석이 깔린 데스크에는 야간 접수 담당 직원이 서 있었다. 듬성듬성 붉은 콧수염이 자란 몸집이 자그마한 남자로 볼이 어찌나 붉은지 퉁명스럽게 보일 정도였다. 그는 토니를 바라보면서 손톱으로 콧수염을 쿡쿡 찔렀다.

토니가 세 손가락을 손바닥에 대고, 검지로 그를 가리키면서 엄지를 위아래로 흔들어 보였다. 접수 담당 직원은 따분한 표정으로 반대편 콧수염을 만지작거렸다.

토니는 문이 닫힌 어두컴컴한 신문 판매대와 약국의 옆문을 지나 황동 장식이 달린 유리문 쪽으로 나섰다. 유리문 안쪽에서 잠시 멈추더니 깊고 거친 숨을 몰아쉬었다. 그는 어깨를 활짝 펴고 유리문을 밀고 나갔다. 축축하고 차가운 밤공기 속으로 걸음을 내디뎠다.

거리는 고요하고 어두컴컴했다. 두 블록 떨어진 윌셔가에서 차들이 이동하는 소리가 들렸지만, 인적은 찾아볼 수 없었다.

좌측에는 택시 두 대가 서 있었다. 택시 기사들은 차에 몸을 기대고 나란히 서서 담배를 빼금거리고 있었다. 토니는 다른 길로 향했다.

시커멓고 커다란 자동차는 호텔 입구에서 1/3 블록 정도 떨어진 지점에 있었다. 라이트가 희미하게 켜져 있었다. 그가 가까이 다가가고 나서야 부드럽게 진동하는 엔진 소리를 들을 수 있었다.

훤칠한 형체 하나가 차에서 내리더니 그를 향해서 뚜벅뚜벅 걸어왔다. 양손은 짙은 코트 주머니에 찔러 넣고 옷깃은 높이 세운 모습이었다. 입에는 녹슨 진주처럼 담배 끝이 희미하게 빛을 뿜어냈다. 두 사람은 두 발자국 정도 떨어진 지점에서 서로 멈추어 섰다.

훤칠한 남자가 말했다. "토니, 오랜만이야."

"알…. 잘 지냈어?"

"불평할 일이야 없었지." 키가 훤칠한 남자는 코트 주머니에서 오른손을 꺼내려다가 순간 멈추더니 조용히 웃었다. "깜빡했네. 넌 악수하는 걸 안 좋아하는데."

"어차피 아무 의미도 없는 짓이잖아." 토니가 말했다. "악수 같은 건 원숭이들도 할 수 있지. 그나저나 형이 여기엔 무슨 일이야?"

"우리 뚱보 동생은 여전히 유머가 넘치네, 안 그래?"

"글쎄." 토니는 뻑뻑함을 느끼며 눈을 껌벅거렸다. 목구멍도 뻑뻑한 기분이었다.

"요즘 하는 일은 마음에 들고?"

"그냥 다 그렇지 뭐."

알이 다시 한번 조용히 웃었다. "토니, 넌 느긋하구나. 난 항상 이래저래 바쁜데. 그래서 그 일을 계속하려는 거군. 뭐, 그건 그렇고. 네가 일하는 그 조용한 호텔에 크레시라는 여자 하나가 투숙 중이야. 그 여자를 데리고 와. 지금 당장."

"무슨 일인데?"

키가 훤칠한 남자가 거리를 두리번거리며 살폈다. 뒤쪽 차 안에 있던 남자가 가볍게 기침을 했다. "그 여자 잘못 걸렸어. 사적인 감정이 있는 건 아니고, 아마도 네게 골칫거리를 안겨줄 거야, 토니. 한 시간 내로 데리고 와야 해."

"알겠어." 토니는 아무런 목적도 의도도 없이 대답했다.

알은 한 손을 주머니에서 꺼내더니 곧바로 토니의 가슴으로 내밀었다. 그는 가볍게 토니를 밀치며 말했다. "동생아, 그냥 건성으로 하는 말이 아니야. 당장 여자를 데리고 나와."

"알았다니까." 토니가 무미건조하게 다시 대답했다.

알은 뻗었던 팔을 접었다가 자동차 문이 있는 쪽으로 뻗었다. 그는 차 문을 열고 재빠른 그림자처럼 차 안으로 미끄러지듯 들어갔다. 차 안에 있던 남자들에게 무슨 말을 하고 나서 다시 차 밖으로 나왔다.

그는 말없이 서 있는 토니 쪽으로 다가왔다. 토니의 눈동자는 거리에 비추는 희미한 가로등 빛 아래 창백하게 빛나고 있었다.

"잘 들어, 토니. 괜히 문제가 될 일에 말리지 마. 넌 내 착한 동생이니까."

토니는 대답하지 않았다.

알은 귓가에 거의 닿을 듯 깃을 세운 채 긴 그림자를 토니 쪽으로 기울였다. "토니, 이건 골치 아픈 문제야. 우리 애들이 알면 좋아하지 않겠지만, 너니까 솔직히 말해줄게. 크레시라는 여자는 롤스라는 놈팡이랑 결혼했어. 녀석은 일주일 전쯤 쿠엔틴 교도소에서 출소했는데, 과실치사로 3년 형을 살고 나왔지. 크레시라는 여자가 남편을 교도소에 집어넣은 거야. 술에 취해서 차를 몰고 가다 노인을 치었는데, 여자도 함께 있었어. 녀석이 차를 멈추지 않았다더군. 크레시가 남편에게 자수하라고 했는데 끝까지 하지 않았고. 결국 경찰이 그자를 찾아냈지."

토니가 말했다. "안 된 일이네."

"그게 법이잖아, 동생. 내 일이란 게 그런 걸 알아내는 거고. 롤스라는 놈은 교도소 안에서 마누라가 언제까지든 자기를 기다릴 거라고 떠벌렸다는군. 출소하는 즉시 마누라를 용서하고 모든 걸 잊을 거라면서 곧바로 찾으러 갈 거라고 했대."

토니가 말했다. "그게 형이 하는 일이랑 무슨 관련이 있지?"

두꺼운 종이가 구깃구깃해질 때처럼 건조한 목소리였다.

알은 웃었다. "골치 꽤나 썩이는 녀석들이 그 롤스라는 자를 만나고 싶어 해. 선셋 대로에 있는 카지노에서 테이블을 맡았었는데, 가게 돌아가는 구조를 눈치채고는 다른 놈이랑 작당해서 5만 달러를 훔쳤어. 다른 녀석들은 가져간 돈을 토해냈는데, 롤스가 가져간 2만 5천 달러는 아직 찾지 못했지. 카지노 운영하는 놈들은 그런 걸 절대 못 잊는 법이니까."

토니는 어두컴컴한 거리를 둘러보았다. 택시 기사가 던진 꽁초가 택시 지붕 너머로 기다란 포물선을 그리며 날아갔다.

토니는 꽁초가 바닥에 떨어지면서 불꽃이 튀는 모습을 지켜보았다. 그는 커다란 자동차가 뿜어내는 낮은 엔진 소리에 귀를 기울였다.

"괜히 끼어들기 싫어. 일단 여자를 데려올게." 토니가 말했다.

알은 고개를 끄덕이며 뒤로 물러섰다. "잘 생각했어. 엄마는 요즘 어떻게 지내셔?"

"잘 지내."

"내가 안부 묻더라고 전해줘."

"안부 전하는 것쯤은 할 수 있지."

알은 재빨리 돌아서서 차에 올라탔다. 차는 도로 한가운데로 서서히 움직이더니 유턴을 해서 건너편 모퉁이로 향했다.

그리고 전조등을 켜고 벽면을 한번 비추더니 모퉁이를 돌아서 사라졌다. 공기 중에 남아있던 자동차 배기가스 냄새가 토니의 코로 퍼졌다. 그는 걸음을 돌려 호텔로 돌아온 후 곧바로 무전실로 향했다.

라디오에서 웅얼거리는 소리가 계속해서 흘러나오고 있었지만, 소파에 있던 여자는 떠난 후였다. 몸에 눌린 쿠션 자국이 여전히 선명하게 남아있었다. 토니는 쿠션에 남아있는 온기를 느꼈다.

그는 라디오를 끄고 자리에 선 채로 엄지를 들고 손바닥으로 배를 천천히 쓸어내렸다. 그러고는 로비로 돌아가 엘리베이터 쪽으로 가서 하얀 모래색의 마졸리카 항아리 옆에 섰다.

울룩불룩한 유리 칸막이 뒤 책상에서 접수 담당 직원이 분주하게 움직이고 있었다. 공기는 쥐 죽은 듯 고요했다.

엘리베이터 앞은 어두웠다. 토니는 가운데 엘리베이터의 바늘을 쳐다보았다. 14층에 멈추어 있음을 확인했다. "자러 간 모양이군…"

엘리베이터 옆에 경비원 대기실 문이 열리더니, 사복으로 갈아입은 멕시코 출신의 땅딸막한 야간 경비가 밖으로 나왔다.

그는 옅은 밤색 눈동자로 곁눈질을 하며 토니를 살폈다.

"안녕하세요, 보스."

"응." 토니가 건성으로 대답했다.

토니는 조끼 주머니에서 가느다란 줄무늬 시가를 꺼내 냄새를 맡았다. 매끈한 손가락으로 시가를 잡고 천천히 이리저리 살펴보았다. 한쪽이 살짝 터져 있었다. 그는 얼굴을 찡그리고 시가를 집어던졌다.

저만치서 무슨 소리가 들리더니 엘리베이터 위치를 알리는 바늘이 청동 숫자판 위로 움직이기 시작했다. 환한 빛이 엘리베이터 사이로 비추며 시커먼 암흑을 밀어내고 아래로 내려왔다. 엘리베이터가 멈추고 문이 열렸다.

도어맨 칼이 내렸다. 칼의 눈동자가 토니를 보고는 살짝 놀란 듯했다. 머리를 갸우뚱거리며 그가 있는 쪽으로 걸어왔다. 분홍빛 윗입술 위가 얇게 번들거렸다.

"있잖아요…"

칼이 말을 끝내기도 전에 토니가 거칠고 재빠른 손으로 그의 팔을 홱 하고 잡아챘다. 그리고 아무 일 없다는 듯이 어두컴컴한 메인 로비로 향하는 계단 밑으로 그를 데리고 갔다.

토니는 그제야 잡고 있던 손을 놓았다. 다시 목구멍이 빽빽해졌는데, 그로서는 대체 이유가 뭔지 알 수가 없었다.

"말해 봐, 무슨 얘기인데?" 토니가 낮은 목소리로 말했다.

칼이 주머니에서 10달러짜리 지폐 한 장을 꺼냈다. "이걸 줬어요…" 그는 말끝을 흐렸다. 반짝이는 눈동자가 토니의 어깨 너머 허공을 응시했다. 빠르게 눈을 깜빡이더니 계속 말을 이었다. "얼음을 섞은 진저에일도요."

"빠져나갈 궁리하지 마." 토니가 으르렁거렸다.

"1402호 남자가 줬다니까요." 칼이 말했다.

"숨 내쉬어 봐."

칼은 순순히 그가 있는 쪽으로 몸을 숙였다.

"술 냄새군." 토니가 씩씩대며 말했다.

"그 남자가 줬다니까요."

토니는 10달러짜리 지폐를 내려다보았다. "1402호에는 투숙객이 없어. 적어도 내 명단에는 말이야."

"아니에요, 진짜 있어요." 칼이 입술을 핥더니 두 눈을 연신 깜빡거렸다. "키가 크고 얼굴이 하얀 남자예요."

"좋아." 토니가 뿌루퉁한 목소리로 말했다. "1402호실 투숙객이 키가 크고 얼굴이 하얀 남자인데, 너한테 10달러와 술을 줬다고 치자. 그래서 뭐?"

"겨드랑이에 총을 차고 있었어요." 칼이 눈을 깜빡였다.

토니는 웃어 보였지만, 두꺼운 빙하의 반짝임처럼 두 눈이 번뜩였다. "크레시 양은 방까지 모셔다드렸어?"

칼이 고개를 저었다. "고메즈가 담당했어요. 전 올라가는 것만 봤고."

"저리 꺼져." 토니가 이를 꽉 다물며 말했다. "다시는 손님들이 주는 술 받아 마시지 말고."

칼이 엘리베이터 옆의 조그만 방에 들어가서 문을 닫을 때까지 토니는 꼼짝하지 않았다. 칼이 사라지고 나서야 그는 발소리를 죽이며 계단을 올라 접수대 앞에 섰다.

그리고 장밋빛 대리석 위에 놓인 오닉스 펜 세트와 가죽 테두리가 씌워진 깨끗한 숙박 장부를 쳐다보았다. 그는 한 손을 들었다가 대리석 위로 쿵 하고 내리쳤다. 접수 담당 직원이 굴에서 튀어나온 다람쥐처럼 유리 칸막이 뒤에서 홱 하고 나타났다.

토니는 가슴 안주머니에서 얇은 종이 한 장을 꺼내 데스크 위에 펼쳤다. "여기에는 1402호가 공실인 걸로 나와 있어."

접수 담당 직원이 콧수염을 점잖게 매만졌다. "당신이 식사하러 나갔을 때 체크인했나 보군요."

"누군데?"

"샌디에이고에서 온 제임스 워터슨 씨라고 적혀 있네요."

직원이 입을 벌리며 하품을 했다.

"누구를 찾지는 않던가?"

점원이 하품하다 멈추고는 토니의 머리 위를 쳐다보며 대답했다. "네, 맞아요. 스윙 밴드가 있느냐고 묻더군요. 그런데 왜요?"

"스윙 밴드라…. 취향이 꽤 괜찮군." 토니는 얇은 종이에 뭔가를 끄적이고는 다시 주머니에 집어넣었다. "올라가서 객실 문단속이나 해야겠어. 맨 위층에 빈 객실이 네 개나 있잖아. 늘어져 있지 말고 일 똑바로 하고 있어."

"당연하죠." 점원은 이렇게 대답하고 하품하느라 벌렸던 입을 다물었다. "빨리 오세요. 혼자 있을 생각 하니 지루해 죽겠어요."

"입술에 묻은 지저분한 잔털이나 정리하지 그래?"

토니는 엘리베이터 쪽으로 향했다. 어두컴컴한 엘리베이터를 타고 14층으로 올라갔다. 14층 로비는 바로 아래층 로비만 제외하고 제일 좁은 편에 속했다. 엘리베이터 벽면을 제외한 벽면마다 파란 문이 하나씩 늘어서 있었다. 문마다 금장으로 된 숫자와 글자가 붙어 있었다.

토니는 1401호로 다가가 문에 귀를 가져다 댔다. 아무 소리도 들리지 않았다. 크레시는 잠이 들었거나 욕실 혹은 발코니에 있는 모양이었다. 그것도 아니면 문에서 조금 떨어진 방 안쪽에 앉아서 멍하니 벽을 바라보고 있을지도.

멍하니 벽을 바라보고 있는데 무슨 소리가 들리기를 기대한다는 건 무리일 테지.

이번에는 1402호 가까이 가서 문에 귀를 가져다 댔다. 이번은 달랐다. 뭔가 소리가 들렸다. 남자의 기침 소리. 어딘지 모르게 고독한 기침 소리였다. 목소리는 들리지 않았다. 토니는 문 옆에 있는 조그만 자개 초인종을 눌렀다.

느릿느릿한 발소리가 들렸다. 문 너머로 묵직한 목소리가 들렸다. 토니는 아무 대답도 하지 않고 소리도 내지 않았다. 묵직한 목소리가 다시 한번 누구냐고 물었다. 토니는 심술스럽게 다시 한번 초인종을 살짝 눌렀다.

샌디에이고에서 온 제임스 워터슨 씨도 이쯤 되면 문을 벌컥 열고 나와서 꽥하고 소리를 질러야 할 정도였다. 그런데 아니었다. 문 너머로 빙하의 침묵과도 같은 고요함만 있었다. 다시 한번 문에 귀를 가져다 댔다. 완벽한 침묵만이 흘렀다.

토니는 열쇠 꾸러미에 달린 마스터키를 자물쇠에 살며시 밀어 넣었다. 열쇠를 돌리고 객실 안으로 손가락 길이 정도로 문을 민 다음 마스터키를 구멍에서 빼냈다.

"좋아. 들어와서 한번 덤벼보시지!" 거친 목소리가 들렸다.

토니는 문을 활짝 열고 그 자리에 서 있었다. 로비에서 비추는 불빛이 등 뒤를 비추었다. 상대는 키가 훤칠하고 새카만 머리카락에 각진 하얀 얼굴의 남자였다. 손에는 총을 쥐었다. 총 꽤나 만져본 듯한 모습이었다.

"들어오시지." 남자가 차분히 말했다.

토니는 객실 안으로 들어가 어깨로 열린 문을 닫았다.

양손은 옆구리에서 살짝 떼고, 맵시 있는 손가락은 슬며시 구부린 상태였다. 그는 보일락 말락 슬그머니 미소를 지어 보였다.

"워터슨 씨?"

"여긴 왜 온 거지?"

"이 호텔의 경비 담당자니까."

훤칠하게 큰 키에 흰 얼굴, 잘생긴 것 같기도 하고 아닌 것도 같은 남자가 객실 안으로 천천히 물러섰다. 두 벽에 걸친 얕은 발코니가 딸린 큼직한 방이었다.

제일 위층 객실에만 있는 개별 공간인 발코니로 향하는 여닫이문이 활짝 열려 있었다. 말끔한 소파 뒤로 장작을 피우는 벽난로가 설치돼 있었다. 푹신하고 안락한 의자 옆으로 호텔에서 사용하는 쟁반이 있었고, 그 위에는 길쭉하고 거품이 낀 유리잔이 놓여 있었다.

남자는 뒤로 물러서서 소파 앞으로 가서 섰다. 번쩍이는 커다란 총구가 바닥으로 향했다.

"예상 밖이군." 그가 말했다. "호텔에 들어온 지 한 시간 만에 호텔 경비가 들이닥칠 줄이야. 좋아, 옷장이랑 화장실을 수색해 봐. 그 여자는 벌써 떠났으니까."

"아직 그 여자를 만나지 못했군." 토니가 말했다.

새하얀 남자의 얼굴 위로 잔주름이 쫙 퍼졌다. 묵직한 목소리가 잔뜩 날을 세우며 물었다. "뭐? 누구 얘기를 하는 거야?"

"크레시라는 여자 말이야."

남자가 꿀꺽 침을 삼켰다. 그는 쟁반 옆 탁자 위에 총을 내려놓고, 뒤쪽 의자로 가서 요통에 시달리는 사람처럼 등을 꼿꼿이 세우고 앉았다. 그러고는 무릎에 양손을 대고 몸을 숙인 채 치아가 드러나 보일 정도로 활짝 웃는 것이 아닌가.

"그 여자가 여기 왔다는 거야? 그 말은 꺼내지도 않았는데. 워낙 조심성이 많은 편이라서. 아직 묻지도 않은 얘기였는데…"

"그 여자는 호텔에서 닷새를 묵었어. 당신을 기다리면서. 한시도 호텔 밖으로 벗어나지 않았거든." 토니가 말했다.

남자가 무슨 뜻인지 알겠다는 듯 입꼬리를 실룩거렸다. "북부에서 시간이 조금 지체됐지." 그가 순순히 입을 열었다. "당신도 알잖아. 옛날 친구들을 방문하느라. 내가 하는 일이 뭔지 잘 알고 있는 모양이군, 짭새 나리."

"맞아, 롤스."

남자가 자리에서 벌떡 일어나더니 탁자 위에 있던 권총을 잡았다. 그렇게 탁자를 짚은 채로 몸을 숙이고 토니를 빤히 쳐다보았다. 그는 이빨 사이에 뭔가를 물고 중얼거리듯 나지막한 소리로 말했다. "아무튼 말이 많은 여자라니까."

"여자가 아니야, 롤스."

"뭐?" 권총이 딱딱한 탁자의 목재 위로 미끄러져 내렸다.

"말해 봐, 짭새 양반. 전혀 감이 잡히지 않으니까."

"여자가 아니라, 총을 든 남자들한테 들은 거야."

두 사람 사이에 다시 빙하와 같은 침묵이 드리웠다. 남자가 천천히 몸을 일으켜 세웠다. 얼굴에서는 아무 표정도 찾아볼 수 없었지만, 눈빛이 어딘지 모르게 불안해 보였다. 토니는 숲 속의 샘물처럼 고요하고 창백한 얼굴의 남자 쪽으로 몸을 숙였다.

"끈질긴 놈들이야, 그자들." 롤스가 입술을 핥았다. "밤낮을 안 가리고 움직이니까. 그들은 결코 잠들지 않지."

"그들이 누군지 알아?" 토니가 부드러운 목소리로 물었다.

"아홉 번 때려 맞히면 그중 열두 번은 맞출 정도로."

"골치 아픈 자들이군." 토니가 씁쓸한 미소를 지으며 말했다.

"여자는 어디 있지?" 롤스가 다급하게 물었다.

"바로 옆 방에."

남자는 벽으로 걸어가더니 총을 탁자 위에 내렸다. 그리고 벽을 빤히 쳐다보았다. 그가 팔을 뻗어 발코니 난간의 가느다란 창살을 붙잡았다. 팔을 내리고 돌아선 그의 얼굴에 자글자글하던 주름살이 다소 옅어져 있었다. 두 눈은 더욱 고요하게 반짝거렸다. 남자는 토니 쪽으로 다가와 그를 내려다보았다.

"돈이야 좀 챙겼지. 크레시가 보내준 돈도 있고, 북부에 가서 수금도 조금 해둔 상태고. 그저 비상금 정도일 뿐이지만. 그 골치 아픈 놈들이 2만 5천 달러라고 난리를 치는데," 그가 냉소적인 웃음을 지었다. "내가 가진 건 5백이 전부거든. 그걸 믿게 만들려면 꽤 흥미진진한 시간을 보내야겠지만…"

"그 돈은 다 어쨌는데?" 토니가 심드렁하게 물었다.

"짭새 양반, 그 돈은 손에 쥐어본 적도 없어. 당연히 그 말을 믿을 사람은 세상에 나밖에 없겠지. 나도 뒤통수 제대로 맞았거든."

"그 말을 믿어보겠어." 토니가 말했다.

"놈들이 사람을 자주 죽이지는 않지만. 거칠게 다룰 때는 엄청나거든."

"총을 든 것뿐이지, 알고 보면 멍청한 자들이야." 토니가 순간 경멸이 섞인 목소리로 말했다.

롤스는 술잔을 들고 입속에 전부 털어 넣었다. 술잔을 내리자 얼음이 찰랑거리며 부딪히는 소리가 났다. 그는 권총을 들고 손바닥 위로 핑핑 돌리고는 총구를 내리고 가슴팍 주머니에 찔러 넣었다.

그리곤 바닥의 카펫을 빤히 노려보며 말했다. "그런데 나한테 그 얘기를 왜 한 거지?"

"당신이라면 그 여자에게 도움을 줄 수 있을 것 같아서."

"만약 돕지 않는다면?"

"도울 거라고 믿어."

롤스가 조용히 고개를 끄덕였다. "여기서 나갈 수 있을까?"

"직원용 엘리베이터를 타면 차고로 갈 수 있어. 렌터카를 빌릴 수 있을 거야. 내 명함을 줄 테니까 차고 직원에게 보여줘."

"재미있는 사람이군." 롤스가 말했다.

토니는 손때가 묻은 타조 가죽 지갑에서 명함을 꺼내더니 뭔가를 끄적였다.

롤스가 명함에 적힌 글을 읽고는 엄지손톱으로 툭툭 쳤다.

"크레시를 데리고 가는 방법도 있을 텐데…" 그는 미간을 찌푸리며 말했다.

"여자까지 골로 데려가고 싶다면 그럴 수도 있겠지. 호텔에

닷새나 묵었다고 말했잖아. 이미 놈들에게 노출됐어. 나를 아는 사람이 여자를 호텔 밖으로 데려오라고 부탁하더군. 이유가 뭔지도 설명해 줬고. 그래서 자네를 대신 내보내려는 거야."

"놈들이 알면 기뻐서 날뛸 일이네. 조화도 보내줄 테고."

"쉬는 날 찾아가서 애도의 눈물이라도 흘려야겠군."

롤스는 손을 뒤집더니 손바닥을 쳐다보았다. "그럼, 떠나기 전에 한번 만나보는 건? 옆방에 있다고 했나?"

토니는 발걸음을 돌려 입구 쪽으로 향했다. 그리고 어깨 너머로 말했다. "시간 낭비 하지 마. 언제 내 마음이 바뀔지 모르니까."

남자도 수긍하듯 대답했다. "하긴 마음이 바뀌어서 나를 놈들에게 넘길지도 모를 일이지."

토니는 고개도 돌리지 않고 답했다. "이런 기회는 꼭 붙잡아야지."

토니는 객실 밖으로 나섰다. 조심스럽게 문을 닫은 그는 1401호 객실의 문을 한번 쳐다보고는 시커먼 엘리베이터에 올랐다.

세탁실이 있는 층으로 가서 화물용 엘리베이터를 고정하기 위해 세워두었던 침구 수거용 바구니를 치워버렸다. 엘리베이터 문이 천천히 닫혔다. 그는 소음이 나지 않도록 손으로 문을 붙잡았다.

복도 끝 객실 청소 담당자의 사무실에서 가느다란 빛줄기가 비추었다.

토니는 방금 타고 온 엘리베이터로 가서 로비로 내려갔다.

접수 담당 직원은 불투명 유리 칸막이 뒤에서 장부를 정리하고 있는지 보이지 않았다. 토니는 메인 로비를 가로질러 무전실로 걸음을 옮겼다. 다시 라디오가 켜지고 부드러운 선율이 흘러나왔다. 그녀가 아까처럼 소파에 몸을 웅크린 채로 그곳에 있었다.

스피커의 웅얼대는 소리가 그녀를 향해 속삭였다. 워낙 낮고 희미한 소리라 나뭇잎이 소리 없이 흔들리는 것 같았다. 여자는 천천히 고개를 돌리더니 토니를 향해 미소 지었다.

"객실 문단속은 다 하셨어요? 아무리 해도 잠이 오지 않아서요. 그래서 다시 내려왔는데 괜찮죠?"

토니는 미소를 지으며 고개를 끄덕였다. 그는 초록색 의자에 앉아 두툼한 팔걸이를 손바닥으로 토닥토닥 두드렸다. "물론이죠, 크레시 양."

"기다리는 것만큼 힘든 일은 없는 것 같아요, 그렇죠? 그리고 라디오 좀 어떻게 해주세요. 프레첼 과자 꺾는소리가 나서요."

토니는 라디오 채널을 돌렸다. 딱히 마음에 드는 곳이 없자 다시 예전 채널에 맞추어 놓았다.

"이제 맥주 마시는 손님들만 남았네요." 그녀가 토니를 향해 다시 미소를 지었다.

"내가 여기 있는 게 방해가 되지는 않나요, 크레시 양?"

"전 좋아요. 토니는 정말 다정한 사람 같아요."

그는 긴장한 상태로 바닥을 내려다보았다. 척추로 잔물결이 퍼지는 기분이 들었다. 찌릿한 느낌이 사라지기를 기다렸다.

서서히 무감각이 돌아왔다. 그제야 등을 대고 편히 앉아서 시계 체인에 달린 엘크 이빨을 긴 손가락으로 만지작거렸다.

그가 귀를 쫑긋 세웠다. 라디오 소리가 아닌 뭔가 거친 소음이 저만치서 들리는 것 같았다. 아마도 어두운 밤을 헤치며 달리는 자동차의 소음일 지도 모르겠다.

"나쁘기만 한 사람은 없는 법이죠." 그가 큰 소리로 말했다.

여자는 느긋하게 그를 응시했다. "제가 만났던 두세 사람을 그저 나쁘게 기억하는 건 잘못된 거겠네요?"

그가 고개를 끄덕였다. "그렇죠. 진짜 나쁜 사람도 몇은 있겠지만."

여자는 하품하고 그윽한 보랏빛 눈을 반쯤 감았다. 그리고 푹신한 쿠션에 몸을 기대었다. "토니, 잠깐만 옆에 있어 주세요. 살짝 잠이 들지도 몰라요."

"물론이죠. 어차피 할 일도 없는데. 이럴 거면 월급은 왜 주는지 모르겠다니까요."

여자는 곧바로 잠이 들었고, 아이처럼 꼼짝도 하지 않았다.

토니는 10분가량 숨소리조차 내지 않고 있었다. 그는 살짝 입을 벌린 채로 그녀를 지켜보고 있었다. 순수한 그의 눈동자에는 제단을 바라보는 사제처럼 고요한 열망이 감돌았다.

조심스럽게 자리에서 일어난 그는 아치형 입구 로비를 가로질러 데스크 쪽으로 향했다. 데스크에 서서 잠시 귀를 기울이고 있으니 어딘가에서 펜을 끄적이는 소리가 들렸다.

구내용 전화기가 나란히 놓인 모퉁이를 돌아 조그만 유리 부스로 향했다. 그는 수화기를 들고 야간 차고 담당 직원을 연결해 달라고 말했다.

서너 번 벨이 울린 후, 앳된 목소리가 전화를 받았다. "원더미어 호텔 차고입니다."

"나 토니야. 내가 워터슨이라는 친구한테 명함을 줬는데. 혹시 출발했나?"

"네, 토니. 30분쯤 됐어요. 친구분이세요?"

"응, 내 친구야. 고맙네. 나중에 봐."

그는 수화기를 내리고 목덜미를 긁적였다. 다시 데스크로 돌아간 그는 손바닥을 찰싹 내리쳤다. 데스크 담당 직원이 손님을 접대할 때처럼 환하게 미소를 지으며 칸막이를 돌아서 나왔다. 그 미소는 토니를 보는 순간 사라졌다.

"업무에 집중해야 하는데 자꾸 이러기예요?" 직원이 투덜거렸다.

"1402호실, 직원 할인가가 얼마야?"

점원이 앵돌아진 표정으로 그를 바라보았다. "꼭대기 층 객실은 직원 할인이 안 돼요."

"할인해 줘. 그 사람 벌써 퇴실했어. 딱 1시간 밖에 안 있었잖아."

"알겠어요." 점원이 다시 활기찬 어조로 말했다. "그냥 객실에 머물지 않은 걸로 빼버리면 되겠네요."

"50달러면 되겠어?"

"친구예요?"

"아니. 빈털터리에 망상만 가득한 주정뱅이였어."

"엘리베이터에서 내리는 걸 못 봤는데. 어떻게 나갔대요?"

"직원용 엘리베이터에 태워서 내보냈어. 자네는 잠들었었고. 50달러면 되겠지?"

"돈은 왜 줘요?"

손때가 묻은 타조 가죽 지갑이 나오더니 대리석 위로 50달러 지폐가 건너갔다. "내가 해줄 수 있는 게 이것뿐이라서." 토니가 무신경하게 말했다.

접수 담당 직원은 50달러 지폐를 들고 아리송한 표정을 지었다. "뭐, 편하실 대로요." 그는 이렇게 말하고 어깨를 으쓱했다.

데스크 위에 놓인 전화가 울리자 그는 팔을 뻗어 수화기를 들었다. 가만히 수화기 너머로 들리는 소리를 듣더니 토니에게 전화기를 건넸다. "바꿔 달래요."

토니는 수화기를 건네받으면서 전화기를 가슴 쪽으로 잡아당기고 입을 가까이 가져다 댔다. 처음 듣는 목소리였다. 날카롭게 갈라지는 목소리. 도무지 누구인지 알 수가 없었다.

"토니? 토니 리섹인가?"

"말씀하세요."

"알이 전해달라고 해서. 들을 준비 됐나?"

토니는 접수 담당 직원을 바라보았다. "그렇고말고." 그는 수화기 너머로 말했다. 담당 직원이 씩 미소를 짓고는 저만치로 사라졌다. "말해." 토니가 수화기에 대고 말했다.

"그 호텔에 있던 어떤 친구와 잠시 일이 있었어. 도망치려는 걸 잡았지. 알은 자네가 그 친구를 빼돌릴 거라고 예상하고 있었어. 차로 미행을 하다가 모퉁이에서 밀어버렸지. 하지만 생각대로 잘 풀리지는 않았어. 역효과가 났다고 할까."

토니는 수화기를 잡은 손을 꽉 쥐었다. 축축하게 젖었던 관자놀이가 서늘해지는 기분이 들었다. "계속해. 아직 할 말이 남은 것 같은데."

"조금 남았지. 놈이 제대로 한 방 날렸어. 죽었다고, 알이…. 작별 인사를 전하라더군."

토니는 데스크에 힘껏 몸을 대고 늘어졌다. 입술 사이로 알아들을 수 없는 소리가 흘러나왔다.

"알아들었지?" 날카로운 목소리가 짜증 나고 안달이 난 목소리로 다그쳤다. "녀석이 총을 가지고 있었다니까. 그걸로 쐈어. 알은 이제 누구에게도 전화를 걸 수 없게 됐다고."

토니는 전화기 쪽으로 휘청거렸다. 전화기 바닥이 장밋빛 대리석에 쿵 하고 부딪혔다. 입안이 바짝바짝 마르는 것 같았다.

전화기 너머의 목소리가 말했다. "어쨌든 그렇게 됐어. 잘 있게." 자갈이 벽에 부딪히듯 딸깍 소리가 나더니 전화가 끊어졌다.

토니는 아무 소리가 나지 않을 정도로 조심스럽게 수화기를 올렸다. 수화기를 들었던 왼쪽 손바닥을 멍하니 쳐다보았다.

손수건을 꺼내 손바닥을 닦고, 반대편 손으로 손가락을 하나씩 폈다. 그러고는 이마에 맺힌 땀방울을 닦아냈다. 접수 담당 직원이 칸막이 밖으로 나오더니 눈을 반짝이며 토니를 쳐다보았다.

토니는 고개를 끄덕이고 직원을 향해 보일락말락 미소를 지었다. 손수건을 주머니에 넣고 손바닥으로 주머니를 툭 하고 쳤다. 그는 걸음을 돌려 데스크를 등지고 어두컴컴한 메인 로비를 지나 무전실로 걸어갔다.

그는 병실 안에 있는 사람처럼 최대한 발소리를 죽였다. 그리고 조금 전까지 앉아 있던 의자로 가서 천천히 몸을 낮추었다.

여자는 고양이처럼 몸을 잔뜩 웅크린 채 움직이지 않고 곤히 잠들어 있었다. 라디오에서 들리는 희미한 소리 탓에 그녀의 숨소리조차 들리지 않았다.

토니는 의자에 등을 기대고 시계 체인에 달린 엘크 이빨을 두 손으로 만지작거리면서 가만히 두 눈을 감았다.

5화. 시라노 클럽 총격 사건

카마디는 비를 좋아했다. 비의 감촉, 소리, 냄새까지. 그는 쿠페 자동차에서 내려 캐런들렛으로 가는 길목에 잠시 서 있었다. 푸른 스웨이드 재질 외투의 높은 깃이 귓가를 간질였다.

손을 주머니에 찔러 넣은 채 비에 젖어 흐물거리는 담배를 입술 사이에 물고 피웠다. 그러고 나서 이발소와 약국을 지나 브로드웨이 뮤지컬의 피날레처럼 섬세한 조명 아래 나란히 물건들이 전시된 향수 가게를 지나갔다.

호텔에 도착한 그는 금테를 두른 기둥을 돌아서 푹신한 바닥이 있는 엘리베이터에 올라탔다. "알버트. 비가 오니 좋군. 9층으로 가지."

엘리베이터 안에는 옅은 파란색과 은색이 섞인 제복을 입은 앳된 남자가 있었다. 깡마르고 피곤함에 절은 남자가 흰 장갑을 낀 손으로 닫히는 엘리베이터 문을 짚으면서 말했다. "맙소사. 제가 카마디 씨 가는 층수도 모를까 봐서요?"

그는 9층에 불이 들어오는 것도 확인하지 않고 올라갔다.

문이 열리자마자 갑자기 엘리베이터에 기대어 두 눈을 감았다.

카마디가 엘리베이터에서 내리려다 물었다. "알버트, 왜 그래? 어디 아파?"

청년은 희미하게 미소를 지었다. "지금 2교대로 일하는 중이라서요. 코키가 몸이 안 좋대요. 종기가 났다나 봐요. 밥을 못 먹어서 그런지 기운이 없네요."

카마디가 호주머니를 더듬거리며 뒤지더니 청년의 코끝에다가 10달러 지폐를 가져다 댔다.

청년의 눈이 동그래졌다. 그는 자세를 고치며 똑바로 섰다.

"카마디 씨, 세상에. 그런 뜻으로 말씀드린 게 아니라…"

"넣어둬, 알버트. 친구 사이에 이러기야? 나를 위해서라도 밥 잘 챙겨 먹어야지."

그는 엘리베이터에서 내려 복도를 따라 걷기 시작했다. 부드러운 목소리로 숨을 죽인 채 그가 중얼거렸다. "풋내기 같은 녀석."

순간 부리나케 달려오던 남자가 하마터면 카마디의 발에 걸려 넘어질 뻔했다. 남자가 재빨리 몸을 틀어 카마디의 어깨를 스치고 엘리베이터 쪽으로 달려갔다.

"내려갈 거야!" 그는 닫힌 문을 세게 두드렸다.

카마디는 비에 젖어 늘어진 모자 아래로 남자의 하얀 얼굴을 쳐다보았다. 텅 빈 두 개의 검은 눈동자가 가운데로 몰려 있었다. 예전에 본 적이 있는 특이한 눈이었다.

약에 취한 듯한 눈빛.

엘리베이터는 납덩이처럼 하강했다. 카마디는 엘리베이터가 있던 자리를 한참 동안 바라보다 복도를 따라 걸어가 모퉁이를 돌았다. 그는 한 여자가 914호의 열린 문 사이에서 반은 복도로 반은 들어간 상태로 누운 모습을 보았다.

여자는 옆으로 누운 상태였다. 푸른빛이 도는 회색 실내복 차림으로 뺨을 복도 카펫에 대고 잠들어 있었다. 옥수수 빛이 나는 금발의 숱 많은 머리칼을 곱게 빗어서 묶었다. 머리카락 한 올도 빠져나오지 않았다.

여자는 매우 젊었고 아름다웠다. 죽은 것처럼 보이지도 않았다.

카마디는 여자의 옆으로 가서 쪼그리고 앉아 뺨을 만져보았다. 따뜻했다. 머리카락을 살짝 들자 시퍼런 멍 자국이 보였다.

"맙소사," 그는 이빨로 입술을 깨물었다. 그는 여자를 품에 안고 거실로 옮겼다. 가스난로 앞에 놓인 커다란 벨루어 재질의 소파에 눕혔다.

여자는 꼼짝도 하지 않고 누운 상태로 눈을 감고 있었다. 화장한 얼굴이 파랗게 질려 있었다. 그는 현관문을 열고 복도를 둘러본 다음, 바닥에서 하얗게 반짝거리는 무언가를 집었다.

얇은 22구경 자동 7연발식 권총. 그는 총의 냄새를 맡고 주머니에 넣은 다음 여자가 있는 곳으로 돌아갔다.

카마디가 가슴 쪽 주머니에서 휴대용 은색 플라스크 병을 꺼냈다. 뚜껑을 열고 손가락으로 여자의 입을 벌린 다음 작고 새하얀 치아 사이로 위스키를 부었다.

여자가 캑캑거리면서 머리를 확 하고 들었다.

여자가 눈을 떴다. 짙은 파란색과 보라빛이 감도는 눈동자.

빛을 보자 눈동자가 불안정하게 떨렸다.

그는 담배에 불을 붙이고 여자를 내려다보았다. 그녀가 조금 움찔거렸다. 잠시 후 여자가 속삭이듯 말했다. "위스키 괜찮네요. 조금 더 마셔도 돼요?"

그는 주방에서 잔을 가지고 와 위스키를 조금 부었다. 그녀는 아주 천천히 일어나서 소파에 앉았다. 머리를 만지면서 신음을 냈다. 그러고는 남자가 건넨 술잔을 받아 아주 익숙한 듯 손목을 꺾으며 술을 비웠다.

"맛있네요." 여자가 말했다. "그런데 누구시죠?"

깊고 감미로운 목소리였다. 그는 여자의 그런 목소리가 좋았다.

그가 말했다. "카마디라고 해요. 복도 끝 937호에 살죠."

"머리가 띵해요."

"잠깐 정신을 잃었어요." 그의 갈색 눈동자가 그녀를 뚫어져라 쳐다보았다. 입가에 미소가 감돌았다.

그녀의 눈이 더욱 커졌다. 눈에 서서히 생기가 돌더니 보호용 유약을 바른 것처럼 반짝거렸다.

그가 말했다. "그 남자 봤어요. 부리나케 가던데. 여기 당신 총이 있어요." 그는 주머니에서 총을 꺼내 손바닥 위에 올렸다.

"별 의미 없는 이야기처럼 들리네요." 여자가 천천히 말했다.

"난 아니에요. 궁지에 몰린 거라면 내가 도와줄 수도 있어요. 때에 따라서 다르겠지만."

"어떤 경우 말이에요?" 여자가 차갑고 날카로운 목소리로 되물었다.

"무슨 일인지에 따라 달라요." 그가 부드럽게 말했다.

그는 작은 총에서 탄창을 분리하더니 위쪽을 흘끗 살펴보았다. "구리와 니켈로 만든 총알이군요. 탄약이 어떤 건지는 알겠죠, 천사 아가씨?"

"저를 천사로 부르시네요?"

"이름을 모르니까."

그는 여자를 보며 활짝 웃고는 창문 앞에 놓인 책상으로 걸어가 그 위에 총을 내려두었다. 책상 위에 가죽으로 된 액자에 꽂힌 사진 두 개가 보였다.

처음에는 아무 생각이 없다가, 곧바로 얼굴이 굳어졌다. 미모의 여인과 빳빳하게 세운 깃에 매듭이 있는 넥타이를 맨 금발의 마른 남자, 그리고 날짜는 아주 오래전이었다. 그는 사진 속 남자를 바라보았다.

젊은 여자가 뒤에서 말했다. "저는 아드리안이에요. 시라노 클럽의 플로어 쇼에서 공연해요."

카마디는 여전히 사진을 응시하고 있었다. "시라노 씨는 나도 잘 아는 사람이죠." 그가 멍한 말투로 말했다. "이분들이 부모님이신가요?"

그는 돌아서서 여자를 쳐다보았다. 여자가 천천히 고개를 들었다. 짙고 푸른 눈동자에 뭔지 모를 두려움이 서려 있었다.

그는 재빨리 소파로 돌아가서 여자 앞에 섰다. "좋아요. 나는 참견하기 좋아하는 사람이에요. 여긴 우리 동네고. 아버지께서 이곳을 운영하셨죠. 아버지 이름은 마커스 카마디. 주민들의 벗이셨고. 여기는 내 호텔이에요. 일부를 소유하고 있으니까. 조금 전 후드를 입은 남자는 동네 건달처럼 보이던데. 왜 도와주고 싶은 마음이 들지 않겠어요?"

금발의 여자가 흐늘대며 그를 응시했다. "그 위스키 정말 맛있네요. 조금만 더…"

"목 부분을 잡고 마셔요, 천사 아가씨. 그럼 더 빨리 삼킬 수 있으니까." 그가 투덜거렸다.

그녀는 얼굴이 사색이 되어 자리에서 벌떡 일어났다. "마치 내가 사기꾼이라도 되는 것처럼 얘기하시네요." 여자가 쏘아붙였다. "그렇게 알고 싶다면 말하죠. 남자친구가 협박받고 있어요. 그는 격투기 선수인데 협박을 하는 사람들은 남자친구가 격투기판에서 사라지기를 바라죠. 그런데 그 사람들이 나를 통해서 남자친구에게 접근하려고 해요. 이제 만족하셨나요?"

카마디는 의자에 놓인 모자를 집어 들고, 입에 물고 있던 담배를 재떨이에 비벼서 껐다. 그는 조용히 고개를 끄덕이고 다소 달라진 목소리로 말했다. "이만 실례하죠." 그는 문 쪽으로 걸어갔다.

반 정도 걸어갔을 때 뒤에서 키득대는 소리가 들렸다. 여자가 부드러운 목소리로 말했다. "정말 고약한 성질머리네요. 여기 술병을 잊으셨어요."

그는 다시 돌아가서 은색 플라스크 술병을 집어 들었다. 그리고 몸을 굽히고 여자의 턱 아래 손을 대고는 입술에 키스했다.

"당신과 함께 지옥에 가고 싶어, 천사 아가씨. 당신이 마음에 드는군." 그가 부드럽게 말했다.

그는 복도로 돌아갔다. 여자가 손가락으로 입술을 만지더니 앞뒤로 천천히 문질렀다. 그녀의 얼굴에 수줍은 미소가 퍼졌다.

아코스타는 호텔의 벨보이 주임으로 날씬하고 까무잡잡한 피부에 여자처럼 몸이 가벼웠다. 작고 섬세한 손과 부드러운 눈, 그리고 입술은 다부지고 작았다.

그가 문 앞에서 말했다. "일곱 번째 라운드는 제가 본 것 중에 제일 끝내줬어요, 카마디 씨. 디콘도 나쁘지 않았고…, 타르고는 아무리 봐도 차기 챔피언 감이던걸요."

카마디가 말했다. "아코스타, 들어와서 한잔해." 그는 창가에서 내리는 빗방울을 바라보고 있었다. "만약 그의 승리에 돈을 건다면?" 그는 어깨 너머로 덧붙였다.

"네, 단식 게임으로는 괜찮을 거예요. 카마디 씨."

까무잡잡한 피부의 아코스타가 책상 위에 놓인 쟁반 위에서 하이볼을 조심스럽게 섞었다. 병을 불빛 아래 대고 술의 양을 가늠하더니 긴 숟가락으로 부드럽게 얼음을 젓고서 홀짝거렸다. 맛을 본 다음 새하얀 치아를 드러내며 미소를 지었다.

"타르고는 깡다구가 있어요, 카마디 씨. 민첩하고 똑똑한데다 양손잡이에 배짱도 두둑해서 한 발자국도 물러서지 않을 겁니다."

"돈을 거는 놈들이 그를 잡아먹으려고 아우성이니 견뎌야지." 카마디가 느릿하게 말했다.

"그렇긴 하죠. 아직 타르고라는 사자의 고기를 맛본 놈이 없으니…"

빗방울이 유리를 때렸다. 굵은 빗방울이 평평하게 퍼지면서 유리창 위로 작은 파도가 일었다가 씻겨 내려갔다.

카마디가 말했다. "타르고라는 놈, 그래봤자 별거 아냐. 겉만 번지르르하지."

아코스타가 한숨을 푹 내쉬었다. "경기를 보러 갔으면 좋겠는데…. 오늘 저녁 쉬는 날이거든요."

카마디는 천천히 돌아서서 책상 쪽으로 가더니 술을 흔들었다. 볼 위로 두 개의 어두운 그늘이 보였다. 피곤해서인지 목소리도 어눌했다. "근데 왜 안 가지?"

"두통이 있어서요."

"돈을 또 날렸구먼!" 카마디가 으르렁대며 말했다.

아코스타가 긴 속눈썹을 깔고 옆으로 시선을 돌리고는 아무 말도 하지 않았다.

카마디는 왼손을 쥐었다가 천천히 풀었다. 눈빛이 침울해 보였다.

"그럴 땐 이 카마디에게 물어봐야지." 그가 한숨을 쉬었다.

"오래된 좋은 친구 카마디. 돈을 줄줄 뿌리고 다니는 사람. 다정하잖아? 그냥 카마디에게 물어보면 돼. 오케이? 아코스타. 가서 신나게 베팅해 봐."

그는 주머니에 손을 넣더니 지폐를 내밀었다. 아코스타가 매우 놀란 눈치였다.

"맙소사, 카마디 씨. 이렇게까지 하실 줄은…"

"그만! 친구끼리 입장권 좀 사주는 게 뭐가 어때서? 두 장 사서 여자 친구랑 같이 보러 가. 타르고는 지옥으로 꺼지라고 하고."

아코스타는 그가 주는 지폐를 받으며 슬쩍 그의 눈치를 살폈다. 그리고 부드러운 목소리로 말했다. "저는 카마디 씨랑 가고 싶어요. 타르고가 링 안에서만 놈들을 자빠트리는 게 아니거든요. 914호에 복숭앗빛이 감도는 금발 머리 아가씨가 살아요. 아드리안 양이라고."

카마디가 바짝 긴장했다. 그는 술잔을 천천히 책상 위에 올려놓았다. 살짝 목소리도 쉰 것 같았다.

"역시 그놈은 쓰레기가 맞군. 아코스타, 알았어. 저녁때 만나, 자네 집 앞에서 7시에."

"맙소사, 최고예요! 카마디 씨."

아코스타는 조용히 밖으로 나가서 소리를 내지 않고 문을 닫았다.

카마디는 책상 옆에 서서 손가락 끝으로 책상 위를 쓸어내고 바닥을 바라보았다. 그렇게 한참 동안 서 있었다.

"카마디, 넌 미국에서 가장 멍청한 놈이야…" 그가 음울한 목소리로 말했다. "길 잃은 자들을 위해 횃불을 들고 나대는 놈…. 제기랄."

그는 술잔을 비우고 손목시계를 확인한 다음, 모자를 쓰고 푸른 스웨이드 우비 코트를 입고 밖으로 나갔다.

복도를 따라가던 그는 914호에 멈추어 섰다. 손을 들어서 노크를 하려다가 문에 손도 대지 못하고 그대로 손을 내렸다.

천천히 엘리베이터를 타고 내려가서 거리로 나와 차가 있는 쪽으로 걸어갔다.

And

〈트리뷴지〉 사무실은 4번가와 스프링가 사이에 있었다. 카마디는 모퉁이를 돌아서 차를 세우고 직원용 입구로 들어가서 4층으로 가는 엘리베이터를 탔다.

한 걸음 정도 떨어진 곳에 불을 붙이지 않은 시가를 물고, 잡지를 말아쥔 노인이 엘리베이터 운행을 맡고 있었다.

4층에 있는 커다란 이중문 위에는 편집실이라는 커다란 글자가 적혀 있었다. 또 다른 노인은 전화박스가 있는 바깥쪽 작은 책상에 앉아 있었다.

카마디는 책상을 두드리며 말했다. "아담스 좀 불러주세요. 카마디가 찾는다고요."

노인은 상자 속을 바스락거리며 뒤지더니 열쇠를 꺼내 턱으로 가리켰다.

카마디는 문을 지나 편자 모양의 책상을 지난 다음, 직원들이 일하는 작은 책상들이 나란히 늘어선 곳으로 지나갔다.

맨 끝에 있는 호리호리한 붉은 머리의 남자는 서랍을 반쯤 열고 발을 올린 채로 아무것도 하지 않고 있었다.

뒤로는 아슬아슬하게 기울어진 회전의자가 있었고, 입에 문 담배 파이프는 천장을 향하고 있었다.

카마디가 옆으로 다가가자 그는 몸은 그대로 두고 눈동자만 돌리더니 파이프를 물고 중얼거렸다. "어이구, 카마디 아저씨. 게으른 부자께서 어인 일로 여길 행차하셨나?"

카마디가 말했다. "신문 기사에서 얼핏 봤는데, 코트웨이라고…. 뭐 좀 알고 있나? 정확한 이름은 존 마이어스 코트웨이야. 상원의원."

아담스는 바닥으로 다리를 내렸다. 그는 책상 모서리를 잡고 몸을 일으켰다. 입에 물고 있던 파이프를 꺼낸 다음, 쓰레기통에 퉤 하고 침을 뱉었다.

"그 늙은 여우 말이야? 언제 그 사람 소식 들은 적 있어? 하긴." 그는 귀찮은 듯 자리에서 일어나 덧붙였다. "이쪽으로 오슈." 그는 사무실 끝으로 걸어갔다.

두 사람은 책상들이 늘어선 통로를 따라서 걸었다. 얼룩덜룩하게 화장하고 키보드를 두드리면서 자기가 쓴 글을 보며 웃고 있는 뚱뚱한 여자들을 지나갔다.

두 사람은 문으로 들어가 180센티 높이의 서류함이 있는 커다란 공간으로 들어갔는데, 안에는 테이블과 작은 의자가 있었다.

아담스는 서류함을 뒤져서 파일 하나를 꺼내 테이블에 올렸다.

"이것 좀 봐. 그런데 팔이 왜 그래?"

카마디는 대답 없이 상처가 난 곳에 두꺼운 뭉치를 붙인 팔꿈치를 테이블에 올리고 기댔다.

별로 특별한 것은 없었다. 정치적인 소식으로 1면 기사도 아니었다. 코트웨이 상원의원은 공익과 관련된 이런저런 이야기를 했고, 이런저런 회의에 나갔고, 이런저런 곳에 돌아다녔다.

대부분 지루하기 짝이 없는 내용이었다.

여위고 하얀 머리카락, 멍하고 침착한 얼굴이 찍힌 사진 몇 개도 있었다. 깊고 어두운 눈동자에서 따스함은 찾아볼 수가 없었다.

잠시 후 카마디가 말했다. "혹시 사진 한 장 얻을 수 있어? 실물 사진 말이야."

아담스는 한숨을 쉬더니 몸을 뻗어서 파일이 나란히 꽂힌 벽 사이로 사라졌다. 그가 반짝이는 흑백 사진을 들고 와서 테이블 위에 올렸다.

"가져가시게." 그가 말했다. "우리는 수십 장도 넘게 가지고 있으니. 사진 속에서 영원히 사는 셈이지. 어떻게, 사인이라도 한 장 받아드릴까?"

카마디는 실눈을 뜨고 한참 동안 사진을 바라보았다. "됐고." 그는 천천히 말했다. "혹시 코트웨이 의원이 결혼은 했었나?"

"내가 기저귀를 뗀 후로는 아마 결혼한 적이 없을 거야. 대체 뭘 알고 싶은 거지?"

카마디는 그를 향해 미소를 지어 보였다. 그가 휴대용 술병을 꺼내 테이블 위에 올렸다. 아담스의 표정이 곧바로 밝아지더니 긴 팔을 뻗었다.

"그럼 아이도 낳은 적이 없겠네?" 카마디가 말했다.

아담스는 술병 너머로 말했다. "글쎄. 공식적으로는 그렇겠지. 하지만 얼굴만 보고 판단하라면…, 절대 그럴 리가 없겠지?" 그는 술병을 꺾어 마시고는 입술을 닦고 다시 술을 마셨다.

"그거 정말 재미있군. 술 세 모금 더 마시고, 내가 여기 찾아왔던 건 잊도록 해." 카마디가 말했다.

뚱뚱한 남자가 카마디의 얼굴에 자기 얼굴을 바짝 가져다 댔다. 그가 씩씩대며 말했다. "이래도 경기 결과가 뻔하다는 거요?"

"그래. 디콘 쪽이 우세야." 카마디가 말했다.

"그래서 얼마나 걸 건데요?"

"자네가 말해 봐."

"열 장 정도는 돼야죠."

"그렇게 해." 카마디는 단조롭게 말하고 옥수수처럼 빛나는 뚱보의 금발 머리 뒤통수를 계속 응시했다. 하얀 털이 달린 모자 아래 유리처럼 흔들리는 머리카락. 얼굴은 알아볼 수가 없었다. 그럴 필요도 없었고.

뚱뚱한 남자는 눈을 깜빡이더니 조끼 안에서 두툼한 지갑을 꺼냈다. 그는 지갑을 무릎에 올리고 100달러 지폐 열 장을 말아쥐고 갈비뼈에 가져다 댔다.

"좋아요. 당신 돈은 얼마나 되는지 봅시다." 그가 씩씩대며 말했다.

카마디는 시선을 돌리더니 100달러짜리 신권이 담긴 납작한 꾸러미를 쳐다보았다. 그 안에서 지폐 열 장을 꺼내 내밀었다.

"은행에서 바로 온 거네요." 뚱뚱한 남자가 말했다. 그리고 얼굴을 카마디 쪽으로 바짝 가져다 대고 말했다. "내 이름은 오닐이에요. 한낱 먼지 같은 존재가 아니라고요, 풋내기 씨."

카마디는 천천히 미소를 지으면서 그의 돈을 뚱뚱한 남자의 손에 쥐여주었다. "이거 가지고 기다리게, 오닐. 난 카마디라고 해. 마커스 카마디의 아들. 난 자네가 뛰는 것보다 빨리 총을 쏠 수 있어. 그리고 뒤처리도 깔끔하지."

뚱뚱한 남자가 깊은 한숨을 내쉬고 의자에 등을 기대고 앉았다. 아코스타는 남자의 통통한 손에 쥐어진 지폐를 부러운 눈으로 바라보았다. 그는 입술을 핥고, 카마디를 향해 당황스러운 미소를 지어 보였다.

"맙소사, 카마디 씨. 돈을 꽤 잃으셨네요." 그가 속삭였다.

"혹시 그 안에 다른 게 없다면 말이에요."

"이 정도는 충분히 복구할 수 있어." 카마디가 으르렁대며 말했다.

여섯 번째 라운드를 알리는 벨이 울렸다.

앞선 다섯 라운드에서는 아무도 제대로 싸우지 않았다. 몸집이 크고 금발인 타르고는 별로 힘을 쓰지 않았다.

검은 피부의 디콘은 꽃양배추처럼 쭈글쭈글한 귀와 치아가

엉망으로 생긴 폴란드인이었다. 지하 세계에서 거칠게 몸싸움이나 하고 죽어라 주먹을 휘두르는 선수들과 조금 차원이 달랐다. 지금까지는 타르고를 붙들어 놓기에 충분했다. 팬들은 타르고의 플레이에 조롱을 보냈다.

링 밖으로 의자를 치우자 타르고는 검은색과 은색이 섞인 트렁크 팬티를 잡고 하얀 모자를 쓴 여자를 향해 긴장된 미소를 지어 보였다. 잘생긴 외모, 상처 하나 없었다. 디콘의 코에서 왼쪽 어깨까지 피가 흘러내렸다.

종이 울렸다. 디콘은 링을 가로질러 타르고의 어깨를 타고 왼쪽으로 훅을 날렸다. 타르고는 훅에 담긴 것보다 더 큰 충격을 오롯이 느꼈다. 그는 밧줄까지 튕겨 나오더니 주춤대다 쓰러지고 말았다.

카마디는 어두운 좌석에서 조용히 웃었다.

심판은 두 사람을 가볍게 떼어냈다. 타르고는 멀쩡했다. 디콘이 어퍼컷을 날렸지만 아쉽게 빗나갔다. 두 사람은 잠시 가벼운 난타전을 했다. 객석에서는 왈츠가 흘러나왔다.

디콘이 계속 주먹을 휘두르기 시작했다. 타르고는 마치 공격해 오기를 기다리는 것처럼 보였다. 묘하게 긴장된 미소가 그의 얼굴에 퍼졌다. 하얀 모자를 쓴 여자가 벌떡 일어섰다.

디콘이 휘두른 주먹이 타르고의 턱을 스쳤고, 그는 비틀거렸다. 타르고는 우측에서부터 주먹을 휘두르면서 디콘의 시선을 다른 데로 돌렸다. 레프트 훅이 디콘의 턱을 강타했고, 다시 라이트 펀치가 날아와 같은 부위를 강타했다.

검은 피부의 디콘은 손과 무릎을 바닥에 대고 천천히 미끄러지더니 양손에 글러브를 낀 채로 뻗어버렸다. 카운트다운이 끝나고 아웃이 선언되자 객석에서 야유가 터져 나왔다.

뚱뚱한 남자가 힘겹게 자리에서 일어나며 활짝 웃었다. "어때요? 아직도 팽팽한 상황이라고 우길 건가?"

"예상이 빗나갔군." 카마디는 경찰 무전처럼 무덤덤하게 말했다.

뚱뚱한 남자가 말했다. "잘 가요, 풋내기 씨. 자주 놀러 와요." 그는 카마디에게 보기 좋게 한 방 날렸다.

카마디는 꼼짝도 안 하고 자리에 앉아서 경기장이 텅 비어가는 것을 지켜보았다. 격투기 선수들과 코치는 링 아래 계단으로 내려갔다. 하얀 모자를 쓴 여자는 군중들 사이로 사라졌다.

조명이 꺼지자 헛간처럼 지은 구조물이 싸구려처럼 지저분하게 보였다.

아코스타는 줄무늬 멜빵을 찬 남자가 좌석 사이에서 서류를 챙기는 것을 보며 초조해했다.

카마디가 벌떡 일어서더니 말했다. "저 사람이랑 잠깐 얘기 좀 해야겠어. 아코스타, 밖에 나가서 차에서 기다려."

그는 재빨리 경사로를 따라서 로비로 올라갔다. 관객들의 인파를 뚫고 '입장 금지'라고 적힌 회색 문으로 갔다. 그는 문을 열고 들어가서 똑같은 표지판이 걸린 다른 문으로 가는 길로 내려갔다.

색이 바랜 카키색 제복을 입고 단추를 풀어 헤친 특수 경찰이 한 손에는 맥주, 다른 손에는 햄버거를 들고 앞에 서 있었다.

카마디는 경찰용 출입 카드를 들어 보였다. 경찰은 카드를 제대로 확인도 하지 않고 뒤로 물러섰다. 그는 카마디가 문을 통과할 때, 딸꾹질이 나오는 걸 숨죽여 참고 있었다.

그리고 번호가 적힌 문이 나란히 보이는 좁은 통로로 갔다.

문 너머로 시끄러운 소리가 들렸다. 왼쪽 네 번째 문에는 '타르고'라는 이름이 휘갈겨 써진 종이가 압정으로 고정돼 있었다.

카마디는 문을 열고 들어갔다. 시끄러운 물소리 탓에 문소리가 들리지 않았다.

비좁은 맨바닥에 하얀 스웨터를 입은 남자는 옷가지가 흐트러진 탁자 끝자락에 앉아서 뭔가를 문지르고 있었다. 카마디는 그자가 타르고의 두 번째 부하라는 걸 알아볼 수 있었다.

카마디가 말했다. "타르고는 어디 있지?"

스웨터를 입은 남자가 물소리 나는 쪽을 엄지손가락으로 가리켰다. 그때 샤워장 안에서 한 남자가 나오더니 카마디 쪽으로 휘청거리며 다가왔다. 키가 크고 잿빛이 섞인 갈색 곱슬머리의 남자였다.

그는 손에 커다란 술병을 들고 있었다. 얼굴은 얼큰하게 취해서 번들거렸다. 머리카락은 축축하게 젖었고, 눈동자는 벌겋게 충혈됐다. 계속 히죽대느라 입술이 말렸다가 풀렸다가 했다.

그가 묵직한 목소리로 "멍청이"라고 중얼거렸다.

카마디는 조용히 코트 아래 조끼 주머니에서 무언가를 꺼내려 했다. 곱슬머리 남자를 쳐다보지도 않았다.

곱슬머리 남자가 갑자기 오른손을 들더니 코트 속으로 집어 넣었다가 곧바로 빼냈다. 푸른색 강철로 만든 권총이 그의 환한 셔츠와 대비되어 흐릿하게 빛나 보였다. 왼손에 든 술병에서 술이 줄줄 흘러내렸다.

"어이, 총은 안 되지!" 그가 사납게 대들었다.

카마디는 천천히 담배를 올려 그의 손에 들어 보이고는 입술 사이에 물었다. 푸른색 총이 가까운 거리에 있었지만 견고한 조준은 되지 않았다. 술병을 든 손이 리듬에 맞춰 위아래로 움직였다.

카마디가 힘없이 말했다. "자네는 꼭 말썽을 피워야 직성이 풀리는가 보군."

스웨터를 입은 남자가 다가오더니 꼼짝하지 않고 서서 총을 내려다보았다.

곱슬머리 남자가 말했다. "골칫거리 만드는 거 무척 좋아하지. 마이크, 몸을 뒤져봐."

스웨터를 입은 마이크가 대답했다. "난 괜히 얽히기 싫어. 셴베어, 제발 진정해. 왜 흥분해서 그래."

카마디가 말했다. "몸을 뒤져도 괜찮아. 난 무장을 하지 않았으니까."

"쉿!" 마이크가 말했다. "저쪽은 타르고의 경호원이죠. 잠깐 몸 좀 확인해 볼게요."

곱슬머리 셴베어가 말했다. "당연하지. 난 취했잖아." 그리고 키득거리며 웃었다.

"당신은 타르고의 친구인가요?" 마이크가 물었다.

"타르고에게 전해 줄 정보가 있어." 카마디가 말했다.

"무슨 정보인데요?"

카마디는 아무 말도 하지 않았다.

"알겠어요." 마이크가 씁쓸한 미소를 지으며 어깨를 으쓱했다.

"마이크, 그거 알아?" 센베어가 문득 호전적으로 물었다.

"아무래도 이 개자식이 내 일자리를 노리는 것 같아. 맞아, 그거야." 그는 총구로 카마디를 찔렀다. "당신 사립 탐정이지, 맞지? 형씨."

"어쩌면?" 카마디가 대꾸했다. "그 쇳덩이로 네 배나 찌르지 그래."

센베어가 얼굴을 살짝 갸우뚱하더니 어깨 너머를 보며 히죽거렸다. "마이크, 뭐 아는 거 없어? 저놈 탐정이야. 내 일자리를 노리는 거라고. 분명해."

"멍청아. 이제 그만 좀 해라." 마이크가 역겨운 듯 쏘아붙였다.

센베어가 몸을 틀었다. "그 친구 경호원은 나잖아, 안 그래?" 그가 투덜거리며 말했다.

카마디는 담뱃갑을 쥔 손으로 아무렇지 않은 듯 총을 한쪽으로 툭 하고 쳐냈다. 센베어가 다시 홱 하고 머리를 돌렸다.

카마디가 한 발짝 다가가더니 그의 복부에 주먹을 세게 날리고 팔을 길게 뻗으며 총을 밀어냈다. 센베어는 캑캑거리더니 화가 나서 카마디의 코트 쪽으로 술을 뿌렸다. 술병이 깨지면서 바닥에 흩어졌다. 왼손에 있던 총은 구석까지 굴러갔다.

마이크가 총을 집으러 갔다.

미처 알아채지 못하는 사이 샤워실 물소리가 멈추었고, 수건으로 온몸을 감싼 금발의 격투기 선수가 기세등등하게 나타났다. 그는 입을 쩍 벌리고 눈앞에 벌어진 광경을 응시하고 있었다.

카마디가 말했다. "이딴 거 이젠 필요 없어." 그는 센베어를 밀쳤다.

센베어가 덤벼들자 오른손으로 턱에 강하게 펀치를 날렸다.

그가 비틀거리며 걷다가 벽에 부딪히더니 바닥으로 스르르 미끄러져 내렸다. 마이크는 총을 낚아채고 그대로 굳어져서 카마디의 모습을 지켜보고 있었다.

카마디는 손수건을 꺼내서 코트 앞부분을 닦았다. 타르고는 크고 잘생긴 입을 꾹 다문 채 천천히 수건으로 가슴 앞과 등의 물기를 닦기 시작했다.

잠시 후 그가 말했다. "당신 대체 누구인데 이 난리를 피우는 거요?"

카마디가 말했다. "한때 사립 탐정으로 일하기는 했지. 내 이름을 걸고. 자네한테 도움이 필요할 것 같은데."

타르고는 샤워를 마치고 갓 나왔을 때보다 얼굴이 더 붉게 물들었다. "왜지?"

"본래 자네가 지기로 되어있던 경기로 아는데, 뭐 노력은 한 것 같지만. 디콘이라는 친구 실력이 너무 형편이 없더군. 자네로서도 어쩔 수 없었을 테지만. 이제 자네는 궁지에 몰렸다는 뜻이고."

타르고가 느릿느릿 입을 열었다. “그딴 얘기를 하니까 발길에 주둥이를 걷어차이는 거야.”

순간 방에 고요한 정적이 흘렀다. 술에 취한 남자는 바닥에 앉아서 눈을 끔벅거리며 일어나보려고 했지만, 곧바로 포기했다.

카마디가 조용히 덧붙였다. “시라노는 내 친구야. 그자가 당신 후원자 아닌가?”

마이크가 거칠게 웃었다. 그러더니 총을 분해해서 탄창을 바닥에 떨어트렸다. 문 쪽으로 가서 밖으로 나가버렸고, 쾅 소리를 내며 문을 닫았다.

타르고는 닫힌 문을 바라본 다음, 카마디를 쳐다보았다. 그는 느릿느릿 입을 열었다. “무슨 소리를 들은 거지?”

“당신 친구 아드리안이 내 호텔, 같은 층에 살아. 낮에 후드를 뒤집어쓴 놈에게 가격을 당했지. 내가 우연히 지나가다가 놈이 도망치는 걸 봤고, 그녀를 구할 수 있었어. 그래서 사정을 조금이나마 듣게 된 거야.”

타르고는 속옷을 걸치더니 양말과 신발을 주섬주섬 신었다.

그리고 사물함에서 검정 새틴 셔츠를 꺼내서 입었다. “나한테는 아무 말도 안 했는데.”

“경기가 있기 전이니까 당연히 그랬겠지.”

타르고가 고개를 살짝 끄덕하더니 말했다. “시라노 씨를 안다면 나쁜 사람은 아니겠군. 사실 협박을 받고 있지. 새 모이처럼 많은 놈들에게. 어쩌면 쉽게 돈을 벌고 싶어서 안달이 난 도박꾼들의 수작일 수도 있겠고. 지금까지는 내가 원하는 방식으로 경기를 했는데…. 이제 나가서 바람이라도 좀 쐴까?"

그는 허리가 올라오는 검정 바지를 입고, 검은 셔츠에 하얀 넥타이를 맸다. 그리고 테두리에 검정 장식이 달린 하얀색 코트를 사물함에서 꺼내 어깨에 걸쳤다. 검정과 하양이 섞인 손수건이 가슴 주머니에서 세 부분으로 갈라져 보였다.

카마디가 그 옷을 쳐다보고는 문 쪽으로 걸어가다 바닥에 쓰러진 남자를 내려다보았다.

"좋아. 경호원도 따로 두기는 했군. 사설 경호원을 붙이면 어떨까 생각해 봤는데. 아무튼 실례가 많았어." 그가 말했다.

카마는가 문을 살짝 닫고 경사로를 따라서 로비로 올라갔다가 거리로 걸음을 내디뎠다. 쏟아지는 비를 뚫고 건물 모퉁이를 돌아서 큼지막한 자갈이 깔린 주차장으로 걸어갔다.

자동차 불빛이 그를 비추었다. 쿠페 자동차가 물기 어린 자갈길을 따라서 미끄러지듯이 올라왔다. 운전대를 잡은 사람은 아코스타였다.

카마디가 조수석에 올라타면서 말했다. "시라노 클럽으로 가서 한잔하세, 아코스타."

"오, 그거 좋네요. 아드리안이라는 아가씨가 거기서 공연해요. 아시죠? 제가 얘기했던 그 금발 머리 아가씨."

카마디가 대꾸했다. "타르고를 만났어. 마음에 드는 친구이기는 한데, 옷차림이 영 마음에 들지 않는군."

패션화보의 주인공처럼 보이는 90킬로 몸무게의 거스는 붉게 물들인 볼과 중국 화병의 그림을 본뜬 것처럼 가늘고 정교한 눈썹을 가졌다. 넓적한 정장 어깨의 옷깃에는 붉은색 카네이션이 꽂혀 있었다.

그는 웨이터가 클럽에 온 손님들에게 좌석을 안내하는 동안 계속해서 킁킁댔다. 카마디가 아코스타와 현관을 통과하려는 순간 그가 갑자기 미소를 띠더니 손을 내밀면서 다가왔다.

"오늘 경기 어땠어요? 놀려고 오신 거예요?"

"그냥 둘이 마실 거야. 이쪽은 아코스타. 아코스타, 이쪽은 거스. 여기 클럽 매니저야." 카마디가 말했다.

거스는 아코스타를 쳐다보지도 않고 악수를 했다. "그러니까 여기 마지막으로 오셨던 게…"

"그 얘기는 그만두지. 무대 근처에 앉고 싶은데, 너무 가까운 자리는 싫어. 춤을 추러 온 게 아니니까."

거스는 겨드랑이에 끼고 있던 메뉴판을 들고, 타원형 댄스 무대를 빙 둘러서 테이블을 따라 진홍색 계단 아래로 두 사람을 안내했다.

두 사람이 자리에 앉았다. 카마디는 위스키 하이볼과 덴버 샌드위치를 주문했다. 거스는 주문한 음식을 웨이터에게 전달하고 의자를 끌어와 테이블에 함께 앉았다. 그는 성냥갑 안쪽에다가 연필로 삼각형을 그렸다.

"경기는 보셨어요?" 그가 무심한 듯 물었다.

"그놈들이 경기라고 부를 만큼 잘 싸웠던가?"

거스는 다정하게 미소를 지었다. "시라노 씨가 타르고에게 이야기했대요. 당신이 분별 있는 분이라고…" 그가 계속 얘기해도 괜찮은지 눈치를 보며 아코스타 쪽으로 갑자기 시선을 돌렸다.

"아코스타는 괜찮아." 카마디가 말했다.

거스가 대화를 계속했다. "부탁 하나 들어주실래요? 이쯤에서 그만두세요. 시라노 씨는 그 선수를 좋아해요. 괜히 다치게 두지 않을 거라고요. 만약 그 협박이라는 게 어떤 멍청한 놈 머리에서 나온 헛소리가 아니라면, 어떻게든 보호할 방법을 마련해서 타르고를 지켰을 거예요. 시라노 씨는 최대한 신중히 한 번에 한 명의 격투기 선수만 선택하고, 일단 선택한 후에는 절대 포기하지 않는 분이죠."

카마디는 담배에 불을 붙이고 한쪽 입으로 연기를 내뿜으면서 조용히 말했다. "내가 상관할 바는 아니지만. 일이 좀 꼬인 것 같아. 그쪽으로는 내가 촉이 좀 발달했거든."

거스는 잠시 그를 쳐다보다가 어깨를 으쓱했다. "그 촉이 틀리지 않길 바라요." 그렇게 말하고는 서둘러 자리에서 일어나 테이블 사이로 걸어갔다. 그는 이 고객 저 고객에게 일일이 몸을 숙이고 이야기를 나누었다.

아코스타의 벨벳 같은 눈동자가 반짝거렸다. "맙소사, 카마디 씨. 이번 일이 심각한 사건이라고 생각하시나 봐요?"

카마디가 아무 말 없이 고개를 끄덕였다.

웨이터는 위스키와 샌드위치를 테이블에 올려놓고 곧바로 자리를 떴다. 타원형 댄스 무대의 끝부분에 있던 밴드가 긴 화음을 연주하며 요란한 곡을 연주했다.

사회자가 능글맞게 웃으면서 무대로 뛰어나와 작은 마이크를 입에 가져다 댔다.

마침내 무대 공연이 시작됐다. 반나체의 젊은 여성들이 갖가지 색의 조명 아래서 무대로 뛰어나왔다. 길고 촘촘하게 대형을 지으며 서 있다가 다시 흩어지기를 반복했다. 맨다리는 반짝거렸으며, 부드럽고 새하얀 뱃살 중간에 보조개처럼 까만 점이 찍혀 있었다.

붉은 머리의 여가수가 장작도 쪼갤 정도의 강렬한 목소리로 묵직한 노래를 불렀다. 이어서 검은 미니스커트에 실크 모자를 쓴 댄서들이 나타났고, 살짝 다른 노출을 선보이면서 똑같이 춤을 추었다.

어느새 음악이 부드럽게 바뀌었다. 호박색 조명 아래 키가 큰 가수가 등장해 오래된 상아처럼 감미로운 목소리로 애잔하고 구슬픈 노래를 불렀다.

카마디는 희미한 조명 아래서 술잔을 홀짝이며 샌드위치를 포크로 쿡쿡 찔렀다. 그 옆에 앉은 앳된 얼굴의 아코스타는 다소 긴장한 얼굴이었다.

가수가 무대에서 나가고 잠시 정적이 흘렀다. 밴드가 앉은 자리와 테이블 너머로 부스 통로 입구를 비추는 잔잔한 황색 조명을 제외한 모든 조명이 꺼졌다.

묵직한 어둠 속에서 깍 소리가 들렸다. 지붕 밑 높은 곳에 하얀 조명 하나가 무대 옆의 통로를 계속 비추었다. 하얀 분필을 칠한 것 같은 얼굴이 조명을 받으며 나타났다. 곳곳에 붉은 담뱃불이 보였다.

흑인 네 명이 조명을 받으면서 하얀 관을 어깨에 들쳐 매고 걸어 나왔다.

그들은 천천히 리듬을 타면서 통로로 내려왔다. 하얀색 이집트 스타일의 머리 장식, 무릎까지 올라오는 하얀색 샌들, 허리에는 하얀 가죽끈을 매고 있었다. 시커먼 팔다리가 마치 달빛에 비친 검은 대리석 같았다.

댄스 무대 한가운데 도착하자 덮개가 미끄러져서 내려갈 때까지 천천히 관을 기울이기 시작했다. 그런 다음 천천히, 아주 천천히 마치 죽은 나무의 마지막 잎사귀처럼 새하얀 형체가 몸을 숙인 채로 무대에 나왔다. 잠시 허공을 도는가 싶더니 드럼 소리와 동시에 바닥으로 홱 하고 곤두박질쳤다.

조명이 꺼졌다가 다시 켜졌다. 하얀 천을 돌돌 만 형체가 바닥에서 일어나며 회전을 했다. 흑인 남자 한 명이 반대로 돌면서 벗겨져 나온 하얀 천을 자기 몸에 말았다. 마침내 하얀 천이 모두 벗겨지고 조명 아래 한 여자가 나타났다.

온몸에서 광채를 뿜어내면서 매끄러운 팔다리를 자랑하듯 네 명의 흑인 남자들 손을 오가며 허공을 훽훽 날아다녔다. 마치 강속구를 던지는 내야수의 야구공 같았다.

그런 다음 음악이 왈츠로 바뀌었다. 여자는 흑인 남자들 사이에서 천천히 우아하게 춤을 추기 시작했다. 마치 네 개의 흑단 기둥 사이에 선 것처럼 가까이 있었지만, 절대 몸이 닿거나 하지는 않았다.

공연이 끝났다. 거대한 파도처럼 박수 세례가 터져 나왔다가 서서히 사라졌다.

조명이 꺼지고 잠시 무대가 어두워졌다가 다시 조명이 켜졌다. 여자와 흑인 남자 네 명이 무대에서 퇴장했다.

"끝내주네요." 아코스타가 숨을 들이마셨다. "오, 끝내줘요. 저 여자 아드리안 양이었죠?"

카마디가 천천히 대답했다. "깜찍하네." 그는 담배에 불을 붙이고 주위를 둘러보았다. "저기 패거리가 납셨군. 타르고도 곧 나타나겠어."

타르고는 조명이 비추는 통로 쪽 부스 입구에서 격렬하게 손뼉을 치며 그대로 서 있었다. 술을 몇 잔 걸친 얼굴이었다.

팔 하나가 카마디의 어깨로 쓱 내려왔다. 손이 팔꿈치 쪽 재떨이로 향했다. 격렬한 숨소리에서 위스키 냄새가 풍겼다. 카마디가 고개를 천천히 돌렸다. 타르고의 술 취한 경호원 셴베어가 벌건 얼굴로 그를 쳐다보았다.

"깜둥이들과 백인 여자라…" 셴베어가 굵직한 목소리로 말했다. "아주 형편없는 쓰레기야. 지독하게 형편없어."

카마디는 천천히 웃으면서 의자를 살짝 움직였다. 아코스타는 눈을 동그랗게 뜨고 셴베어를 쳐다보며 입을 가늘게 다물었다.

"까맣게 분장한 것뿐이지, 셴베어. 진짜 흑인들도 아니고. 난 꽤 괜찮았는데?"

"네가 뭘 좋아하든 누가 상관이나 한대?" 셴베어가 비웃었다.

카마디는 씩 웃으면서 담배를 접시 가장자리에 내려놓았다.

그는 의자를 조금 더 돌렸다.

"아직도 네 일자리를 뺏으려 한다고 생각하나, 셴베어?"

"그래. 게다가 한 대 빚진 것도 있고." 그는 재떨이에 올렸던 손을 빼더니 테이블보로 손을 쓱쓱 닦았다. 그리고 주먹으로 움켜쥐었다. "어때, 아직도 마음에 들어?"

순간 웨이터가 그의 팔을 잡고 뒤로 한 바퀴 돌렸다. "좌석이 어딘지 잊으셨나 보군요, 손님. 이쪽으로 가시죠."

셴베어가 웨이터의 어깨를 툭툭 치고는 팔을 그의 목에 두르려고 했다. "좋아. 가서 한잔해야지. 이 사람들 아주 질색이야."

두 사람이 테이블 사이로 사라졌다.

카마디가 입을 열었다. "아코스타, 여기 엉망이로군." 그는 밴드가 있는 무대 쪽을 우울한 눈으로 쳐다보았다. 그러다가 눈동자에 호기심이 스쳤다.

옥수수처럼 노란 금발 머리의 여자, 하얀 모피 깃에 하얀 숄을 두른 여자가 무대 끝에서 모습을 드러냈다. 여자는 가장자리 부스 테이블을 따라 쭉 걸어가 타르고가 서 있는 쪽으로 향했다. 그리고 부스 테이블 사이로 들어가더니 더 이상 보이지 않았다.

카마디가 말했다. "정말 엉망이네. 아코스타, 이만 가자." 낮은 목소리, 뭔가 화가 난 듯했다. 그가 자리에서 일어나려다 순간 멈칫했다. "아니, 잠깐만! 저기 내가 싫어하는 인간이 또 나타났군."

의문의 남자가 텅 빈 댄스 무대 맞은편에 있었다. 그는 무대 모퉁이를 돌아 주변 테이블을 스쳐 갔다.

모자를 쓰지 않은 그의 모습은 조금 낯설게 보였다. 여전히 넙데데한 하얗고 무표정한 얼굴, 항상 똑같아 보이는 눈동자.

서른 살도 넘기지 않은 앳된 남자였지만 이미 탈모가 시작된 모양이었다. 왼팔 아래로 총이 툭 튀어나온 부분은 그다지 눈에 띄지 않았다.

그는 아드리안의 객실에서 부리나케 도망친 사내였다.

남자는 타르고가 들어간 통로 부스로 들어갔다. 방금 아드리안이 들어간 바로 그곳이었다. 남자도 부스로 사라졌다.

카마디가 날카로운 목소리로 말했다. "아코스타, 여기서 기다려!" 그는 의자를 박차고 일어났다.

바로 그때 누군가 그의 뒤에서 토끼처럼 짧은 펀치를 날렸다.

카마디가 고개를 돌리자 땀방울이 맺힌 셴베어의 히죽거리는 얼굴이 보였다.

"친구, 내가 돌아왔어." 셴베어가 키득거리면서 그의 턱을 후려쳤다.

취객에게 어울리는 짧은 잽이었다. 카마디는 균형을 잃고 비틀거리다 그를 붙잡았다. 아코스타가 고양이처럼 그르렁거리면서 자리에서 벌떡 일어섰다. 카마디는 다시 셴베어의 주먹이 날아올 때까지 계속 비틀대고 있었다. 그의 펀치는 너무 느리고 가격 반경이 넓었다.

카마디가 미끄러지듯 안으로 파고들더니 셴베어의 코를 격렬하게 강타했다. 손을 미처 치우기도 전에 피가 주르륵 흘러내렸다. 그는 셴베어의 얼굴에 다시 주먹을 날렸다.

셴베어가 비틀거리면서 한 걸음 물러나 바닥에 쿵 하고 주저앉았다. 그는 손으로 코를 붙잡았다.

"아코스타, 이 자식 잘 지켜보고 있어." 카마디가 재빠르게 말했다.

센베어는 제일 가까운 테이블보를 홱 하고 잡아당겼다. 테이블을 감싸고 있던 천이 스르륵 벗겨졌다. 은그릇과 잔, 도자기 그릇이 바닥으로 우르르 쏟아졌다.

남자 손님은 욕설을 내뱉었고, 여자는 비명을 질렀다. 웨이터 하나가 붉으락푸르락해진 얼굴로 분노에 차서 달려왔다.

카마디는 총성 두 발을 듣지 못했다.

작고 납작한 소형 구경의 권총이었다. 서둘러 달려오던 웨이터가 멈추어 섰다. 마치 채찍으로 입 주변을 얻어맞기라도 한 것처럼 입가에 깊은 주름이 생겼다.

코끝이 뾰족한 흑인 여자가 비명을 지르려고 입을 벌렸지만 좀처럼 소리가 나오지 않았다. 총소리가 들리자 순간적으로 사람들이 입을 다물었다. 마치 다시는 소리가 들리지 않을 것 같은 순간이었다.

카마디는 잽싸게 달리기 시작했다. 자리에서 일어나 목을 길게 빼고 있는 손님들과 몇 번 부딪히고 통로 부스에 도착했다.

칸막이가 높았지만, 회전문은 그리 높지 않았다. 문 너머로 머리들이 보였다. 아직 통로로 나온 사람은 없었다. 카마디는 얇은 카펫이 깔린 경사로를 따라서 올라갔다. 그 끝에 부스의 입구가 활짝 열려 있었다.

문을 지나자 검은 바지를 입은 남자가 문 저쪽을 가리키며 두 다리를 꿇은 채로 바닥에 풀썩 주저앉아 있었다. 검은 구두코는 부스 방향을 가리키고 있었다.

카마디는 손길을 뿌리치고 현장에 도착했다.

한 남자가 테이블 끝에 쓰러져 있었다. 배와 얼굴 한쪽을 테이블보 위에 대고, 테이블과 푹신한 의자 사이로 왼손을 늘어트린 채로.

테이블 위로 보이는 오른손이 45구경 권총을 느슨하게 쥐고 있었다. 탈모가 온 머리 부분이 조명 아래서 반짝거리며 빛났다. 기름칠한 총의 금속 부분도 빛나고 있었다.

가슴 부분에서 붉은 피가 새어 나왔다. 하얀 천 위로 선명한 주홍빛이 물들면서 얼룩진 종이처럼 스며들어 갔다.

타르고는 부스의 푹 들어간 자리에서 일어섰다. 하얀 코트를 입은 그의 왼쪽 팔은 테이블 가장자리를 짚고 있었다. 아드리안이 바로 옆자리에 앉아 있었다.

타르고는 카마디를 멍한 눈으로 바라보았는데, 난생처음 보는 사람을 대하는 듯한 눈빛이었다. 그는 큼지막한 오른손을 쑥 내밀었다. 손바닥에 작고 하얀 손잡이가 달린 자동 권총이 보였다.

"내가 쐈어." 타르고가 말했다. "우리한테 총을 쏘려고 해서 내가 쏴버렸어."

아드리안은 손수건으로 두 손을 감싸고 있었다. 얼굴은 경직되고 차갑게 식어있었지만 겁먹은 표정은 아니었다. 두 눈이 까맣게 보였다.

"내가 쐈다고." 타르고가 말했다.

그는 작은 권총을 테이블 보 위에 툭 하고 던졌다. 하마터면 총이 튕겨 나가서 쓰러진 남자의 머리에 부딪힐 뻔했다. "여기서 나가자."

카마디는 잠시 쓰러진 남자의 목덜미에 손을 대고 있다가 다시 손을 치웠다. "죽었어. 만약 손님들이 오늘 일을 제보한다면 큰 뉴스거리가 되겠군."

아드리안은 경직된 눈으로 카마디를 바라보았다.

카마디가 잠시 미소를 보이고는 손으로 타르고의 가슴을 뒤로 밀어냈다. "앉아, 타르고. 넌 아무 데도 못 가."

"내가 쐈다고 했잖아."

"그랬겠지. 일단 진정해."

사람들이 카마디의 등 뒤로 구름처럼 몰려들고 있었다. 그는 몰려드는 사람들을 등으로 밀치면서 여자의 새하얀 얼굴을 보며 계속 미소를 짓고 있었다.

And

시라노는 달걀 두 개를 합친 것처럼 보였는데 작은 달걀이 커다란 달걀 위에 놓인 듯했다. 그 짧은 다리에 가죽 구두를 신은 발을 책상 밑으로 밀어 넣었다.

손수건 한 귀퉁이를 치아 사이에 끼우고 왼손으로 잡아당겼다. 오른손으로는 허공을 향해 당겨 앞으로 쫙 펼치는 동작을 했다. 그리고 손수건이 덮인 채 우물거리며 말했다. "잠깐 기다리게, 친구들. 잠깐 기다려."

사무실 한쪽 구석에는 줄무늬 소파가 놓여 있었다.

타르고는 경찰서에서 나온 두 명의 형사들 사이에 앉아 있었다. 광대뼈 한쪽이 시퍼렇게 멍들었고, 풍성한 금발은 헝클어져 있었다. 검은 새틴 셔츠는 누구한테 잡혀 휘둘리기라도 한 것처럼 구겨져 있었다.

형사 두 명 중 나이가 많은 고참은 백발로 입술이 쩍 갈라져 있었다. 나이가 어린 쪽은 갈색 머리로 눈에 멍이 들어 있었다.

두 사람 모두 화가 나 있었지만, 갈색 머리가 더 화가 난 듯 보였다.

카마디는 의자를 벽에 기대고 바로 앞에 있는 아드리안을 졸린 눈으로 바라보았다. 그녀는 손에 든 손수건을 배배 꼬고 있었다. 자신이 뭘 하는지도 잊은 채 오랫동안 그러고 있었다. 작게 굳어진 입매는 뭔가 단단히 화가 난 것처럼 보였다.

시라노 클럽 매니저인 거스도 담배를 피우면서 닫힌 문에 기대어 있었다.

시라노가 침묵을 깼다. "다들 잠깐 기다리라고. 당신들이 먼저 타르고를 거칠게 제압하지 않았더라면 그 친구도 굳이 대항하지 않았을 거요. 그 친구 괜찮은 사람이야. 내가 본 중에서 최고라고. 이제 그 정도만 하자니까."

타르고의 입술 한쪽에서 시뻘건 피가 턱까지 실처럼 가느다랗게 흘러내렸다. 턱에 고인 핏덩이가 반짝거렸다. 멍한 얼굴에 아무 표정도 없었다.

카마디가 냉정하게 덧붙였다. "이런 식으로 해서 우리의 게임을 그만두도록 하려는 건 아니겠지, 안 그래 시라노?"

갈색 머리 형사가 거칠게 말했다. "당신 아직도 사립 탐정 면허증을 가지고 있나?"

"어디 있을 텐데…" 카마디가 대답했다.

"그럼 우리가 뺏으면 되겠군." 갈색 머리 형사가 으르렁대듯 말했다.

"왜, 그걸 들고 춤이라도 추실 건가?"

갈색 머리 형사가 자리에서 일어날 태세를 취하자 나이 든 백발의 형사가 제지했다. "그냥 내버려 둬. 일단 선을 긋고 기다리다가 그 선을 넘으면 박살 내 버리면 되니까."

카마디와 거스가 서로를 바라보며 활짝 웃어 보였다. 시라노는 두 팔을 허공에 들면서 어쩔 수 없다는 제스처를 취했다.

여자는 속눈썹 아래로 카마디를 응시했다. 타르고는 입을 벌리더니 바로 앞에 있는 파란색 카펫 위에 피가 섞인 침을 뱉어냈다.

뭔가가 문을 밀려고 하자, 거스가 한쪽으로 물러섰다. 끼익 소리를 내면서 문이 활짝 열렸다. 맥체스니가 들어왔다. 창백한 눈동자, 얼굴이 좁고 의심이 가득한 인상의 키가 큰 40대 형사과 부서장이었다. 그는 문을 닫고 잠근 다음 천천히 타르고 앞으로 가서 섰다.

"죽일 작정으로 쏜 거던데. 한 방은 심장 아래, 나머지 한 발은 정확하게 심장 안에 박혔어. 총 솜씨가 대단하더군. 어느 쪽에서 일하든 말이야."

"할 말 있으시면 그냥 하시죠." 타르고가 넋이 나간 얼굴로 말했다.

"신원 확인했습니까?" 백발의 형사가 물었다.

맥체스니가 고개를 끄덕였다. "토치 플랜트. 청부살인업자야. 2년 동안 코빼기도 안 보였는데. 그 자식은 발에 생긴 내성 발톱처럼 질긴 놈이지. 약쟁이기도 하고."

"이런 데서 총질을 하려면 질긴 놈이어야 했겠죠." 백발의 형사가 말했다.

맥체스니의 기다린 얼굴은 굳어 있지 않고 진지해 보였다.

"총기 사용 허가는 받았나, 타르고?"

타르고가 대답했다. "네, 시라노 씨가 2주 전에 만들어 줬어요. 워낙 협박을 많이 당했거든요."

"형사님." 시라노가 말했다. "도박꾼 중 누군가 우리 선수에게 겁을 줘 경기에서 지게 만들려고 수작을 부렸어요, 아시죠? 타르고가 KO로 9연승을 거두는 바람에 큰돈을 거머쥐었거든요. 그래서 한번은 협박받게 될 것 같다고 말했죠."

"하마터면 죽을 뻔했죠." 타르고가 시무룩하게 대답했다.

"그래서 청부업자를 보낸 거라고요." 시라노가 덧붙였다.

맥체스니가 말했다. "그 말이 틀렸다는 게 아니라네. 타르고, 어떻게 된 건가? 총은 어디서 났어?"

"뒷주머니에 있었어요."

"어떻게?"

타르고는 우측 뒷주머니에 손을 넣더니 잽싸게 손수건을 꺼내 손가락을 총처럼 쥐는 시늉을 했다.

"그 손수건도 뒷주머니에 있었나? 총이랑 같이?"

타르고의 크고 상기된 얼굴에 수심이 드리웠다. 그는 고개를 끄덕였다.

맥체스니가 아무 표정 없이 몸을 숙이더니 그가 손에 쥐고 있던 손수건을 홱 하고 낚아챘다. 그는 킁킁대며 손수건 냄새를 맡았다. 손수건을 펼쳐서도 냄새를 맡아보고는 다시 접어서 자기 주머니에 넣었다. 그의 표정은 그대로였다.

"그놈이 뭐라고 했지?"

"'너한테 전할 메시지가 있어. 개자식아. 바로 이거야'라고 했어요. 그리고 곧바로 총을 꺼내려고 했는데, 바지에 걸린 거죠. 그래서 제가 먼저 총을 꺼낼 수 있었죠."

맥체스니는 옅은 미소를 지으면서 발뒤꿈치에 무게를 싣고 몸을 뒤로 젖혔다. 희미한 그의 미소가 기다란 코를 타고 흘러내리는 듯했다. 그는 타르고를 위아래로 훑어보았다.

"그래. 22구경으로 멋지게 쐈어. 덩치에 비해 순발력도 좋았고…. 협박을 받은 게 누구야?"

"저한테 연락이 왔어요. 전화로." 타르고가 대답했다.

"목소리 기억해?"

"그 사람 목소리 같아요. 확실하지는 않지만…"

맥체스니는 뻣뻣한 다리를 움직이며 사무실 반대편 끝까지 걸어갔다. 손때가 묻은 스포츠 잡지를 뒤적거리며 잠시 서 있었다. 그는 천천히 몸을 돌리고 문 쪽으로 걸어갔다.

"그런 놈은 어차피 큰 의미가 없어." 그가 조용히 말했다.

"어쨌거나 우린 맡은 일을 처리해야 하니 당신 둘은 경찰서로 와서 사건에 대한 진술을 해줘야겠어. 자, 가지."

그가 문밖으로 나갔다.

두 형사는 타르고를 사이에 두고 서 있었다. 백발의 형사가 쏘아붙였다. "순순히 따라가야겠지?"

타르고가 피식 웃었다. "일단 얼굴부터 좀 닦고요."

그들은 문밖으로 나갔다. 갈색 머리 형사는 아드리안이 먼저 밖으로 나가기를 기다리고 있었다. 그가 문을 닫으면서 카마디 쪽으로 고개를 돌리고 으르렁대듯 말했다. "당신은 말이야…. 제정신이 아니야."

카마디가 조용히 말했다. "그거 듣기 좋은 말이군. 내가 워낙 별난 사람이라서 말이야, 형사 양반."

거스가 웃음을 터트리고는 책상 쪽으로 걸어갔다. "시라노 씨의 세 번째 턱이 된 것처럼 온몸이 떨리네요. 함께 코냑이나 한 잔씩 하시죠."

그는 1/3 정도를 채운 술잔 중 하나를 집어 줄무늬 소파 쪽으로 향했다. 소파에 긴 다리를 벌리고 앉아서 고개를 뒤로 젖히고는 술을 단숨에 삼켰다.

카마디는 자리에서 일어나 자기 술을 마셨다. 그는 담배를 손가락 사이로 굴리면서 시라노의 매끈하고 하얀 얼굴을 내려다보았다. "오늘 밤 경기는 승패가 뒤집힌 거지?" 그가 조용히 말했다. "판돈 말이야."

시라노는 눈을 깜빡이면서 두툼한 손으로 입술을 만지작거렸다. "몇만 달러 정도. 그저 주중에 즐기는 평범한 쇼잖아. 안 그래?"

카마디는 담배를 입에 물고 책상에 기대어 성냥에 불을 붙였다. "그런 거면, 청부업자를 보내는 건 푼돈 정도로 느껴졌겠네."

시라노는 아무 말도 하지 않았다. 거스는 마지막 남은 술을 홀짝이고는 빈 잔을 소파 옆 테이블에 조심스럽게 내려놓았다.

그는 말없이 천장을 응시했다.

카마디가 두 남자를 향해 고개를 끄덕이더니 방을 가로질러 밖으로 나가 문을 닫았다. 그는 문이 열린 어두컴컴해진 탈의실을 지나 복도를 따라 걸어갔다.

커튼이 쳐진 아치형 문을 따라가 보니 무대 뒤편이 나왔다.

현관에 있는 웨이터는 유리문 앞에 서서 내리는 비와 제복을 입은 경찰들의 뒷모습을 바라보고 있었다. 카마디는 텅 빈 외투 보관대로 가서 모자와 코트를 찾아 몸에 걸치고는 웨이터 옆으로 가서 섰다.

"나랑 같이 왔던 청년이 어디로 갔는지 못 봤나?"

웨이터가 고개를 저으면서 손을 뻗어 문을 열어주었다.

"손님 사백 명이 모여들었죠. 그중 삼백 명이 경찰이 오기 전에 앞다투어 나가려고 난리를 피우다 보니 제대로 보지 못했어요. 죄송합니다."

카마디가 고개를 끄덕이고는 빗속으로 나갔다. 제복을 입은 경찰이 그를 슬쩍 쳐다보았다. 그는 도로를 따라서 차가 세워져 있던 자리로 걸어갔다. 차가 보이지 않았다. 도로를 위아래로 살피고 나서 잠시 서 있다가 멜로즈 쪽으로 걸어갔다.

잠시 후 그는 택시를 잡았다.

캐런들렛에 위치한 차고의 경사로에 찬 공기와 어둠이 내려앉았다. 차고에 세워진 자동차의 툭 튀어나온 부분이 흰 페인트가 칠해진 벽과 마주 닿은 모습이 왠지 불길해 보였다. 조그만 사무실을 비추는 전구가 끈질기게 빛을 내고 있었다.

곳곳에 얼룩이 생긴 멜빵바지를 입은 덩치 큰 흑인이 눈을 비비며 밖으로 나오더니 얼굴에 환한 미소를 지었다.

"안녕하세요, 카마디 씨. 오늘 밤은 바쁘신 모양이에요?"

카마디가 말했다. "비가 오는 날에는 평소보다 좀 돌아다니는 편이지. 내 차가 여기 없는 모양이네."

"네. 카마디 씨. 제가 계속 여기 있었는데 차는 안 들어왔어요."

카마디가 단호한 어조로 말했다. "친구한테 잠깐 빌려줬어. 아무래도 사고가 난 모양이군…"

그가 흑인 관리자에게 약간의 팁을 쥐여주고는 도로 옆 경사로를 따라서 올라갔다. 호텔 뒤를 크게 돌아 골목에 도착했다.

반대쪽에는 두 개의 구조물과 4층 높이의 벽돌 건물이 있었다. 입구 너머에 둥근 우윳빛 원형 구조물에는 '호텔 블레임'이라는 글자가 적혀 있었다.

카마디는 시멘트 계단을 올라가서 문을 열어 보았다. 잠겨 있었다. 그는 유리 칸막이 너머로 희미하게 보이는 텅 빈 로비를 들여다보았다. 그는 마스터키 두 개를 꺼냈다. 두 번째 열쇠를 끼우자 문이 살짝 움직였다. 문을 힘껏 당기고 첫 번째 열쇠를 다시 꽂았다.

빗장이 딸각거리는 소리가 나더니 몸이 들어갈 정도의 공간이 확보되었다.

그는 안으로 들어가서 호출용 벨 옆에 "매니저"라고 적힌 팻말이 놓여 있는 텅 빈 접수대를 바라보았다. 벽에는 직사각형 모양의 객실 번호가 적힌 텅 빈 우편함들이 보였다.

카마디는 접수대 뒤로 돌아가서 제일 꼭대기 아래 가죽으로 된 등록명부를 꺼냈다. 그는 뒤부터 세 페이지를 펼치고 이름을 하나씩 읽어 내려갔다. 아코스타라고 적힌 이름과 다른 필체로 적힌 객실 번호를 확인할 수 있었다.

그는 등록명부를 치우고 계단을 걸어서 4층으로 올라갔다.

복도는 무척 고요했다. 천장에 걸린 조명에서 희미한 빛이 보였다. 복도 끝 좌측에 있는 문틈에서 빛이 새어 나와 가로대 주위를 비추었다. 411호 문이었다. 그는 노크하려고 손을 들었다가 문에 닿기도 전에 다시 내렸다.

문고리에 피처럼 보이는 얼룩이 끈적하게 묻어 있었다. 그는 문 아래를 살폈다. 문 앞으로 얼룩진 바닥 위에 피가 웅덩이처럼 고여 얇은 카펫 끝으로 번진 것을 확인했다.

순간 장갑을 낀 손끝이 따끔거렸다. 그는 장갑을 벗고 동물이 발톱을 세우듯 손을 뻣뻣하게 펴고 있다가 천천히 손을 풀었다. 눈동자에 날카로운 긴장감이 흘렀다.

손수건을 꺼내 손잡이를 잡고 천천히 돌렸다. 문이 스르르 열렸다. 그는 객실로 들어갔다.

카마디는 객실을 들여다보고는 나지막이 속삭였다. "아코스타…. 오, 아코스타…"

그는 여전히 손수건을 쥔 상태에서 문을 닫고 자물쇠를 채웠다.

천장 가운데 세 개의 체인에 걸린 전등이 잘 정돈된 침대와 밝은색 페인트가 칠해진 가구, 칙칙한 녹색 카펫, 유칼립투스 나무로 만든 사각형의 책상을 비추었다.

아코스타는 책상에 앉아 있었다. 고개를 왼팔 위로 늘어뜨린 채로. 그가 앉은 의자 다리와 발 사이로 갈색 웅덩이가 반짝거리며 빛났다.

카마디는 너무 긴장한 나머지 방을 가로지르기 위해 두 번째 걸음을 뗄 때부터 발목이 시큰거렸다. 책상에 도착한 그는 아코스타의 어깨에 손을 댔다.

"아코스타…" 그는 낮고 굵은 목소리로 무의미하게 말했다.

"맙소사, 아코스타!"

아코스타는 움직이지 않았다. 카마디는 옆으로 돌아갔다. 허벅지 위 아코스타의 복부에 피가 흠뻑 젖은 수건이 눌린 게 보였다. 그의 오른손은 책상을 짚고 몸을 일으키려고 시도했던 것처럼 모서리 부분을 붙잡고 있었다. 얼굴 바로 아래 뭔가를 휘갈겨 쓴 봉투가 놓여 있었다.

카마디는 봉투를 가까이 집어 들고, 마치 무거운 물건처럼 힘겹게 들어 올리고는 단어를 읽어 내려갔다.

"그를 따라갔어요…. 도심, 코트가 28번지…. 차고 위…, 저를 쐈어요. 사장님 차로…, 잡으려고…"

길게 선이 이어지다가 점처럼 얼룩만 남았다. 바닥에는 펜이 떨어져 있었다. 봉투에 피가 묻은 지문이 찍혀 있었다.

카마디는 지문을 보존하기 위해 봉투를 조심스럽게 접어 지갑에 넣었다. 그는 아코스타의 머리를 들어 자기 쪽으로 돌렸다. 목덜미에 온기가 남아있었지만, 서서히 경직되는 모양이었다.

아코스타는 부드러운 검은 눈을 뜬 상태였다. 고양이처럼 눈동자가 고요하게 빛나고 있었다. 막 숨을 거둔 사람의 눈동자.

상대를 뚫어져라 바라보는 것처럼 보였다.

카마디는 길게 뻗은 왼쪽 팔 위로 머리를 살며시 올렸다. 그는 힘없이 자리에서 일어나 고개를 한쪽으로 숙였다. 그가 머리를 홱 하고 뒤로 젖히더니 두 눈에 최대한 힘을 주었다.

우비 코트와 정장 재킷을 벗은 다음, 객실 구석에 있는 세면대로 가서 수건에 물을 적셔 문가로 갔다. 피가 묻은 손잡이를 닦고, 허리를 숙여 바닥에 흥건하게 고인 피 웅덩이를 훔쳤다.

다시 수건을 헹구더니 수건걸이에 걸고, 조심스럽게 피가 묻은 손을 닦은 다음 겉옷을 입었다. 그리고 바깥 문을 열기 위해 사용했던 손수건을 꺼내 다시 열쇠를 돌린 다음 밖에서 문을 잠갔다. 그는 열쇠를 가로대 위로 던졌다. 안에서 팅팅 튕기는 소리가 들렸다.

그는 계단을 내려가서 호텔 블레임 밖으로 나섰다. 여전히 비가 내리고 있었다. 모퉁이를 향해 걸어가 나무 아래 그림자가 진 곳을 바라보았다. 그의 자동차는 교차로에서 10미터가량 떨어진 지점에 라이트가 켜지고 열쇠가 꽂힌 채로 세워져 있었다.

그가 열쇠를 빼기 위해 운전대 아래를 더듬었다.

피에 젖어서 끈적거렸다. 손으로 피를 닦아내고 창문을 올린 후 문을 잠갔다. 그리고 본래 주차되어야 할 자리에 차를 세웠다.

집으로 돌아가는 길에 그는 누구와도 마주치지 않았다. 비스듬한 빗방울은 계속해서 텅 빈 거리로 쏟아져 내렸다.

914호 객실 문 아래로 가느다랗게 한 줄기 빛이 새어 나왔다.

카마디는 가볍게 노크를 하고 복도를 훑어보았다. 장갑 낀 손가락을 문에 대고 부드럽게 만지작거리면서 기다리고 있었다.

꽤 오랫동안 기다려야 했다. 곧이어 문 뒤에서 지친 목소리가 들렸다.

"누구세요? 무슨 일이죠?"

"카마디입니다, 천사 아가씨. 꼭 할 얘기가 있어서…. 다른 게 아니라 비즈니스 건 때문에."

딸각 소리와 함께 문이 열렸다. 카마디는 그녀의 지쳐 보이는 얼굴에서 보랏빛이 도는 푸른색 눈동자가 아니라 새카만 눈동자를 보았다. 눈 아래로 마스카라가 번진 것처럼 시커먼 얼룩이 보였다. 여자가 작은 손바닥으로 문의 가장자리를 붙잡았다.

"당신이군요." 여자가 힘없는 목소리로 말했다. "그럴 줄 알았어요. 이제 막 샤워를 하려던 참이에요. 온몸에 경찰들 냄새가 배어서…"

"15분?" 카마디는 무심하게 말했지만, 그녀를 쳐다보는 눈동자가 날카롭게 빛났다.

그녀는 천천히 어깨를 으쓱하고는 고개를 끄덕였다. 문이 거세게 닫혔다.

카마디는 자기 방으로 가서 모자와 외투를 벗었다. 위스키를 잔에 따르고 세면대에 딸린 작은 수도꼭지에서 물을 섞기 위해 욕실로 걸어갔다.

그는 천천히 술을 마시면서 창문 너머로 어둠이 깔린 드넓은 대로변을 바라보았다. 이따금 차가 지나갔다. 자동차의 몸통은 보이지 않고 라이트 두 개만 덩그러니 움직이는 것처럼 보였다.

술을 마신 후 옷을 벗고 샤워기 아래 섰다. 새 옷으로 갈아입은 후, 커다란 휴대용 플라스크 술병에 술을 채워 안주머니에 넣었다. 여행 가방에 있던 소형 권총을 꺼내 잠시 손에 올리고 쳐다보았다. 그런 다음 권총을 다시 가방에 넣고 담배에 불을 붙이고 뿌연 연기를 내뿜었다.

그는 모자를 눌러 쓰고 트위드 재질의 코트를 걸친 다음 914호로 돌아갔다.

마치 함정이라도 만들어 놓은 것처럼 문이 살짝 열려 있었다.

가볍게 노크를 했다. 객실로 들어가 문을 닫고 거실로 걸어가며 아드리안을 바라보았다.

그녀는 막 샤워를 마치고 헐렁한 자주색 잠옷에 중국 스타일의 가운을 걸친 채로 대형소파에 앉아 있었다. 축축하게 젖은 머리칼이 관자놀이 위로 늘어져 있었다.

카메오 배우처럼 작고 균형 잡힌 외모와 깔끔함이 그녀를 더욱 앳돼 보이게 했다.

카마디가 말했다. "술 한잔?"

그녀가 공허하게 손을 움직였다. "그러던가요."

그는 유리로 된 술잔을 가지고 와서 위스키와 물을 섞어 소파 쪽으로 걸어갔다.

"타르고는 아직도 경찰서에 있나?"

그녀는 술잔을 빤히 쳐다보면서 턱을 까딱했다. "유치장에서 뛰어나와 경찰 둘을 벽에 밀치고 난동을 피웠어요. 경찰들이 좋아서 죽으려고 하더군요."

카마디가 말했다. "경찰이 어떤 조직인지 한참 배워야겠군. 아침이 되면 카메라들이 그를 찍으려고 구름처럼 몰려들 거요. 꽤 쓸만한 헤드라인까지 떠오르는군. '유명 격투기 선수, 총기 난사범보다 한 걸음 빨리 움직여', '타르고, 지하 세계에 불을 붙이다'."

여자는 술을 홀짝였다. "피곤해요. 발도 아프고. 왜 이 일에 관심을 보이는지부터 설명해 주세요."

"물론 그래야지." 그는 담뱃갑을 여자의 턱 아래로 내밀었다.

그녀의 손가락이 더듬거리며 담배를 집는 사이 그가 말을 이어나갔다. "담뱃불을 붙이고 나서 왜 그 남자를 쐈는지 설명해 주실까?"

아드리안은 입술 사이에 담배를 물고 성냥에 불을 붙이기 위해서 고개를 숙였다. 깊은 숨을 들이쉬고는 다시 고개를 뒤로 젖혔다.

눈동자에 점점 빛이 돌아오는가 싶더니, 굳게 다문 입술 위로 미소가 번졌다. 아무 대답도 없었다.

카마디는 한 손으로 술잔을 돌리면서 그녀를 잠시 쳐다보고 있었다. 그러고 나서 바닥을 보며 말했다. "그 총은 당신 거였어. 아침에 내가 챙겨준 총이니까 잘 알지. 타르고는 자기 뒷주머니에서 총을 꺼냈다고 했지만, 동작이 너무 굼뜨더군. 사람을 죽일 정도로 정확하게 두 발을 쐈어야 하는데. 그 남자가 가슴에서 총을 빼기도 전에 말이야. 순 엉터리로 꾸몄어…. 당신이 무릎 위에 올려놨던 가방에 총이 들어 있었고, 그자가 누군지도 알고 있었으니까 처리해 버리려는 심산이었겠지. 그자는 타르고 쪽을 쳐다보고 있었을 테니까."

그녀가 공허한 표정으로 말했다. "듣기로는 당신이 사립 탐정이라고 하더군요. 거물급 정치인의 아들이기도 하고. 경찰서에서 당신 얘기를 해줬어요. 당신은 물론이고 당신과 선이 닿을 사람들을 두려워하는 눈치였어요. 어쩌다가 제 문제에 깊이 관여하게 된 거죠?"

"경찰은 나를 두려워하지 않아, 천사 아가씨. 그저 당신 반응을 보려고 떠본 거겠지. 내가 이 일에 연관됐는지 확인하기 위해서. 경찰은 이번 일이 어떻게 벌어진 건지 전혀 알지 못하니까."

"이번 사건에 대해 충분히 파악하고 있는 모양이던데요."

카마디가 고개를 저었다. "경찰은 자기들이 직접 알아낸 사실이 아니면 절대 믿지 않지. 꾸며낸 이야기를 너무 많이 들으니까. 맥체스니 정도 머리면, 당신이 총을 쏜 장본인인 걸 알아낼 수 있을 거야. 지금쯤 타르고의 손수건과 권총이 한곳에 있었는지 아닌지도 파악했을 거고."

그녀가 힘없는 손가락으로 반쯤 피운 담배를 대충 비벼껐다.

창문에 드리워진 커튼이 부풀어 오르더니 재떨이 주변으로 재가 날렸다. 그녀가 천천히 말했다. "맞아요. 내가 쐈어요. 내가 오후 내내 솔직히 말해야 하나 망설이고 있었을 것 같아요?"

카마디가 귓불을 문질렀다. "난 그저 재미로 이러는 거야."

그가 부드럽게 말했다. "내가 무슨 생각을 하는지 모르잖아. 뭔가 일이 터졌고, 구린 냄새가 진동하고. 그자가 정말 타르고를 죽이려고 했을까?"

"당연하죠. 아니면 내가 그자를 총으로 쏘지 않았을 테니까."

"그냥 무서워서 그랬겠지, 천사 아가씨. 다른 때처럼. 나이트클럽이라는 곳은 은신처가 되기에는 적절하지 않은 곳이니까."

그녀가 날카롭게 쏘아붙였다. "경찰은 45구경 권총을 보고도 별 얘기 하지 않더군요. 그자도 무사히 도망칠 수 있었어요. 물론 누군가를 죽이려고 했겠지만. 맞아요, 타르고가 나를 구하려고 총을 쏜 게 아니에요. 그저 내 총을 들고 자기가 그런 것처럼 행동한 거죠. 그게 무슨 상관이죠? 결국에는 이렇게 될 줄 알았어요."

그녀는 재떨이 위에서 아직도 타들어 가고 있는 담배를 쿡쿡 찌르면서 내려다보았다. 잠시 후 속삭이듯 말을 이었다. "당신이 듣고 싶었던 애기가 이거였나요?"

카마디는 머리를 고정한 채 그녀의 뺨의 곡선과 강인한 목선이 시야에 들어올 때까지 눈동자를 옆으로 돌렸다. 그리고 잔뜩 가라앉은 목소리로 말했다.

"센베어가 이번 사건에 가담했어. 나랑 같이 시라노의 클럽에 있던 친구가 센베어를 따라서 그의 은신처로 갔었나 보더군. 센베어가 그를 총으로 쐈고, 그는 죽었지. 그 친구가 죽었다고, 천사 아가씨. 그저 호텔에서 일하는 젊은이였을 뿐인데. 아코스타, 벨보이 주임…. 경찰은 아직 그 사실에 대해 알지 못해."

고요한 정적 사이로 엘리베이터 문이 덜컹 열리는 소리가 들렸다. 빗속을 뚫고 경적이 음울하게 대로변으로 울려 퍼졌다.

그녀는 순간 앞으로 몸을 숙이더니 옆으로 기울어지면서 카마디의 무릎으로 누웠다. 반쯤 몸을 돌리고 그의 허벅지 위로 등을 대고 누워서 눈만 끔벅거렸다. 부드러운 피부 위로 파란 정맥이 가느다랗게 튀어나와 있었다.

그는 두 팔로 그녀의 몸을 천천히 감싸고는 위로 끌어올렸다.

그녀의 얼굴을 자기 얼굴 앞까지 당겼다. 그리고 여자의 입술에 키스했다.

여자가 눈을 크게 뜨고 멍하니 초점 없는 눈으로 그를 바라보았다. 카마디는 더 깊게 입을 맞추고 그녀를 소파 위로 똑바로 앉혔다.

카마디가 조용히 말했다. "아무 이유 없이 연기를 한 건 아니었겠지?"

여자는 벌떡 일어나더니 몸을 홱 돌렸다. 긴장한 듯 낮고 화난 목소리였다. "당신은 뭔가 지독한 면을 가진 사람이군요! 어

던지 모르게, 사악하달까. 굳이 찾아와서 다른 남자가 살해됐다고 하질 않나, 입을 맞추지를 않나. 이게 꿈이면 좋겠네요."

카마디가 무덤덤하게 말했다. "다른 남자의 여자에게 갑자기 빠지게 되는 남자라면 뭔가 끔찍한 면도 가지고 있겠지."

"난 그 사람의 여자가 아니에요!" 그녀가 쏘아붙였다. "난 그 사람을 좋아하지도 않아요, 당신도 마찬가지고!"

카마디가 어깨를 으쓱했다. 두 사람은 잡아먹을 듯한 눈빛으로 서로를 노려보았다.

그녀가 이를 악물고 말했다. "나가요! 당신이랑 더 이상 할 얘기 없으니까. 더는 못 견디겠어요! 제발 나가라니까요!"

"나가라니 시키는 대로 해야지." 카마디는 자리에서 일어나 모자와 코트를 챙겼다.

여자는 날카로운 비명을 지르고 흐느끼는가 싶더니 거실을 가로질러 창가로 갔다. 등을 돌린 채 가만히 서 있었다.

카마디는 그녀의 뒷모습을 바라보다 조금 가까이 다가가서 목덜미 아래로 늘어뜨린 부드러운 머리카락을 보며 잠시 서 있었다.

"대체 왜 도움을 받으려고 하지 않는 거지? 뭔가 잘못됐다는 걸 나는 알고 있어. 당신에게 해를 끼치지도 않을 테고."

여자가 바로 앞에 있는 커튼을 보며 격렬하게 말했다.

"나가라니까요! 당신 도움 같은 거 필요 없어요. 꺼지라고요! 다시는 보고 싶지 않아요."

카마디가 천천히 말했다. "당신에게는 도움이 필요해. 당신이 원하든 원하지 않든. 저 책상에 놓인 액자 속 남자, 난 누군지 알 것 같아. 그리고 그 사람은 아직 살아있어."

그녀가 뒤로 돌아섰다. 그녀의 얼굴은 백지처럼 하얗게 질려 있었다. 두 눈이 카마디의 눈을 빤히 응시했다. 그녀는 거친 숨을 몰아쉬었다.

그렇게 한참 시간이 흐른 뒤에야 그녀가 말했다. "딱 걸렸네요. 딱 걸렸어…. 그래도 당신이 할 수 있는 건 하나도 없어요."

카마디는 한 손을 들더니 손가락으로 그녀의 뺨부터 잔뜩 긴장된 턱까지 쓸어내렸다. 그의 눈은 짙은 갈색이었다. 입가에는 미소를 머금고 있었다. 뭔가 교활하고 정직하지 않은 미소였다.

"내 예상이 틀렸군, 천사 아가씨. 난 그 남자가 누군지 전혀 몰라. 굿나잇."

그는 거실을 가로질러 현관문을 열었다. 문이 열리는 소리에 여자는 커튼을 움켜쥐더니 천천히 얼굴을 커튼으로 문질렀다.

카마디는 현관문을 닫지 않았다. 총을 든 두 명의 남자를 보면서 문 앞에 멍하니 서 있었기 때문이다.

두 사람은 현관 바로 앞에 있었는데 노크를 하려던 참인 것 같았다. 한 명은 건장하고 피부가 검은게 음침해 보였다.

다른 한 명은 눈동자에 빨간 백색증 질환이 있는 자로 빗물을 머금은 모자 아래 얄팍한 얼굴과 새하얀 머리카락이 흰 눈처럼 반짝거렸다. 그는 날카로운 치아를 드러내면서 등을 뒤로 젖히고 쥐새끼처럼 환하게 웃었다.

카마디가 황급히 현관문을 닫으려고 했지만, 하얀 머리칼의 사내가 제지했다. "잠깐만. 왜 이래. 우리도 안으로 들어가야 하잖아."

다른 남자가 몸을 숙이고 왼손으로 카마디의 몸을 위아래로 훑어내렸다. 그는 한발 물러서면서 말했다. "총은 없군. 그런데 겨드랑이에 휴대용 술병을 차고 있네."

하얀 머리칼의 사내가 총구를 까딱이며 말했다. "뒤로 물러서, 형씨. 우리도 그 계집애가 필요하니까."

카마디가 무덤덤하게 말했다. "총은 필요 없어, 크리츠. 네가 누구고 윗선이 누군지도 알아. 만약 나를 만나고 싶어 한다면 기꺼이 가서 만나주지." 그는 몸을 돌리고 총을 든 남자들을 문밖에 둔 채 다시 방으로 들어갔다.

아드리안은 꼼짝도 하지 않았다. 현관에서 들리는 소리를 전혀 듣지 못한 것처럼 커튼을 뺨에 가져다 대고 눈을 감은 채로 창가에 서 있었다. 누군가 문을 열고 들어오는 소리에 놀라 눈을 떴다. 천천히 몸을 돌리더니 카마디를 지나서 총을 들고 있는 남자들을 쳐다보았다.

하얀 머리칼의 사내가 거실 한가운데로 와서 말없이 주위를 살피고, 침실과 욕실을 차례대로 확인했다. 그는 고양이처럼 소리를 죽이면서 걸어와 외투를 벗고 모자를 뒤로 젖혔다.

"이봐, 아가씨. 옷 입어. 같이 빗속으로 드라이브 가야 하니까."

그녀는 카마디를 쏘아보고 있었다. 카마디가 어깨를 으쓱하더니 살짝 미소를 지으면서 두 팔을 들어 보였다.

"천사 아가씨, 세상일이라는 게 이런 거지. 순순히 협조해야겠군."

그녀가 경멸이 가득한 표정으로 얼굴을 찌푸리자 가느다란 주름이 잡혔다.

여자가 천천히 말했다. "당신, 정말…" 결국 아무 의미 없는 중얼거림과 함께 말을 흐렸다. 여자는 뻣뻣한 걸음으로 거실을 가로질러 침실로 들어갔다.

하얀 머리칼의 사내가 가느다란 입술 사이로 담배를 물더니 입안에 침이 가득 고인 것처럼 끈적한 소리를 내며 킬킬 웃어댔다. "저 여자는 당신이 싫은가 봐."

카마디는 얼굴을 구겼다. 그가 천천히 책상으로 걸어가서 엉덩이를 기대고는 바닥을 내려다보며 말했다. "내가 자기를 속였다고 생각하는 모양인데."

"정말 그랬을지도 모르잖아." 하얀 머리칼의 사내가 느릿느릿 대꾸했다.

"저 여자 잘 감시하는 게 좋을 거야. 총솜씨가 끝내주니까."

카마디가 아무렇지 않은 듯 말하며 두 손을 책상 뒤로 뻗었다. 손가락 끝을 더듬다가 누구도 알아차리지 못하도록 사진이 든 가죽 액자를 엎어서 아래쪽으로 서서히 끌어내렸다.

And

카마디는 자동차 뒷좌석 가운데 놓인 푹신한 팔걸이 위에 팔꿈치를 기댔다. 한 손으로 턱을 받친 다음 반쯤 열린 창문 너머로 쏟아지는 빗줄기를 바라보았다. 헤드라이트 불빛 위로 강한 물보라가 일었다. 자동차 천장 위로 드럼을 치듯 요란한 빗소리가 들렸다.

아드리안은 팔걸이 반대편 구석에 앉아 있었다. 검은색 모자를 쓰고 부드러운 털이 달린 회색 코트를 입고 있었다. 그녀는 카마디를 쳐다보지도 말을 걸지도 않았다.

하얀 머리칼의 남자는 운전대를 잡은 검은 피부의 남자 옆에 앉아 있었다. 그들은 고요한 거리를 지나서 흐릿하게 보이는 집과 나무들, 흔들리는 가로등 불빛을 지나쳐 달렸다.

짙게 드리운 안개 뒤로 네온사인의 불빛이 보였다. 하늘은 보이지 않았다.

마침내 자동차는 언덕을 올라가서 교차로에 간신히 매달려 있는 표지판에 도착했다. 카마디는 그 표지판 위에 '코드가'라고 적힌 것을 볼 수 있었다.

그가 중얼거렸다. "여기가 코드가로군, 크리츠. 그 덩치 큰 남자는 예전처럼 돈 굴리기가 쉽지 않을걸?"

하얀 머리칼의 남자가 눈을 번득이며 고개를 돌렸다. "정도껏 하시지, 형씨."

자동차는 커다란 건물 앞에 멈추어 섰다. 격자무늬로 꾸민 현관에 둥근 조약돌로 마감한 벽이 있었다. 창문 쪽에서는 불빛을 찾아볼 수 없었다. 길 건너편 보도에는 수직으로 지은 벽돌 건물이 서 있었다. 스텐실 표지판에는 '파올로 페루기니 장례식장'이라고 적혀 있었다.

차는 자갈이 깔린 진입로를 크게 돌아갔다. 활짝 열린 차고 안으로 환한 조명이 비추었다. 그들은 차고 안으로 들어가서 커다란 장례식 구급차 옆에 차를 세웠다.

"전부 내려!" 하얀 머리칼 사내가 소리쳤다.

"다음 여정은 벌써 결정된 것 같은데." 카마디가 말했다.

"웃기는 놈. 원숭이치고 똑똑하군." 하얀 머리칼 사내가 으르렁대듯 말했다.

"그렇고말고. 교수대 위에서 어떻게 해야 하는지도 잘 알지."

검은 피부의 남자는 시동을 끄고 커다란 손전등을 딸깍거리며 켠 다음 라이트를 끄고 차에서 내렸다. 그는 구석에 있는 좁은 나무 계단 쪽으로 손전등을 비추었다.

하얀 머리칼 사내가 말했다. "자, 올라가. 저 계집애부터 올라가게 해. 나는 몽둥이를 들고 뒤따라갈 테니까."

아드리안은 차에서 내려 카마디는 쳐다도 보지 않고 앞으로 걸어갔다. 잔뜩 긴장하면서 그녀가 걸음을 내디뎠고, 세 남자는 그 뒤를 따랐다.

맨 꼭대기에 문이 하나 있었다. 여자가 문을 열자 강렬한 조명이 쏟아졌다. 그들은 벽장이 보이는 다락방으로 들어갔다.

앞뒤로 네모난 창문이 굳게 닫혀 있었고, 유리에는 검은 페인트가 칠해져 있었다. 밝은 전구 하나가 부엌 식탁 위에 대롱대롱 걸려 있었다. 덩치 큰 남자가 팔꿈치 부근에 담배꽁초가 담긴 접시를 바짝 대고 앉은 채 계속 담배를 피우고 있었다.

입술이 가늘고 처진 남자는 왼손 옆으로 독일제 반자동 권총 루거를 들고 침대에 앉아 있었다. 바닥에는 낡은 카펫이 깔려 있었다. 가구에서 잘라낸 막대기 몇 개와 변기가 놓인 구석에는 반쯤 열린 찬장이 보였다. 철제다리가 달린 커다란 구식 욕조의 가장자리도 빼꼼히 보였다.

부엌 식탁에 앉은 남자는 덩치가 큰 편이었지만, 잘생긴 얼굴은 아니었다. 붉은색 머리카락에 그보다 더 짙은 눈썹, 강한 사각형의 얼굴과 턱선을 가졌다. 두툼한 입술로 잘근잘근 담배를 깨물었다. 꽤 돈을 들인 듯한 옷을 걸치고 있었지만, 그냥 잠옷 대신 입는 모양이었다.

그는 무심하게 아드리안을 쳐다보더니 담배를 입에 문 채로 말했다. "아가씨, 이쪽으로 앉아요. 카마디, 안녕하신가. 레프티, 그 총 좀 가져와. 너희 둘은 차고로 내려가 있어."

여자는 말없이 다락방을 가로질러 가더니 편편한 나무 의자에 앉았다. 침대에 있던 남자가 자리에서 일어나 부엌 식탁에 앉아 있는 덩치 큰 남자의 팔꿈치 부근에 총을 내려놓았다.

남자 셋은 다락방 문을 열어둔 채로 계단 밑으로 내려갔다.

덩치 큰 남자가 권총을 만지작거리면서 카마디에게 비꼬듯 말했다. "코넌트…. 내 이름은 기억하고 있겠지?"

카마디는 손을 외투 주머니에 넣고 뒤로 머리를 젖힌 채 부엌 식탁 옆에 두 다리를 벌리고 여유롭게 서 있었다. 반쯤 감은 눈이 무척이나 졸리고 차가워 보였다.

"그래. 우리 아버지가 네 혐의를 입증할 수 있도록 내가 도움을 줬지."

"혐의 같은 소리 하네, 멍청이. 항소할 때는 혐의가 입증되지 않았어."

"어쩌면 이번 건은 다를 거야. 이런 상황에서 납치까지 했으니 혐의가 인정되기에 충분하겠지?" 카마디가 무심하게 말했다.

코넌트는 입을 다문 채 씩 웃었다.

표정은 사근사근했지만, 어딘가 으스스한 느낌이 들었다.

"괜한 신경전은 하지 말자고. 우리는 처리해야 할 비즈니스가 있잖아? 자네도 최근 사건에 대해 잘 알고 있는 거 같고. 앉아. 아니면 욕실로 가서 우리의 첫 번째 작품을 감상하시든가. 당신 뒤쪽에 있잖아. 그래, 가서 확인해 봐. 그런 다음 본론으로 들어가지."

카마디는 몸을 돌려 판자문을 밀치고 욕실로 들어갔다. 벽에 볼록하게 달린 스위치가 보였다. 그는 딸깍 소리를 내며 스위치를 켜고 욕조 위로 몸을 굽혔다.

순간 그의 몸이 뻣뻣하게 굳어지며 숨이 턱 막혔다. 천천히 호흡을 내쉬면서 왼손으로 등 뒤의 문을 닫았다. 커다란 철제 욕조 위로 더 가까이 몸을 숙였다.

욕조는 한 사람이 팔다리를 펴고 누울 정도로 길었는데 남자 하나가 등을 대고 누워있었다. 모자를 쓰고 멀쩡하게 옷을 갖춰 입은 남자였다. 본인이 직접 모자를 쓴 건 아닌 듯했다.

덥수룩한 잿빛 곱슬머리. 얼굴에는 핏자국이 있었다. 왼쪽 눈가 안쪽에 붉은 테두리가 쳐진 구멍이 나 있었다.

셴베어였다. 그는 죽은 지 오래되어 보였다.

카마디가 숨을 들이쉬며 천천히 몸을 똑바로 세웠다. 순간 벽과 욕조 사이의 공간으로 몸을 깊숙이 굽혔다. 먼지 아래 푸르게 빛나는 철제 물건이 번쩍이는 게 보였다. 셴베어의 총 같았다.

카마디는 재빨리 등 뒤를 살폈다. 꽉 닫히지 않은 문 사이로 다락방 일부와 계단 끝부분, 부엌 식탁 아래 카펫에 코넌트의 발 하나가 보였다. 그는 천천히 팔을 뻗어 욕조 뒤에 떨어져 있던 총을 주웠다. 속이 드러난 탄창에는 총알 네 개가 들어 있었다.

카마디는 코트를 젖혀 허리띠 안에 권총을 슬며시 끼우고, 다시 벨트를 조인 다음 코트의 단추를 채웠다. 그리고 욕실에서 나와 판자로 된 문을 조심스럽게 닫았다.

코넌트는 식탁 건너편에 놓인 의자를 향해서 손짓했다. "앉아."

카마디는 아드리안을 흘끗 쳐다보았다. 그녀는 긴장 반 호기심 반의 눈빛으로 그를 쳐다보았다. 모자 아래로 돌처럼 굳어진 새하얀 얼굴과 새까만 눈동자가 보였다.

카마디는 그녀를 향해 손짓하고 희미한 미소를 지었다. "셴베어가 있네, 천사 아가씨. 사고를 당했나 봐, 죽었어."

그녀는 아무 표정 없이 그를 빤히 쳐다보았다. 그러더니 온몸을 부르르 떨었다. 다시 그를 쳐다보았지만 아무런 소리도 내지 않았다.

카마디는 코넌트가 앉은 부엌 식탁 맞은편 의자에 앉았다.

코넌트가 그를 슬쩍 쳐다보고는 접시에 담배꽁초를 던진 다음 새 담배에 불을 붙였다. 그는 담배를 뻐끔거리며 아무렇지도 않게 말했다. "맞아. 죽었어. 당신이 쐈잖아."

카마디는 살짝 고개를 저으며 미소를 지었다. "아니."

"순진한 척하지 마. 네가 죽였어. 길 건너에 페루기니라는 남부 유럽 출신의 시골뜨기 장의사가 이곳의 주인이지. 지금은 임대하고 있고. 죽일 놈이 생기면 빨리 처리할 수 있도록 말이야. 그건 그렇고, 그 양반이 내 친구인데 다른 뜨내기 중에서 나한테만 유독 잘해 줘. 그자가 이곳을 셴베어에게 빌려줬어. 잘 모르는 사이지만 셴베어는 그자에게 도움을 줬지. 오늘 여기서 총소리가 들려 창문을 내다봤더니 한 남자가 차를 타고 도망치더래. 자동차번호판을 봤더니 바로 자네 차였다고 하더군."

카마디는 다시 고개를 저었다. "난 그를 쏘지 않았어, 코넌트"

"그렇다면 사실을 증명해 봐. 그 시골뜨기 양반이 달려와 보니 셴베어가 계단 중간에 쓰러져 죽어 있더래. 그래서 욕조로 끌고 가서 넣어둔 거야. 장의사라 피에 대한 이상한 집착이 있는지 모르지만. 아무튼 그가 시신을 뒤져보았더니 경찰 신분증과 사립 탐정 면허증이 나와서 잔뜩 겁을 먹었다더군. 페루기니가 전화를 해서 거기에 적힌 이름을 불러줬는데, 갑자기 열이 확 뻗치지 뭐야."

코넌트는 말을 멈추고 침착한 눈으로 카마디를 쳐다보았다.

카마디는 작은 목소리로 말했다. "시라노 클럽에서 총격이 있었다는 얘기 들었나?"

코넌트가 고개를 끄덕였다.

카마디가 말을 이었다. "호텔에서 일하는 친구랑 그 자리에 있었지. 총격이 터지기 직전에 셴베어가 내 얼굴에 주먹을 날렸고. 나랑 같이 왔던 친구가 이곳까지 따라와서 서로 총질을 한 모양이야. 셴베어는 취하고 겁에 질려 있었어. 아마 그가 먼저 총을 쐈을 거야. 게다가 나는 내 친구가 총을 가졌는지도 몰랐어. 셴베어는 나와 같이 있었던 친구의 배에다가 총을 쐈지. 그 친구는 집으로 돌아갔고, 거기서 죽었어. 나에게 메모를 남겼지. 지금 내가 그 메모를 가지고 있어."

잠시 후 코넌트가 말했다. "자네가 직접 쐈거나 아니면 똘마니에게 쏘라고 지시했겠지. 이유는 바로 이거야. 셴베어는 자네가 한 공갈 협박이 진짜인지 확인하고 싶었을 테니까. 셴베어는 코트웨이에게 매수됐어."

카마디는 깜짝 놀란 눈치였다. 그는 아드리안을 보기 위해 고개를 돌렸다. 그녀는 다시 볼에 혈색을 되찾았다. 눈을 반짝이면서 몸을 앞으로 숙이고 그를 쳐다보고 있었다. 그리고 작은 목소리로 말했다. "미안해요, 천사 아저씨. 내가 오해했어요."

카마디가 슬며시 미소를 짓고 코넌트에게 말했다. "매수된 게 바로 나라고 생각했나 보군. 코트웨이가 누군데? 자네의 윗선, 주 상원의원 말인가?"

코넌트의 얼굴이 하얗게 질렸다. 그는 접시에 담배를 조심스럽게 내려놓고 식탁 건너로 몸을 날리더니 카마디의 입으로 펀치를 날렸다. 카마디와 의자가 덜컹거리더니 뒤로 넘어갔다. 머리가 바닥에 세게 부딪혔다.

아드리안은 조용히 일어섰다. 딱딱 소리가 날 정도로 입을 떨고 있었다. 그러고는 꼼짝도 하지 않았다.

카마디가 옆으로 굴러 바닥에서 일어나 의자를 똑바로 세웠다. 손수건을 꺼내 입가를 누르고 손수건을 쳐다보았다. 계단 쪽에서 발소리가 들리더니 하얀 머리칼의 사내가 머리를 문 사이로 들이밀면서 총을 멀찌감치 뻗었다.

"보스, 도와드릴 일이라도 생겼나요?"

코넌트는 고개도 돌리지 않고 대답했다. "나가, 문 닫고. 가서 조용히 있어!"

문이 닫혔다. 하얀 머리칼의 남자는 계단을 따라서 내려갔다. 카마디는 왼손을 의자 뒤에 놓고 천천히 앞뒤로 움직였다.

오른손에는 여전히 손수건을 쥐고 있었다. 입술은 붓고 멍이 들었다. 그의 눈은 코넌트의 팔꿈치에 놓인 권총을 바라보고 있었다.

코넌트가 담배를 입에 물었다. "아마도 협박을 하면 덥석 물 거로 생각했겠지만. 난 아니야. 협박 따위는 들리지도 않지. 어차피 솔직히 털어놓게 될 거야. 아래층에 몸 풀고 싶어 안달 난 놈들이 셋이나 있다고. 빨리 말하는 게 좋을 거야."

카마디가 말했다. "그래. 다들 아래층에 있지." 그는 손수건을 코트 안으로 집어넣었다. 다시 코트 밖으로 나온 손에는 푸른색 총이 들려 있었다. "거기 있는 총을 내가 잡을 수 있게 이쪽으로 밀어."

코넌트는 움직이지 않았다. 그는 가늘게 실눈을 떴다. 굳게 다문 입술을 한번 꿀렁이더니 뿌연 연기를 피웠다. 그는 총에 손도 대지 않았다.

잠시 후 그가 말했다. "앞으로 어떤 일이 일어날지는 잘 알고 있겠지?"

카마디가 고개를 살짝 저었다. "글쎄, 잘 모르겠는데. 만약 그런 일이 일어난다면 너도 아무것도 알지 못하게 될 거야."

코넌트는 그를 노려보기만 하고 꼼짝도 하지 않았다.

그는 꽤 오랫동안 카마디와 푸른색 총을 번갈아 쳐다보았다.

"그건 어디서 난 거지? 분명 몸수색을 했을 텐데?"

카마디가 말했다. "몸수색이야 했지. 이건 셴베어의 총이야. 그 뜨내기 친구가 발로 차서 욕조 뒤로 밀어 넣었겠지. 부주의했을 테니까."

코넌트는 두꺼운 손가락 두 개를 내밀어서 루거 권총을 식탁 반대로 밀었다. 그가 고개를 끄덕이더니 단조롭게 말했다.

"내 패를 잃었군. 그걸 의심했어야 하는데."

아드리안이 재빨리 가로질러 오더니 식탁 옆에 섰다. 카마디는 식탁 앞으로 손을 뻗어 루거를 왼손에 쥐고 외투 주머니에 쑤셔 넣었다. 그는 총을 든 오른손을 식탁 위에 올렸다.

아드리안이 물었다. "이 사람은 누구예요?"

"코넌트라고 지역 거물이지. 존 마이어스 코트웨이가 주 상원의원으로 가는 데 결정적인 역할을 했고. 그 상원의원은 말이야, 천사 아가씨. 당신 책상 위에 놓인 액자 속 주인공이야. 당신 아버지라고. 죽었다던 아버지 말이야."

여자가 기어들어 가는 목소리로 말했다. "우리 아빠 맞아요. 죽지 않았다는 건 알고 있었어요. 내가 협박을 하고 있었죠. 백만 달러를 달라고 하면서. 나와 타르고, 그리고 셴베어와 함께. 정식으로 우리 엄마와 결혼한 게 아니라서 난 사생아로 태어났어요. 하지만 자식인 건 엄연한 사실이죠. 난 자식으로 권리가 있는데 그 사람은 인정하지 않으려고 했어요. 우리 엄마한테 모질게 대했고 돈 한 푼 주지 않았죠. 내게 탐정을 붙이고는 수년 동안 감시를 했고, 셴베어도 그중 하나였어요. 그러다가 내가 타르고와 만났을 때, 내 사진을 보게 됐죠. 그는 나를 기억하고 있었어요. 그래서 샌프란시스코로 가서 출생증명서 사본을 찾아온 거예요. 여기 그 출생증명서가 있어요."

그녀는 가방 속을 더듬거리더니 작은 지퍼가 달린 주머니에서 서류를 꺼냈다. 반쯤 접힌 종이를 식탁 위에 던졌다.

코넌트가 그녀를 빤히 쳐다보더니 손을 뻗어 서류를 펼쳐 보았다. 그리고 천천히 말했다. "이걸로는 아무것도 증명할 수 없어."

카마디는 왼손을 주머니에서 꺼내더니 서류 쪽으로 손을 뻗었다. 코넌트는 종이를 그에게 밀어주었다. 그 종이는 출생증명서 사본으로 출생연도까지 기록돼 있었다. 존 마이어스와 지아니 마이어스 사이에서 태어난 아드리안 마이어스의 출생에 관한 내용이었다.

카마디는 다시 종이를 내려놓았다. "코넌트, 이 정도면 힌트가 되었겠지?"

코넌트가 고개를 저었다. "센베어는 겁에 질려 있었어. 코트웨이에게 보고를 하기는 했지. 겁이 났을 테니까. 그래서 은신처를 정리한 거야. 난 그래서 센베어가 살해당했다고 생각했지. 타르고는 유치장에 갇혀 있어서 아무것도 할 수 없었거든. 카마디, 내가 오해를 한 모양이군."

카마디는 그를 멍한 눈으로 보며 아무 말도 하지 않았다.

아드리안이 말했다. "전부 제 잘못이에요. 비난받을 사람은 나라고요. 완전히 타락했죠. 이제 알겠네요. 그 사람을 만나서 다시는 내 소식을 들을 일이 없다고 말하고 싶어요. 타르고에게 아무 짓도 하지 않겠다는 약속도 받고. 그게 가능할까요?"

카마디가 말했다. "천사 아가씨, 뭐든 원하는 대로 할 수 있어. 난 총을 두 개 가지고 있으니까. 그런데 왜 그렇게 오랫동안 기다린 거지? 법대로 처리할 수도 있었을 텐데. 당신은 화려한 직업을 가진 사람이잖아. 그자가 상황을 무마시키려고 했더라도 언론에서 주목했을 거라고."

여자는 입술을 깨물며 낮은 목소리로 말했다. "우리 엄마는 아빠가 누군지 심지어 성조차도 알려주지 않았어요. 엄마에게 그 사람은 존 마이어스일 뿐이니까. 이곳에 와서 지역 신문에 실린 사진을 보기 전까지는 나도 몰랐죠. 물론 얼굴은 변했지만, 그 얼굴은 똑똑히 기억하고 있었어요. 물론 이름을 보기 전까지는…"

코넌트가 조롱하듯이 말했다. "아가씨가 공개적으로 공격하지 않은 건, 당신이 상원의원의 친딸이 아니라는 걸 알고 있기 때문일 거야. 공짜로 밥을 얻어먹고 사는 싸구려 계집애들이 그렇듯 그를 아빠라고 생각하길 바랐던 거지. 코트웨이 상원의원은 그걸 증명할 수 있다고 했고, 정말로 증명하려고 했어. 당신을 제자리로 돌려놓겠다고 말이야. 내 말 믿는 게 좋을 거야, 아가씨."

코넌트가 꽁초를 퉤 하고 뱉으며 덧붙였다. "그를 상원의원 자리에 계속 두려고 난 많은 걸 희생했어. 그래서 내가 여기 있는 거고. 압박을 가하는 건 오히려 내 쪽이야, 아가씨. 당신은 곧 널리 알려질 거고, 마음껏 즐기도록 해. 아마 총 두 개를 가진 당신 친구라는 작자는 잘 몰랐겠지만, 지금쯤이면 두 사람이 같은 배에 타게 됐다는 걸 깨달았겠지."

코넌트는 식탁 위를 주먹으로 내리치고는 등을 뒤로 기대고 카마디의 손에 쥐어진 총을 말없이 바라보았다.

카마디는 코넌트의 눈을 보면서 작은 목소리로 말했다. "시라노 클럽에 나타났던 그 복면 남자 말이야. 혹시 그를 이용해서 압박을 가하려고 했던 거 아니었나?"

코넌트는 거친 웃음을 내뱉으며 고개를 저었다. 계단 끝에 닿은 문이 빼꼼히 열렸다. 카마디는 미처 보지 못했다. 그는 코넌트 쪽을 쳐다보고 있었지만, 아드리안은 아니었다.

그녀는 눈이 휘둥그레져서 깜짝 놀라 비명을 지르며 뒤로 물러섰고, 그제야 카마디의 시선이 그녀를 향했다.

하얀 머리칼의 남자가 총구를 고정한 채로 조심스럽게 문안으로 들어왔다. 그는 빨간 눈동자를 번득이면서 으르렁거리듯 입을 크게 벌리고 미소를 지었다. "보스, 문이 좀 얇아서 다 들리더라고요. 괜찮으세요? 그리고 총 버려, 멍청아. 안 그랬다가는 반 토막을 내 줄 테니까."

카마디는 살짝 몸을 틀더니 오른손에 쥐고 있던 총을 바닥에 툭 하고 떨어트렸다. 그는 어깨를 으쓱하고는 양손을 펼쳤다. 아드리안 쪽은 쳐다보지도 않았다.

하얀 머리칼의 남자는 천천히 다가오더니 카마디의 등 뒤에서 총구를 겨누었다.

코넌트가 자리에서 일어나 식탁을 빙 돌아 카마디의 주머니에 들어 있던 독일제 루거 권총을 다시 가지고 갔다. 그리고 아무 말 없이 무표정하게 총으로 카마디의 턱을 강타했다.

카마디는 술에 취한 사람처럼 옆으로 쓰러지더니 바닥에 축 늘어졌다.

아드리안은 비명을 지르면서 코넌트를 손톱으로 할퀴었다.

그는 그녀를 밀치고 오른손에 쥔 총을 왼손으로 옮겨 잡고 투박한 손바닥으로 그녀의 얼굴을 후려쳤다.

"진정해, 아가씨. 이제 놀이는 끝났으니까."

하얀 머리칼의 남자가 계단으로 가서 동료들을 불렀다. 무장한 남자 둘이 다락방으로 올라와 씩 웃으며 서 있었다. 카마디는 바닥에 쓰러져 움직이지 않았다.

잠시 후 코넌트는 새 담배에 불을 붙이고는 출생증명서가 놓인 식탁 위에서 손가락 관절을 꺾었다. 그리고 심술궂은 목소리로 말했다. "여자가 늙은이를 만나고 싶어 해. 좋아, 만날 수도 있지. 다 함께 가서 만나보자고. 아직 구린 냄새가 풍기는 것 같으니까."

그는 시선을 들어 건장한 두 남자를 쳐다보았다. "너하고 레프티는 시내로 가서 타르고를 찾아봐. 최대한 빨리 상원의원의 집으로 데리고 와. 출발해."

복면을 쓴 남자 둘이 곧바로 계단으로 내려갔다.

코넌트는 바닥에 쓰러진 카마디를 내려다보고 그가 눈을 뜨고 움직일 때까지 옆구리를 툭툭 발로 걷어차기 시작했다.

And

자동차는 드높은 대문 뒤로 산장이 보이는 산꼭대기 언덕 앞에서 기다리고 있었다. 산장의 문은 활짝 열려 있었다. 노란 불빛이 외투 차림에 모자를 눌러쓴 키가 큰 남자의 형체를 비추었다. 그는 주머니에 손을 넣고 빗줄기가 쏟아지는 바깥으로 천천히 걸어 나왔다.

연신 떨어지는 빗줄기가 발을 적시는 사이 하얀 머리칼의 사내는 이빨을 딱딱 부딪치면서 대문에 기대서 있었다.

키 큰 남자가 말했다. "여긴 웬일이지? 그 꼴은 또 뭐야."

"빨리 문이나 열어, 멍청아. 코넌트 씨가 너희 보스를 만나고 싶대."

키 큰 남자가 촉촉이 젖은 어둠 속으로 침을 퉤 뱉었다. "지금 몇 시인 줄이나 알아?"

코넌트가 갑자기 차 문을 열고 내리더니 대문 쪽으로 걸어갔다. 자동차와 목소리 사이에 빗줄기가 요란한 소리를 냈다.

카마디는 천천히 고개를 돌리고 아드리안의 손을 쓰다듬었다. 그녀는 재빨리 자기 손에서 그의 손을 밀어냈다.

그녀가 부드러운 목소리로 말했다. "당신은 바보예요. 정말 바보 같아요!"

카마디가 한숨을 쉬었다. "나는 좋은 시간을 보내고 있는데, 천사 아가씨. 즐거운 시간 말이야."

대문 안에 있던 키 큰 남자는 긴 체인에 달린 열쇠를 꺼내 딸깍 소리가 날 때까지 밀어 넣었다. 코넌트와 하얀 머리칼의 남자는 다시 차로 돌아왔다. 코넌트는 자동차 발판에 발꿈치를 걸치고 빗속에 그대로 서 있었다.

카마디는 주머니에서 휴대용 술병을 꺼내 술이 얼마나 남았는지 확인하고는 뚜껑을 열었다. 그는 휴대용 술병을 여자 쪽으로 내밀었다. "이거 마시고 용기를 내."

그녀는 아무 대답도 하지 않았고 움직이지도 않았다. 카마디는 휴대용 술병에 든 술을 홀짝이고는 다시 주머니에 집어넣었다.

코넌트가 빗방울이 떨어지는 거대한 나무들 너머로 무언가를 지켜보고 있었다. 하늘에 덩그러니 걸린 듯 불이 켜진 방이 저만치 보였다.

다른 자동차가 헤드라이트 불빛으로 비에 촉촉이 젖은 어둠을 뚫고 언덕을 올라와 세단 바로 뒤에 멈추어 섰다. 코넌트는 자동차 안으로 고개를 넣고 뭐라고 말을 했다. 자동차는 다시 후진해서 진입로로 들어왔다. 헤드라이트 불빛이 언덕 꼭대기에 있는 단단하고 하얀 원형의 석조 벽 위로 사라졌다가 다시 나타났다.

코넌트는 세단에 올라탔다. 하얀 머리칼의 사내가 그 차를 따라서 진입로를 빙 돌아왔다. 꼭대기에 도착한 그들은 사이프러스 나무로 둘러싸인 주차장에 도착해 모두 차에서 내렸다.

계단 꼭대기에 있는 커다란 문이 열려 있었고, 한 남자가 거실용 가운을 입고 서 있었다. 타르고는 두 남자에게 둘러싸인 채로 계단 중간에 서 있었다. 모자도 쓰지 않았고 코트도 입지 않았다. 하얀 겉옷을 걸친 그의 커다란 몸이 무장한 남자 사이에서도 대단히 거대하게 보였다.

다른 사람들은 계단을 올라서 집으로 들어갔다. 거실용 가운을 걸친 집사를 따라서 알 수 없는 초상화가 즐비하게 늘어선 복도를 가로질러 고요한 타원형 로비를 지났다. 또 다른 복도로 향하자 마침내 은은한 조명과 묵직한 휘장, 그리고 어두운 톤의 가죽 의자가 놓인 칸막이가 쳐진 서재가 나타났다.

한 남자가 책꽂이가 툭 튀어나온 벽 앞에 놓인 크고 검은 책상 뒤에 서 있었다. 키가 크고 깡마른 체형이었다. 숱이 많은 흰 머리를 머리카락 하나 빠져나오지 않을 정도로 말끔히 빗어 넘겼다.

새하얀 얼굴선, 얇고 씁쓸해 보이는 입매, 깊이가 느껴지지 않는 검은 눈동자가 보였다. 그는 기이할 만큼 깡마른 몸을 새틴으로 장식한 코듀로이 잠옷 가운으로 감싸고 있었다.

집사가 문을 닫자 코넌트는 다시 문을 열더니 타르고와 함께 왔던 두 남자를 향해 턱으로 신호를 보냈다. 두 사람이 밖으로 나갔다.

하얀 머리칼의 사내가 곧바로 뒤따라오더니 타르고를 의자 쪽으로 밀쳤다. 타르고는 바보처럼 멍한 표정을 짓고 있었다.

한쪽 얼굴에는 시꺼먼 검댕이 묻어 있었고, 눈동자는 약에 취한 듯 퀭해 보였다.

여자가 곧바로 그에게 다가가 말했다. "오, 타르고. 다친 데 없어요?"

타르고는 눈을 끔벅이며 반쯤 미소를 지은 채 그녀를 쳐다보았다. "이것 때문에 그랬군. 난 괜찮아. 신경 쓰지 마." 그의 목소리는 어딘지 모르게 부자연스럽게 들렸다.

그에게서 물러난 아드리안이 바닥에 앉아 추위를 느끼는 것처럼 온몸을 웅크리고 있었다.

책상 뒤에 서 있던 키 큰 남자는 차가운 눈으로 서재 안에 있는 사람들을 차례대로 쳐다보더니 생기 없는 목소리로 말했다. "협박한 사람들인가? 굳이 한밤중에 데리고 올 필요가 있었나?"

코넌트는 몸을 털면서 코트를 벗더니 조명 뒷바닥으로 휙 하고 집어던졌다. 담배를 새로 꺼내 불을 붙이고 서재 가운데 다리를 쩍 벌리고 섰다. 그는 확신에 가득 찬 모습이었다.

"이 여자가 당신을 만나고 싶다고 하더군요. 괜히 장난질해서 미안하다고 말하고 싶다나. 저기 하얀 옷을 입은 놈은 타르고라고 격투기 선수예요. 간밤에 총격 사건에 휘말린 후 경찰서에서 한바탕 소란을 벌였는데, 수면제를 먹여서 상태가 저 지경이 됐어요. 이쪽은 카마디라고, 늙은 마커스 카마디의 아들이죠. 아직 어느 편인지 파악하지 못했어요."

카마디가 건조하게 말했다. "의원님, 전 사립 탐정이에요. 제 고객인 아드리안 양을 대신하려고 여기 왔습니다." 그는 껄껄 웃었다.

아드리안은 순간 그를 쳐다보고 다시 바닥을 내려다보았다.

코넌트가 퉅퉅거리며 말했다. "의원님이 알던 셴베어라는 자는 죽었어요. 우리가 죽인 게 아니라고요. 그 부분은 바로 잡는 게 좋겠어요."

코트웨이 상원의원이 차갑게 고개를 끄덕였다. 그는 책상에 앉아서 하얀 깃털이 달린 펜을 들더니 한쪽 귀를 간질였다.

"코넌트, 이 문제를 어떻게 처리할 생각이지?" 그는 가느다란 목소리로 물었다.

코넌트는 어깨를 으쓱해 보였다. "저야 물론 거친 사람이지만, 이번 문제는 법대로 해결할 생각입니다. 검찰에 갈취 혐의로 기소를 하려고요. 언론에서 관심을 보일 만한 기사를 꾸며낸 다음 사태가 진정되길 기다려야죠. 그리고 이것들을 주 경계선 밖으로 내쫓고 다시는 돌아오지 못하게 할 겁니다."

코트웨이는 깃털이 달린 펜으로 다른 쪽 귀를 간질였다. "멀리 가 있어도 다시 나를 공격할 수 있을 텐데. 난 제대로 결말을 짓는 걸 좋아해. 원래 있던 자리로 보내야겠지." 그가 싸늘하게 말했다.

"그냥 보내면 안 돼요, 의원님. 자칫 정치적으로 매장당할 수 있다고요."

"코넌트, 난 공인으로 사는 데 지쳤어. 은퇴할 수 있다면 기꺼이 해야지." 코트웨이가 입가를 구부리면서 미소를 지었다.

"물론 그러시겠죠." 코넌트가 화난 목소리로 말했다. 그는 휙 하고 고개를 돌리더니 말했다. "아가씨, 이리 와."

아드리안은 자리에서 일어나 서재를 가로질러 책상 앞에 멈추어 섰다.

"누군지 아시겠어요?" 코넌트가 으르렁대듯 말했다.

코트웨이는 딱딱하게 굳은 여자의 얼굴을 무표정한 얼굴로 가만히 쳐다보았다. 그는 깃털이 달린 펜을 책상 위에 올리고 서랍을 열어 사진 한 장을 꺼냈다.

그는 사진을 보고 여자를 본 후, 다시 사진을 보더니 무덤덤하게 말했다. "오래전에 찍은 사진인데, 정말 닮기는 했어. 똑같은 사람이라고 주저하지 않고 말할 수 있을 정도로."

그는 사진을 책상 위에 올리고 천천히 서랍에서 총 한 자루를 꺼내 사진 옆에 내려놓았다.

코넌트는 총을 빤히 쳐다보았다. 그가 입술을 삐죽거리며 굵직한 목소리로 말했다. "그건 필요 없을 겁니다, 의원님. 들어보세요. 의원님의 계획은 틀렸습니다. 난 이놈들에게 자백받아낸 다음 여기 붙들어 둘 생각이에요. 그렇게 해야 다시 말썽을 일으켰을 때 한 번에 끝내버릴 시간적 여유도 확보할 수 있을 겁니다."

카마디는 살짝 미소를 지으면서 책상 근처까지 카펫을 가로질러 걸어갔다. "그 사진 저도 좀 보고 싶은데요." 그는 몸을 숙이고 순식간에 사진을 낚아챘다.

코트웨이의 가느다란 손이 총 쪽으로 갔다가 다시 긴장을 풀었다. 그는 의자에 기대앉아 카마디를 노려보고 있었다.

카마디가 사진을 쳐다보고 책상 위에 내려놓더니 아드리안을 향해 부드럽게 말했다. "좀 앉을까?"

아드리안은 의자로 가서 힘없이 풀썩 주저앉았다.

카마디가 말했다. "제대로 결말을 내겠다는 의원님의 계획은 저도 마음에 들어요. 깔끔하고 직접적인데다가 코넌트의 의도를 완전히 뒤바꿀 수 있겠죠. 하지만 실현할 순 없을 겁니다."

그는 손톱으로 사진을 짚었다.

"슬쩍 보기에는 닮았지만, 그 이상은 아니에요. 제 눈에는 전혀 다른 사람 같거든요. 귀 모양도 다르고 머리 크기도 달라요. 사진 속 여자분의 눈이 아드리안의 눈보다 더 좁고, 턱선도 조금 더 길죠. 이런 윤곽은 쉽게 변하지 않습니다. 그렇다면 의원님이 가진 게 뭐죠? 협박 편지? 어쩌면 누군가를 시켜서 치워 버렸을 수도 있고, 벌써 처리했을 수도 있겠죠. 그 여자의 이름은 그냥 우연의 일치일 테고. 또 뭐가 있나요?"

코넌트의 얼굴이 화강암처럼 굳어졌다. 그가 살짝 떨리는 목소리로 물었다. "그렇다면 저 여자가 가방에 가지고 있던 출생증명서는 뭐지?"

카마디가 희미한 미소를 보이면서 손끝으로 턱을 문질렀다.

"그건 센베어에게 받은 거 아닌가? 그리고 센베어는 죽었잖아." 그가 음흉하게 말했다.

코넌트의 얼굴이 분노로 차올랐다. 그는 주먹을 불끈 쥐고 앞으로 뛰쳐나갔다. "이런 빌어먹을 자식!"

아드리안은 몸을 숙이고 동그랗게 눈을 뜬 채 카마디를 쳐다보고 있었다. 타르고는 살짝 풀린 창백한 눈으로 그를 바라보았다. 코트웨이도 그를 지켜보았다. 카마디의 얼굴에는 아무런 표정도 없었다. 그저 멀찌감치서 느긋하게 서 있을 뿐이었다.

코넌트가 갑자기 껄껄 웃으며 손가락을 탁하고 튕겼다. "좋아, 축하 음악이라도 울려 보시지." 그가 비웃으며 말했다.

카마디가 천천히 말했다. "마지막 결말이 필요 없는 또 다른 이유를 말해 드리죠. 시라노 클럽에서의 총격. 놈들은 별로 중요치 않은 경기에서 타르고가 게임을 포기하도록 유도했어요. 아드리안 양의 호텔 방에 찾아온 놈은 그냥 현관 앞에 때려눕히고 도망쳤고요. 그걸 하나로 엮을 수 있겠나, 코넌트? 나는 할 수 있지."

코트웨이는 순간 몸을 숙이고 총을 슬쩍 엉덩이 쪽으로 가져와 숨겨두었다. 하얗게 얼어붙은 얼굴에 까만 눈동자가 구멍처럼 박혀 있었다.

코넌트는 움직이지도 말을 하지도 않았다.

카마디는 계속 말을 이었다. "왜 타르고는 협박을 받고도 경기를 포기하지 않았고, 왜 그 청부살인업자는 시라노에 갔을까? 나이트클럽은 사람이 많아서 총격을 벌이기에는 가장 부족한 곳인데…. 왜냐하면 시라노 클럽에서 타르고는 여자와 함께 있었고, 시라노는 그의 후원자인데다 만약 그곳에서 무슨 일이 벌어지면 다른 가능성을 생각할 겨를도 없이 곧바로 협박에 관한 이야기가 검찰 쪽에 퍼지게 될 테니까. 그래서 일부러 그런 거지. 그 협박은 결국 살인까지 이어졌을 거야. 타르고에게 총을 쏘는 순간에 반드시 그 여자와 함께 있어야 했을 거고. 그래야 복면을 쓴 자가 여자를 납치해서 타르고를 쫓던 사람인 것처럼 보였을 테니까."

"물론 타르고를 노린 것도 있겠지만, 무엇보다 여자를 손아귀에 넣고 싶어 했지. 왜냐하면 여자가 이 범죄 뒤에 숨겨진 다이너마이트 같은 존재였으니까. 여자가 없다면 아무런 의미가 없었고, 여자를 손에 넣는다면 결국 합법적인 친자확인 소송으로 이어질 수 있을 테니. 만약 그렇게 되지 않는다고 해도 다른 방법이 있지. 자네는 아드리안과 타르고에 대해서 잘 알고 있었어. 셴베어가 겁을 먹고 모든 걸 불었으니까. 셴베어는 그 복면의 주인공이 누군지 알고 있었지. 클럽에 나타났을 때 셴베어도 그를 봤고, 내가 복면을 알아봤다는 걸 셴베어도 알았으니. 내가 타르고에게 복면 쓴 남자가 여자를 공격했다고 말했을 때 바로 옆자리에 있었으니까. 그런데 센베어는 괜히 취한 척 나에게 싸움을 걸어서 내가 계획을 방해하지 못하도록 하려 했고."

카마디는 말을 멈추고 옆머리를 천천히 부드럽게 문질렀다.

그는 코넌트를 아래위로 쳐다보면서 표정을 살폈다.

코넌트가 느릿느릿하지만 거칠게 말했다. "난 그런 게임은 하지를 않아. 믿거나 말거나, 난 아니라고."

카마디가 말했다. "잘 들어. 후드를 뒤집어 쓴 놈은 호텔에서 여자를 죽일 수도 있었어. 한데 죽이지 않았지. 왜냐하면 타르고가 호텔에 없었고, 경기가 시작되기 전이라 자칫 계획이 어그러질 수 있었으니까. 그는 변장도 하지 않고 그냥 여자를 가까이서 지켜보려고 찾아갔는데 여자가 겁을 먹었지. 게다가 총도 가지고 있었어. 그래서 여자를 기절시키고 도망간 거야. 그러니까 그날 방문은 아무것도 아니었던 거지."

코넌트가 다시 말했다. "난 그런 게임을 하지 않는다니까, 친구." 그러고 나서 주머니에서 루거 권총을 꺼내더니 옆에 내려놓았다.

카마디는 어깨를 으쓱하더니 고개를 돌려 코트웨이 상원의원을 쳐다보았다. "아니라고 하지만 코넌트의 짓이 맞아요. 동기도 충분하고 자기 짓으로 보이지 않게 하려고 애를 썼어요. 센베어와 함께 계획을 꾸몄고, 만약 계획이 틀어졌다면 센베어도 다쳤을 테죠. 검찰이 머리를 잘 쓴다면 코넌트는 진흙탕에 코를 처박는 신세가 되었을 거고요."

코트웨이는 살짝 미소를 짓고 완전히 기가 죽은 목소리로 말했다. "그 젊은 친구는 정말 잔머리를 잘 썼군, 하지만 분명…"

타르고가 벌떡 일어났다. 마치 얼굴에 가면을 쓴 것처럼 보였다. 그는 천천히 입술을 움직이기 시작했다. "꽤 그럴듯한 얘기 같은데요. 아무래도 코트웨이 씨 목을 제가 비틀어 버려야 할 것 같아요."

하얀 머리칼의 남자가 버럭 화를 냈다. "앉아, 이 새끼야!" 그는 총을 들고 말했다.

타르고는 살짝 몸을 틀어 그의 턱에 펀치를 날렸다. 그가 곧바로 뒤로 넘어가더니 벽에 머리를 부딪혔다. 그리고 손이 축 늘어지면서 총이 바닥에 떨어졌다. 타르고는 서재를 가로질러 걸어갔다.

코넌트는 곁눈질로 그를 지켜보면서도 움직이지 않았다. 타르고는 거의 닿을 정도로 그의 옆으로 바짝 지나갔다. 코넌트는 꼼짝하지 않았다. 그의 커다란 얼굴이 넋을 잃었다. 두꺼운 눈꺼풀 아래로 그의 눈동자가 좁아지면서 희미하게 반짝거렸다.

타르고를 제외하고 아무도 움직이지 않았다. 순간 코트웨이는 들고 있던 총을 올리더니 손가락이 하얗게 될 정도로 힘껏 방아쇠를 당겼고 총성이 울려 퍼졌다.

카마디는 서재를 가로지르며 민첩하게 움직였다. 나머지 사람들과 아드리안 사이에 가서 섰다.

타르고는 자기 손을 내려다보았다. 바보스러운 미소를 지으면서 얼굴이 일그러졌다. 그는 바닥에 주저앉더니 양손으로 가슴을 눌렀다.

코트웨이는 다시 총을 들었고, 이번에는 코넌트가 움직였다. 루거가 덜컥이더니 두 발의 총알이 발사되었다. 코트웨이의 손을 타고 붉은 피가 흘러내렸다. 총은 책상 뒤로 떨어졌다. 그의 길쭉한 몸뚱이가 바닥에 총이 떨어진 후 서서히 넘어가더니 마침내 양쪽 어깨가 바닥으로 쓰러졌다.

코넌트가 말했다. "일어나서 덤벼보란 말이야, 이 빌어먹을 새끼야!"

잠시 후 코넌트는 책상 뒤쪽으로 갔다. 책상 뒤쪽에서 다시 총소리가 들렸다. 코트웨이의 양쪽 어깨가 눈에 보이지 않을 정도로 바닥에 쓰러졌다.

코넌트가 몸을 편 채로 똑바로 섰다. "제대로 한 방 먹였어."

그가 차분하게 말했다. "주둥이에 대고 쏴버렸지…. 나는 더럽게 깨끗한 상원의원 하나를 잃었군."

타르고는 가슴에 대고 있던 손을 떼고 바닥에 옆으로 가만히 누워있었다.

서재의 문이 벌컥 열렸다. 집사가 입을 떡 벌리고 눈앞의 광경을 쳐다보았다. 그는 무언가 얘기를 하려다가 코넌트의 손에 든 총과 바닥에 쓰러진 타르고를 보았다. 그는 아무런 말도 하지 않았다.

하얀 머리칼의 사내는 정신을 차리고 일어나 치아가 멀쩡한지 확인하고는 머리를 좌우로 흔들었다. 그리고 천천히 벽을 따라가서 바닥에 떨어진 총을 주웠다.

카마디는 몸을 돌려 한 손을 내리고 아드리안의 차가운 턱을 들어 올렸다. "하늘이 맑아지는군, 천사 아가씨. 이제 비가 멈춘 모양이야." 그가 천천히 말했다. 그리고 이쯤에서 빼놓을 수 없는 휴대용 술병을 꺼냈다. "자, 한잔해. 타르고를 위해서."

여자는 고개를 좌우로 흔들고는 두 손으로 얼굴을 감쌌다.

한참이 흐른 후에야 경찰차 사이렌이 들렸다.

And

깡마르고 지쳐 보이는 청년이 캐런들렛 호텔의 창백한 은빛 제복을 입고 있었다. 흰 장갑을 낀 손으로 닫힌 엘리베이터 문 앞에서 말했다.

"코키가 종기는 괜찮아졌다는데, 출근은 아직 안 했어요, 카마디 씨. 벨보이 주임 아코스타 씨도 오늘 아침에 나오지 않았고요. 다들 게으른가 봐요."

카마디는 엘리베이터 한 귀퉁이에 있는 아드리안 근처에 서 있었다. 두 사람뿐이었다.

그가 말했다. "그거야 자네 생각이지."

청년의 얼굴이 붉어졌다. 카마디는 가까이 다가가 어깨를 두드리며 말했다. "신경 쓰지 마, 친구. 내가 밤을 새운데다 친구가 아파서 그런 거니까. 가서 아침 식사나 해."

"맙소사, 카마디 씨. 이러려고 한 건 아닌데…"

9층에서 엘리베이터 문이 열렸다. 두 사람은 복도를 따라서 914호로 향했다.

카마디는 열쇠를 받아 문을 열고 현관문을 붙잡고서 말했다. "일단 눈 좀 붙이고 정신 번쩍 차리고 일어나. 내 술병 가지고 가서 그걸로 기분 좀 가라앉히고. 도움이 될 거야."

여자는 현관 안으로 들어갔고 어깨 너머로 말했다. "술은 싫어요. 잠깐 들어오세요. 할 얘기가 있어요."

카마디는 문을 닫고 여자를 따라 들어갔다. 밝은 햇살이 카펫을 지나 커다란 소파를 비추고 있었다. 그는 담배에 불을 붙이고 소파를 쳐다보고 있었다.

아드리안은 소파에 앉아 모자를 벗더니 머리를 헝클였다.

잠시 아무 말도 없다가 조심스럽게 입을 열었다. "저 때문에 여러모로 수고해 주셔서 감사해요. 왜 이렇게까지 도움을 주려고 하시는지는 모르겠지만."

카마디가 말했다. "몇 가지 이유를 생각해 봤는데, 타르고가 살해당하는 걸 막지 못한 것도 어찌 보면 내 탓도 있으니까. 다른 면으로 보면 아닐지도 모르지만. 어쨌든 난 코트웨이 의원의 목을 조르라고 그에게 부탁한 적이 없어."

아드리안이 말했다. "당신은 스스로 완고한 사람이라고 생각하겠지만, 처음 본 떠돌이를 위해 곤경에 빠지는 멍청한 사람일 뿐이에요. 다 잊으세요. 타르고도 저도. 우리는 당신 시간을 뺏을 정도로 가치 있는 사람이 아니니까. 경찰에서 허락이 떨어지는 대로 곧바로 여기를 떠날 거고, 더는 만나지 못할 것 같아서 마지막으로 얘기하고 싶었어요. 안녕히 계세요."

카마디가 고개를 끄덕이더니 카펫을 비추는 햇빛을 바라보았다.

여자가 계속 말을 이었다. "이런 얘기하는 게 쉽지는 않았어요. 떠돌이라고 말한 건 동정심을 얻으려는 게 아니에요. 수많은 복도 침실에서 지내며 고생을 했죠. 더러운 탈의실에서 옷을 갈아입고, 끼니를 제대로 챙기지 못한 적도 많았어요. 다른 사람이 되기 위해 너무 많은 거짓말을 했어요. 그래서 당신과 더는 엮이고 싶지 않은 거예요. 절대로."

카마디가 말했다. "시원스럽게 얘기해주니 좋군. 계속하지."

아드리안은 잠시 그를 쳐다보다가 다시 눈길을 돌렸다.

"전 아드리안이라는 여자가 아니에요. 짐작하셨겠죠. 물론 그녀가 누군지는 알아요. 다들 우리를 자매처럼 보기에 거짓 자매 행세를 했었죠. 그 친구 이름을 따서 새로 이름을 만들었어요. 순회공연에 나선 적이 있었는데 결국 수포가 되었죠. 뉴올리언스에서. 당시 상황이 별로 좋지 않았어요. 아드리안은 스스로 독약을 마셨어요. 그 친구의 사연을 들은 적이 있었기 때문에 그 사진도 가지고 있었어요. 그 깡마르고 냉정한 남자를 보면서, 딸을 위해 할 수 있었던 일이 많았을 텐데 생각했고…. 그러면서 저까지 그 사람을 미워하게 된 거죠. 어쨌든 그 친구는 상원의원의 딸이었잖아요. 그 친구까지 가짜라고 생각하지 마세요. 저는 코트웨이 씨에게 편지를 써서 도와달라고, 약간의 도움이 필요하다면서 그 친구 이름으로 서명을 했어요. 하지만 별다른 대답을 들을 수가 없었죠. 그래서 그 사람이 더 싫어졌고, 극약을 마신 친구를 위해서라도 뭔가 복수를 하고 싶었어요. 그래서 이곳까지 오게 된 거고요."

그녀는 이야기를 멈추고, 깍지를 낀 다음 자해하듯 양손을 힘껏 잡아당겼다. 그리고 계속 말을 이었다.

"시라노 클럽에서 타르고를 알게 됐고, 타르고를 통해서 셴베어를 소개받았어요. 센베어는 사진에 대해서 알고 있었어요. 아드리안의 뒤를 감시하던 프리스코의 사무실에서 일을 한 적이 있었대요. 나머지는 당신이 아는 얘기예요."

카마디가 말했다. "재미있는 이야기군. 무슨 이유로 더 일찍 나서지 않았는지 궁금했는데. 코트웨이 의원의 돈을 원한 게 아니라고 믿어주길 바라는 건가?"

"아니요. 돈을 주면 고맙게 받았을 거예요. 하지만 제가 원하는 최선은 아니었죠. 떠돌이라고 말했잖아요."

카마디가 희미한 미소를 지으면서 말했다. "진짜 떠돌이가 어떤 사람인지도 잘 모르잖아, 천사 아가씨. 불법 통행증을 이용하려다 붙잡힌 거니까. 그게 전부지. 하지만 돈을 받았어도 큰 도움이 되지 않았을 거야. 결국 더러운 돈이었을 테니까. 내가 잘 알지."

여자는 고개를 들고 그를 빤히 쳐다보았다. 그는 한쪽 볼을 만지면서 윙크를 했다.

"그건 내가 가진 돈처럼 더러운 거야. 우리 아버지는 하수구 공사와 도로포장, 도박 허가, 개발 보상금 편취, 심지어 악덕 업체를 위해 온갖 부패한 일을 도맡아왔어. 도시에서 정치를 하면서 돈을 벌기 위해 온갖 나쁜 짓을 다 했지. 그리고 일이 어그러지자 아무것도 해결하지 못하고 지켜보다 결국 죽었어. 그 돈은 전부 내가 물려받게 됐고. 그 돈을 가졌어도 나는 재미있게 살지 못해. 그렇게 살고 싶지만 절대 안 되더라고. 왜냐하면 내가 마커스 카마디의 아들이고, 그의 핏줄을 물려받아 이 시궁창 같은 더러운 곳에서 자랐기 때문이야. 난 부랑자

만도 못해, 천사 아가씨. 더러운 돈으로 하루하루 먹고살지. 아버지처럼 남의 돈을 뜯어먹고 살지 않는다는 것뿐…"

그는 이야기를 멈추고 카펫에 재를 턴 다음 머리 위의 모자를 고쳐 썼다.

"잘 생각해 봐. 너무 멀리 가지는 말고. 나는 세상의 모든 시간을 가진 사람이라 당신에게 별 도움이 되진 않을 거야, 어쩌면. 하지만 함께 도망친다면 재미는 있을 것 같은데…"

그는 현관 쪽으로 가까이 다가간 후에도 카펫 위로 비추는 환한 햇살을 계속해서 내려다보았다. 슬쩍 여자를 돌아보고는 다시 밖으로 나갔다.

현관문이 닫히자 여자는 자리에서 일어나 침실로 갔다.

옷을 그대로 입고 외투도 벗지 않은 채 침대에 누웠다.

그녀는 천장을 바라보았다.

한참 후에야 얼굴에 미소가 퍼졌다.

그렇게 미소를 머금은 채로 깊은 잠에 빠져들었다.

끝.

"문학이 들려주는 삶의 지혜와 즐거움"
RAINBOW PUBLIC BOOKS

살인의 예술

발행일 초판 1쇄 2021년 12월 10일

발행인 박성범
지은이 레이먼드 챈들러
옮긴이 정윤희
편 집 강수진, 김호준
디자인 서은주
마케팅 이선영
발행처 레인보우 퍼블릭 북스
등 록 제2021-000021호

주 소 〔우06212〕 서울시 강남구 테헤란로 328, 4층 (역삼동, 동우빌딩)
전 화 02-415-9798
팩 스 0504-209-1941
이메일 submit@rpbooks.co.kr

ISBN 979-11-90978-16-3 (03840)

• 책값은 뒤표지에 있습니다.
• 파본이나 잘못 인쇄된 책은 구입하신 서점에서 교환해 드립니다.